이 책은 존경하는 고故 이안동 아버님, 고故 강쌍례 어머님,
그리고 이금순 누님께 바칩니다.

시차는 있어도 오차는 없다

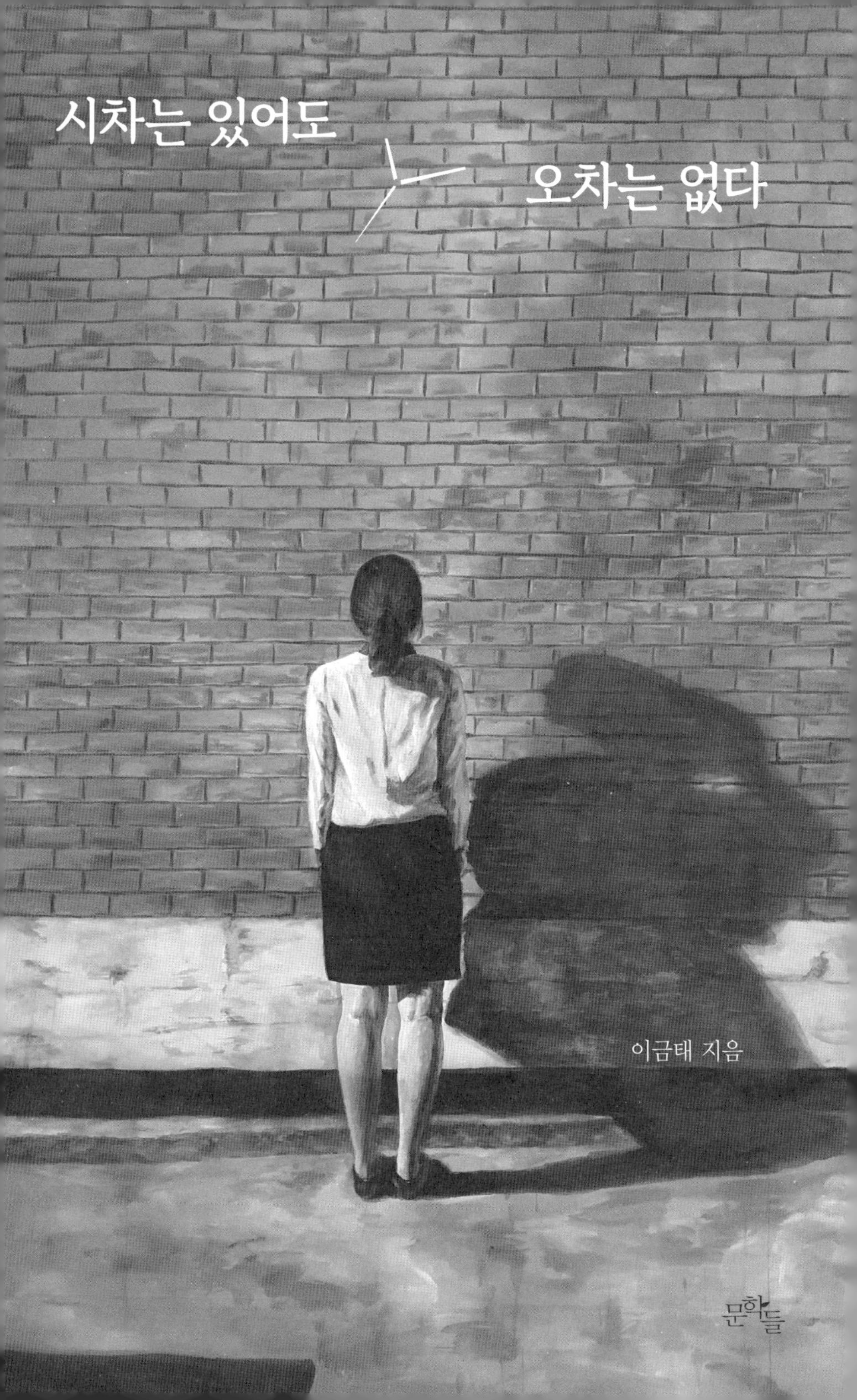

이금태 지음

문학들

시차(時差)는 있어도 오차(誤差)는 없다.

오래전부터 불교의 가르침을 흠모해 왔던 나는 그중에서 이 구절이 마음에 딱 와닿았다. 이 말 뒤에는 인과응보(因果應報)와 사필귀정(事必歸正)이라는 사자성어가 함께 따라붙는다.

먼저 이 말의 사전적 의미를 살펴보면 인과응보란 행위의 선악결과를 나중에 받게 된다는 말로, 흔히 그 죗값을 반드시 치른다는 개념을 나타낼 때 쓰는 사자성어다. 사필귀정은 무슨 일이든 결국옳은 이치대로 돌아간다는 뜻의 고사성어다. 또한 시차란 어떤 일을하는 데서 생기는 시간상의 차이 즉 a time difference라고 말할수 있다. 오차란 실제 계산한 값과 이론적으로 정확한 값과의 차이즉 an (accidental) error이다.

따라서 필자는 평소 인과응보, 사필귀정, 시차, 오차의 용어들이서로 상관관계가 있다고 생각해 왔다. 좁은 의미에서 살펴보면 내자신이 이 자리에 다시 돌아오게 된 것도 결국 시차는 좀 있었지만,돌고 돌아 오차 없이 제자리에 왔다는 말이 된다. 결국 이런 일련의 일들이 글의 제목을 정하는 결정적인 계기가 되었다.

'시차는 있어도 오차는 없다.'

이 말은 필자가 60여 년 동안 살아오면서 깨달은 자신만의 진리이고 운명이라고 감히 말할 수 있다. 또 필자의 부모님이 일평생 살아오면서 자식들의 훈육 속에 농축된 것들이기도 하다.

쉽게 말해서 인간은 한평생 살아오면서 자신이 행한 대로 그 대가를 받고, 무슨 일이든지 반드시 옳은 위치대로 돌아가는 것을 깨우치게 된다. 이것이 세상 사는 이치일 것이다. 즉 자신이 행한 일이 선한 행위로 이어진다면 그에 걸맞은 결과가 언젠가는 반드시 참된 복으로 돌아올 것이고, 반대로 악을 행한 자는 결국 돌이킬 수 없는 운명의 굴레에 머물러 언젠가는 반드시 쓴맛을 본다는 것이 필자의 지론이다.

오랫동안 갇혀 있는 한 마리의 새가 무작정 새장 밖으로 나오면 잘 날지도 못할뿐더러, 설사 잘 난다 해도 멀리 못 가고 그 주위에 맴돌다가 지쳐 쓰러지지 않나 싶다. 지쳐 쓰러지다가 다시 일어나면 힘센 맹수들이 일격에 잡아먹으려고 혈안이 되기 마련이다. 이런 필자의 꼬락서니를 보면 흡사 새장 속의 새가 혼자 세상 밖으로 나온 것과 다름이 없다.

필자는 교육대학을 졸업하고 초등학교에서 한평생 교편만을 잡아 오다가 교감 승진을 코앞에 둔 채 『지방 교육 자치에 관한 법률』 위반으로 징계받아 교직을 떠나게 되었다. 비록 본의 아니게 교직을 떠났지만, 30년간 교직 생활을 통해서 느낀 교육철학은 '선생은 가르칠 뿐이지만 교사는 모범을 보이고 스승은 감동과 감화를 준다.'라고 감히 말할 수 있다.

'나'라는 존재가 모진 고난과 역경을 헤치고 이 자리에 오기까지 유일한 생존 방식이 '아자 아자' 단어가 아니었나 싶다. 단어 자체가 그저 개미 기어가는 소리로 뇌까리는 말투 같지만, 자신감을 가지고 크게 외쳐보면 누구에게나 큰 힘이 되고 버팀목이 된다.

처음에는 하는 일이 힘들어 불평할 때도 '아자 아자'였고, 자신을 시험하기 위해 용기를 내야 할 때도 '아자 아자'가 스스럼없이 입 밖으로 나오곤 했다. 그래서 '아자 아자'는 나만이 존경하는 스승이요, 믿음의 친구요, 하나의 유일한 신이었으며, 내 인생의 동반자였다.

필자는 글을 쓰기 전에 거듭 고민을 많이 했다. 이 글을 세상 밖에 내보인다면 남들이 얼마나 못난 놈이라고 비웃거나 흉을 볼까, 부끄럽고 불안한 마음이 들었다. 그동안 나만이 가슴속 깊이 숨겨왔던 이야기들이 세상 밖으로 나오도록 용기를 준 것도 '아자 아자' 덕분이 아닌가 싶다.

대개 공직자들은 한 번 임용되면 퇴임할 때까지 별일 없이 갈무리한다. 하지만 나처럼 파란만장한 인생의 노도(怒濤)에 맞서 고통당한 사람도 퍽 드물 것이다. 나 스스로 내 삶에 대하여 눈곱만큼이라도 부끄럽게 생각하고 살아온 흔적을 감추려고 급급했다면 애초부터 글 쓰는 일은 시작도 안 했을 것이다.

필자는 3년 가까이 집필에 몰두했다.

엉덩이에 땀띠가 솟아나고 심지어는 대상포진과 목 협착증까지 앓았다. 그렇지만 원고지 한 칸 한 칸을 메꿔나갈 때마다 내면에 도사리고 있던 불안감들이 점차 자신감으로 승화되었다.

퇴고를 거듭할수록 하염없이 쏟아지는 눈물을 참을 수가 없었다. 아버지가 생각나고, 어머니가 생각나고, 누나가 생각나고, 가족 모두가 눈앞에 어른거려 휴지를 적시는 수많은 날이 계속되었다. 지난날의 파란만장한 삶의 흔적을 되돌아볼 때 내가 아주 잘못 살지는 않았다는 생각이 들었다. 그리고 글 쓰는 일도 참 잘했다는 생각이 들었다. 그러나 전국 최고령의 나이에도 불구하고 재도전한 임용고시가 실패로 돌아갔다면 감히 펜을 들 용기가 생겼을까 하는 물음표를 던져본다.

필자는 이 글을 마무리하고 보니 마치 자신의 모든 것을 활딱 발가벗긴 벌거숭이가 된 느낌이 들었다. 만약 조금이라도 오만과 위선으로 진술했다면 애초에 이 글을 쓴 의미가 없었다고 생각한다. 아내와 자식들은 내가 글 쓰는 것을 모두 말렸다. 당신의 과거는 무엇이 그렇게 자랑스러운가요? 아버지는 왜 아픈 과거를 들추어내려고 하나요? 라고 할 때마다 그만 덮어버릴까 고민도 참 많이 했다. 그러나 누군가에게 이 글이 눈곱만큼이나마 위안이 되거나 인생의 긴 여로가 험난하고 멀어 보일 때 하나의 이정표가 되어준다면 너무나 고맙고 행복할 따름이다.

글을 마무리하면서 이 책에 등장하는 인물이나 지역명이 실제와 다르거나 내용이 다소 과장되었음을 미리 알려드리니 넓은 아량으로 이해해 주시기를 바란다. 이 책을 만드는 데 도움을 준 큰딸 이청아와 이종율 님께 감사드린다. 그리고 이 세상에서 내가 가장 존경해 왔던 고(故) 이안동 아버님, 고(故) 강쌍례 어머님, 그리고 사랑하고 존경하는 이금순 누님께 이 책을 바치고자 한다.

2024. 10. 14. 보성읍에서
이금태

1부
유년과 학창 시절

2부
교직, 그것은 나의 천직

1부

유년과
학창 시절

운명

"찌르릉! 찌르릉!"

이른 아침부터 전화벨이 요란하게 울렸다. 어젯밤부터 남모를 걱정에 경태는 뜬눈으로 밤을 지새우다 새벽녘이 되어버려, 겨우 눈을 붙이고 있던 참이었다. 벨소리에 놀라 눈을 비비고 전화를 받았다. 제수씨가 다급하게 경태를 찾았다.

"시숙님! 어떤 낯선 남자 둘이 시숙님을 찾아왔어요."

"……"

그는 한동안 아무 대답도 하지 못하고 멍만 때리고 있었다. 그러자 수화기 너머에서는 다시 재촉하기 시작했다.

"얼떨결에 그만 시숙님의 이사 간 주소를 알려줬지 뭐예요."

'드디어 올 것이 오고 말았군.'

아마 경태를 찾은 두 남자는 예전 주소를 보고 동생 집으로 잘못 간 모양이었다. 당시 동생의 집은 예전에 경태 가족이 살았던 집이었다.

그는 두 남자가 수사관일 것이라 짐작했다. 그렇게 생각하자 갑자기 사지에 힘이 풀리고 눈앞이 깜깜했다. 이유를 묻는 아내에게 뭐라 말도 하지 못하고 급하게 옷을 주섬주섬 주워 입고 무작정 아파트 계단을 뛰어 내려갔다. 1층 엘리베이터 앞에는 유난히 덩치 큰 두 남자가 서 있었다. 그들은 경태를 뚫어지게 쏘아보았다. 그들의 시선을 피해 차를 탈 생각도 하지 못하고 무작정 뛰기 시작했다.

하지만 몸은 말을 듣지 않았다. 머리로는 뛰고 있었지만, 다리가 휘청거리고 온몸이 떨려 제대로 걷지도 못했다. 얼마간 시간이 지나자, 그는 아내에게 차를 가져오라고 했다. 겨우 학교에 출근했다. 출근하는 길이 오늘따라 왠지 초행길처럼 낯설고 서먹서먹했다. 서러운 마음에 이미 눈물샘이 자극되어 눈가에는 눈물이 그렁그렁 맺혔다.

학교에 도착하니 여기저기서 걸려 온 전화벨 소리에 귀가 따가웠다. 경태는 자신을 찾는 전화가 분명해 도저히 받을 엄두가 나지 않았다. 그날은 마침 공설운동장에서 육상대회가 열리는 날이었다. 출장을 내고 아무 일이 없는 것처럼 아이들을 인솔해 갔다. 하지만 경태의 마음은 시꺼멓게 타들어 갔다. 그저 모든 시간이 이대로 멈춰버렸으면 하는 생각뿐이었다.

다시 학교로 돌아오는 길,

따가운 가을 햇살을 받으며 운동장에는 아이들이 차분하게 운동회 연습을 하고 있었다. 늘 보아왔던 평화롭고 한가한 일상 풍경이었지만, 경태는 오늘따라 왠지 낯설게만 느꼈다. 교문 앞에 도착하자 아침에 마주쳤던 낯선 남자가 그를 기다리고 있었다. 경태는 일상이 되돌려질 수 없다는 것을 이제는 운명으로 받아들여야 했다.

교감에게 외출 결재를 받았다.

'퇴근 전까지는 학교로 꼭 돌아오겠다고…'

하지만 학교를 나선 후 경태는 영영 돌아오지 못하고 말았다. 그는 지방교육자치에 관한 법률 위반으로 검찰 조사를 받았다. 그날이 학교에 출근한 마지막이 날이 되고 말았다.

태몽

1959년(己亥年) 음력 구월 열아흐레일 술시.

경태는 전남 해남의 한 농촌 마을에서 빈농가(貧農家)의 장남으로 태어났다. 경태 어미가 스물아홉 살에 임신했을 때, 그녀는 친정 동네의 연꽃 방죽에서 용이 승천하는 꿈을 꾸었다.

경태가 태어난 마을에서 내려다보면 목포에서 들어오는 바닷물이 시냇물과 만나 작은 강을 이루고, 그 너머에는 조그마한 논들이 아무렇게나 흩어진 성냥갑처럼 군데군데 널브러져 있었다. 그리고 가깝게는 월암 고개와 흑석산이, 멀리는 영암 월출산과 연결되는 맥들이 희미하게나마 파노라마처럼 겹겹이 펼쳐 보였다.

마을 좌측으로는 해남 읍내와 경계가 되는 만대산 줄기에 퇴뫼봉과 원요골이 맞닿아 있고, 우측으로는 금강재 아래에 서당 골이 병풍처럼 그 자태를 드러내고 있다. 또 마을 앞쪽으로는 작은 시냇물들이 모여 강을 이루고, 그 물줄기는 다시 영산강 방조제를 향하여 유유히 흘러갔다. 말하자면 이곳은 전형적인 배산임수 지형이다. 그 가운데 국도와 지방도가 교차하는 삼거리에 집들이 옹기종기 모여 있는 마을이 경태 고향이다.

또한 역사적으로 살펴보면 경태네 마을 서쪽으로 금강재 능선에 암각 매향비가 있는데, 1405년(태종 6)에 매향 의식을 거행했다는 기록이 남아있다. 매향(埋香)은 민물과 바닷물이 만나는 지점에 향을 묻는 민간 불교 의식으로 이곳 마을 앞 냇가 징검다리인 노두에서 이루어진 것으로 추정된다.

그리고 이곳은 조선 광해군 때 최고의 풍수로 이름을 날렸던 원주이씨 이의신(李義信)이 태어난 곳이기도 하다. 그는 1612년(광해군 4) 임진년 병란과 역적의 변이 일어나고, 조정이 여러 갈래 당으로 갈리어 사방의 산이 붉게 물듦은 한양의 지기(地氣)가 쇠해진 것이라 상소했다. 마침내 그는 도읍을 교하(交河, 현재 파주)로 천도하기를 청하여 왕의 동의를 얻었으나, 예조판서 이정구와 이항복 등 제신의 강력한 반대로 뜻을 이루지 못하고 이곳으로 낙향해서 터를 잡았다.

경태네 집 앞 시냇가에는 사시사철 만대산 골짜기에서 얼음장 같은 맑고 차가운 물이 흘러 내렸다. 이곳에서 그의 어머니는 집안 식구들의 빨래도 하고, 맨사댕이 된 그의 몸뚱어리를 씻겨주기도 했다. 경태는 다섯 살 된 누이와 마당에서 놀다가 목이 마르면 시냇가로 쪼르르 내려가 목도 축이고 물장난도 쳤다. 누이와 경태의 나이 차는 두 살 터울이다.

그리고 동편과 서편 경계 언덕배기에 자리 잡은 경태네 집 아래에는 우물이 하나 있었는데, 동네 사람들은 이 물을 공동식수로 이용했다. 어느 때부터 불렸는지 모르지만, 돌에서 물이 쉼 없이 샘솟는다 해서 모두 '독샘'이라고 불렀다.

경태 할아버지는 한학을 한 사람이라서 마을에 서당을 열고 학교에 가지 않는 아이들을 훈육했다. 말하자면 훈장인 셈이었다. 그리고 경태 할머니는 집안 살림을 하면서 간난이 여동생을 돌보았다. 경태 아버지와 어머니는 선천적으로 부지런한 사람이었다. 그들은 쉬는 날 없이 대개 들일을 하거나 뒷산에서 땔감을 해와 허청에 차곡차곡 쟁였다.

그의 어머니는 들에 나가 일하다가도 자식새끼들이 눈에 밟히면 일손을 멈추고 집에 한 번씩 다녀갔다. 시부모의 점심을 챙기기 위해서라고는 하지만, 사실 어린 자식들이 잘 있는지도 살피었다. 두 남매가 정답게 놀고 있는 모습을 볼 때마다 그녀의 입가에는 항상 미소가 배시시 번지곤 했다.

"우리 새끼들 별 탈 없이 잘 있네!"

하지만 집에서 멀리 떨어진 남당리 밭으로 나가면 저녁 해가 질 무렵이 되어서야 돌아왔다. 마을 가까이에는 밭이 없어 아낙네들은 오 리쯤 떨어진 남당리 들판까지 달음질했다. 주로 봄에는 깨와 고추를 심어 여름에 수확하고, 늦가을에는 보리와 마늘을 심어 겨울나기를 했다. 그녀는 해마다 자식새끼들 간식으로 고추밭 주위에 빙 둘려 옥수수를 촘촘하게 심었다. 그러나 남정네들은 밭농사보다 집 가까운 논배미에서 주로 논농사를 살폈다. 그리고 가을에는 벼를 수확한 후에 곧바로 보리를 심어 이모작 농사를 지었다. 그러다 보니 멀리 있는 밭은 마치 여자 일꾼들의 협동농장 같은 분위기를 연출했다.

경태 할아버지는 당신의 아들들에게는 농사일을 가르치지 않았다. 경태 아버지는 농사짓는 기술이 서툴러 자연스럽게 어려운 일은 어머니 몫이 되었다. 원래 논밭이 풍족해서 집안에 머슴도 거느렸고, 소작농에게 소작료를 받아 생활하고 있어서 마을에서는 남부럽지 않은 살림을 이루었다. 하지만 경태 할머니 말을 빌리자면 그렇게 풍족하던 살림도 할아버지가 목포에 나가서 작은할머니를 본 후로부터 가세가 점점 기울었다고 했다.

그러자 경태 아버지는 농사일만으로 성이 차지 않았는지 일찍이 장사에 눈을 돌렸다. 그는 삼거리 신작로 옆에 집을 지어 전방(廛房)을 열었다. 그리고 이곳에서 동네 아저씨와 합자 장사를 시작했다. 그는 장사를 마치면 윗집에서 자고 다음 날 아침 일찍 전방으로 건너갔다. 경태 어머니는 새댁이라서 전방에는 나가지 않고 주로 육아와 살림에 몰두했다.

경태는 아버지가 하는 일이 궁금해 껌딱지처럼 누이 손을 붙들고 가끔 전방 집이 있는 신작로까지 오고 갔다. 전방 집 가는 길은 그리 멀지 않았다. 집에서 독샘을 거쳐 큰 팽나무가 있는 집을 지나기 전에 큰 낭떠러지가 하나 있었고, 냇가를 따라 정자를 끼고 돌면 신작로 길이 나왔다. 경태는 누이의 손을 놓칠세라 더욱 힘을 주고 따랐다. 누이는 아장아장 걷는 경태에게 이렇게 일러주었다.

"경태야, 전방 집 다 와 강께 내 손 꼭 잡어라이. 놓치면 절대로 안 된다이."

이를 본 경태 아버지는 깜짝 놀라 눈깔사탕을 하나씩 입에 넣어주며 다시는 오지 말라고 단단히 단속시켰다.

그러던 어느 날부터 합자 아저씨가 그의 아버지에게 억지로 술을 먹이고 돈을 빼돌리기 시작했다. 아마 밤늦게까지 화투 놀이를 하는 손님들이 있어서 밤샘으로 영업을 하지 않았나 싶다. 그는 전방 집에서 먹고 자고 해서 결산하는 시간이 불규칙했다. 이렇다 보니 경태 아버지는 돈이 비는 것을 늦게서야 눈치챘다.

결국 합자 장사를 때려치우고, 전방 집 뒤에 볏짚으로 엮은 초가 집 안채를 지어서 온 가족을 데리고 이곳 전방 집으로 이사했다. 안채에는 할아버지와 할머니가 거주하고, 바깥채에는 아버지와 어머니가 거주하며 전방을 확장했다. 이곳에서 경태 남동생 둘이 태어나 자식들은 모두 아들 셋, 딸 둘 5남매가 되었다.

코흘리개

당시 경태네 마을은 200여 호가 훨씬 넘었고, 사람 수도 천을 넘어섰다. 전방은 경태 집 하나뿐이었다. 동네 사람과 신작로를 오가는 사람들 수로 보아 가게가 하나 있는 꼴이니 농촌 수입치고는 가히 나쁘지 않았으리라 생각된다.

하지만 전방으로 이사하고 나서는 경태 할아버지의 걱정거리 하나가 더 늘었던 모양이었다. 원래 서당 근처에 살 때는 '경태(景兌)'라고 쓴 목패를 가끔 하고 다녔는데, 전방 집으로 이사 온 후로는 날마다 목패를 목에 걸고 다녀야 했다. 도로변에 전방 집이 있었고, 집 앞은 사람들과 차가 다니는 신작로였기 때문에 그는 혹시 손자를 잃어버릴까 항상 노심초사했다. 경태는 목패를 걸고 다닐 때 항상 바짓가랑이가 터진 옷을 입고 다녔다. 그것은 선천적으로 남이 없는 태산 불알을 가지고 태어났기 때문이었다. 그래서 비라도 오려고 날씨가 꾸무럭거리면 이것이 오리알 크기로 탱탱해졌다. 경태는 비가 올는지 안 올는지 점쳐보는 동네 일기 예보관 역할을 했다.

전방 집 앞은 동네 사람들뿐만 아니라 자주 왕래하는 외부인들도 많다. 그의 집에서 서쪽으로는 진도로 통하는 길이, 동남쪽으로는 해남읍이 나오고 서북쪽으로는 영암을 거쳐 목포나 광주로 통하는 길이 연결된다. 그래서 이곳 삼거리는 교통의 요새였다.

그래서인지 전방은 생각보다 잘 되었던 것 같다. 경태 아버지는 장사 수완이 뛰어나 전방 집을 증축해서 이발소, 참기름 집, 정류소로 업종을 늘려나갔다. 그리고 경태 어머니는 깨를 볶아 참기름을 짜고, 한겨울에는 두부도 만들어 팔기도 했다. 그의 아버지는 전방을 보면서 차표를 끊었고, 이발소에는 따로 월급쟁이 이발사를 두고 관리했다.

덕분에 경태는 항상 이발을 공짜로 했다. 이발사가 한가한 틈을 타 이발을 하곤 했는데, 주로 아이들은 키가 작아 키 높이를 맞추는 널빤지 위에 동그마니 걸터앉아 이발했다. 바리캉이 오래되었는지 경태는 가끔 머리가 뽑혀 목을 자라처럼 쏙 집어넣고서 움찔움찔 해댔다. 특히 그는 간지럼을 유난히 많이 탔다.

"아따 사내새끼가 되아가꼬 웃음이 그렇게 헤프면 쓴다냐?"

이렇게 이발사의 꾸중을 들을 때마다 경태는 입술을 꼭 깨물며 웃음을 참아냈다. 그것도 어려울 때는 두 손가락에 힘을 주고 깍지를 낀 채 꾹 참았다. 그때 남자아이들의 이발 스타일은 하이칼라가 유행했다. 앞머리는 길고 옆머리를 바리캉으로 단정하게 올려 치는 형태인데, 머리를 자주 깎지 않기 위한 하나의 방편이었다.

전방 집 진열장 안에는 여러 가지 생활필수품을 비롯하여 말린 노가리와 오징어, 건빵, 오다마와 아메다마 사탕, 뽀빠이 과자봉지, 국수, 세탁비누, 대두 병 소주 등이 진열되어 있었다. 때 묻은 나무 금고 위에는 외상장부와 오래된 수판이 동그마니 자리 잡고 있었고, 불뚝 튀어나온 검은 서가래 아래에는 해남 여객 행선지와 차비가 각각 적혀 있었다. 그리고 전방 한구석에 자리 잡은 막걸리 항아리에서는 항상 술 냄새가 역하게 풍겼다.

경태 아버지는 일주일에 한 번씩 목포에 다녀왔다. 그것은 조금이라도 물건을 싸게 떼어와서 이윤을 많이 남기기 위함이었다. 그는 물건을 떼러 갈 때면 누이에게는 전방을, 그리고 경태에게는 이발소를 맡기고 단단히 단속했다. 경태는 전방을 보는 누이가 항상 부러웠다. 그녀가 아버지 몰래 사탕이라도 하나씩 집어 먹을 수 있다고 생각했다. 물론 누이가 사탕 먹는 모습을 본 적은 없지만 경태의 어린 마음에 부러웠던 것 같다.

그녀는 항상 부지런했다. 전방 흙바닥은 사람이 들고 나갈 때마다 먼지투성이였다. 그녀는 매일 바닥에 물을 뿌리고 수숫대 빗자루로 울퉁불퉁한 바닥을 깨끗이 쓸어냈다. 그녀 입에서 품어져 나온 물은 사정없이 바닥으로 곤두박질치면서 골고루 뿌려졌다. 어느새 전방 바닥은 밥알이라도 주워 먹을 정도로 반질반질해졌다.

경태 아버지는 장사로 유독 머리가 트인 사람이었다. 학교 운동회 날에는 임시 천막을 쳐놓고 밥장사도 했다. 만국기가 나부끼는 운동장에는 아이들뿐만 아니라 동네 사람들로 장사진을 이루었다. 경태는 '마산동'이라고 쓴 흰 메리야스와 하얀 띠가 붙은 까만 다후다 반바지(pants)를 입었다. 그는 뭐가 그렇게 신이 났는지 참새 방앗간 기웃거리듯 쉼 없이 밥집을 드나들었다. 경태 어머니는 배시시 미소를 지으며 물 묻은 손을 앞치마에 대충 문지르고는 그의 머리에 헐렁하게 묶인 청색 머리띠를 풀어 다시 한 번 질끈 동여매어 주곤 했다.

"여름도 많이 지났는디 먼 땀을 이렇게 많이 흘리고 댕기냐? 인자 여그 오지 말고 선생님 말씀 잘 듣고 달음박질 잘해라이."

그때는 장사가 잘되어 경태네 집은 그래도 남들보다는 좀 더 여유롭게 살았다. 당시 동네 일부 아이들은 무명베 옷을 입고 다녔는데, 그는 아버지가 목포에서 사 온 코르덴 옷을 입고 동네방네 자랑치고 다니기도 했다. 그 후 신작로 가에는 새로운 전방들이 두어 군데 더 들어섰다.

말 그대로 철없는 코흘리개였다.

고추 하나 따 줄래?

아버지가 출타할 때면 경태가 할 일은 따로 정해져 있었다.

이발소에 들어가 이발하는 손님들이 몇 명인지 세는 일이었다. 대개 손님들은 딱딱한 나무 의자에 걸터앉아 자신의 순번이 언제 돌아오나 하고 목을 삐죽 내밀었다. 또 의자가 불편하다 보니 오랫동안 진득하게 앉아있질 못하고 몇 번씩 일어났다 앉았다 반복하며 서성대기도 했다.

그래도 이발하는 손님 수는 꽤 되었고, 장날이나 명절이 돌아오면 더 많아졌다. 경태는 그 옆에 달라붙어 사람 수를 헤아리고 아버지가 돌아오면 그 숫자를 정확히 보고해야 했다. 손님이 없을 때는 졸리기도 하고 지루했다. 그럴 때면 그는 슬그머니 텃밭으로 들어가 설익은 개구리참외 하나를 따 바지에 쓱쓱 문지르고서 껍데기 채 우두둑 씹어 삼켰다. 몰래 먹는 참외가 그렇게 달고 맛있었다. 그러나 먹다 남은 참외 꼭지는 너무 써서 집 뒤 언덕배기에 던져 버리곤 했다. 집에 돌아온 아버지는 경태가 말하는 숫자를 들어보고 이발사와 수입과 맞추었다. 그러니까 결국, 이발사가 혹시라도 빼먹지는 않았는지 감시하는 역할이었다.

농한기에는 동네 아재들이 이발소에 더 많이 모여들었다. 그들은 이곳 이발소를 사랑방 삼아 삼삼오오 모여 두런두런 농사 이야기나 세상 돌아가는 이야기를 하곤 했다. 그중에서 장난기 많은 아재가 하나 있었다. 그는 자주 넉살스러운 표정을 짓고서 꼭 경태만 보면 장난을 걸어왔다.

"경태야, 아재 한테 고추 하나 따줄래?"

"아재, 안되어라우. 우리 엄마가 절대로 하지 말라고 했어라우."

그래도 끈질기게 장난을 걸어와 결국 경태는 귀찮아 그의 장난에 응해 주어야 했다.

"옛소. 여깃 쏘."

경태는 빈 주먹을 가랑이에 대었다가 그의 입 가까이에 대주고 부끄러워 얼른 도망가 버리곤 했다.

"와따, 우리 경태 고추가 무지하게 고소하구만이."

그는 재미있다는 듯 파안대소했다. 요즘 같으면 성추행이니 뭐다 하고 야단법석이겠지만 그때는 어느 정도 장난으로 용인되었던 것 같다. 경태 어머니는 그 말을 듣고서 다시는 이발소에 가서 놀지말라고 했지만, 경태는 세상 돌아가는 어른들의 이야기가 참 재미있었다. 그 후에도 그 아재의 장난은 계속되었지만 아무 아랑곳하지 않고 몇 번 더 가서 놀았다.

어느 날 부탁을 거절하자 그는 더 짓궂은 장난을 쳤다.

"내 말 안 들으면 경태 니 이마빡에 못을 꽉 박아불랑께이."

그는 실제로 경태 이마에 못을 거꾸로 대고 펜치로 못을 박는 흉내를 여러 차례 반복했다. 하지만 괜히 부모에게 일러바쳤다가는 무서운 일이 일어날 것만 같아 경태는 벙어리처럼 입을 꽉 다물 수밖에 없었다.

지금도 이마 한가운데는 마치 부처님의 이마에 박힌 빛나는 터럭 '백호(白毫)'의 흔적처럼 흉터가 어슴푸레 남아 있다. 좋은 추억은 아니지만, 흉터를 볼 때마다 그 시절로 돌아가는 느낌이 든다.

배급받는 아이들

부모님은 경태가 태어난 지 1년이 되어서야 출생신고를 했다.

그 당시는 의료 기술이 좋지 않아 아이들이 전염병이나 질병으로 성장이 더디거나 빨리 죽었었다. 태어나도 생명줄이 어떻게 될지 예측이 안 되어 이처럼 출생신고가 늦어졌다. 그렇지만 경태는 초등학교를 제 나이인 여덟 살에 입학했다.

신입생 면접일에 그는 아버지 손을 잡고 학교에 갔었는데, 그날 비가 억수로 내렸다. 입학하고 나니 경태보다 한두살 많은 아이들도 꽤 있었다. 경태네 반은 1학년부터 6학년까지 줄곧 한 반이었는데, 대략 오십여 명 안팎 되었다.

1966년 3월쯤,

경태네 1학년 담임 선생님은 머리가 하얗게 세고 연세가 지긋했다. 그러나 아이들에게는 항상 자상하고 인자한 선생님이었다. 그는 항상 상체를 좌우로 크게 흔들며 걷는 팔자걸음과 쉬는 시간이면 자주 잠을 잤다. 그러면 급장은 아이들을 조용히 다독였다.

"아그들아, 선생님 주무신께 조용히 해라이."

"아니어야, 선생님은 시방 명상 중이어야. 잠깐 눈만 감고 있어야."

어느새 그는 눈을 뜨고 벌떡 일어나 계면쩍게 웃었다.

한편 그는 옆 마을에 사는 경태보다 한 살 적은 아이 하나를 청강생으로 데리고 다녔다. 그 아이가 엊그제 초등학교 교장으로 퇴직하였으니 세월은 유수와 같이 눈 깜박할 새라고 아니할 수 없다. 그 아이는 신우대로 만든 팽총을 늘 학교에 가지고 왔다. 그리고 자신의 삼촌이 월남 백마부대 용사가 되었다고 자랑도 쳤다.

경태는 선생님들로부터 인기가 많았다.

당시 학교에서는 토요일마다 돌덩이처럼 딱딱한 미제 분유와 노란 강냉이 가루를 배급했다. 아이들은 하늘 높은 줄 모르고 곧게 뻗은 스기(삼)나무 아래에서 지렁이처럼 기다랗게 줄을 섰다. 개중에는 먼저 배급받으려고 슬쩍 새치기하는 아이도 있었다. 그런데 선생님은 경태한테 강냉이 가루를 남들보다 더 많이 챙겨주는 게 아닌가? 그의 아버지가 선생님들과 술자리를 자주해 살가운 사이기도 했지만, 더 큰 이유는 따로 있었다.

"경태야, 으째서 선생님이 강냉이 가루 이렇게 많이 준지 알제?"

"어째서요? 선생님."

은근하게 말하는 의도를 바로 알아차리지 못한 경태는 선생님 앞에 쪼그려 앉아 두 손으로 턱을 괸 채 물었다.

"아따 느그 아부지한테 깻묵 많이 주라고 그라제이."

그때만도 학교에서는 화분에 꽃을 심을 때 비료가 귀할 때라서 깻묵을 많이 썼다. 참기름 짜는 그의 집에는 옛날 엽전 모양의 커다란 깻묵 덩이가 많이 쌓이곤 했다. 경태 아버지는 그 깻묵으로 선생님들의 환심을 사고 있었던 것 같았다. 학교를 파하면 아이들은 책

보자기를 양어깨에 질끈 동여매고, 양손에는 분유 덩이와 강냉이 가루를 받아 들고 신나게 집에 오곤 했다. 1960년에는 나라 경제 사정이 매우 좋지 않았고, 특히 농촌 사정은 더더욱 피폐했다. 어렵게 사는 집이 많아 분유와 강냉이 가루는 큰 식량이고 요깃거리였다.

주말의 결투

집으로 돌아오는 길, 운 좋은 아이들은 막걸리 배달 경운기 뒤에 바싹 달라붙기도 했고, 형이 있는 아이들은 편하게 학교를 오고 갔다. 경태는 형이 없어서 그 무거운 짐을 끙끙거리며 집까지 와야 했다. 그날 돌아오는 길에 없는 형을 어찌나 기다렸던지!

항상 토요일은 즐거웠다. 당시 어른들은 이날을 반공일(半空日)이라고 불렀다. 마을 아이들은 토요일마다 애향 단장 호루라기 소리에 맞추어 길게 줄을 지었다. 경태는 잘 모르는 교가를 웅얼거리며 집으로 돌아오곤 했다.

> 태백산 정기 받아 만대산 솟고 북창포 파도 소리 평화의 터
> 전
> 8·15 기쁜 날에 좋은 터 잡고 대대로 이어받을 우리의 학원~
> ♬ (중략)

교가가 끝나면 누가 먼저랄 것도 없이 「어린이 행진곡」이 그 뒤를

이었다. 또 토요일이면 건넛마을 형과 동네 형이 맞짱을 뜨는 날이 었다. 우리는 이를 '짱의 전쟁'이라 불렀다. 아이들은 항상 토요일이 돌아오기만을 학수고대했었다. 또 싸움이 없는 날이면 애향 단장의 호루라기 소리가 길게 두 번 울렸다. 그날은 색다른 게임이 시작된다는 신호였다.

"야, 아그들아! 많이 힘들제. 우리 저그 길모퉁이에 좀 쉬었다 각까?"

쉬어가자는 이유가 따로 있었다. 그는 같은 학년 중에서 덩치가 비슷한 아이들을 골라 싸움을 붙였다. 그리고 가끔은 학년이 다르더라도 고학년 중에서 키가 작거나 약한 아이를 뽑아 힘이 세거나 덩치가 큰 저학년 아이와 싸움을 붙이곤 했다. 경태는 원래 싸움을 싫어할 뿐만 아니라 잘하지 못해 형들이 싸움이라도 시킬 조짐이 보이면 고개를 숙이고 몸을 움츠리기 일쑤였다.

한 번은 경태가 떠밀려 싸워야만 하는 상황이 연출되었다. 상대는 후배였다. 경태는 훨씬 덩치가 큰 후배와 싸운다는 게 못내 마음이 내키지는 않았다. 그렇다고 모두 들 보고 있는 데서 꼬리를 말고 도망갈 수도 없었다.

순간, 경태는 후배의 얼굴을 살며시 치켜 보았다. 그는 노란 코가 반쯤 들었다 나갔다 하면서 바쁜 숨을 몰아쉬고 있었다. 거기다가 바지는 혁대도 없이 헐렁하게 입어 배꼽 아래로 반쯤 흘러내렸다. 그가 좀 만만해 보였다. 한 번 해보자는 생각에 경태는 주먹을 불끈 쥐고 애향 단장이 시작 신호를 주자 그대로 돌진했다. 그의 가랑이 사이로 머리를 쑥 집어넣고 세게 밀었다. 마침내 그는 뒤로 나동그라져 울고 말았다.

옛날 아이들의 싸움 승패는 코피를 누가 먼저 흘렸는가 혹은 누가 먼저 울음을 터뜨렸느냐 여부로 갈렸다. 그 후로 경태는 싸움 한 번 한 적이 없었고 애초에 싸움을 싫어해 시비 한 번 건 적도 없었다. 처음이자 마지막 싸움이었던 셈이다. 그렇게 시간이 많이 흘렀지만, 경태는 그 후배를 만나면 괜히 미안하고 짠한 마음이 들었다.

빨간 딱지

1967년, 그해 육영재단에서 발행한 『어깨동무』 잡지가 처음 학교에 들어왔다. 경태는 형들 틈에 끼여 글씨는 읽지 않고 만화와 그림만 보았다.

2학년 때 담임은 여자 선생님이었다. 그러나 선생님에 대한 기억은 별로 없고, 단지 옆 동네에 사는 사람이라는 기억뿐이었다. 그해 경태네 집에 큰 위기가 찾아왔다.

전방 장사가 꽤 잘되자, 경태 아버지는 사업을 문어발처럼 계속 확장하다가 빚더미에 앉았다고 어머니가 전했다. 그렇지만 경태 누나 말은 달랐다. 동업자가 불량한 마음을 가진 사람이었기 때문이라고 했다. 그런가 하면 동네 사람들은 그의 아버지가 놀음해서 망했다고 귓속말로 소곤댔다. 그러나 누구의 말이 맞고 틀리는지 그건 전혀 문제가 안 되었다. 중요한 것은 집이 쫄딱 망했다는 사실이었다. 경태는 분노를 금할 수가 없었다. 이때의 기억 때문인지 그는 동업은 물론이고 돈 문제로 다른 사람들과 얽히는 것 자체를 꺼렸다.

한 번은 학교를 파하고 집에 돌아오니 그의 집 여기저기에 빨간 딱지가 덕지덕지 붙어 있었다. 이발소의 의자와 소독장, 전방의 진열장은 물론이고 심지어 광에 있는 쌀독까지도 딱지가 덕지덕지 붙었다. 가장 값비싼 참기름 틀은 미리 서둘러 가까운 친척이 와서 뜯어갔다고 했다. 경태 아버지는 그곳에까지 손을 뻗어 돈을 빌렸다.

경태 어머니는 앞에서는 아이들을 안심시켰지만, 뒤로는 망연자실한 채 부엌 한쪽에서 소리 없이 울고 있었다. 경태는 그런 어머니가 안쓰러워 견딜 수 없었다. 비록 어린 나이였지만, 어서 빨리 돈을 벌어 어머니를 부자로 만들어주겠다고 마음먹었다. 경태 아버지는 아무 하는 일 없이 자신을 자책하며 날마다 술만 찾았다. 그리고 그 분노는 어머니한테까지 옮겨왔다. 이에 어머니는 할아버지에게 조심스럽게 말을 꺼냈다.

"아버님! 도저히 그 사람과 더는 못 살겠어라우. 아그들 데꼬 잠시 친정으로 가 있어야겠어라우."

"며늘 아그야, 그건 절대로 안 될 말이다. 그래도 경태를 봐서라도 꾹 참고 살아라. 경태가 언젠가는 꼭 우리 집안을 크게 일으킬 것잉께 쪼간만 참고 기다려봐라."

경태 아버지는 어디에 갔는지 한동안 볼 수 없었다. 그는 객지에 나갔지만, 배운 것이 없어 비집고 들어갈 일자리를 찾지 못했다. 그래서 이틀은 일하고 사흘은 빈손으로 돌아오는 경우가 더 많았다. 그가 없는 집안은 썰렁했다. 가장이 없는 경태 가족은 늘 우울하고 불안했다.

경태 할아버지는 나이가 꽤 지긋했지만, 다시 서당 문을 열려고 했다. 그러나 아이들이 모이지 않아 그만두었다. 그의 뒤를 이은 마을 훈장이 그나마 없는 아이들마저 싹싹 긁어모아 가르치고 있던 참이었다.

그리고 초등학교를 졸업하고 중학교에 진학하지 못한 아이들은 친척들이 사는 도회지로 하나둘씩 떠났다. 그들은 소위 산업화의 역군이 되고자 앞다투어 농촌을 벗어나려 무지 애를 썼다. 또한 신학문이 들어서면서 한학은 누구 하나 배우려 하지 않았다.

결국에 경태 할아버지는 남은 밭떼기에 개구리참외를 심고 그 옆에 조그마한 원두막을 지었다. 하지만 유복하게 자란 그가 이런 일을 능숙하게 할 리가 만무했다. 거기다 지나가는 옆 동네 사람들은 은근히 비웃기 시작했다.

"부장 나리 아들이 뭔 일이당가? 한때는 쇠고기도 질기다고 뱉은 양반이었는디 말이어. 참외 장시를 다 한 것 보면 참 용기도 하제이."

아마 그는 생활이 힘든 것보다 주위에서 비웃는 것이 더 힘들었을 것이다. 그러나 손자들을 위해 이 고통도 말없이 참아냈다. 독이 오른 그는 사람들과 마주치기 싫어서 참외를 망태에 되는대로 담기 시작했다. 어린 경태는 원두막에서 못다 판 참외를 망태에 메고 물레방앗간 건너편 강변 둑을 따라 할아버지와 함께 오일장을 찾아다녔다.

그동안 일구었던 논밭도 거의 남의 손에 넘어가 버리고 밭 몇 떼기, 논 다랑치에 겨우 참외와 나락을 심었다. 경태 어머니는 동네에서 남의 집 삯일도 마다하지 않고 밤낮없이 소처럼 일하며 집안의 가장이 되어 가족들을 건사했다. 그녀는 남의 집 일을 마치고 나면 저녁밥도 먹지 않고 그 몫으로 일꾼 쌀밥을 얻어오곤 했다. 그리고 그 쌀밥을 정성껏 데워 할아버지와 할머니 아침상에 올렸고, 남은 식구들은 매일 꽁보리밥과 노란 조밥으로 아침을 때웠다. 어린 마음에 쌀밥이 먹고 싶어 물끄러미 쳐다보는 경태에게 할아버지는 가끔 하얀 쌀밥 몇 숟가락을 덜어주기도 했다.

재기(再起)

　제대로 된 직장 하나 잡지 못한 경태 아버지는 결국 고향에 눌러앉을 수밖에 없었다. 더구나 객지에 나가 안정된 일은 못 찾고 겨우 얻은 직장은 건설 현장의 막일이었다. 그는 처음 보는 리어카를 제대로 끌지 못하고 거꾸로 끌다가 현장 십장(什長)에게 된서리 맞았다.

　"이씨는 내일부터 일하러 나오지 마쑈."

　그는 객지에서 돌아온 후 주류 도매점에서 배달 일을 시작했다. 동네 어른들 말로는 그 사장이 돈은 많지만, 굉장히 인색한 사람이라고 했다. 경태 아버지가 타고 다니는 자전거는 짐칸이 무지 넓고 컸으며, 까만 고무 밧줄이 두껍게 감겨 있었다. 그 당시 이런 자전거를 '짐빠리'라고 불렀다.

　그가 집에 돌아오기 전까지 경태 가족은 저녁을 먹지 않고 배고픔을 참으며 기다려야 했다. 그때 동생들이 배가 고프다고 보채기라도 하면, 경태 누나는 음악책을 꺼내어 처음부터 끝까지 따라 부르게 했다. 또 동생들이 목이 아프다고 투정을 부리면 '보리밥 쌀밥' 놀이하면서 빈 주먹으로 "여깃다. 쌀밥!" 하며 우리들의 입에 갖다 대었다. 그렇게 늦게까지 오남매는 아버지를 기다린 적이 많았다.

마침내 그는 퇴근했다는 신호로 마당 입구에서부터 자전거 핑갱이 소리를 꼭 세 번씩 울리며 들어왔다. 오남매는 약속이나 한 듯이 음악책을 내동댕이치고 동시에 마당으로 뛰어나가 그를 맞아야 했다.

"아부지! 잘 다녀오셨어라우."

"오냐, 우리 새끼들 잘 있었냐? 오늘은 아부지가 월급 타서 돼야지 고기 몇 근 끊어 왔다."

그는 신문지로 아무렇게 둘둘 말린 돼지고기를 경태 어머니 손에 대충 건네며 흐뭇한 미소를 지었다. 돼지고기가 지금이야 흔해빠졌지만, 그때는 아버지 월급날에나 간신히 먹을 수 있는 귀한 음식이었다.

항상 이런 날이 있는 것만은 아니었다. 그는 가끔 기분이 저기압이어서 얼큰하게 술을 마시고 올 때면 아이들을 밖에 세워놓고 일장 훈시를 하곤 했다. 경태는 아버지의 긴 훈시가 끝날 때까지 부동자세로 참고 기다렸다가 늦은 저녁을 먹었다.

그의 목소리는 동네에서 가장 우렁차고 컸다. 그래서 경태 남매들은 고양이 앞의 쥐처럼 항상 주눅이 들어있었다. 그럴 때마다 어머니는 자식들 기죽인다고 그와 목소리를 높이곤 했다. 아마 지금도 경태의 목소리가 크지 않는 이유는 그 당시 아버지의 영향이 아닌가 싶다.

경태 집은 항상 아홉 식구가 모여 밥을 먹는 대가족이었다. 경태는 할아버지 할머니 앞에서는 항상 무릎을 꿇고 밥을 먹었다. 그리고 남은 식구들은 동그란 상에서 옹기종기 둘러앉아 먹었다.

"경태야 너는 으째서 왜놈처럼 밥 묵을 때마다 무릎을 꿇으냐. 어서 양반다리 못하냐. 체통도 없이."

할아버지의 야단이 있을 때마다 그는 얼른 양반다리로 고쳐 앉았다. 그러나 그는 무릎 꿇는 것이 더 편했다. 경태가 당시 무릎을 꿇고 밥을 먹은 것은 신체 구조상 남보다 다리가 길고 허리가 짧아서가 아닌가 싶었다. 그런데 밥상이 좁아서인지 몰라도 어머니가 밥상에서 식사하는 것을 한 번도 본 적이 없다. 그녀는 여느 어머니들처럼 소반에다 밥과 김치만을 들고 와 게걸스럽게 먹어 치웠다.

그 누가 그랬던가? 자식새끼들 목구멍에 밥 들어갈 때와 마른 내 논에 물 들어갈 때 가장 행복하다고. 그렇다. 그녀는 항상 우리에게 그렇게 대했다. 이때가 경태 가족에게는 힘든 시절이었지만, 가장 소박하고 행복한 시간이 아니었나 싶다.

경태 아버지의 피붙이는 4남매였다. 고모 둘은 일찍 출가했고, 작은아버지는 미군 부대 헌병 중사로 객지로만 떠돌았다. 늘 외로운 그는 이런 고충을 아무에게도 툭 터놓고 이야기할 수 없었다.

'특히 일가친척 그 누구에게도…'

의지할 형제가 없어 경태 아버지는 늘 외로운 사람이었다.

그의 주류 배달 역시 쉬운 일이 아니었다. 잘못하다가 넘어져 물건이 상하기라도 하면 전액 변상을 해야 하고, 또 외상으로 물건을 넣고 수금하지 못하면 전액 책임져야 해 마음의 부담이 클 수밖에 없었다.

결국에 그는 술 배달을 그만두고 소작농으로 시작하여 다시 집안을 일으키기 시작했다.

스승은 항상 감동과 감화를 준다

1968년 3학년,

그해 문교부에서는 중학교 입학시험 제도를 폐지 시켜버렸다. 밤늦게까지 공부하는 동네 형과 누나들이 일찍 집에 왔다. 입시가 없어져서 공부가 조금 시들했지만, 오히려 아이들은 더 좋아했다.

담임은 2학년 때 선생님의 친자매 K 선생님이었다.

그녀는 출근할 때 매일 매일 경태 집 앞을 지나쳤다. 한 번은 비가 오는 날 집에 우산이 없어 경태는 비료 포대를 뒤집어쓰고 학교로 향했다. 그래도 파란 비닐 대우산을 쓰고 가는 아이들이 몇몇 보였다. 대개 아이들은 비료 포대 밑부분을 머리가 들어갈 만큼 뚫어서 뒤집어쓰고 아무렇게나 비를 맞고 학교에 갔다. 그 당시는 미세먼지가 없는 시절이라 머리에 비를 맞는 것보다 옷을 적시지 않는 것이 경태에게는 더 소중했다. 학교 다닐 때 입은 외출복이 하나밖에 없어 더욱 그런 것 같다.

그 모습을 본 선생님은 빙그레 미소를 지으며 예쁜 노랑 우산을 경태 머리 위에 씌어 주었다. 그는 선생님의 예쁜 옷이 비에 젖을까 봐 자꾸 옆으로 떨어지려고 했지만, 그럴수록 그녀는 멋쩍은 미소를 머금은 채 비를 맞지 않도록 경태를 더욱 가까이 끌어당겼다.

당시 아이들은 소풍 갈 때 모란꽃이 그려진 양은 도시락을 주로 이용했다. 그러나 경태는 얇은 나무로 된 일회용 도시락을 가지고 갔다. 이것은 그의 집이 전방 장사를 했을 때 팔다 남은 도시락이었기에 가능했다. 소풍날 경태 어머니는 도시락 반찬으로 단무지와 김치를 싸주었다. 경태 도시락은 밥과 반찬을 함께 담은 일체형이었다. 그녀는 음식이 밖으로 튀어나오지 않도록 노란 고무밴드를 열십자로 묶고 도시락 간수를 잘하라는 부탁도 잊지 않았다. 가끔 도시락통의 밥이 김치와 섞여 김칫국물이 밥에 빨갛게 배어있어 경태는 창피한 적이 한두 번이 아니었다.

이런 도시락에는 마른반찬을 넣어야만 도시락 모양이 흐트러지지 않는다. 경태 반에 부모가 오일장에서 건어물 장사를 하는 아이가 있었다. 그래서 그는 항상 김, 파래 자반과 멸치볶음을 싸 와 점심때면 항상 아이들이 그의 옆에 서서 문전성시를 이루었다. 그는 가끔 아이들에게 반찬으로 인심을 쓰고 아이들의 인기를 독차지했다.

선생님은 소풍날 점심시간에도 아이들의 도시락 먹는 모습을 둘러보느라 바빴다. 그 시절에는 도시락을 못 싸 온 아이들도 꽤 있었다. 선생님은 도시락이 없는 아이들에게 자신이 싸 온 김밥을 일일이 나누어 주었고, 경태에게도 멸치볶음을 조금씩 덜어주곤 했다.

2학기가 시작되자 갑자기 선생님이 보이지 않았고, 새로운 선생님이 수업에 들어왔다. 그는 경태 마을에 거주하는 아저씨였다. 경태는 운동회 텀블링 연습하다가 팔이 골절되어 어머니 등에 업혀 치료받은 적도 있었다. 경태는 어머니한테 선생님이 없어서 학교에 가기 싫다고 했다. 그리고 한동안 밥도 먹지 못하고 크게 앓았다. 어머니는 선생님이 결혼 때문에 목포로 가서 만날 수 없다고 했다.

"경태야, 느그 선생님이 시집을 가부러서 다시 못 봐서 어짜끄나."

비록 그녀와 짧은 만남이었지만 경태는 선생님에게 보고 배웠던 두 가지 교육철학을 교직 생활 내내 실천해 왔다.

첫째, '선생은 가르칠 뿐이지만 교사는 모범을 보이고, 스승은 감동과 감화를 준다.'라는 교훈이었다.

선생님은 항상 모범을 보여 아이들에게 감동과 감화를 손수 보여주었다.

둘째, 정중동(靜中動)의 부드러운 리더십이다.

선생님은 아무 말이 없는 듯 보이지만 항상 아이들 뒤에서 지켜보고 있었고, 혹시 도움이 필요할 때는 조용히 나서서 도와주었다.

"존경하는 K 선생님!

어디에 계시나요. 이 못난 제자가 선생님 많이 보고 싶습니다."

경태는 혼자 뇌까렸다.

짐빠리 자전거

경태가 자전거를 처음 배우기 시작한 것은 3학년 무렵이었다. 따로 자신의 자전거가 있었던 것은 아니고 아버지의 짐빠리 자전거가 연습 대상이었다.

짐빠리는 뒤쪽에 큰 짐칸이 달려 있어 어린 경태가 그냥 끌고 다니기에도 크고 버거웠다. 거기다 어른이 타는 자전거다 보니 경태 혼자 배우기에는 힘이 많이 부쳤다. 그래도 그는 자전거가 타고 싶어 아버지 몰래 슬그머니 신작로까지 끌고 나오다 자주 넘어지곤 했다. 그 당시는 자기 몸이 다친 것보다 자전거가 고장 나는 게 더 걱정되어 한 번이라도 넘어지면 경태는 자전거에 묻은 흙을 닦아내기에 바빴다.

요즘 자전거처럼 안장이 낮고 바퀴가 작았으면 얼마나 좋았을까. 그래도 그때는 자갈투성이 신작로에 넘어져 무릎이 깨져 피가 나도, 아픈 줄 모르고 그렇게 재미가 있었다. 그는 다리가 짧아서 페달이 닿지 않아 바퀴를 돌릴 수 없었다. 그래서 언덕길에서만 연습하다 보니 제법 중심을 잡을 수 있었고 요령도 생겼다. 먼저 한쪽 발을 프레임 사이에 끼운 다음, 몸을 바싹 붙여 안장을 오른손으로 움 켜쥐면 편했다. 그리고 다른 손으로 핸들을 잡고 출발하면 그야말로 경태의 작은 체구에도 딱 안성맞춤이었다.

하지만 신작로 돌밭 길을 몇 걸음 가다가 핸들이 심하게 흔들려 넘어지기 일쑤였다. 그래도 돌밭 길만 지나면 집 앞 경사진 신작로 가 있어, 집에서 큰 다리까지 페달을 세게 안 밟아도 자전거는 쉽게 굴러 내려갔다. 그 덕분에 경태는 다른 아이들보다 연습을 더 많이 할 수 있었다.

한 번은 경태 혼자 연습하는 것을 지켜보던 그의 아버지가 걱정 되었던지 자전거를 잡고 한참을 뒤따라왔다. 아버지가 뒤에서 잡아 준다는 믿음 하나로 경태는 더 자신 있게 페달을 밟으며 자전거를 빨리 배웠다. 그 뒤부터는 아버지가 멀리서 뒷짐만 지고 있어도 그 의 믿음 하나로 한참 동안 혼자서 자전거를 익숙하게 타게 되었다.

경태가 어른이 되었을 때,

아버지를 오토바이 뒤에 태운 적이 있었다. 그는 자식의 등 뒤가 그렇게나 든든하였던지 경태 허리춤을 세게 끌어당기며 헛기침을 콩콩해댔다. 그는 기분이 매우 좋아 보였다.

우아개의 추억

1968년 그해 가을,

은적사라는 절에 가을 소풍을 갔다. 그곳은 학교에서 꽤 떨어져 생소한 곳이라 경태는 며칠 전부터 소풍날을 손꼽아 기다렸다. 마침 소풍날이 경태 생일이라서 어머니는 미리 오일장에서 생일 몫으로 우아개 하나를 사 왔다.

사실 설레었던 소풍날이었지만 경태는 그날 무엇을 했는지 아무 기억이 나지 않았다. 그 흔한 보물찾기도 하지 못했다. 단지 그냥 도시락만 까먹고 호주머니가 터지도록 떨떨한 비자 열매만 잔뜩 주웠다.

집으로 돌아오는 길,

경태는 남당리 밭에서 일하는 어머니를 만났다. 그녀는 가을 뙤약볕을 등에 짊어지고 혼자서 풀을 매고 있었다. 그녀는 얼른 경태를 알아보고 빙그레 웃으며 말했다.

"경태야, 우아개는 으째서 안 입고 다니냐?"

그는 그제야 정신이 번뜩 들었다. 어머니가 사준 새 옷을 어딘가에 벗어놓고서 도시락을 까먹고 비자 열매만 주으러 돌아다녔었다. 그는 순간 어머니에게 가당치도 않은 거짓말을 둘러대고 말았다.

"엄마, 날이 하도 더워서 누나한테 맡겼지라우."

새 옷을 잃어버렸다는 것보다는 어머니에게 순간적으로 거짓말을 했다는 것 때문에 경태는 집으로 돌아오는 내내 발걸음이 무거웠다. 한순간을 모면하기 위해 거짓말을 했다는 것이 어머니에게 죄송하고 또 죄송했다. 어머니가 그런 자신에게 실망했다고 생각하니, 옷을 잃어버렸다는 것보다도 더 속이 상했다.

어머니는 경태가 옷을 잃어버렸다는 것을 나중에 알게 되었지만 아무 말 없이 그냥 넘어갔다. 아마 어머니는 거짓말을 하게 된 그의 마음까지도 헤아렸던 것 같았다. 칠갑산이란 유행가가 흘러나오면 어머니가 그리워지는 이유를 이제 경태는 알 수 있었다.

외갓집 살이

보릿고개가 휩쓸고 간 배고픈 시절,

경태네 집도 예외는 아니었다. 배고픔의 지난 시절을 돌이켜 보면 경태 오남매는 외갓집에서 거의 살다시피 했다.

외갓집은 해남 산이면 반송리 마을이었다. 이 마을은 면 소재지에서 조금 외진 농촌으로 높은 산보다는 주로 낮은 언덕배기에 기름진 황토 땅이 많았다. 이 마을은 주로 진주 강씨들이 자자일촌을 이루고 있으며, 그의 외숙부와 작은 외숙부 선조들이 대대로 터를 잡고 대를 이어온 곳이다. 그의 외할아버지 삼 형제는 한동네에서 오랫동안 의좋게 지냈으며, 일찍이 조상을 숭상하고 예를 소중히 여겼다.

이곳은 논보다는 밭이 많아서 그 당시는 주로 고구마를 많이 재배했다. 지금은 고구마보다는 김장용 절임 배추와 월동 배추가 대부분 전국으로 주문 배송되고 있다. 경태 어머니는 방학이 되면 오남매를 외갓집으로 내몰았다. 여동생하고 경태가 외갓집을 참 많이 갔었다. 그녀는 아마 입이라도 하나 덜겠다는 속셈이었으리라. 그리고 외갓집 제사나 대사가 돌아올 때면 항상 자식들을 매달고 데려갔다.

방학 때가 되면 어머니 없이 아이들끼리만 외갓집을 찾을 때가 많았다. 경태집과 외갓집은 대략 30리쯤 되었다. 아침을 먹고 출발하면 거의 점심때가 되어서야 도착했다.

그 누가 말했던가?

'어려서는 외갓집 것 먹고 살고, 장가들면 처가집 것 먹고 산다.' 이를 증명이라도 하듯이 경태는 비록 꽁보리밥이었지만 끼니때마다 배불리 먹을 수 있는 외갓집이 있어 참 좋았다. 작은 외갓집에는 경태와 같은 또래의 외삼촌이 있었다. 사실 항렬로는 외삼촌이었지만 친구처럼 동네와 바닷가를 쏘다니며 함께 놀았다. 그런 모습을 본 작은 외할머니는 막내아들 하나 더 생겼다며 경태를 무척 예뻐해 주었다.

그의 외갓집 동네 앞에는 큰 방죽이 하나 있었는데 매년 한 번씩 피는 연꽃은 그야말로 일대 장관을 이루었다. 어머니는 경태를 임신했을 때 이 연못에서 커다란 용 한 마리가 용틀임하며 승천한 꿈을 꾸었다고 했다. 그래서 어머니는 가끔 꿈을 회상하다가 이렇게 말했다.

"우리 경태는 나중에 큰일 할 사람이랑께. 엄마는 너 하나만 보고 이 시상을 참고 산지 알고 있제."

그럴 때마다 그는 어머니의 기대가 무겁기도 했지만, 그만큼 자신을 믿어주는 사람이 있다는 것에 힘이 나기도 했다.

당시 경태 외갓집에는 시집 안 간 막내 이모가 외할머니와 외할아버지를 모시고 살았다. 그래서 식구라 해봐야 단출한 세 식구뿐이었다. 외삼촌마저 군에 입대하여 집안은 더욱 썰렁했다. 그래도 가족들이 외갓집에 모여들면 집안이 잔칫집처럼 왁자지껄했다. 그는 가끔 막내 이모가 광에서 나락을 퍼서 뒷집 담 너머로 옮기는 것이 궁금했다. 외할아버지는 헛기침만 하면서 그냥 모른 체했다. 혹시 그녀가 용돈이 궁해서 그랬나 싶었다. 외갓집 동네에서 조금 떨어진 소재지에는 오일장이 열리는데 이모는 거기다가 나락을 돈 산다고 했다. 동네 사람들은 이곳을 '점바우 장터'라고 불렀다.

경태는 그녀가 나락을 팔아서 목포에 나가 화장품과 예쁜 옷만 사는 줄로 알았다. 그런데 막내딸인 그녀는 늙은 아버지에게 당시 유행한 검정 두루마기 하나를 사주는 것이 꿈이었다. 결국 이모가 시집가는 날 외할아버지는 이 옷을 입어보지 못했다. 외할아버지는 평상시 해소가 많아 막내딸 시집가는 날 함께할 수 없었다. 막냇동생이 그 일을 대신했다. 이것이 그녀에게는 가장 가슴 아프고 슬픈 사연이 되고 말았다. 그뿐만 아니라 그녀는 동지섣달에 달구 새끼처럼 헐벗은 맨발의 조카 새끼들까지 양말 한 컬레라도 챙겨줘야 마음이 편했다. 어쨌든 이러한 그녀의 갸륵한 마음을 모르고 주위에서는 오해가 있었다. 하지만 훗날 가족을 돌보려는 그녀의 진정한 마음에 누구 하나 토를 달지 못했다.

그녀는 딸들의 효도를 받으며 서울에 홀로 있다. 그러나 그녀는 항상 씩씩했다. 지금 경태는 어머니마저 돌아가셔서 둘밖에 안 계시는 이모들이지만, 매년 고향에서 나오는 쌀 한 가마씩을 보냈다. 따뜻한 마음을 가진 두 이모에게 조그마한 보답이라도 꼭 해야만 그의 마음이 편했다.

방학이 끝날 때가 되면 여동생만 홀로 남겨두고 그는 누나와 함께 집으로 돌아왔다. 외할머니는 비료 포대에 무거운 고구마를 담아 머리에 이고 완행버스가 정차하는 신작로까지 배웅나왔다.

"아따 그놈 새끼들, 같이 있을 때는 시상 귀찮든마 으째서 오늘은 이렇게 서운한지 모르것네이."

그녀의 유난히 작은 눈에는 어느새 눈물이 고여 있었다. 그녀는 경태에게 잘 가라고 손을 휘저으며 그 자리에 오래 서 있었다. 버스에 오른 경태는 고마운 외할머니 얼굴을 떠올리다 버스가 덜커덩거릴 때야 비로소 헤어진 걸 깨달았다.

목포 앞 상공리에서 출발한 버스는 반송리, 육일시, 상등리를 거쳐 해남읍에 도착하는 노선이었다. 그래서 경태는 그 무거운 고구마 포대를 질질 끌고 중간 정거장인 상등리에서 내려야 했다. 이곳 상등리에서 몇 시간 기다렸다가 목포로 가는 완행버스를 갈아타고 집에 돌아왔다. 가끔 차시간이 맞지 않아 누나와 함께 외갓집으로 향하는 달구지를 따라 걸어가기도 했다. 가도가도 외갓집은 끝이 없었다.

경태네 가족은 해남 여객 버스를 이용하면 무임승차였다. 아버지가 해남 여객 정류소 소장이었기 때문이었다. 버스에 오르자마자 경태는 이렇게 소리높여 외쳤다.

"기사 아저씨! 해남 여객 맹진 정류소장 아들입니다."

"누가 그걸 모르냐?"

버스 기사는 공짜로 타는 경태 모습이 탐탁지 않았는지 퉁명스럽게 말을 던지곤 했다.

고구마는 겨우내 경태 가족의 큰 식량이 되었다. 그나마 이 고구마저 떨어지면 그의 어머니는 보리떡을 해주었다. 이 떡을 만드는 재료는 밀가루도 아니고 보릿가루도 아니었다. 정미소에서 보리쌀을 정미하면 죽제가 나오는데, 이것은 사람이 먹을 수 있는 음식이 아니라 소나 닭이 먹는 것이었다. 이 보리떡에 살짝 사카린을 넣으면 단맛이 났다. 전혀 맛을 찾아볼 수 없을 뿐만 아니라 목에 넘길 때면 몹시 칼칼했다. 경태는 이 떡을 '개떡'이라고 불렀다.

버스가 울퉁불퉁한 신작로 길을 터덕거리면 누나는 차멀미를 참 많이 했다. 경태는 버스가 지나가면 왜 전봇대와 가로수가 뒤로 도 망치는지 어린 마음에 궁금해했다. 이런 궁금증과 호기심이 결국 경 태가 선생님이 되었을 때 전국과학전람회와 발명품대회의 좋은 아 이디어가 되었다.

경태 외할아버지는 참 점잖고 인자한 분이었다. 그는 경태를 볼 때마다 곰방대를 툭툭 치며 불만 섞인 말투를 내던졌다.

"경태야, 느그 할아버지는 명색이 한학깨나 했다는 양반이 왜 외 손자 이름을 내 이름과 같은 돌림자를 썼는지 모르것다이."

그러고는 담배쌈지에서 담뱃잎을 꺼내어 곰방대에 차곡차곡 쌓 은 다음 뻐끔뻐끔 담배를 피웠다. 그는 툇마루 귀퉁이에 걸터앉아 낮잠을 자곤 했다. 그는 외할아버지가 들에 나가 일하는 것을 결코 본 적이 없었다. 그렇지만 가족들은 자신이 할 일을 알아서 척척 해 냈다. 외할아버지 말 한마디에 가족 누구도 토를 달지 못했다.

이렇게 그의 외할아버지는 항상 정중동(靜中動) 리더십을 실천 한 사람이었다.

피그말리온 효과

그해 1969년은 미국의 아폴로 11호가 인류 최초로 달에 착륙한 뜻깊은 해였다. 그러나 사람들은 이 사실을 도무지 믿으려 하지 않았다.

"어떻게 저 달에 사람이 갔다 왔다고? 정말 말도 안 되오."

그해는 온 세상이 달나라 이야기뿐이었다.

4학년 때 담임은 남자 선생님이었다. 그는 관사가 없어서인지 몰라도 가족들과 함께 경태네 동네에 거주했다. 그래서 특별히 선생님에 대한 추억이 있을 법도 한데 경태에게는 별다른 기억이 없고, 단지 네모난 머리에 포마드 기름을 발라 항상 단정하다는 인상만 떠올랐다. 가끔 웃는 모습도 보였지만 무서운 선생님이라는 것 정도만 머릿속에 떠오를 뿐이다. 그렇다고 선생님이 경태를 미워하거나 무시했던 것은 결코 아니고 특별히 칭찬해 준 기억은 없다.

그때 경태 누나 담임 선생님도 동네 근처에 살았다. 그 선생님은 아이들을 보면 항상 웃는 모습으로 대했고, 모든 일에 칭찬 일색이었다. 그는 누나가 공부를 잘한다고 늘 칭찬했다. 누나는 노래를 잘 불렀다. 그뿐만 아니라 그림을 잘 그려 교실 뒤편에는 항상 그림이 붙어있었다. 경태는 쉬는 시간이면 교실 창문 너머로 누나의 그림이 붙어있는지 확인하고 나서야 안도의 가슴을 쓸어내렸다.

그림 밑에 누나의 이름이 붙어 있어 경태는 가슴 한쪽이 항상 뿌듯했다. 지금은 반 아이들의 숫자가 적어서 잘 그린 그림을 붙이고도 여백이 남아 고민이지만, 그 당시는 아이들이 너무 많아서 뽑혀 나가기도 쉽지 않았다. 더군다나 누나와 경태 이름 '경(景)'이 돌림자라서 더욱 친근감이 갔다. 누나는 가끔 그때 추억을 떠올리며 선생님의 칭찬에 힘입어 공부도 열심히 하고 그림도 잘 그렸다고 했다.

아이들에게 있어서 선생님의 역할은 매우 중요하다. 선생님이 아이들의 장점을 찾아 칭찬을 한 번이라도 해주었다면 누구나 기억에 오래 남아 있어 장래에 큰 영향을 끼칠 수도 있다. 이러한 심리적 효과를 교육심리학에서는 '피그말리온(Pygmalion) 효과'라고 한다. 그리스의 조각가 피그말리온이, 자신이 만든 조각상을 사람처럼 대해준 끝에 조각상이 사람이 되었다는 이야기에서 유래한 이 효과는 긍정적인 기대가 좋은 결과를 가져온다는 뜻이다. 선생님이 아이들에게 잘했다는 긍정적 믿음을 주면 아이들은 선생님의 기대에 부응하기 위해 더욱 노력하기 마련이다.

반대 뜻으로 사회학, 심리학, 경제학 등에서 사용하는 '낙인 이론', 또는 '낙인 효과'가 있다. 주위의 부정적인 기대효과로 아이들이 스스로 부정적인 존재로 인식하고 만다는 것이다.

피그말리온 효과라는 단어를 처음 접했을 때 아이러니하게 경태는 4학년 때 담임 선생님이 생각났다. 그 선생님이 경태에게 좀 더 칭찬을 많이 해주었다면 어떻게 되었을까 생각도 들었다. '칭찬은 고래도 춤추게 한다.' 말처럼 칭찬 받으면 동기(動機)가 생기고 의욕이 높아진다.

만약 담임 선생님이 적극적으로 경태의 장점을 발견해서 칭찬해 주었더라면 그 기대에 어울리는 사람이 되기 위해서 더욱 열심히 노력하지 않았을까 생각이 들었다.

바닷가 마을

경태네 마을 앞 냇가는 조무래기들의 야외수영장이었다.

바닷물이 밀려 들어오면 바닷가 수영장이 되고, 민물이 흘러 내려오면 시냇가 수영장이 되었다. 말하자면 이곳은 매일 바닷물과 시냇물이 섞여 교차하는 곳이다.

그래도 바닷물이 다리 가까이 벙벙하게 차오르면 김장하던 동네 아낙네들은 너나 나나 할 것 없이 이 물로 배추를 씻었다. 이상하게도 배추는 숨도 잘 죽고 간도 잘 배었다. 그리고 경태 어머니는 두부를 만들 때 이 바닷물로 간수를 대신했다. 두부는 더 단단하고 맛있었다. 만조가 되면 언장 둑이 넘을까 말까 할 정도 바닷물이 넘실거렸고, 이때 동네 한 아저씨는 건너편 마을로 시집간 딸을 불러 의사소통했었다. 간조가 되면 물이 쭉 빠져나가 시냇물만이 바다 쪽으로 흘러 내려갔다. 그래서 동네 아이들은 간조가 되면 마음껏 물놀이를 즐겼다. 영산강 하구언에 금호 방조제가 들어서기 전까지는 목포에서 바닷물이 마을 앞까지 밀려 들어왔다. 그래서 다리 밑에는 민물장어와 숭어가 많이 살았다.

또 썰물이 쭉 빠져나가면 널따란 갯벌은 부챗살 모양의 방사형으로 펼쳐지는데 특히 칠게와 짱뚱어가 마치 천연두 흉터처럼 갯벌여기저기에 집을 짓고 살았다. 당시 경태네 마을 사람들은 칠게는 반찬으로 해 먹었지만, 짱뚱어는 흉물스럽게 생겼다고 먹지 않고 하찮게 여겼다. 경태 어머니는 칠게를 절구통에 갈아 게젓을 만들었다. 그리고 이것을 밥상에 올리면 가족 모두는 보리밥에 쓱쓱 비벼 게눈감추듯 먹어 치웠다. 지금도 그때의 맛이 어찌나 그리움으로 남은 지 경태는 그 기억을 잊을 수 없다.

그리고 모래가 섞인 바닷물 속에는 재첩이 참 많았다. 아이들은 학교가 파하면 삽과 호미로 모래를 파헤쳐 재첩을 한 광주리씩 잡았다. 그 씨알이 하도 굵고 토실토실해서 잡을 때마다 참 오졌다. 곧바로 밀물이 점령군처럼 밀려오기 때문에 빨리 빠져나와야 위험을 피할 수 있었다. 덕분에 경태는 재첩 된장국을 아침저녁으로 싫증 나도록 먹었다. 아침 학교 가는 길에 집 대문 앞에는 항상 재첩 조개껍데기들이 수북이 쌓여 있는 광경을 보는 것은 일상다반사였다.

저녁을 먹고 달이 두둥실 떠오르면 경태는 아버지 따라 동네 앞바다로 나가 후리 그물로 전어와 모치를 잡았다. 그물을 끌어당기면 고기들이 마치 대추나무에 대추 열리듯 주렁주렁 매달려서 떼거리로 올라왔다. 경태는 동생과 함께 그 무거운 그물을 잡아당기기에 힘이 많이 부쳤다. 아버지는 그물질을 잠시 멈추고 소주 한 잔을 쭉들이켰다. 그리고 즉석에서 모치의 비늘을 벗기고 내장을 손질한 다음 된장 고추와 함께 한 움큼 입에 넣으면 모치 꼬리가 아버지의 양쪽 볼을 규칙적으로 쳐댔다. 달밤에 그 모습이 참 재미있었다.

그리고 썰물이 나가면 경태 어머니는 굴을 따거나 칠게를 잡으러 바다에 나갔다. 동생이 갓난아기였을 때라 경태는 「섬집 아기」를 부르며 굴을 따러 간 어머니를 기다리며 동생 잠을 재웠다.

> 엄마가 섬 그늘에 굴 따러 가면
> 아기가 혼자 남아 집을 보다가
> 바다가 불러주는 자장노래에
> 팔 베고 스르르르 잠이 듭니다
> (중략)
> 다 못 찬 굴 바구니 머리에 이고
> 엄마는 모랫길을 달려옵니다.

또 경태 동네 아이들은 한여름 뙤약볕 아래에서 게릴라 서커스를 펼쳤다. 멱을 감다가 온몸에 시꺼먼 갯벌을 바른 아이들은 다리 난간에 걸터앉아서 지나가는 버스를 기다렸다. 모두 실오라기 하나 걸치지 않은 맨사댕이라서 여름 햇살을 받은 피부가 유난히 따가웠다.

"얘들아, 버스가 정자 모퉁이에 다 와 간다. 준비되었냐?"

아이들은 그 참을 못 참고 오두방정을 떨다가도 다이빙 대장의 명령이 떨어지기 무섭게 버스가 다리에 다다를 무렵 신속하게 전열을 정비했다. 그리고 손님들에게 뽐내기라도 하듯 다리 밑으로 하나 둘씩 다이빙을 시작했다. 몸을 가볍게 내던지는 아이들은 마치 싱크로나이즈 국가 대표 선수처럼 보였다. 그러나 경태는 겁이 많아 낮은 곳에서 그냥 차렷 자세로 뛰어내렸다.

이렇게 놀다가 보면 동네 아이들은 배가 고파 간식거리를 찾으러 눈알을 이리저리 부라렸다. 그렇지만 모두 헛수고였다. 바로 그때 읍내로 외임 나간 동네 형이 아이스께끼 통을 짊어지고 나타났다. 경태는 침만 꿀꺽꿀꺽 삼킬 뿐이었다. 바꿔 먹을 고무신이나 빈 병마저 동나 버린 지 한참 오래된 터였다. 그래서 아이들은 멱을 감다가도 배가 고프면 언장에 올라가 삐비와 신맛 내는 촛대를 꺾어 먹었다. 그래도 양이 차지 않아 텃밭에 서 있는 옥수숫대를 꺾어 단물을 빨아 먹으며 배고픔을 달랬었다.

또 옆 동네 오일장터에 가설극장이 들어오면 영화 선전 도락꾸가 동네마다 홍보하러 돌아다녔다. 경태는 동네 아이들과 함께 차량에서 뿌려대는 삐라 영화 홍보지를 주으려고 앞다투어 따라다녔다. 영화사 홍보부장이 홍보 삐라 열 장 주으면 한 사람 영화가 공짜라고 해서 물불 안 가렸다. 모두 거짓 선전이었다. 그것도 모르고 어린 나이에 도락꾸 꽁무니를 쫓아다니다 넘어져 깨진 무릎의 수많은 흉터는 어린 시절의 추억을 유감없이 소환했다.

저녁 무렵, 바다가 고요해지면 경태 마을 사람들은 삼삼오오 모여 실 장어를 잡았다. 다리 밑에는 유난히 장어가 많았다. 당시 카바이드 불을 비추면 실 장어가 꼬리를 흔들며 모여들었다. 이때 뜰채로 잽싸게 낚아채야만 놓치지 않았다. 당시 실장어 한 마리 가격은 5원을 쳐 주었다. 몇 마리만 잡아도 경태에게는 쏠쏠한 용돈이 되었고, 어른들은 집안 살림에 큰 보탬이 되었다. 마을 이장이 일괄 구매하여 도매상한테 넘겼다. 항상 휴일에는 목포에서 온 도매상들이 마을 앞에서 장사진을 치기도 했다. 마을 사람이 잡은 실장어는 비싼 가격에 일본으로 수출한다고 했다.

어린 시절, 경태는 멀리 목포에서 몰아치는 거센 바람과 짠 내음을 온몸으로 받아내며 억세고 굳센 깡다구 아이로 자랐다. 이제 그는 육십이 훨씬 넘었다. 그런데 경태가 근무하는 남창마을에서 맞이하는 바람 소리와 짠 내음은 왜 이렇게 순하고 부드러울까? 아마 그것은 경태의 굴곡진 인생살이가 돌고 돌아 마지막 희망인 교직으로 돌아와 평온을 되찾았기 때문이 아니었나 생각되었다. 경태가 이곳 학교에 복직이 되어 5년을 무사히 마치고, 정년을 맞게 된 것도 어쩜 모두 자신의 운명이 아닌가 싶었다.

나는 학습부진아였다

1970년,

그해는 경부고속도로가 완공되어 서울서 부산까지 12시간 걸린 거리를 5시간으로 앞당긴다는 뉴스에 사람들은 입을 다물지 못했다. 그러나 경태는 12살이 넘도록 서울이 어디에 붙어 있고 부산은 또 어디에 붙어 있는지 까마득했고, 가까운 목포도 한 번 간 적이 없었다.

5학년 때,

담임 선생님은 오래전부터 경태네 동네에 사는 아저씨였다. 일찍이 그는 홀어머니 슬하에서 사범학교를 졸업하고 곧바로 교사로 발령받아 주로 고향 인근 학교에서 근무했다. 그는 다부진 체구에 얼굴이 유난히 작아 보였다. 그리고 입 가장자리에는 깊은 흉터가 하나 있었는데 무서운 호랑이 선생님이라는 별명에 힘을 싣는 흉터였다. 별명답게 그는 성격이 몹시 불같았으며, 불의를 보고는 참지 못하는 의리파 선생님이었다.

그의 학습 방법은 유별나게 독특했다. 그는 그날그날 배운 학습 목표를 달성하지 못한 아이들은 방과 후에도 집에 보내지 않았다. 특히 그날 배운 산수 문제를 칠판에 내놓고 한 문제라도 틀리면 교실에 남겨두었다.

'모로 가도 서울만 가면 된다.'는 말처럼 아이들은 풀이 과정 없이 어떻게든 대충 답만 짜맞추고 집에만 가려고 허둥댔다. 선생님에게 이런 편법은 씨알도 안 먹혔다. 당연히 아이들은 애간장만 탈 뿐이었다. 일찍 하교해서 집안일을 도와야 하는 아이들로서는 야속한 선생님을 향해 입이 석 자나 툭 튀어나와 어쩔 줄 몰라 했다.

5학년 산수 시간에 새로 배운 분수의 덧셈과 뺄셈 개념이 생소해서 문제 자체를 이해하지 못하는 아이들이 많았다. 답이 틀린 것도 문제였지만 그럴싸하게 답만 맞추고 풀이 과정이 틀리면 여지없이 빨간 색연필이 날아들었다. 그는 문제의 답이 왜 틀렸는지는 말해주지 않고 말없이 빨간 색연필로 소낙비가 쏟아지는 빗물 형상의 작대기를 마구 그어댔다.

그러나 문제를 이해하고 잘 풀어내는 여자 친구가 하나 있었다. 그녀는 학교에서 가장 멀리 떨어진 마을에서 살았다. 그녀는 공부는 물론이고 똘똘하고 참 야무졌다. 초등학교 졸업하고 헤어졌지만, 경태는 죽기 전에 꼭 만나고 싶은 사람이라고 생각했었다. 부산으로 이사 간 그녀는 은행을 다니다 미국으로 건너갔다.

경태는 나중에야 통분이라는 개념을 확실하게 알게 되었지만, 그때는 빨갛게 그어져 있는 시험지만 봐도 가슴이 답답했다. 짧은 시간에 문제를 풀고 의기양양하게 책보를 싸는 아이들의 모습을 보면 얼마나 부러웠는지 모른다. 집에 못 간 아이들은 눈물을 글썽이며 악착같이 문제를 풀려고 몸부림쳤다.

하지만 5학년이 되어 처음 나오는 분수의 계산 문제가 그때는 어찌나 어려웠던지, 경태도 방과 후에 몇 차례 남겨진 아이가 되었다. 그러고 나면 분하기도 해서 집에 돌아와 혼자 그날 배운 내용을 복습하고 다시 문제를 풀었다. 돌이켜보면 그는 선생님 덕분에 요즘 말하는 '자기 주도적 학습'을 하게 된 것 같다. 그 후 선생님의 교육 방법에 힘입어 혼자 문제를 해결하는 습관이 길러졌다. 경태는 성적도 차츰 향상되어 공부에 흥미를 느낀 아이가 되었다.

당시 한겨울이 되면 교실은 유난히 추웠다.

선생님은 화목 난로를 피워놓고 화재 예방을 위해 '접근금지'라는 빨간 푯말을 달아 놓았다. 혹시나 모를 화재를 염려한 것은 아니었을까? 그는 아이들이 난로 주위에 가까이 가지 못하도록 철사로 경계선을 단단히 쳐놓았다. 그래서 아이들은 쉬는 시간이면 쪼르르 쓰레기 소각장으로 몰려가 돌을 구워 호주머니에 넣고 다녔다. 이것이 요즈음 유행한 핫팩의 시발점이 아니었나 싶다.

또 아이들은 쉬는 시간이 돌아오면 마치 병든 달구새끼마냥 따스한 햇볕을 찾아 벽에 등을 대고 서성댔다. 동작 빠른 몇몇 아이들은 서로 좋은 자리를 차지하려고 종소리가 울리기 무섭게 뛰쳐나가 벽에 붙어 밀고 당기는 일이 많았다. 그 당시 학교 건물은 까만 판자때기를 다닥다닥 붙여 지은 건물이라서 등을 바싹 붙이고 서 있으면 참 따뜻했다. 마치 북극의 펭귄 새끼들이 추워서 몸을 움츠리고 엉켜 있는 모습과 흡사했다.

경태가 2학년 때 일이었다.

옆 마을에 사는 부잡한 형 하나가 소각장에서 구운 뜨거운 돌을 경태 손등에 올려 화상을 입힌 적이 있었다. 이를 알아차린 경태 아버지는 선생님에게 단단히 따졌다. 선생님은 경태를 교실로 데려가 교탁 위에 털썩 주저앉혔다. 그 당시 선생님은 6학년 선생님이었다.

"경태야, 니 손 등거리에다 뜨거운 돌멩이 올린 놈이 누구였냐, 누구였냔 말이어?"

선생님은 그 아이를 당장 찾아내라고 다그쳤다. 숨소리조차 들을 수 없는 적막한 교실 속의 아이들은 잔뜩 주눅이 들어 있었다. 선생님의 성화에 못 이겨 경태는 겁먹은 채 가느다랗게 실눈을 치켜떴다. 순간 그 형의 눈과 딱 마주쳤다. 경태의 손가락은 결국 그 형의 시선에서 점점 멀어졌다. 나중에 그 형이 복수할 것이 염려되었지만, 마주친 눈빛이 너무 애처로워 보였다. 경태는 그 형을 용서하기로 마음먹었다. 그런 덕에 그 형은 경태 마음을 어떻게 알았는지 같은 동네에 살지는 않았지만, 짓궂은 장난도 치지 않고 경태에게 잘 대해주었다.

경태는 다른 아이들에 비해 체구도 작았고, 성격이 순해 빠져 무시하는 친구들이 많았다. 특히 경태 반에는 일 년 늦게 입학한 아이들이 상당히 많았는데, 그들에 비하면 한 살 어린 나이였으니 감히 상대도 되지 못했다.

아이들은 경태 콧대 옆의 작은 점을 보며 '점수'라고 놀려댔다. 안 그래도 그 점이 경태에게는 커다란 콤플렉스였기 때문에 어린 마음에 큰 상처가 되었다. 어려서부터 그는 아무리 어려운 일이 있어도 누구에게도 말하지 않고 혼자 해결하려는 고집 센 아이였다. 하지만 부모님은 왜 점을 파주지 않고 내버려두었는지 원망도 참 많이 했다.

경태 고모는 친정집에 올 때마다 경태 얼굴의 점을 보고 이렇게 말했다.

"동상! 큰 조카 코 옆에 있는 점은 눈물을 머금고 자란다네. 또 관상으로 보아도 좋지 않으니 빨리빨리 빼주제 뭐한당가."

하지만 그의 아버지는 차일피일 시간을 넘겼고, 거울을 볼 때마다 경태의 속마음은 까맣게 타들어만 갔다. 결국에 경태는 점을 가리는 방법을 고민하다가 안경을 떠올렸다. 안경을 쓰면 코걸이 때문에 점이 가려질 것 같았기 때문이었다. 그날부터 그는 일부러 무엇을 볼 때마다 눈이 뚫어지게 쳐다보는 나쁜 버릇이 생겼다. 가끔은 억지 눈물이 나올 때까지 한 물체만 바라보기도 했다. 그야말로 안경을 쓰기 위해 시력을 버리는 훈련을 한 셈이 되고 말았다.

마침내 고등학교 1학년 때 그의 소원이 이루어졌다. 그 귀찮은 안경이 뭐가 좋았는지 그저 점을 가릴 수 있다는 생각에 안경을 매일 끼고 다녔다. 경태는 거울 앞에 서서 안경 쓴 자신 모습을 볼 때마다 점이 보이지 않아 항상 마음이 흡족했고 자신감이 생겼다.

그 후 인생에서 크나큰 시련을 맞이하고 나서야 그는 고등학교 친구의 도움을 받아 점을 뺐다. 점을 빼고 나니 미신인지 몰라도 그 후 임용고시도 합격하고, 목욕탕 건물도 팔리고, 임대용 건물도 사들였다. 신체의 점 하나가 인생에 있어서 길흉화복을 점친다는 것은 미신일 수 있다. 그러나 진즉 점을 뺐으면 얼마나 좋았을까 생각을 해보았다.

가끔 얼굴에 있는 점이 백만 불짜리라며 왜 빼냐는 사람도 있었지만, 경태는 안경으로 가려서라도 보이지 않게 하고 싶었던 것을 생각하면 빼는 것이 백번 나았다고 생각했다.

네가 어떻게 선생님 된대?

1971년, 새마을 운동이 전국적으로 불타오르는 한 해였다.

그래서 마을 이장은 이른 새벽부터 새마을 노래와 국민체조를 시끄럽게 틀어대고 사람들의 꿀잠을 훼방 놓았다.

"와따 그놈의 작자는 징하게 잠도 없나 보네이. 이른 새복부터 뭔 일이여?"

이장은 동네 울력을 한다며 방송으로 사람들을 억지로 불러냈는데 어른대신 경태 또래 아이들이 삽자루만 가지고 나가도 반 몫은 인정해 주었다. 경태 졸업반 담임은 이전 5학년 때 선생님이 다시 맡았다.

수학여행은 해남 대흥사에서 1박 2일을 보냈다. 경태는 아이들과 함께 사찰의 비자나무에서 떨어진 떫은 비자만 입술이 새카맣도록 주워 먹었다. 경태가 비자를 많이 먹은 것은 몸속의 회충들이 죽어 없어진다는 어른들의 말이 떠올랐기 때문이었다. 당시 아이들은 토요일 아침이면 밥 먹기 전에 등교하여 회충약을 먹은 다음, 집으로 돌아와서 아침을 먹고 다시 학교에 갔었다. 아마 그것을 대신할 요량으로 경태가 비자 열매를 이렇게 많이들 주워 먹었던 것 같다.

대개 아이들은 집에서 용돈 한 푼 받아오지 못해 갖고 싶은 장난감 하나 골라보지 못하고 얼쩡얼쩡 선물 가게 앞만 배회하기에 바빴다. 그래도 경태는 아버지가 준 꼬깃꼬깃한 10원짜리 종이돈으로 대나무 빗을 하나 샀다. 이것은 어머니 선물이었다. 경태는 빗을 바지 주머니에 깊숙이 넣고 혹시나 잃어버리지 않을까 걱정이 되어 내내 손을 넣고 다녔다. 그때는 지금처럼 흔해 빠진 손가방 하나 없는 시절이었다.

경태네 반 아이들은 학급 급장의 제안에 따라 숲속에서 신우대를 하나씩 꺾어 들고 마지못해 기념사진을 찍었다. 고즈넉하게 서 있는 것보다 신우대 하나라도 들고 폼잡으면 멋있게 보여서일까. 경태는 중고등학교 시절 수학여행을 가지 못했다. 결국 이번 수학여행이 초중고 학창 시절의 처음이자 마지막 추억거리가 되고 말았다. 한편 졸업할 무렵 장래 희망을 말하는 시간이 돌아왔다. 경태 차례가 되었다.

"저는 열심히 공부해서 훌륭한 선생님이 되겠습니다."

그러자 아이들은 우레와 같은 박수로 그를 응원했다. 그런데 경태 옆 짝꿍은 박수도 보내지 않고 입만 삐죽거렸다. 경태 말이 끝나자마자, 그 애는 옆에서 이렇게 핀잔을 주었다.

"니가 어떻게 선생님이 다 된대?"

나중에 알고 보니 그녀도 경태처럼 선생님이 되고 싶다고 말할 참이었다. 그런데 자신이 할 말을 경태가 먼저 말해 버려 심술이 났던 모양이었으리라. 부잣집의 막내딸인 그녀는 얼굴은 예뻤지만, 깍쟁이 같은 아이였다. 그녀는 항상 단정한 옷차림에 다른 아이들처럼 책보자기가 아닌 책가방을, 그리고 검정 고무신이 아닌 빨간 구두를 신었다. 당연히 그녀는 모든 아이의 선망 대상이었다. 반면에 경태는 졸업할 때까지 운동화 한 번 신어보지 못하고 기차표 검정 고무신만 질리도록 신고 다녔다.

경태는 그녀를 어느 순간부터 좋아하게 되었다.

그렇지만 소심한 그가 누군가를 좋아한다고 말하는 건 언감생심이었다. 거기다 선망의 대상인 그녀를 좋아하기에는 어쩐지 자신이 초라하다고 생각했다. 그저 마음속으로만 좋아하는 짝사랑인 셈이었다.

세월이 흘러 경태가 대학 1학년 때,

우연히 그녀를 시내 번화가에서 만났다. 녹색 치마에 흰 블라우스 교복을 입은 그녀는 여고 3학년이었다. 아마 경태보다 1년 늦게 고등학교에 들어간 모양이었다. 그녀는 머리를 양 갈래로 가지런히 땋아 아주 깜찍하고 단아한 모습이었다. 마치 여고 3학년이라기보다는 성숙한 여대생 같은 느낌이 들었다. 경태가 안경을 쓰고 있어 첫눈에 얼른 알아차리지 못했다. 그만큼 시간이 많이 흘렀던 것 같다.

경태는 시내에서 꽤 잘나가는 사계절이라는 음악다방으로 발길을 옮겼다. 지하에 들어서자, 남미 페루의 명곡 「El Condor Pasa(철새는 날아가고)」가 고요하게 흐르고 있었다. 경태는 대학생이라서 진토닉 칵테일을 주문했고, 그녀는 홍차를 주문했다. 참 그녀다웠다.

'만약 초등학교 시절이었다면 나는 말 한마디 못 붙이고 그녀 따라서 홍차를 함께 주문했을 텐데…'

그러나 그녀는 경태에게 이미 압도당하고 있었다. 초등학교 때처럼 대화나 행동을 자기 주도적으로 하지 못했다. 그녀는 여고 무용반에 들어가 무용을 배우고 있다고 했고, 대학도 무용과에 진학할 거라고 했다. 그날도 시내 무용학원을 갔다 오는 길에 우연히 경태를 만난 것이었다. 학군단 단복을 보고 그녀는 그가 교대에 다닌 것을 단번에 알아보았다.

초등학교 시절 선생님이 되겠다고 했던 것이 혹시 기억나는지 캐묻지는 못했지만, 둘은 오랫동안 초등학교 때 추억을 되새기며 시간 가는 줄 모르고 이야기꽃을 피웠다. 언젠가는 무용 발표회 초대장이라도 올까 내내 기다려보았지만 안타깝게도 그녀가 어디에 살고 있는지조차 경태는 알지 못한다.

죽마고우

피부가 까맣고 유별나게 키가 큰 아이가 하나 있었다.

그는 유난히 말수가 적고 조용한 아이였다. 옆 동네에 살고 있어서 자주 볼 수 없었지만, 성격이 경태와 잘 맞아 가깝게 지냈다. 경태는 말이 없고 조용한 그 아이가 좋았다. 경태가 부탁하지 않아도 그는 오막살이 할머니 집에서 산 지우개를 빌려주기도 하고, 비과 사탕도 하나씩 건네며 우의를 다져왔다. 하지만 그는 초등학교 졸업 후 부모를 따라 서울로 이사했다.

현재 그는 무역업을 하며 세계 각국을 누비는 사업가가 되었다. 경태와 굳이 닮은 점이 있다면 딸이 셋이라는 것과 항상 마음이 한결같다는 것이다. 또한 그는 조용했던 초등학교 시절과 달리, 사업하는 친구라서 그런지 스케일이 남달리 크고 군더더기 없이 일 처리가 항상 깔끔했다. 그래도 성격은 서로 달랐지만, 교직에 있는 고향 친구는 경태 하나뿐이라며 항상 자랑스럽게 여겨주고 아껴주는 고마운 친구다. 그는 학교 옆 마을에 살고 있어서인지 모르겠지만 운동도 꽤 잘했다.

한편 경태 마을에는 아이들의 놀이터가 따로 없었다.

그래서 어려서부터 초등학교 다닐 적까지 내내 마을 가장자리에 있는 정자에서만 놀았다. 아이들은 이곳을 '사장(砂場)'이라고 불렀다. 이곳은 지금도 4백 년 이상 된 느티나무와 300년 된 이팝나무가 보호수로 지정받아 푸르름을 자랑하며 떡 버티고 마을 수호신 역을 톡톡히 해내고 있다. 사장은 마을 아이들의 놀이터이기도 하였지만, 여름 농한기에는 어른들의 쉼터이기도 했다. 정자나무 바로 아래는 둥글넓적하게 잘 다듬어진 화강암이 하나 있었는데, 어른들이 있을 때 아이들은 함부로 앉지 못했다.

그리고 어른들은 매년 정월 대보름날에 이곳 정자나무 아래에서 액운을 물리치고 마을의 안녕과 발전을 기원하는 당산제를 지냈었다. 제(祭)의 장소인 정자나무에 금줄을 걸고 잡인들의 출입을 금하고, 사방에 황토를 뿌려 부정을 금했다.

한편 이곳 사장은 마을 전망대 역할도 했다. 앞쪽으로는 해남 여객 버스가 까만 매연을 내뿜고 지나가는 모습, 오일장에 갔다 오는 아낙네들의 바쁜 발걸음, 나락 심은 논에서 김매는 남정네들, 다리 밑 바닷가에서 멱을 감는 아이들의 모습도 한눈에 볼 수 있었다.

그리고 지금은 공사 중이지만, 머지않아 목포 순천 간 철길이 완성되면 기차가 땅끝 해남역에서 잠깐 쉬어가는 모습을 사장에서 훤히 볼 수 있을 것이라 경태는 생각했다. 사장 뒤쪽으로는 만대산 아래 테뫼봉과 서당골이 곧게 이어진 마을 전경이 한눈에 들여다보였다. 특히 마을이 이렇게 한눈에 잘 보이는 것은 집터들이 마치 경기장 스타디움처럼 비스듬하게 자리 잡고 있기 때문이었다.

한여름이면 웃통을 벗고 등목하는 남정네들, 독샘에서 물긷는 아낙네들, 늦가을이면 뒷산에서 철 나무하는 아재들을 볼 수 있었다. 그리고 명절이 돌아오면 시냇가에서 아이들이 지푸라기로 고무신을 문지르며 자신들의 신발에 그려진 기차표가 좋은지 타이어 표가 좋은지 서로 옥신각신 우기는 모습 등도 종종 볼 수 있었다.

아이들은 주로 구슬치기, 땅따먹기, 상대방 영역을 침범하여 몸싸움하는 다카와 고구려 신라 백제 놀이 등을 하며 놀았다. 그리고 저녁에는 손을 잡고 상대방을 쫓고 쫓기는 도둑놈 순사 잡기 놀이도 했다. 이렇게 놀기만 하다가 점심때가 되면 독샘에서 시원한 물 한 주전자라도 떠가거나, 언장에서 꼴이라도 한 망태 짊어지고 집에 들어가야 부모에게 덜 미안했다.

또 경태 또래 아이들은 단자 놀이에 동원되기도 했다. 그 당시 먹을 것이 풍족하지 못한 배고픈 시절, 선배들은 동네 제삿날을 어떻게 알아냈는지 대바구니를 제삿집 마루에 갖다 놓고 떡을 받아오는 놀이를 시켰다. 동네 형들은 대바구니를 마루 위에 살그머니 갖다 놓으라고 하고 대문 가까이 숨어 있다가 "단자 왔소!"라고 큰소리를 외쳤다. 가끔은 타이밍이 맞지 않아 바구니를 갖다 놓기도 전에 미리 소리를 질러대 주인과 맞닥뜨려 민망한 적도 있었다. 제삿집 주인이 제사떡을 몇 덩이를 떼어 바구니에 넣어주면 아이들은 밤참으로 배를 채웠다. 그러나 아무리 부잣집이라도 인심이 박하거나 가난한 집 제사에는 단자를 가지 않았다.

경태는 졸업할 때 개근상 외에는 아무 상도 받지 못했다. 사실 아버지가 학교 선생님이었다면 우체국장 상이라도 받았을 것이라 그는 생각했다. 거기다가 그는 초등학교 6년 동안 내내 한 번도 급장을 해보지 못했다. 1학년부터 6학년까지 내내 같은 반이었으니, 선생님이 모든 아이를 돌려가면서 급장의 역할을 시켜주었으면 얼마나 좋았을까? 아니 부급장이라도 말이다.

경태는 남들처럼 한 번쯤은 해봄 직한 급장 한 번 못한 것이 한이 되었던지 중학교, 고등학교, 대학교에서 내리 동창회장을 맡았다. 거기다 대학원에서 원우회장을 맡았거나, 전국교사협의회(전교조 전신)에 가입해서 간부를 맡은 일 등은 그때 서운한 감정이 오랫동안 그의 뇌리에 잠재해 있었던 것이 아니었나 싶다. 이렇게 거미 똥구멍에서 술술 실타래 풀리듯 많은 추억거리로 점철된 초등학교 6년!

이제 죽마고우들과의 추억이 경태의 뇌리에서 서서히 저물어 가고 있다.

삼재

초등학교 6학년 때,

경태 집은 참 다사다난한 한 해였다.

주위에서는 삼재(三災)가 들어온 게 아니냐고도 했다. 옛말에 삼재란 사람에게 9년 주기로 돌아온다는 3가지 재난을 말한다. 하여튼 삼재는 누구나 가까이하고 싶지 않은 일임에는 틀림이 없다.

그중에서도 삼재라 할 만한 일은 세 살 먹은 동생이 급사한 일과 아버지가 현금을 도둑맞은 사건이 있었다. 설상가상으로 그 사건 이후 그의 할아버지가 운명한 일도 있었다. 이처럼 경태네 집에 1년 동안 안 좋은 일이 연속 세 번이나 있었던 셈이다.

그해 여름은 유난히 무더위가 기승을 부렸다.

당시 경태의 동생 나이는 세 살이었다. 할아버지는 동생이 순하고 얌전하다고 해서 순태(順兌)라 이름을 지었다. 기억에 동생은 그를 참 잘 따랐다. 그가 좀 털털해서 아무 곳에나 궁둥이를 들이대면 동생은 어디서 수숫대 빗자루를 찾아와 권했다.

"형아야, 옷 배린다. 이 빗지락 깔고 안저."

경태는 이 대목이 가장 가슴이 아팠다.

하필 부모님이 없을 때 갑자기 동생이 배가 아프다고 칭얼대기 시작했다. 어쩔 줄 몰라 당황한 그는 5리쯤 떨어진 약방으로 달음박질쳤다. 약을 먹고도 동생의 증상은 나아질 줄을 몰랐고, 저녁 늦게 들에서 돌아온 부모님도 깜짝 놀라 동생을 간호했다. 하지만 밤새 온 가족의 정성 어린 간호에도 불구하고 동생은 별 차도를 보이지 않았다.

다음날 이른 아침 경태 어머니는 동생을 등에 업고 약방으로 내달렸다.

"엄마! 나 다리가 아파요. 다리가 ….."

어머니 등에 업힌 동생은 쭉 늘어진 채 계속 보챘다.

토요일 학교를 마치고 집에 돌아오니 누나가 동생의 사망 소식을 알렸다. 사인(死因)은 급체라고 했다. 지금이라면 119 구급대를 불러 응급실에라도 실려 갔을 텐데, 그때는 아픈 동생을 위해 해줄 수 있는 것이 아무것도 없어서 마음만 찢어지게 아플 뿐이었다.

경태는 가슴을 쥐어뜯는 듯한 슬픔과 동생에게 아무것도 해주지 못했다는 생각에 한없이 자책했다. 가족 모두가 같은 마음이었으리라. 육촌형님이 보다못해 그의 가족이 알아차리지 못하도록 동생의 시신을 지게에 지고 마을 뒷산에 묻고 작은 돌무덤을 만들었다. 경태는 어머니와 동생의 돌무덤 앞에서 목 놓아 울고 또 울었다. 그날은 유난히 안개가 자욱했고, 보슬비가 하염없이 내렸었다. 동생이 묻혀 있는 뒷동산만 바라보면 그날의 슬픈 기억이 생생하게 떠올라 한동안 그는 그쪽을 쳐다보지도 않았다.

그 후에도 슬픔을 못 이긴 아버지는 자주 술을 찾았다.

"경태야! 경순아! 느그 동생이 전방에 과자 사 먹으러 갔쓴께 빨리 데꼬 온나! 빨리 데꼬와야."

그의 아버지는 날마다 자책하면서 고래고래 소리만 질러댔다. 그리고 지쳐 그 자리에 쓰러져 잠을 청할 때가 많았다. 부모의 마음은 오죽했겠는가. 눈에 넣어도 아프지 않을 생때같은 자식을 잃었는데 말이다.

이듬해 경태 어머니에게 또 다른 생명이 찾아왔다. 마치 하늘로 간 동생이 다시 살아온 느낌이었다. 막냇동생이 생기자, 그의 가족은 그제야 슬픔을 조금은 이겨낼 수 있었다.

사실 그날 경태네 집에는 또 다른 사건이 터졌다. 현금 2만 원을 도난당한 일이었다. 그날은 마침 그의 아버지가 농협에서 천 원짜리 두 다발인 현금 2만 원을 찾아놓은 날이었다. 신문지에 둘둘 말아 큰 방 선반 위에 넣어둔 현금이 감쪽같이 사라진 것이었다. 범인은 이발소에서 일하는 이발사의 아내였다. 이발사 가족은 아내와 딸아이가 하나 있었는데, 그들은 이발소 옆 작은방에서 살았다. 결국 이발사 아내는 경찰서에 연행되어 범행을 자백했다.

그녀는 큰 방 선반에 돈이 있다는 것을 감쪽같이 알고서 범행을 준비했다. 할아버지와 할머니에게는 미숫가루 타 준다고 문간방으로 유인했다. 그리고 누나는 바다에 재첩을 잡으러 가라고 하고, 경태는 동생이 아프다는 핑계로 약방에 심부름 보냈다. 경태 동생들은 마당 멍석에서 배가 아프다며 뒹구는 막냇동생을 달래는 순간에 범행을 저지른 것이다. 훔친 돈 일부는 이발사가 사는 작은방에서 나왔다. 믿고 있던 사람의 배신을 눈으로 본 아버지였지만, 이발사에게는 죄가 없다며 그를 용서했다. 하지만 그는 면목이 없었던 모양인지 밤 봇짐을 싸 아무 말 없이 딸아이만 데리고 사라졌다.

설상가상으로 그 이듬해에는 경태 할아버지가 운명했다. 그해 추수가 한창이던 가을 저녁나절에 그는 처자식과 손자들만 남겨놓고 쓸쓸히 하늘나라로 떠났다. 마지막 남은 부장 나리의 아들인 그는 자존심 하나로 힘든 세상을 이겨내 왔다. 하지만 또 그 자존심은 손주들을 위해 꺾을 줄도 아는 사람이었다.

그 후 2016년에 경태가 직접 삼재를 맞았다.

그 해는 여러모로 그에게 최악의 한 해였다. 아버지를 여의고, 현금 이천만 원을 사기당했고, 거기다가 임용고시까지 낙방했다.

경태는 어서 빨리 그 해가 끝나기만을 기다렸다. 달력이 보이기만 하면 너무 두려워 미리미리 다음 달로 넘기기에 바빴다. 이렇게 절망할 때면 아버지도 이렇게 참 힘들었겠다는 생각이 들었다. 하지만 인간에게는 항상 극복할 수 있는 재난만이 온다고 했다.

당시에는 힘들었지만, 지나놓고 보니 경태가 한 단계 성장할 수 있는 계기가 된 일임에는 틀림이 없었다.

부장 나리 막내아들

경태 할아버지의 자(字)는 성진(聲振)이요, 호는 야은(野隱)이었다. 경태는 잠시 시간을 내어 원주이씨(原州李氏) 대종회 전자 족보를 검색해 보았다. 할아버지는 원주이씨 시조공(始祖公) 신우(申佑) 29세 예건계(禮健系)이고, 증조부의 자(字)는 경효(敬孝)였다.

그의 증조부는 조선 고종 때 무과에 급제하여 무위초관(武衛哨官), 기대초관(騎隊哨官), 용양위(龍驤衛) 부사(副司), 사대문의 책임자인 수문장(守門將) 등의 벼슬을 한 뒤 광무(光武) 6년 부장 나리(通政大夫 -정3품)를 거쳤다. 쉽게 말하자면 나라의 녹을 줄곧 받아왔다는 것이다. 그리고 증조모는 숙부인(淑夫人)의 칙명서(勅命書)를 받았다.

1896년 당시 증조부는 벼슬을 마치고 낙향하여 해남 각 읍면 부통령(副統領-세곡을 걷어 한양으로 올려보내는 운반선)책임자였다. 당시 경태 증조부가 마을 정자에 앉아 있으면 길을 지나는 이들은 모두 머리를 조아리는 것은 물론이고, 말을 타고 길을 가던 사람들까지 말에서 내려 예를 표하고 지나갔다고 했다.

경태 조부는 슬하에 2남 2녀를 두었다. 그는 부장 나리의 막내아들로 태어나 농사짓는 일보다는 한학에 열중했다. 그리고 해남 향교에서 집례(執禮)로 추천받는 등 중추적인 역할을 했으며, 동네와 문중의 대소사를 주관하고 서당을 열어 후학을 양성했다.

그는 살림이 점점 어려워지자, 모친을 비롯해 온 가족을 데리고 해남 화원으로 처가살이를 떠났다. 어려서부터 부장 나리 막내아들이라고 농사일을 해본 적이 없는 그는 고달프게 일하는 모습을 사람들에게 보이고 싶지 않아 고향을 등졌다. 이곳에서 모친을 여의었는데 그의 아들 나이 고작 아홉 살과 세 살에 불과했다. 그리고 딸 둘은 스물에 혼인시켰다. 그의 나이 마흔여섯에 늦둥이를 보았으니, 막내아들을 금이야 옥이야 조동으로 키웠으리라 안 봐도 뻔했다.

객지에서 고생만 한 그는 아내와 두 아들을 데리고 다시 고향에 돌아왔다. 그는 처가에서 고향으로 이사 올 때 작은 조각배를 타고 모친의 유골을 대나무 석작에 담아와 선산에 묻었다. 그곳에서 그는 서당을 열었고, 아내는 길쌈을 하며 처가에서 제공한 조그마한 전답으로 생계를 유지했다. 경태 아버지는 부친 밑에서 한학을 배우면서 어린 시절을 보냈다.

경태 아버지 말로는 목포에 작은어머니를 두었는데, 슬하에 이복여동생이 하나 있다고 했다. 그는 딸 둘을 낳고 십 년이 지나도록 아들을 보지 못해 마음이 다급한 것은 아니었을까. 경태 아버지는 생전에 여동생을 찾으려고 경태를 데리고 여기저기 수소문해 동분서주했지만 끝내 찾지 못했다. 경태 막내 고모는 진도에 사는 경찰관과 혼인하여 광주로 올라와 세탁소를 운영한다고 했다. 한여름에 경태 어머니는 이름 없는 제사라고 작은할머니의 제사를 지내기도 했다.

그는 마을에 서당을 열어 훈장을 했다. 그 당시 동네 어른들과 학동들은 그를 훈장이라 부르지 않고 그냥 '수동 할아버지'라고 불렀다. 아마 경태 할아버지가 같은 동네 일가이고 서로 이물 없이 지내서 그렇게 불렀지 않나 추측된다. 그는 서당에서 『천자문(千字文)』 『추구(推枸)』 『학어집(學語集)』 『명심보감(明心寶鑑)』 『소학(小學)』 『논어(論語)』 『맹자(孟子)』 등을 가르쳤다. 그리고 월사금으로 나락 한 말씩을 받았다.

당시 서당에서는 매달 끝 무렵 학동들에게 일종의 시험을 치르도록 했다. 학동들은 그가 묻는 대로 줄줄 막힘없이 답하면 초서로 커다랗게 빛 광(光) 자를 받았다. 그러나 답이 시원찮으면 통할 통(通) 자를 반 초서로 써주되; 세 번 이상 머뭇대면 가차 없이 뽕나무 회초리로 종아리 타작에, 일필휘지로 써 내린 약할 약(弱)자를 받았다. 광을 하는 학동의 부모들은 반드시 인절미와 콩을 볶아서 훈장과 학동들을 대접하는 관례가 있었다. 요즈음으로 말하면 시험에서 1등 했다고 거나하게 한 턱 쏜 셈이었다. 그는 학동들과 먹고 남은 떡을 집으로 가져왔다. 그 떡은 경태의 유일한 간식거리였다.

경태는 어려서부터 조부가 가르쳐 준 한자를 조금씩 터득했다. '서당 개 삼 년이면 풍월을 읊는다.'고 그때 배운 한자가 기반이 되어 중고등학교 다닐 적에는 한문 시험은 항상 만점을 받았다.

한 번은 제자 중 한 학동의 성적이 가장 뛰어났는데, 경태 할아버지는 그를 제치고 일가인 조카에게 먼저 광을 주었다. 그 학동은 자신이 훈장과 가까운 친척이 아니라서 배제됐다고 오해했다. 그 후 그는 자신이 가난한 자식으로 태어났다고 부모를 원망하며 어린 마음에 큰 상처를 받았다. 하지만 나중에 알고 보니 훈장인 경태 할아버지는 그의 가정형편이 어려워 미리 광을 주면 부모에게 이바지 부

담이 갈까 봐 제일 나중에 광을 주었다. (그의 자서전 『별 하나 따서 망태에 담고』 중에서)

경태 할아버지는 숙환으로 기침 해소가 참 많았다. 또 어느 늦가을에 닥친 작은아들의 사망 전보 소식에 더욱 큰 충격을 받았다. 갑자기 도착한 전보가 막내아들의 사망 소식이라니 그가 받았을 충격은 어마어마했다. 경태 가족 모두가 커다란 충격이었다. 아무도 믿지 않는 소식이었다.

이 어마어마한 소식을 들은 경태는 우물가에서 물 한 사발을 꿀컥꿀컥 마시고 이웃집 방앗간으로 달려갔다. 그는 하염없이 흐르는 눈물을 주체할 수 없었다. 경태는 방앗간의 기계 돌아가는 소리에 박자를 맞추어 소리쳤다.

"우리 작은아부지 안 죽었어, 안 죽었어. 정말로 안 죽었당께."

"그래그래. 니 말이 맞아. 안 죽었어~."

마침내 방앗간의 시끄러운 기계 소리는 경태의 외침에 긍정의 답을 했다. 그는 작은아버지가 꼭 살아있을 거라 굳게 믿고 있었다. 그래도 성에 안 차서 할 일 없이 굴러다닌 애먼 돌멩이를 차며 화풀이했다. 엄지발가락에 통증이 전해왔다. 검정 고무신 사이로 끈적끈적한 피가 삐져나왔다. 그러나 작은아버지가 살아만 있다면 이것은 아무것도 아니라며 그는 이빨을 앙다물고 남몰래 눈물만 훔쳤다.

결국 경태 아버지는 동생 장례를 치르려고 육촌형님과 함께 남원으로 향했다. 그 일행은 광주에서 하루를 묵고, 이른 아침 남원에 도착했다. 그는 대지에 하얗게 내린 서리를 바라보며, 객지에서 동생의 시신을 맞이할 생각을 하면서 한없는 눈물만 훔쳤다. 하지만 죽었다는 경태 작은아버지는 버젓이 살아있었다. 전보가 잘못 전달

된 것 같았다. 그의 사망 소식은 다행히도 해프닝으로 끝났다. 같이 다녀간 경태 형님은 할아버지에게 당신의 막내아들이 건강히 잘 있다는 소식을 전했지만, 할아버지는 아들을 잃은 슬픔을 잠시 달래주기 위한 거짓말로 여겼다. 그리고 거의 매일 술로 세월을 달랬으며 그때 받은 충격이 더해져 마음과 몸이 갈수록 쇠약해졌다. 그는 아내를 비롯해 자식과 손자들의 통곡 속에 조용히 하늘나라로 떠났다.

할아버지가 돌아가신 후 경태는 바깥채로 건너와 부모 형제와 함께 지냈다. 안채에는 경태 할머니 혼자서 지냈다. 경태 아버지는 할머니가 돌아가시기 전까지 계속 안방에 기거하도록 했다.

경태 할아버지는 역대 조상들의 위패를 모신 말뫼의 추원당(追遠堂)에 칠언절구(七言絶句) 한시(漢詩) 한 편을 남겼다.

吾族建營追遠臺 上中老少樂聲開
오족건영추원대 상중노소락성개
萬綱勞力誠心事 功在先塋福又來
만강노력성심사 공재선영복우래

－ 후손(後孫) 濟玉(제옥) 근식(謹識)

까까머리 시골 소년

1972년 3월,

경태네 고향 면 소재지에는 중학교가 없었기 때문에 불가피하게 집에서 5리쯤 떨어진 중학교에 입학했다. 이 학교는 인근 다섯 개 초등학교를 졸업한 아이들이 모여서 3학급을 이루었다. 출신학교들이 서로 다르다 보니 서로 잘난 체하거나 우쭐대는 아이들이 많았다.

경태 담임 선생님은 얼굴에 작은 실핏줄이 군데군데 튀어나와 항상 붉게 상기된 표정을 지었다. 그의 전공은 미술이었는데 영어도 가르쳤다. 그는 항상 자주색 재킷에 흰 바지를 즐겨 입었고, 머리를 포마드로 곱게 단장한 멋쟁이 선생님이었다.

그는 자신의 아이들이 항상 1등이 되어야 한다며 입학한 날부터 아이들을 닦달했다. 그는 공부는 물론이거니와 환경정리, 육성회비, 수업료, 학급비 납부 등에 항상 전교 1등을 해야 직성이 풀리는 성격의 소유자였다. 키가 작아 항상 앞줄에 앉은 경태는 선생님의 설명에 눈을 맞추고, 질문에 따바따박 답해주어 귀여움을 받았다.

가끔 선생님이 설명할 때 경태는 침이 튀어오는 불편도 오랫동안 감내해야 했다.

선생님은 토요일 오후가 되면 어김없이 자전거를 타고 집 앞을 지나갔다. 집이 신작로와 접해 있어서 경태는 퇴근한 선생님을 먼발치에서 볼 수 있었다. 그는 막걸리라도 한 잔한 날에는 집 앞에 서서 고래고래 소리를 지르곤 했다.

"경태야! 우리 경태 있냐? 오늘은 선생님이 기분 좋아서 술 한 잔 해부렀어야."

순간 경태는 자신의 이름 불리는 것이 부끄러워 집 모퉁이에 숨어 선생님이 빨리 지나가기를 기다렸다. 한참 후에 나가보면 선생님은 비틀비틀 자전거를 끌고 뉘엿뉘엿 넘어가는 해넘이를 바라보며 동네 고개를 넘고 있었다.

1학년에 입학하자마자 반 아이들은 학교 앞 바닷가에서 모래와 자갈을 퍼서 들것에 날랐다. 비가 오면 학교 운동장은 항상 진흙으로 범벅이 되어 웅덩이에 모래와 자갈을 깔아야 했다. 요즈음 아이들 같으면 방과 후에 특기 적성 교육이다, 학원이다, 부모 등살에 쫓겨다니며 온통 정신 줄을 놓았을 텐데 그 당시 경태에게는 공부보다 노력 봉사한 기억밖에 없다.

경태 반에는 같은 동네에 사는 일 년 선배가 하나 있었다. 그는 초등학교를 졸업하고 일 년 늦게 입학하여 경태와 한 반이 되었다. 그는 경태 보다 나이가 두어 살 더 먹었을 뿐 아니라 힘도 세고 덩치가 컸다. 동급생 아이들은 그를 함부로 하지 못했다. 경태는 그와 함께 다닌 것만으로도 큰 뒷배가 되었고, 항상 방패막이 되어주었다.

그는 경태 집에서 가까운 곳에 있어 항상 함께 학교에 갔다. 그리고 그의 부모가 전방 장사를 했는데, 동네에서 유일하게 흑백 텔

레비전을 소유하고 있었다. 동네 아이들과 밤늦도록 쪼그려 앉아 김일이 나오는 프로레슬링과 명화극장을 보았다.

그는 수학 시간이 돌아오면 샤프 펜으로 문제를 풀었고, 경태는 연필로 문제를 풀었다. 경태는 어린 나이에 그 샤프 펜이 너무도 신기해서 얼마나 갖고 싶었는지 모른다. 샤프 펜은 별도로 연필을 깎지 않아도 엄지손가락으로 버튼을 누르면 연필심이 나오기 때문에 무척 편리해 보였다. 원리가 무엇인지는 몰랐지만, 샤프 펜으로 문제를 풀면 술술 잘 풀릴 것 같다는 생각이 들었다.

경태가 1학년이 되어 가장 기억나는 선생님은 수학을 가르쳤던 예쁜 여자 선생님이었다. 그녀는 경태를 유달리 예뻐했다. 경태는 수학 시간에 방정식을 곧잘 풀고, 숙제도 꼼꼼하게 잘해올 뿐만 아니라 수학 노트도 또박또박 깔끔하게 잘 정리했다. 그녀는 요정처럼 아주 작았지만, 무척이나 야무졌다. 그녀는 단아한 투피스를 즐겨 입었는데, 짓궂은 아이들은 교실 바닥에 거울을 놓고 그녀가 지나가면 깔깔 웃으며 장난을 쳐 혼이 나기도 했다.

작은 체구에도 불구하고 경태는 다른 아이들보다 유난히 팔이 길었다. 가방을 들면 어깨가 한쪽으로 삐딱하게 축 처졌다. 그래서 항상 가방을 옆구리에 끼고 다녔다. 교복을 맞추러 양복점에 들리면 팔이 유난히 길어 주인은 농 한마디씩 던졌다.

"경태 니 팔은 머시 그라고 길다냐. 양복장이 30년에 너 같은 아그는 생전 첨이여이. 복싱선수로 나가면 크게 출세하것다야."

그래서 그의 팔에는 항상 가방끈 자국이 큰 흉터처럼 남아 있었다. 특히 여름 교복은 가방 때문에 항상 해어져 그의 어머니는 하늘색 천을 구해서 덧대 주기도 했다. 그 당시 학생들은 대부분 노트 정리나 숙제할 때 잉크를 묻혀 펜글씨를 썼다. 만년필을 쓰는 학생들

도 일부 있었지만, 펜글씨를 쓴 그의 손가락은 항상 잉크가 마를 날
이 없었다.

수박 서리

1971년 그해, 경태 아버지는 빚을 내어 송아지 한 마리를 샀다.

소를 기르는 아이들은 학교가 끝나면 망태를 둘러매고 뒷동산에 올라가 꼴을 베는 것이 그날 오후 일과였다. 가끔 동네 아이들은 무료함을 달래려고 꼴을 베다 말고 낫치기 놀이를 하곤 했다.

낫치기는 꼴을 한 단씩 걸어놓고 낫을 굴려 멀리 나가는 놀이로 승부를 정했는데, 이기는 사람이 몫을 몽땅 가져가는 놀이다. 이 놀이에서 이긴 아이들은 일찌감치 걸어놓은 꼴을 몽땅 망태에 채워 집으로 가고, 못 채운 아이들은 어슴푸레한 시간까지 다시 망태를 채워야 했다.

그날은 유난히도 더운 여름날이었다.

경태는 아이들 네댓 명과 배가 고파 동네 아주머니네 수박밭 서리를 하러 갔다. 그 아주머니는 동네에서 깐깐하기로는 제일이라고 소문난 사람이었다. 그래서 그 수박밭을 서리한다는 게 영 마음에 걸렸지만, 여럿이 간다고 하니 자신도 모르게 용기가 생겼다.

제일 먼저 날쌘돌이 후배가 낮은 포복으로 수박밭으로 기어들어

갔다. 그리고 그는 원두막에 주인이 없으니 빨리 들어오라는 손 신호를 보냈다. 아이들은 수박밭에 들어가 원 없이 수박을 따 먹었다. 그뿐만 아니라 채 익지도 않은 수박을 따서 밟고 난장판을 만들었다. 그런 후 이 사고뭉치들은 아무 일 없는 듯 개울가에서 대충 얼굴만 문지르고 집으로 돌아왔다.

그 당시에는 깔따구와 모기가 기승을 부려 경태 아버지는 항상 마당 한가운데에 쑥댓불을 피웠다. 모깃불을 피우면 마당에 연기가 가득해 사람이 모기를 잡는지 모기가 사람을 잡는지 모를 지경이었다. 그 속에서 경태네 가족은 덕석에 둘러앉아 어머니가 끓여준 칼국수를 먹고 있었다. 갑자기 대문 밖에서 동네 아주머니 부부가 고래고래 소리 지르며 집으로 들이닥쳤다.

"송반 양반 계시오? 나 목포댁인디 말이여이 큰일났당게라우. 글쎄 집이 아들 형제하고 몇 놈 새끼들이 우리 수박밭을 다 베려부렀당께요."

"뭐라고라우. 그것이 사실이면 새끼들 단속 잘하고 이해간에 물어내야제. 알것소."

경태 아버지는 일단 목포댁 부부를 얼른 돌려보내고 어떻게 된 일인지 알아보려고 하였던 것 같았다. 하지만 잔뜩 독이 오른 아주머니는 쉽게 물러날 기미를 보이지 않았다.

"물어내는 게 능수가 아니지라우. 이 잡놈의 새끼들을 몽땅 지서에 고발해서 버르쟁 머리를 단댕히 고쳐나야 겠당게라우."

그 말에 갑자기 집안 분위기는 쑥대밭이 되었다. 눈치 빠른 동생은 한걸음 먼저 도망쳐 버렸고, 경태 어머니는 깊은 한숨만 푹 쉬고 있었다.

"성님, 죄송하게 되었구만요. 내가 아그들 단속을 잘 할랑께 화

참고 그냥 들어 갔죠. 그라고 지앙부린 놈들 부모 만나서 내일까지 꼭 책임지고 해결해 드릴랑께요.”

경태 아버지와 어머니는 두 사람을 겨우 설득해서 돌려보냈다. 화가 난 아버지는 갑자기 경태에게 옷을 벗으라고 소리쳤다. 옷을 모두 벗기고 그는 가죽 허리띠를 빼내어 사정없이 후려치기 시작했다.

“아부지, 잘못했어라우. 다시는 나쁜 짓 하지 않겠어라우.”

경태는 두 손을 싹싹 빌며 용서를 빌었다. 하지만 그의 화는 쉽사리 풀리지 않는 듯 경태의 작은 등짝을 더 세게 후려갈겼다. 경태 어머니는 울면서 말렸다. 누나도 울고 동생들도 따라 울었다.

“인자 그만 하쏘. 잘못하면 사람 잡것소. 아그들 단속 못한 내가 죄인이오. 차라리 나를 죽이쏘.”

그녀는 경태를 감싸안고 울부짖었다.

“내 신조가 뭐냐면 말이여이. 남의 물건 훔치거나 탐내는 것 제일 싫어한지 아냐 모르냐 이!”

결국에 경태는 자신의 아버지가 늘 강조하는 정직이란 체면에 금이 가게 하는 꼴이 되고 말았다. 그가 이렇게 화난 모습은 처음 보았다. 머리끝까지 잔뜩 화가 치민 그는 허리띠를 아무렇게 내팽개치고는 집 밖으로 횅하니 나가버렸다. 그녀는 경태를 방으로 데리고 가 이불 위에 엎드리게 했다. 그리고 익숙한 손놀림으로 빨갛게 터진 경태의 등에 정성껏 빨간 아까징기를 발랐다. 등짝이 찢어지는 듯 시려왔지만, 경태는 끝까지 울지 않고 버티다가 그 자리에 스르르 잠이 들었다. 그리고 다시는 남의 물건에는 손을 대지 않겠다고 단단히 다짐했다.

다음날 새벽녘 잠결에 어디선가 두런두런 이야기 소리가 들려왔다. 경태는 그날 저녁 내내 심한 기침을 했다. 그는 살며시 경태 옆으로 와서 홑이불을 가슴팍까지 끌어당겨 주며 말을 이었다.

"큰 아그가 어젯밤에 개짐머리가 왔능가 보네."

"그랑께 말이요이. 오뉴월에 감기는 갱아지 새끼도 안 걸린다고 하든마."

자식의 버릇을 고쳐주기 위해 매는 들었지만, 그의 마음은 못내 아픈 것 같았다. 갑자기 콧날이 시큰해지고 눈이 붉어졌다. 경태는 내내 이불속에서 눈물을 훔치며 잘못을 뉘우쳤다. 이 사건은 사고 친 부모들이 협의해 충분한 보상과 함께 손이 발이 되도록 빌어 무사히 해결되었다.

경태는 그 후 30년 교직 생활뿐만 아니라 인생 육십 평생 내내 정직을 제1 덕목으로 삼았다.

내 친구 경식이

1973년 3월,

경태는 그대로 2학년으로 진급했다.

담임 선생님은 풍채가 좋고 인상이 근엄하였으며, 유난히 피부가 검었다. 그는 월말 평가를 치르기 전에 항상 반 아이들에게 맞을 수 있는 점수를 써내라고 했다. 만약 그 목표를 달성하지 못하면 우리는 종례 시간에 책상 위로 올라가 무릎을 꿇고 매를 맞았다. 그 당시 부모들은 학교에서 아이들이 공부를 못하거나 행동거지를 잘못하면 선생님에게 매 맞는 것을 응당 당연한 일로 여겼다.

그의 벌칙은 참 생뚱맞았다.

그는 매를 들기 전에 아이들과 반드시 짚고 넘어가는 약속 하나를 했다. 약속이라기보다는 차라리 통보라는 말이 맞았다.

"내가 느그들하고 약속한 것 다 알고 있제. 만약에 매를 맞고 움직이면 무조건 무효인 것도…."

그리고 그는 대 뿌리로 만든 회초리로 약속 어긴 아이들의 무릎 위를 정확하게 세 대씩 가격했다. 매를 때리기도 전에 손을 무릎에 비벼대며 호들갑을 떠는 아이들, 매를 맞고 나면 책상 아래로 나뒹 구는 아이들, 손은 내리지 않고 허리만 비틀면서 닭똥 같은 눈물만 뚝뚝 떨구는 아이들의 모습이 각양각색이었다. 아이들이 죽은 시늉 해도 그는 절대 에누리가 없었다. 그는 한참 동안 매타작을 마치고 나서는 다정한 어조로 아이들의 마음을 어루만져주었다.

"선생님은 너희들이 미워서 때리는 게 아니야. 이 매는 무슨 매?"

"사랑의 매! 약속의 매!"

후일 경태는 전교조 행사장에서 그를 만났다. 그러나 용기가 없 어 아는 척할 수가 없었다. 솔직히 말하면 당시엔 제자와 스승이 이 런 행사에서 만난 것 자체가 어색하고 부담스럽다는 잘못된 생각을 했기 때문이었다. 하지만 따지고 보면 참교육을 실천하려는 그와 경 태는 결코 부끄러운 모임에 참석한 것이 아니었는데 그때는 왜 그런 생각이 들었는지 모른다. 경태는 그를 모르는 척했던 것이 교직 생 활 내내 못내 아쉬움으로 남았다.

또 기억에 남은 일은 영어 선생님 일이다. 그는 성질이 불같은 사 람이었다. 몸은 갈대처럼 몹시 가냘팠지만 장난치거나 공부를 게을 리하면 회초리가 매섭게 날아들었다. 매를 때릴 때마다 그의 앞 머 리카락이 얼굴 전체를 가린 모습이 퍽 인상적이었다. 특히 영어 시 간에 'knife[naif]와 have[hæv]' 두 단어 [f], [v]의 발음을 혼동해 애를 먹은 적이 있었다. 말하자면 발음을 할 때 이(齒)로 아랫입술을 살짝 깨물거나 양 입술로만 발음하느냐의 차이였는데, 그때 경태는 그걸 잘 알 턱이 없었으니, 늘 발음 연습을 해도 틀리기 일쑤였다.

중학교 시절 경태의 집안 형편은 말이 아니었다.

그는 2학년 때 제주도 수학여행을 가지 못했다. 중학교도 진학하지 못한 자신의 누나에 비하면 이런 호사를 경태는 사치로 여겼다. 애초부터 수학여행 간다는 이야기 자체를 꺼낼 수 없었다. 만약 경태가 보내 달라고 떼를 썼다면 그의 부모는 무슨 수를 써서라도 보내겠지만, 가기 싫어서 안 간다고 하니 선생님도 부모님도 더는 권하지 않고 안타까운 표정으로 그를 빤히 바라만 보고 있었다.

경태 선생님은 수학여행 못 간 대신 매일 학교에 나와 교감 선생님과 별도로 공부하라고 했다. 수학여행 못 간 친구는 다리를 다친 여자아이와 경태, 둘 뿐이었다. 어쩐지 부끄러운 마음이 들어, 이틀 동안은 학교에 가지 않고 집에서 집안일을 도왔다.

1학년이 끝날 무렵 동네 선배가 갑자기 읍내 중학교로 전학하고 난 뒤 경태는 홀로서기를 시도해야 했다. 갑자기 든든한 뒷배가 사라진 꼴이니 다시 새로운 파트너가 필요했다. 다행히 새로운 친구가 나타났다. 그는 우리 옆 동네에 사는 경식이라는 아이였다. 그는 2학년 때 경태와 가장 친한 친구가 되었다. 그의 부모는 6·25 전쟁 때 황해도 옹진에서 이곳으로 피난 온 실향민이었다. 그의 부모는 근면 성실하고 남달리 생활력이 강한 사람들이었다. 그의 아버지를 길에서 만나면 경태에게 약간 느릿느릿한 황해도 사투리 섞인 말을 걸어왔다.

"우리 경태를 요기서 만나네. 우리 경식이와 친구로 지낸다는 생각을 해댔는데 내 말이 맞고마. 나는 니가 얼마나 좋은지 모른당께."

두 사람은 좋은 친구 사이였지만 또 공부에서만큼은 항상 라이벌 관계였다. 수업 시간은 물론이고 쉬는 시간까지도 그들은 쉬지 않고 서로 눈치를 보면서 경쟁했다. 경태는 화장실에 갔다가 그가 책상에 앉아 책이라도 보고 있으면 괜히 불안한 마음이 들어서 얼른 자리로 돌아와 책을 펼쳐들곤 했다.

그래서인지 둘은 공부를 아주 잘하는 우등생은 아니었지만, 반에서 항상 10등 안팎 정도 성적을 유지하는 편이었다. 당시 월말 평가는 3일간 계속되었다. 그들은 그날그날 예상 점수를 적어 서로 비교하고 조금이라도 성적이 뒤떨어지면 밤잠을 설쳐가며 공부했다. 경태는 그와 선의의 경쟁을 하면서 2학년 겨울방학을 맞았다.

그해 겨울,

경태 아버지가 교장과 교감을 밤낮으로 성가시게 쫓아다닌 덕분에 경태는 어렵사리 광주로 전학하게 되었다. 시골에만 있으면 공부에 집중이 안 된다고 판단한 것이다. 갑자기 결정된 일이라 그에게 기별도 넣지 못해, 괜히 친구를 배신하는 마음이 들었다.

'친구야, 미안하다. 언젠가는 다시 만나겠지. 네가 광주로 고등학교 진학을 하면 다시 만날 수 있을 거야.'

하지만 그는 고등학교에 진학하지 못했다. 사실 그도 수학여행을 못 갈 뻔했다. 수학여행 당일 아침 겨우 그의 어머니가 부랴부랴 돈을 구해서 버스가 출발하기 직전 차에 오를 수 있었다고 훗날을 회상했다.

그는 중학교를 졸업하고 서울로 올라가 힘들게 고생한 끝에 가방 제조업 CEO가 되었다. 그는 경태가 대학 다닐 때 가방을 직접 만들어 보내주기도 했다. 경태는 그가 만든 소중한 가방을 친구들에게 자랑도 하고 또 오랫동안 간직했다.

세월이 흘러 흘러 그는 오랫동안 서울 생활을 정리하고 고향으로 낙향하여 직접 한과, 떡 등 명절과 제사 음식을 만들어 배달과 인터넷 판매를 하고 있다. 가끔 그들은 한 번씩 만나 100대 명산과 맛집을 찾기도 하고, 문화예술회관에서 공연하는 음악 콘서트나 오페라 등을 관람하며 옛 학창 시절의 추억을 소환하고 있다.

오리 치는 소년

추수가 끝날 무렵이었다.

경태는 학교가 파하기 무섭게 집에 돌아오면 오리를 몰고 논으로 가야 했다. 그의 어머니는 간식거리로 부뚜막 가마솥에 물고구마를 한 솥 쪄놓고 들에 나갔다.

간식을 채 먹기가 바쁘게 그는 대충 목도리 하나를 아무렇게나 걸치고 긴 장대를 챙겼다. 그리고 오리 막사 문을 벌컥 열어젖혔다. 선생님으로부터 꾸중을 들은 경태는 은연중에 죄 없는 오리에게 분풀이할 태세였다. 대충 500여 마리 오리군단은 너도나도 뒤뚱뒤뚱 그 위용을 뽐내며 일대 장관을 이루었다.

오리들은 이놈 저놈 할 것 없이 처음엔 서로 앞다투어 이순신 장군의 학익진(鶴翼陣) 대열을 이루었다. 그러다 리더와 참모들이 앞을 대차게 치고 나가면 남은 오리들은 작은 편대를 이루어 따라붙었다. 오리들은 답답한 막사에 갇혔다가 화려한 외출에 신이 났는지 한 번씩 날갯짓하며 뒤뚱뒤뚱 리더의 뒤를 잘도 따랐다. 이 오리군단이 한 번 출행하면 신작로에는 하얀 오리털과 배설물로 가득 찼다. 어느새 그는 요령이 생겨 기다란 장대를 들고 선두에 있는 연대 장급 오리와 참모들만 지휘하며 논으로 향했다. 그 뒤를 따르는 사병 오리들은 절대로 허튼 행동을 하지 않기 때문에 신경 쓰지 않아도 되었다.

추수가 끝나면 논 주인들은 경태의 오리군단이 자신들의 논에 왔으면 하고 은근히 기대했다. 그들의 입장은 오리들이 논바닥에 흩어진 벼 이삭을 주워 먹기 위해 여기저기 주둥이로 들쑤시면서 논바닥을 반반하게 골라줄 뿐만 아니라 그만큼 배설물을 쏟아내 꿩 먹고 알 먹는 셈이 되었다.

그의 아버지는 오리알을 팔아서 사료 대금을 충당하지 못하거나, 긴급하게 가용 돈이 필요할 때면 오일장에 오리를 내다 팔았다. 값을 더 받기 위해서는 미리 하루 전에 오리를 냇가로 내몰아 말끔하게 목욕시켜야 했다. 그래야만 헐값이 아닌 제값을 받을 수 있었다.

이때 오리들은 다리 위에서 바닷물로 떨어지는 것이 두려워 주저주저하다가도 그가 버럭 소리를 지르면 못 이긴 척하고 두 발에 힘을 주며 버텼다. 그러다가도 우두머리 격인 한 마리가 다이빙을 시작하면 다른 오리들도 망설임 없이 크게 날갯짓하며 뛰어내렸다. 마치 백제의 삼천궁녀가 낙화암에서 백마강으로 뛰어든 모습을 흉내 내는 것처럼…

해가 질 무렵,

오리들의 속성은 배가 부르면 스스로 자신들의 막사를 알아서 찾아들었다. 그러나 아직 배를 못 채우고 허기진 일부 무리는 대열을 이탈하여 나락이 심어진 논으로 들어가 그의 애간장을 녹일 때가 한두 번이 아니었다. 그렇지만 고마운 점은 이 오리들이 그의 가족에게 날마다 백옥처럼 하얀 오리알을 팡팡 쏘아준다는 것이다. 막상 알을 수거하려고 막사에 들어가면 오리들은 화들짝 놀라 그를 쳐다보다가도 기꺼이 둥지를 내주었다. 그는 커다란 사과 궤짝에 등겨를 담아 바닥에 하얗게 깔아놓은 오리알을 조심스럽게 하나씩 하나씩 수거했다. 비록 오리 똥은 묻었지만 조금도 더럽다고 생각해 본 적이 없었다. 그날그날 생산한 오리알의 수확이 너무 오졌다. 이 고마운 오리들이 경태 학비도 보태주고, 가족의 생계 수단이기 때문에 오리들에게 고맙다고 매일매일 절을 해도 모자랄 판이었다.

'낙동강 오리알 신세'라는 말이 무색할 정도로 사실 오리알은 단백질과 아미노산이 풍부해서 영양 만점 식자재임이 분명하다. 그러나 당시 오리알은 식용보다는 대부분 부화용으로 많이 소비되었다.

당시 경태 아버지는 자금이 마련되면 오리 사육과 병아리 부화에만 온정성을 쏟아부었다. 그는 무지 영리한 사람이었다. 왜냐하면 부화가 잘 된 유정란을 사다가 부화기를 통해 병아리로 팔고, 오리알은 애초에 부화하지 않았다. 닭은 병이 잦아 기르기 어렵지만, 오리는 별다른 병 없이 잘 자랐기 때문이었다. 그래서 새끼 오리를 사다 어미 오리로 길러서 알을 팔아 사료를 샀다.

이러한 일련의 일들은 해가 바뀌어도 계속 변함이 없었다. 그리고 사료 대금을 절약하기 위해 해마다 집 뒤에 자라는 머윗대 잎을 잘게 썰어서 사료와 함께 섞어 먹였다. 지금 생각하면 별 이득이 없는 사업들이었다. 오리 사육은 집안 살림에 큰 도움이 안 되었다. 만약 그가 요즘에 잘나간 유황오리라도 개발했다면 사정은 달라졌으리라. 경태 오 남매는 동네 친구들과 한 번도 마음 편하게 뛰놀지도 못했다. 실컷 놀다가도 오리들에게 무슨 일이 생기지 않았나 항상 노심초사해야 했다.

그래서 그의 친구들은 이렇게 놀려댔다.

"경태야! 너 시방 느그 집 오리는 으찌께 해놓고 노냐?"

지금도 오리 생각만 하면 그는 노이로제 걸린 환자처럼 진절머리가 난다. 하지만 오리 사육은 꽤 오랫동안 이어졌다. 경태 가족 모두는 아버지가 벌이는 일들을 싫어했지만, 감히 싫은 소리 한 번 내지 못했다. 그는 경태가 대학을 졸업하고 발령받기 전까지 오리를 사육했다.

특히 병아리 부화는 지금처럼 온도조절이나 달걀 굴리는 일들이 자동화된 시스템이 아니라서 엄청난 시간과 노력이 요구되었다. 그의 어머니는 밭에 나가 일하다가도 부화기 온도를 살피기 위해 시계추처럼 집을 수십 차례 왔다갔다 반복했다. 그녀는 새벽에도 잠에서 깨어 부화기 온도를 여러 차례 점검해야 했다. 온도계 역시 디지털이 아닌 작은 눈금이 표시된 막대기 온도계라서 잘 보이지 않아 불편했다.

옛날 부화기 시스템은 호롱불로 물을 데워주면 물이 순환하여 부화기 내부의 달걀 온도를 조절하는 장치였다. 또 일정한 시간마다 일일이 손으로 달걀을 굴려주어야 했다. 이렇게 갖은 정성을 다해 스무하루가 지나면 비로소 예쁜 병아리로 탄생했다.

다행히 모든 알이 예쁜 병아리로 깨어나면 얼마나 좋을까.

하지만 일부는 온도가 높아 병아리로 깨어나지 못하고 죽어버리는 경우가 종종 있었다. 이런 경우 그의 아버지는 동네 사람들을 불러 모아 이것들을 간식으로 제공했다. 이 모습을 보는 부모님의 마음은 얼마나 새까맣게 타들어 갔을까 생각하면 가슴이 미어졌다.

줄탁동시(啐啄同時)!

병아리가 알에서 깨어나기 위해서 어미 닭이 밖에서 쪼고 병아리가 안에서 쪼며 서로 도와야 일이 순조롭게 완성됨을 의미한다.

이처럼 줄탁(啐啄)이 동시에 이루어져야 교육이 잘 된다는 교육 철학을 그는 진즉부터 체득하고 있었다.

장돌뱅이

오일장이 돌아오면 경태는 새벽녘에 눈을 비비고 일어나야 했다.

아버지는 새벽부터 오리를 잡아 지푸라기로 날개와 다리를 묶고, 어머니는 고무 다라이에 오리들을 차곡차곡 쟁였다. 그리고 그물을 대충대충 씌우고 나면 오리들은 답답한지 꽥꽥거리며 머리를 하늘 높이 치켜세웠다. 그는 어머니와 함께 새벽차에 몸을 싣고 오일장으로 달음박질했다. 버스는 마치 콩나물시루처럼 빼곡하게 초만원이라서 사람도 답답해서 숨이 막힐 지경인데 짐승이야 오죽할까? 거기다가 버스 기사의 성깔이 한몫 보탰다.

"아따 그놈의 오리 새끼들 냄새가 참말로 지랄 같네이. 원래 오리 새끼는 안 실어 줘야하는디 무단 없이 실어줘 갖꼬 이 고약한 냄새를 다 으찌께 한다냐."

버스 기사의 불퉁불퉁한 잔소리를 한 차례 듣고 나면 경태 마음도 금방 콩알 만해져서 말없이 불쌍한 오리들의 머리를 쓰다듬기에 바빴다. 이렇게 힘들게 장터에 당도하면 숨이 목구멍까지 차오른 오리들을 빨리 세상 밖으로 꺼내어 숨을 쉬게 해주어야 했다.

"이놈의 오리 새끼들! 고생 참 많이 했다. 인자 느그들 부자집으로 팔려 가서 잘 살아라이."

그의 어머니는 이렇게 한마디 툭 던지고 자리를 잡기 시작했다. 원래 시장 바닥이라는 곳이 먼저 와서 자리 잡은 사람이 임자라는 말은 통하지 않았다. 그들은 자신들 만의 정해진 규칙이 있었다. 소위 알짜 자리는 이미 점 찍어 놓은 자신들의 영역이어서 누구나 침범하지 않는 것이 일종의 불문율이었다.

"경태야, 얼릉 가서 돌덩이 몇 개 주서 갖고 온나."

그가 돌을 주우러 간 사이 그녀는 오리가 도망가지 못하도록 오리 발에 새끼줄을 묶어 발로 오랫동안 밟고 있었다. 곧바로 흥정이 시작되었다.

"오리 새끼 한 마리 얼마씩 한당가요?"

"천 오백이어라우. 두 마리 사면 이천오백에 드릴랑께 후딱 사부쇼."

도매 장사치들이 우르르 몰려들어 오리 날갯죽지를 잡고 들었다 놨다 하면서 값을 후려치려고 흠집을 내기 시작했다.

"아따메, 하도 못 믹에 갖꼬 오리 새끼들이 무지하게 가볍네이"

"아따 이 오리 새끼는 멀미했는가 으짼는가 매가리가 하나도 없다이."

화가 머리끝까지 치민 그녀는 한마디 덧붙였다.

"안 살라면 말제 좋은 물건 가지고 뭔 말들이 그렇게 많다요."

그녀는 배짱을 내밀었다. 그녀의 속셈은 시간이 다소 걸리더라도 임자를 잘 만나 제값에 팔고 싶었던 것이었다. 대충 파장이 될 무렵 그녀는 못다 판 오리를 경태한테 맡기고 장을 보러 나섰다.

"못 팔면 그냥 가지고 갈랑께 너무 헐값에는 팔지 말어라이."

"네. 엄마, 그래도 내가 알아서 한 번 팔아 보께요."

그녀는 오리 판 돈을 쥐고 할아버지와 할머니가 좋아하는 파래 김자반, 낙지, 그리고 동태 몇 마리와 자식들이 좋아하는 귤 몇 개를 샀다. 남은 오리를 떨이하는 게 여간 쉬운 일이 아니었다. 다만 어머니에게 미안할 따름이었다.

"엄마, 두 마리는 마저 다 못 팔았당께요."

"하기사 사람들이 엔간해야제. 하도 약삭빨라서 팔기가 그리 쉽다냐?"

파장 시간이 훨씬 지났다.

남은 오리를 주섬주섬 담아 집에 갈 준비를 할 무렵 나이가 지긋한 할머니가 어기적어기적하고서 오리를 지팡이로 가리켰다.

"그 두 마리 다 묶어줏쑈. 내가 떨이 해부러야제. 얼마 주면 된당가?"

"아짐! 이천 원만 주쑈."

할머니의 손등은 거미줄처럼 얼기설기 얽혀 있었다. 그녀는 몸뻬 안쪽에서 꼬깃꼬깃한 천 원짜리 두 장을 꺼내 그녀에게 건넸다.

"아짐! 어따 쓸라고 두 마리나 사신당가요?"

"아따 우리 영감 약에 쓸라고 그라제. 약에 쓸라면 물건값을 깎으면 절대 안되는 뱁이여. 한나도 약이 안 된다 그말이여."

오랜만에 오리를 다 팔고 집으로 돌아오는 발길은 가벼웠다.

경태 아버지는 사료를 절약하기 위해 가을걷이가 끝나면 논바닥이 얼기 전에 벼 이삭 하나라도 더 먹여야 한다며 또 오리를 논으로 내몰았다. 문제는 오리들이 사방에 흩어지기라도 하면 사나운 개들이 사정없이 물어 죽이는 일이 종종 벌어지기 때문에 한눈팔 틈이 없었다. 멀리 추수한 논배미 한 가운데에는 아이들이 수수깡 화살을 쏘아대고 있었고, 아낙들의 벼 이삭 줍는 모습도 보였다. 그리고 신작로 가장자리에는 동네 아재들이 덕석 위에다 나락을 말리고, 동네 어귀 울타리에는 탐스러운 늙은 호박이 우리를 반기는 모습도 종종 보였다.

모두 겨울을 재촉하는 늦가을 풍경들이었다.

미운 오리 새끼

1974년 1월 한겨울,

경태를 광주로 전학시키기 위해 경태 아버지는 남모르게 애쓰고 있었다. 경태가 시골에만 있으면 공부에 집중이 안 된다고 생각했던지 그는 곧바로 광주에 있는 경태 작은아버지를 고향집으로 불러들였다.

"동생아! 니 조카 경태를 광주로 전학시킬라고 맘묵고 있는디 말이어 으찌게 생각하냐?"

"예, 형님. 잘 생각했어요. 그래도 조카가 집안 장손인데…."

"그란디, 지금 형님은 방 얻어 줄 형편이 못 된다. 그랑께 느그 집에서 잔 데꼬 있으면 안 되것냐? 대신 한 달에 쌀 한 말씩은 부쳐 주마."

하지만 그의 입장은 좁은 방 한 칸에서 조카를 데리고 있을 형편이 못 되었다. 그러나 집안 장손을 공부시키겠다는 경태 아버지의 말에 그도 딱히 반대할 명분을 찾지 못했다.

그의 성품은 대쪽처럼 정직하고 올곧았으며, 두뇌가 명석하여 학교 성적은 항상 1등을 놓치지 않았다. 안타깝게도 가정형편이 어려워 중학교에 진학하지는 못했지만, 독학으로 3사관학교 필기시험과 최종면접에 합격한 인재였다. 아마 그는 조부가 무인 출신이라서 그 계보를 이어보려고 사관학교 진학을 꿈꾸었는지 모른다. 그러나 억울하게도 그는 신원조회에서 분루를 삼켜야 했다. 어찌하든 그의 꿈이 실현되지 못해 가족 모두 안타까워했다.

그는 못 배운 것이 한이 되어 경태라도 일찍 도회지로 내보내 자신이 못다 이룬 꿈을 대리만족하고 싶었으리라. 경태 아버지는 가끔 이런 말을 자주 했다.

"엄마 뱃속에서 세상에 나올 때는 순서가 있어도, 저세상 가는 데는 순서가 없다."

그는 이 말을 증명이라도 하듯 이른 칠십에 형보다 훨씬 먼저 하늘나라로 떠났다.

이렇게 2년 동안 시골 중학교를 마친 경태는 겨울방학이 끝날 무렵 청운의 꿈을 안고 드디어 광주에 상륙했다. 사실 전학이 쉬운 일은 아니었다. 온갖 어려움을 무릅쓰고 마침내 교육청으로부터 시내 한 중학교에 배정되었다는 소식이 왔다. 경태 아버지는 전학 절차를 마치자, 경태를 홀로 동생 집에 떨구어 놓고 뒤도 안 돌아보고 매정하게 고향으로 내려갔다. 학교는 작은아버지 집 동명동에서 그리 멀지 않아 도보로 통학했다. 당연히 처음 가는 길이라서 몹시 혼란스러웠다.

시골에서 나고 자란 그는 갑자기 도회지로 나오니 당최 어디가 어디인지 알 턱이 없었다. 학교에 가기 위해 집에서 나오면 계림동 문집들이 즐비하게 늘어서 있었고, 이른 아침이면 인부들이 추위를 피하려고 이곳에서 장작불을 피웠다. 그는 매일 길을 잃어버리지 않게 주위의 간판을 머릿속에 새기며 학교를 오고 갔다. 교문에 들어서면 '날로 새로워라' 라는 교훈이 그를 반겼다. 경태는 학창 시절 내내 이 교훈을 마음속에 새기고 날마다 새롭게 달라지는 사람이 되겠노라고 다짐했다.

당시 이 학원은 광주 사학의 중심 요람지로 불리었는데, 남자 중고등학교와 여자 중고등학교 등 네 개의 학교가 있었다. 특히 그 학원의 교문은 고급 대리석으로 웅장하게 지어져 있어 웬만한 대학교도 흉내 내지는 못했다. 교문에서 가장 가까운 곳에 경태가 다니는 동신중학교가 자리 잡고 있었다. 교복 규정은 이전 다니던 중학교처럼 겨울철에는 까만 동복을, 여름철에는 하늘색 남방에 쑥색 바지인 하복을 입었다. 그리고 빡빡 깎은 머리에 까만 모자를 쓴 것은 이전 학교와 같았다. 다만 신발은 반드시 청색 운동화를 신고, 운동화 끈은 흰색을 끼워야 했다.

무엇보다도 제일 걱정거리는 체육복이었다.

그의 아버지는 체육복을 곧바로 사주지 않았다. 한 달만 지나면 3학년이 되니 그때 사주겠다는 것이었다. 다른 아이들은 교표가 박힌 백옥처럼 하얀 체육복을 입었는데, 경태 혼자서만 시골 중학교에서 입었던 칙칙한 녹색 체육복 차림이었다. 체육복 왼쪽 가슴에는 하얀 글씨로 '계곡중'이라 선명하게 새겨져 있었다. 그는 체육복에 새겨진 이름을 지우려고 밤새 비눗물로 수만 번 문질러댔지만, 지워지기는커녕 오히려 한 여름밤의 반딧불이처럼 더 반짝반짝 빛을 발했다. 당연히 체육 시간은 그가 제일 싫어하는 시간이었다. 하얀 체육복 무리 속에 경태는 한 마리의 미운 오리 새끼였다.

체육 선생님은 유도를 전공해 몸집이 역도산처럼 크고 무섭게 생겼다. 경태는 괜히 체육복을 입고 오지 않았다고 혼날까 봐 내내

바짝 졸았다. 그러나 그는 경태 복장에 대해 아무 말이 없었다. 경태
는 그 선생님이 참 고마웠다. 자세히는 모르겠지만 그는 경태에게
무언가 말하지 못할 사연이 있으리라고 짐작한 듯했다.

체육 시간이 한창이었을 때 마침 그곳을 지나는 고등학생 형과
누나들이 경태 옷차림새를 보며 깔깔대고 웃어댔다.

"야, 애들아! 저기 좀 봐. 계곡중이 뭐니? 얼마나 깊은 골짜기에
서 왔으면 계곡중이래, 하하하."

그럴 때면 그는 창피해서 쥐구멍에라도 들어가고 싶은 심정이었
다. 다행히 반 아이들은 체육복이 다르다는 이유로 경태를 미운 오
리 새끼 취급하지 않았고, 따돌리는 아이 역시 한 사람도 없었다. 특
히 반장을 맡았던 한 친구가 유별나게 경태를 잘 챙겼다. 그는 「바위
섬」과 「직녀에게」를 히트시키면서 대중 가수로 자리매김한 지 오래
다. 그것도 참 고마웠다.

또 가장 어렵고 곤란한 교과목이 공업이었다. 지금은 '기술·가정'
을 한 교과로 채택해 전국의 중학생들이 같은 내용의 학습을 하고
있지만, 당시에는 학교마다 약간씩 달랐다. 시골 중학교에서 농업
을 배운 경태에게 공업은 너무 생소한 교과목이었다. 결국 경태는
그해 학년말 시험에서 공업 과목은 빵점을 맞았다. 2학년 전교 석차
도 600명 중에서 335등을 했다. 성적표를 받아본 그의 아버지는 크
게 실망하고 긴 한숨만 내뱉었다. 그는 아버지에게 실망을 안겨준
것 같아 너무 죄송했다.

작가의 꿈

경태가 배정된 반은 2학년 4반이었고, 담임은 국어를 가르쳤다.

그의 목소리는 항상 조용하면서도 다정다감한 카리스마를 가졌다. 몇몇 아이들은 그를 소설가라고 하기도 하고, 또 다른 아이들은 그냥 국어 선생님이라며 서로 옥신각신했다. 경태가 대학에 입학하고 나서 찾아갔을 때 그는 보이지 않았다. 교직을 그만두고 서울로 갔다고 했다. 그 후 소설 「아제 아제 바라아제」 원작이 영화로 상영되었을 때 비로소 경태는 그가 유명한 소설가라는 것을 뒤늦게 깨달았다. 이 영화는 모스코바 국제영화제에 출품하여 한국 최초로 여우주연상을 받은 바 있다.

비록 한 달가량 짧은 담임 선생님이었지만, 여태까지 그가 은사님이었다는 사실에 경태는 커다란 자부심을 가졌다. 한 번은 국어시간이 끝날 무렵 그는 경태에게 이렇게 격려했다.

"경태야, 넌 글 쓰는데 제법 소질이 있어. 글 쓰는 걸 좋아하면 책을 많이 읽고 습작부터 익혀봐라."

그래서 경태는 글 쓰는 것을 더 좋아했다. 그 후 경태는 소설가가 되고 싶었다. 초등학교 6학년 때 선생님이 꿈이었지만 소설가의 꿈도 가져보게 되었다.

그는 고향인 장흥 율산마을 '해산(海山)토굴'에서 집필 중이다. 이곳 해산토굴과 문학 학교는 득량만의 여다지 해변이 한눈에 들어오는 마을 언덕배기에 자리 잡고 있다. 경태는 언덕배기 뒤편에 야생 엉겅퀴를 심었다. 매년 유월이 되면 예쁜 보라색 꽃향기가 그의 집필에 자극이 되었으면 하는 마음에서였다.

어느 날 그는 『산돌 키우기』 자서전에 사인을 한 뒤, 경태에게 건네며 한마디 충고를 덧붙였다.

"이 선생! 작가는 말이야. 글을 쓸 때는 항상 자신에게 아주 혹독하고 냉정할 필요가 있어."

이곳 '달 긷는 집' 문학 학교 정원에서 바다를 바라보면 시에는 문외한인 경태에게도 구슬 같은 시구(詩句)가 술술 나올 것만 같은 느낌이 들었다. 그는 「채식주의자」라는 소설로 맨부커상을 받은 딸과 함께 부녀가 동시에 이상(李箱) 문학상을 받는 최초의 기록을 남겼다. 또한 그의 딸인 한강은 한국인 최초로 노벨 문학상을 수상하였으며, 이미 동향인 「서편제」의 이청준, 「녹두장군」의 송기숙과 함께 한국 문학의 거장이 되어 있었다.

경태가 처음 광주로 올라와서 살았던 동네는 동명동이었다. 이곳에서 작은아버지의 보살핌을 받고 한 달 동안 숙식했다. 그는 날마다 숙모가 해준 김이 모락모락 나는 따뜻한 밥을 먹고 편히 학교에 다닐 수가 있었다. 특히 그의 숙모는 음식 솜씨가 남달리 뛰어나 어떤 반찬도 뚝딱 맛있게 만들어 냈다. 그때 사촌 여동생이 태어났다. 방이 한 칸이라서 네 식구가 살기에는 너무 비좁았다. 그는 이제 독립할 때가 되었다고 생각해 작은아버지에게 학교 근처로 이사하겠다고 말했다.

아버지의 동의 없이 혈혈단신 객지에서 그가 내린 최초의 결정이었다. 이사봇짐이라 해보았자 책 몇 권과 옷가지 몇 벌 뿐이었다. 봇짐을 싸 들고 말바우 시장 건너편 동양극장 근처로 이사했다. 이곳 집들은 꼬막을 엎어놓은 것처럼 옹기종기 모여 있었다. 특히 동네 뒤편에는 정화조 청소차들이 대변을 퍼내는 곳이라서 항상 코를 찌를 듯한 퀴퀴한 냄새가 사방에 진동했다.

'이제 나는 객지에 나와 처음으로 외톨이가 되었다. 이제 모든 일은 나 혼자 결정하고 해결하며 어떤 고난이 닥쳐와도 혼자서 헤쳐나가야만 한다. 이 거대한 도시에서 소위 차도남(Chic city guy)들과 어떤 생존게임에서도 부대끼고 살아남아야 한다.'

그는 이렇게 마음을 다시 가다듬었다.

홀로서기

그해 1974년 8월 15일,

광복절 기념식장에서 대통령 부인 육영수 여사가 마흔아홉의 젊은 나이에 문세광의 총탄에 맞고 사망한 날이어서 많은 국민과 함께 학생들도 애도한 기억이 난다.

경태가 3학년이 되었을 때 담임 선생님은 공업 과목을 맡았다.

월말 평가 성적이 떨어지는 날이면 선생님의 몽둥이에 불이 붙기 때문에 다른 과목보다 공업 과목을 더 열심히 했다. 한때 빵점이 나오기도 했던 공업 점수는 덕분에 늘 90점을 넘기는 효자 과목이 되었다. 이때부터 공부에 대한 열정이 다시 불타기 시작했다. 그의 성적도 차츰 상위권으로 진입하기 시작했다. 당시에 그는 누구나 들어가기 어렵다는 K고등학교에 진학하는 것이 목표였고, 그래서 머리를 싸매고 더욱 공부에 매진했다.

하지만 그해 5월, 문교부에서는 명문고등학교로 집중되는 입시 경쟁의 과열과 그로 인한 학생들의 부담감, 인구의 도시집중을 막기 위해 이곳 광주를 고교평준화 지역으로 확대 발표했다. 고교 입시가 폐지되면서 그는 그 학교 시험도 쳐보지 못했다. 목표가 사라지면서 공부에 대한 열정도 한풀 꺾이고 말았다. 방황이라고 할 것까지는 없었지만, 추첨 배정으로 고등학교에 간다고 하니 이전만큼 공부에 온 힘을 쏟지는 않았다.

작은아버지 집을 나온 그는 동신중학교 뒤 풍향동에서 자취를 시작했다. 조용한 동네라 공부하기는 좋은 곳이었다. 방 한 칸에 열 달 사글세가 만 오천 원이었는데, 당시 시내 버스비가 10원이었던 것을 생각하면 그의 처지에 결코 싼 방은 아니었다. 고민 끝에 사글세를 아끼기 위해 인근 중학교에 다니는 아이와 함께 지냈다. 경태 아버지는 그가 혼자 생활하는 것이 불안했던 모양이었는지 얼마 되지 않아 학동으로 이사를 하자고 했다. 거기에는 고향에서 이웃사촌으로 지냈던 아버지의 친구가 살고 있었다.

이곳에서 중학교까지 거리는 시내 끝에서 끝까지 멀리 떨어진 곳이긴 했지만, 아버지의 입장은 친구 집 근처에 사는 것이 한결 마음 편했으리라. 경태는 이곳에서 학교까지 버스 타는 것보다 걸어가는 경우가 더 많았다. 아버지 친구는 경태 방에 책상이 없다는 것을 알아차리고, 손수 키 낮은 앉은뱅이책상을 하나 뚝딱 만들어 공부방에 들이밀어 주었다.

"학생이 되아가꼬 책상도 없이 공부를 으찌게 한다냐?"

"아저씨! 고맙습니다. 이 은혜는 평생 잊지 않겠습니다."

덕분에 한동안 시들해진 공부도 그 책상이 생기자, 경태는 다시 마음을 잡는 계기가 되었다.

그러고도 경태 아버지는 마음이 놓이지 않았는지 결국 경태 누나를 광주로 올려보냈다. 그는 객지에 내보낸 어린 자식들이 항상 눈에 밟혀 걱정뿐이었지만, 누나와 함께한 광주 생활은 즐겁기만 했다. 일요일에는 학동 가설무대 서커스 구경도 하고, 사직공원에 있는 동물원에 구경 가기도 했다.

아버지가 보낸 편지 속에는 항상 이천 원짜리 우체국 소액환도 함께 들어 있었다. 하지만 그 소액환으로 둘이 살림하기에는 턱없이 모자랐다. 결국 경태 누나는 가발공장에 취직해서 살림에 보탰다. 그 나이에 절대 쉬운 선택은 아니었을 것이다. 경태도 객지에 나와 어린 나이로 지냈지만, 사회에 뛰어든 그녀 역시 어린 나이였다. 싫은 소리 한 번 할 법도 했지만, 그녀는 힘든 내색 없이 항상 씩씩했다.

사정이 좋지 않으니, 그녀는 항상 쌀가게에서 각대 봉투에 담아 값싸게 팔던 '납작 월남미'를 사 왔다. 그것도 정상 월급날까지 못 기다리고 받은 가불금이었다. 이 쌀은 납작한 보리가 섞여 있는데 전혀 찰기가 없었다. 당연히 맛이 있을 리 만무했지만, 그들 형편에 이것저것 가릴 처지가 되지 못했다.

연탄도 미리미리 들여놓지 못해 돌아서기가 바쁘게 떨어졌다. 연탄이 떨어지면 그녀와 함께 산 언덕배기에서 땔감을 구해 추운 겨울을 나기도 했다. 주인집 할머니는 불을 피워 연기가 난다고 야단을 치다가도 어린 남매가 애쓰는 모습이 안쓰러웠는지 가끔 연탄을 빌려주기도 했다.

"객지에 나오면 다 고생이여. 앞으로 굶지 말고 쌀 떨어지고 연탄 떨어지면 말해라잉~"

이렇게 어려운 생활 속에서도 그녀는 쥐꼬리만큼 적은 월급을 아껴 가끔 고향에 쌀을 한 가마니씩 화물로 부쳤다. 나중에 그의 어머니가 손수레를 끌고 십 리쯤 떨어진 화물취급소에서 쌀을 받아 가며 그녀의 정성과 사랑을 느꼈다고 했다. 그리고 그녀는 퇴근할 때면 꼭 포장마차에 들러 감자튀김을 한 봉지씩 사와 격려했다.

"경태야, 배가 고프면 공부가 안돼. 공부도 결국은 체력 싸움이다. 너는 우리 집 희망이고 기둥이야. 잘 먹고 힘내서 어서 빨리 우리 집안을 일으켜야지."

그는 누나의 마음을 다 헤아리지는 못했지만, 학업에 더욱 매진하라는 누나의 채찍질이라 생각하고 주먹을 불끈 쥐어 보았다.

그의 아버지는 한 달에 한 번씩 광주에 올라왔는데, 쌀은 한 번도 가져온 적이 없고, 김치와 깍두기 반찬만 가져왔다. 그때는 조금 서운했지만 당연한 일이었다. 고향집은 다른 사람 논밭을 부쳐 먹는 소작농이었기 때문에 보릿고개가 돌아올 때면 쌀밥은커녕 보리밥마저도 참 고마울 따름이었다. 경태네 가족은 겨우 밭에서 나온 보리쌀과 노란 좁쌀밥으로 물 말아 배를 불리고, 그리고 고구마로 겨울을 나기 일쑤였다.

껌팔이 소년

경태는 고향에도 마음대로 내려가지 못했다. 그의 아버지는 방학은 물론 명절이 돌아와도 고향에 오지 말고 학업에만 열중하라고 어린 경태를 혹독하게 내몰았다. 그가 고향에 내려가는 이유는 따로 있었다. 물론 가족들이 보고 싶기도 했지만, 사실 내려갈 때마다 수업료를 내지 못해 버티고 버티다 부모님에게 얘기를 꺼내 보기 위함이었다. 토요일 오후 고향에 내려가도 집안 사정을 생각하면 당연히 꿀 먹은 벙어리 냉가슴만 앓았으니…

다음 날 오후가 되어도 입이 떨어질 리가 만무했다. 그렇게 쩔쩔매다 광주로 출발할 시간이 다 되어서야 그는 겨우 어머니에게만 조심스럽게 수업료 얘기를 꺼냈다. 이런 행동은 스스로가 답답하기도 했지만, 집안 사정도 빤했기 때문에 돈을 달라는 말이 쉽게 나오지 않았다. 그런 마음을 눈치챈 그의 어머니는 아무 말 없이 마을로 급전을 융통하러 갔다. 그것도 친정 동네에서 시집온 언니뻘 되는 사람에게 타박을 당하며 부탁했다.

"능력도 안 되면서 전학은 무슨 개뿔. 송반 아재는 뭐하고 자네

한테 이런 돈 심부름만 시킨지 모르건네이."

"언니! 미안하게 되었구만요. 며칠 내 못 갚으면 내가 품팔이라도 해서 이자를 얹어 넉넉히 갚을 테니 쬐끄만 잔 돌려줏쇼."

그녀는 머리에 쓴 수건으로 연신 이마에 흐르는 땀을 닦으며 돌아가는 경태 손에 그 돈을 쥐여주었다. 그러고는 남들처럼 쌀 한 가마니라도 싣고 가지 못하는 것을 늘 미안해했다. 달랑 배추 두 포대를 싸주며 주인댁 할머니와 나눠 먹으라는 당부도 잊지 않았다. 그녀는 경태와 헤어지는 것이 서운한 듯 손을 흔들며 얼른 차에 오르라고 했다.

"얼렁 가거라. 광주에 도착하면 꼭 아부지한테 편지해라잉."

그녀가 손에 건넨 것은 단순한 돈이 아니라 경태에 대한 하나의 믿음이었다. 그렇게 어슴푸레한 저녁이 다 되어 그는 광주행 막차에 몸을 싣고 어머니에 대한 고마움으로 하염없이 흐르는 눈물만 훔쳤다. 그럴 때마다 공부에 소홀해진 자기 자신에게 더욱 채찍질해 댔다.

그의 누나는 매일 단무지와 아부라기 반찬으로 도시락을 싸주었다. 하지만 한참 먹을 때라 그런지 식량은 사놓기 바쁘게 금방금방 떨어졌다. 그나마 점심은 싸가지 못할 때가 더 많았다. 한 번은 식량이 떨어져 저녁과 아침을 굶고 학교에 가서 쓰러진 적이 있었다. 양호 선생님은 그의 핼쑥해진 얼굴을 쳐다보더니 이마에 손을 짚었다.

"애야, 어디가 아프니? 머리 열은 정상인데… "

"그냥… 배가 좀 아픈 것 같아요."

사실대로 말할 수는 없어서 그는 거짓말을 해 배탈약을 받았다. 수돗가에다 남몰래 약은 버리고 물만 벌컥벌컥 들이켰다. 대충 배가 부르는 기분이 들었지만, 꼬르륵 소리는 숨길 수 없었다. 그는 차가운 물을 한 움큼 쥐고서 다시 입에 털어 넣었다. 잠시 배고픔을 잊으려는 행동이었다. 그의 누나도 똑같이 굶고 출근했을 것을 생각하면 이 정도는 아무것도 아니라는 생각이 들었다.

사정이 이러하니 공부도 공부였지만, 경태도 살림에 조그마한 보탬이 될 만한 일은 없을까 고민했다. 그러다 떠오른 것이 버스터미널의 껌 장사였다. 당장 동네 구멍가게에서 껌 열 통을 사서 터미널로 발걸음을 옮겼다.

갈 때는 용기가 충만했지만, 막상 들어서니 여러 사람 앞에서 껌을 팔 엄두가 나지 않았다. 더군다나 이미 터미널 안에는 단골 잡상인들이 물건을 팔고 있어 끼어들 틈조차 없었다. 쭈뼛거리는 경태가 뭘 할지 알기라도 한 듯 그들은 경태를 날카롭게 노려보았다. 하지만 여기까지 와서 꼬리를 말고 돌아갈 수는 없어 결국 정차된 차 앞으로 천천히 걸음을 옮겼다. 그런데 갑자기 경태 또래쯤 되어 보이는 사내아이 하나가 경태를 무섭게 노려보았다. 꾀죄죄한 모습을 한 그는 사나운 표정을 하고서 경태 허리춤을 심하게 흔들었다.

"야 인마, 너 뭐한 새끼야? 으째서 남의 밥상에 함부로 숟가락을 얹을라고 하냐! 빨리 안 꺼져?"

그는 사정없이 경태를 옆으로 밀어 넘어뜨렸다. 옆에 서 있던 매표관리 나부랭이는 그걸 뜯어말릴 생각은 하지 않고 경태를 보며 어이없다는 듯 혀를 끌끌 차댔다. 비로소 경태는 돈키호테 같은 자신 생각이 물거품이 되었다는 것을 깨닫고 터덜터덜 집으로 돌아왔다. 그날 하루 그의 기분은 참 떨거지 같았다. 거기서 껌을 팔 생각을 했다는 것이 뒤늦게 부끄러움으로 밀려왔다. 그는 이 사실이 너무 창피해 누나는 물론이고 그 누구에게도 말 한마디 하지 못하고 꿀 먹은 벙어리 냉가슴앓이를 했다. 한참 동안 그는 이 많은 껌을 다 씹어 없애느라 턱이 아파 혼이 났다.

그 누가 이 시기를 '질풍노도의 시기'라고 했던가?

그렇다. 미국의 심리학자 '그랜빌 홀'은 그의 저서 『청소년기』에서 이 시기를 감정적 혼란과 방황의 시기로 언급하고 이를 '질풍노도의 시기(a time of storm and stress)'라고 표현했다. 그러나 그는 이런 예민하기 쉬운 시기임에도 불구하고 청소년기에 걸맞지 않은 일만 골라 홀로 감내해야 했다.

중학교 졸업식이 되자 그의 어머니는 처음으로 아버지를 따라 광주에 올라왔다. 졸업식 축하도 하고 새로 입학할 고등학교도 둘러보려고 온 것이다. 그는 졸업식 내내 괜히 불안해 종종거렸다. 졸업식에 친구 부모님들은 고급 양복 양장으로 꾸미고 왔지만, 그때 경태 부모님은 햇볕에 새카맣게 그을린 구릿빛 얼굴에 남루한 차림이라 부끄러웠기 때문이었다.

졸업식이 끝나자, 가까운 친구가 부모님과 함께 중화요리 집에 함께 가자고 했다. 그 친구는 부모가 모두 중학교 선생님이라 그런지 나보다 훨씬 똑똑하고 공부도 잘했다. 경태가 어려워하는 과목도 쉽게 가르쳐주고 공부 잘하는 방법도 일러준 친구였다. 그 친구에게 막상 부모님을 소개하려니 경태는 너무 부끄럽고 자신이 초라하다는 것을 느꼈다. 최근에 경태는 그 친구 고향인 보성으로 취업이 되어 그를 찾아 나섰다. 그러나 그는 이 세상 사람이 아니었다. 뒤늦게 친구를 찾으려고 했던 후회는 오랫동안 텅 비어 있는 경태 마음을 더 씁쓸하게 했다.

친구는 그런 속도 모르고 경태를 재촉하며 부모님에게 인사하겠다고 했다. 경태는 얼른 그를 막아서며 거짓말로 둘러댔다.

"우리 부모님은 시골 일이 바빠서 방금 내려가셨어."

지금 생각하면 부모가 부끄러운 것이 아니라 그런 자신의 행동이 너무나 부끄러운 일이 아닐 수 없다. 경태는 자신이 정말 못나고 못된 놈이라고 생각했다.

자신을 위해 한평생 희생한 어머니와 아버지, 그리고 누나인데….

청운의 꿈

경태는 추첨을 통해 시내 고등학교에 입학했다. 이날은 1975년 3월 3일이었다. 훗날 뭇사람들은 경태 세대를 연합고사 혹은 뺑뺑이 세대라고도 부르기도 했다. 1학년 담임 선생님은 영어를 가르쳤고, 그는 몇몇 부유층 자녀를 대상으로 과외 학습을 할 정도로 욕심이 과했다.

본교는 기독교 사학재단이었기에 일주일에 한 시간씩 성경 공부를 하고 강당에 모여 예배도 보았다. 그리고 일요일에는 교회에 나가 출석 확인증을 반드시 받아와야 했다. 경태는 유교 집안에서 태어나고 자라서인지 교회가 여간 낯설고 불편한 것이 아니었다. 하지만 선생님들의 성화에 못 이겨 광주역 건너편에 있는 한 교회에 나가게 되었다.

그가 다니는 학교는 10반까지 있었고, 그중 1반부터 3반까지는 성적 우수자만 뽑아놓은 우수 반이었다. 그는 우수 반에 들어가기 위해 1학년 때부터 학업에 열중했다. 일요일마다 충장로에 있는 학생회관에 일수를 찍었다.

고등학교에 입학하자마자, 그의 아버지는 학교 근처인 신안동으로 방을 옮겨주었다. 그는 잠시 고향에 내려갔던 누나와 함께 지냈다. 그녀는 광주로 올라오면서 다시 방직공장이라는 취업전선에 뛰어들었다. 그녀는 회사에 다니며 받은 박봉을 조금 떼어 도청 앞에 있는 영어와 수학 단과 학원 수강증을 끊어주었다. 가정형편이 넉넉한 아이들은 개인과외나 그룹 과외를 직접 받기도 해 부럽긴 했지만, 그의 가정형편에 학원을 끊어준 것만도 그녀에게 고마울 따름이었다. 그런 누나의 응원에 힘입어 기를 쓰고 공부에 매진하자 점차 그의 성적은 향상되었다.

또 매년 방학이 돌아오면 그는 부모님의 일손을 돕기 위해 한 번씩 고향에 내려갔다. 그의 어머니는 선창 부둣가에서 옥돌을 크기별로 선별하는 일을 하였고, 그는 옥돌을 지게에 지고 배에 싣는 아르바이트를 했다. 그는 열흘 일한 품삯을 현금 대신 전표로 받아 어머니의 손에 쥐여주고 바쁜 걸음으로 광주에 올라왔다. 항상 부모님에게 받기만 하다 조금이나마 살림에 보탬이 되어 그는 기쁘기만 했다.

1976년 3월, 2학년이 되어서 경태는 꿈에 그리던 우수 반에 이름을 올렸다. 담임 선생님은 수학을 가르쳤고, 체구가 유난히 왜소했다. 그러나 그는 학생들을 무섭고 야무지게 휘어잡아 호랑이 선생님으로 통했다. 그는 학급 경영을 잘해 학생들에게 인기가 있었다. 또 가장 기억에 남은 선생님은 세계사와 고문(古文)을 가르친 선생님이다. 그들은 수업 시간마다 맛깔나게 공부를 가르쳐주어 경태 머릿속에 쏙쏙 들어왔다. 그들의 실력은 요즈음으로 말하면 학원 스타급 강사였으며, 수업 시간이 너무 빨리 끝나서 경태는 항상 아쉬웠다.

당시 시내 인문계 고등학교에서는 고교평준화가 자리매김하자마자 앞다투어 명문고 반열에 동참하기 위해 몸부림을 쳤다. 그들은 법 규정을 무시하고 편법으로 우열반을 편성해 오직 성적만을 좇아서 학생들을 손아귀에 쥐고 흔들었다. 오래전부터 고정된 몇몇 명문고가 존재했지만, 평준화 이후 입시 지형이 크게 바뀌었다. 따라서 그동안 뒤 쳐졌던 사학(私學)에서는 서로 일류대 합격률을 높여 신흥 명문고로 발돋움하려고 사활을 걸었다. 그중에서 경태네 학교도 예외는 아니었다.

특히 학교에서는 빵빵이 첫 회에 기대를 걸고 아낌없이 투자했다. 서울에 있는 유수 학원과 자매결연도 맺었다. 정규 수업 후에는 문과와 이과를 통틀어 40명 정예부대로 서울대와 연고대 특수반을 편성했다. 경태는 그 반에 선발되어 늦은 저녁까지 학업에 전심전력했다.

집안 사정이 여전히 좋지 못해 그는 중학교 때처럼 수학여행을 가지 못하게 되자 더 악에 받쳐 학업에 매진했다. 어찌나 독하게 공부했는지, 수학 문제를 이해하지 못하면 풀이 과정을 모두 외워버릴 정도였다. 주변 학우들이 혀를 내둘렀다. 2학기부터 경태는 도시락을 두 개씩 싸 들고 가 학교에서 밤을 새우기도 했다.

1977년 3월, 경태는 고등학교 3학년이 되었다. 담임 선생님은 수학을 가르쳤고, 참 자상하고 정의로운 사람이었다. 그는 특히 얼굴 피부가 검었고, 성질이 급해 화를 내면 금방 얼굴이 붉어졌다.

경태는 대학 진학 문제를 고민하다 교육대학에 진학하기로 했다. 초등학교 때부터 선생님이 장래 희망이기도 했고, 셋이나 되는 동생들과 가정형편을 생각하지 않을 수 없었다. 담임 선생님과 아버지가 권하는 교대를 선택한 것이 당연한 일이라 하겠다. 또 당시 교대에는 RNTC(학군 하사관 후보생) 제도가 있어서 재학 중 군사교육을 받고 학점을 이수하면 병역을 면제받았다. 대학을 졸업하자마자 초등학교 교사가 될 수 있어서, 그는 하루라도 빨리 집안에 보탬이 되고 싶었다.

그에게 고등학교 3년은 공부하는 것 빼고 특별히 기억나는 것은 하나도 없다.

교육대학 합격

경태는 아버지와 담임 선생님의 적극적인 권유로 광주교대에 지원했다.

시험 경쟁률은 3.6대 1로 꽤 높은 편이었다. 당시에는 예비고사라는 제도가 있었는데 요즈음 수학능력시험과 비슷했다. 예비고사에 떨어지면 아예 대학 시험을 볼 자격조차 없었다. 그러나 교대 입시에서 예비고사 성적은 반영하지 않고 100% 본고사 성적으로만 선발했다. 당시 고3은 입시지옥 속에서 두 차례 시험을 보는 이중고에 시달려야 했다.

눈이 펑펑 내리던 1978년 1월,

대학 본고사시험을 치렀다. 첫 시간에 덩치가 크고 무섭게 생긴 교수가 시험 감독으로 들어왔다. 그때 경태는 교수라는 직책을 가진 사람을 생전 처음 보았기 때문에 시험 보는 동안 내내 긴장이 되었다. 그의 아버지는 대학 합격자 발표 하루 전부터 안달이 나 광주에 올라왔다.

늦은 오후,

경태 아버지는 과학관에 근무하고 있었던 동생뻘 되는 고향 아저씨를 만나 재촉하기 시작했다. 그는 비록 지위가 낮은 하급 공무원이었지만, 아버지는 그를 대할 때마다 항상 교육감의 지시를 받고 움직이는 사람이니 깍듯하게 대해야 한다고 경태에게 일러주었다.

"어이 동생! 우리 아그 시험 합격했는지 미리 알아볼 수 없는가?"

"네, 형님. 한 번 알아보겠습니다."

그는 호주머니에서 주섬주섬 수첩을 꺼내 주점 주인의 눈치를 보며 여기저기 전화를 돌렸다. 그렇지만 영 신통치 않은지 고개를 갸웃거리며 시무룩한 표정을 지으며 말했다.

"형님! 오늘은 알아보기 어렵겠네요. 아무래도 내일 오전 10시에 발표한다니 그때까지 기다려야 할 모양입니다."

술 마시는 것 외에 별 관심이 없는 듯한 그에게 의지하고 있을 때가 아닌 것 같아 경태는 슬그머니 자리를 빠져나와 공중전화로 내달렸다. 그리고 조심스럽게 광주교대로 전화를 돌렸다.

"저 교대 시험 본 학생인데요. 혹시 합격했는지 미리 확인할 수 있나요?"

"수험번호나 빨리 불러 보세요."

전화 받은 당직 직원은 긴 하품 소리를 내며 퉁명스럽게 재촉했다. 다그치는 직원의 말에 경태는 겨우 흥분을 가라앉히고 떨리는 목소리로 말했다.

"네. 수험번호는 525번, 이경태입니다."

"음~ 가만있자, 525번 합격입니다."

"정말요? 다시 한 번 봐주세요. 이름은 이 경 태 …"

하지만 그 합격 소식만 전하고 고맙다는 인사도 하지 못했는데,

전화는 "뚜뚜" 소리를 연발하며 이미 끊어졌다. 경태는 기쁨에 넋이 나가 끊어진 공중전화기에 코가 땅에 빠지게 머리를 조아렸다.

경태는 뛸 듯이 기뻤다.

세상을 다 얻은 기분이었다. 너무 흥분된 상태라서 그는 언제 주점에 들어왔는지조차 아무 기억이 나지 않았다. 단지 붉게 상기된 표정과 헐레벌떡 고르지 못한 숨소리로 아버지한테 면박만 받았다.

"이 중요한 시간에 자리는 안 지키고 어디를 싸돌아다니냐?"

"아버지! 저 합격했어요. 방금 교육대학에 전화해 보니 합격했대요!"

그러자 두 사람은 물끄러미 그를 쳐다보며 어안이 벙벙해 말을 잇지 못했다. 한참 후 고향 아저씨는 아버지에게 다시 술잔을 권했다.

"형님! 축하합니다. 얼릉 축하주 한 잔 받어부쑈."

경태 아버지는 갑자기 알아듣지 못한 기합 소리를 내며 기쁨의 울음을 터뜨렸다. 그리고 단숨에 술잔을 들이키더니 갑자기 손바닥으로 이마를 '탁'하고 쳤다. 그건 경태 아버지가 기분이 좋을 때 한 번씩 하는 버릇이었다.

"동생! 참말이제. 나도 인자 선생 아부지 됐다 그 말이제."

그는 경태의 합격 소식에 기분이 좋아 밤늦게까지 녹초가 되도록 술을 마셨다. 경태는 아버지를 부축하고 야간통행 금지 시간이 가까워서야 비로소 집으로 돌아올 수 있었다.

경태는 전날 꾼 꿈이 갑자기 생각났다.

커다란 용이 승천하는 꿈이었다. 그 용처럼 경태도 이제는 집안에 큰 보탬이 될 수 있을 것 같은 희망이 생겼다.

초등교사의 꿈

경태는 밤새 기와집만 짓고 부수기를 반복하면서 잠 한숨을 못 잤다.

엄벙덤벙하다가 잠깐 눈을 떴을 때 벽에 붙은 뻐꾸기시계는 정확하게 새벽 4시를 가리키고 있었다. 그의 아버지는 이미 잠에서 깨어 세안하고 있었다. 아침을 먹는 둥 마는 둥 대충 떠먹고, 그는 아침 일찍 아버지와 함께 시험에 응시했던 교대로 향했다.

"아야, 뭣하고 있냐. 빨리 택시 안 잡고. 내 눈으로 얼릉 확인해 부러야 가슴이 확 터질 것 같다."

"네? 아부지, 버스 안 타요?"

평상시는 아무리 먼 거리도 웬만하면 걸어 다니는 그의 아버지는 오늘따라 마음이 무지 급해 보였다.

교문 앞에는 합격자 발표에 애가 탔는지 아침 일찍부터 학생들과 학부모들만이 분주히 움직이고 있었다. 이미 합격 소식을 들었던 그는 아버지와 함께 당당하게 교문을 지나 합격자 명단이 붙어 있는 게시판 앞에 도착했다. 그래도 혹시 몰라 그는 마음이 조마조마했다.

합격자 명단에는 매직 글씨로 커다랗게 쓰인 525번 수험번호가 그의 눈에 쏙 들어왔다. 그는 수험표를 꺼내 다시 확인하고 아버지에게 보여주었다. 합격을 알리는 게시판에는 최종합격자 240명과 보결 합격자 인원도 몇 명 적혀 있었다. 합격자 학부모인 것을 은근히 뽐내기라도 하듯 여러 사람 앞에서 그의 아버지는 커다랗게 억지 기침을 해댔다.

그는 경태에게 짜장면을 사주었다. 경태는 생전 처음 곱빼기 짜장면을 맛보았다. 기분이 절정에 오른 그는 고향으로 내려가 동네에서 크게 잔치를 벌였다. 그러나 경태 어머니는 입을 꾹 다문 채 아무에게도 내색 한 번 하지 않았다. 단지 그녀는 친정집에 가서 자신의 남매들에게만 자랑을 늘어놓았다고 했다. 나중에 그녀는 경태가 대학교 합격한 날이 살아생전 가장 기쁘고 좋은 날이라고 하였지만, 그때는 너무 티를 내면 그 기쁨이 퇴색할 것이라고 느낀 것 같았다.

먹고 대학생을 생각했던 경태의 대학 시절은 말만 대학생이지 흡사 고등학교 4학년생과 진배없었다. 입학하자마자 신병처럼 머리를 깎고 날마다 학군단 단복을 착용하고 등교했다. 아침 일찍부터 선배들의 군기 잡기 얼차려 교육에다 오전 수업이 끝나기가 무섭게 오후에는 힘든 군사훈련을 받아야 했다. 만약 군사훈련을 게을리했다가 교관에게 들키기라도 하면 군대에 차출된다는 말을 경태는 귀에 못이 박히도록 들었다. 그는 2년 내내 고등학생처럼 머리를 깎고, 교복을 입은 채 대학 생활을 했다. 그냥 맨입으로 군 면제를 해주는 것이 아니었다.

신학기가 시작되자마자, 선배들이 권하는 동아리보다 그는 대학학보사에 관심이 있었다. 며칠 후, 학보사로부터 기자 시험 최종 합격 통보를 받았다. 그날 저녁 학보사 선배들이 주관하는 환영식 겸 오리엔테이션이 열렸는데 생전 처음 술과 담배를 입에 댔다. 처음 배운 뻐끔담배는 심하게 골을 흔들어댔고, 거기다가 과음으로 저녁 내내 토하고 선배 집에서 하룻밤을 보냈다. 그는 인생 처음으로 외박이란 전과까지 기록했다. 그때야 비로소 그는 대학생이 되었다는 실감이 났다.

풍향골의 반항아

　대학 생활은 경태의 기대와는 다르게 별 재미가 없었다. 꽤 재미를 붙였던 학보사 기자도 봉사활동 취재에 열중하다가 카메라를 실수로 망가뜨리고 난 뒤, 여자 선배의 지나친 질책을 참지 못하고 홧김에 그만두고 말았다. 학보사에서 함께했던 동기마저 자신은 아무 잘못이 없는데 경태와 함께 그만두었다. 그는 참 의리 있는 동기였다. 경태는 왠지 교대 다니는 것이 창피했다. 교재도 없이 학교에 오가며 무기력한 대학 생활이 계속되었다. 그는 대학 교재 대신 도서관에 틀어박혀 아무 책이나 닥치는 대로 읽어댔다. 군사훈련 시간을 까마득하게 잊고 도서관에서 책을 보다가 교관에게 그만 발각되고 말았다.

　"야, 인마! 너 이리 와 봐. 이번에 입학한 신입생 학군단 맞지."

　그의 짙은 눈썹은 마치 송충이처럼 꿈틀거렸고 미간이 순식간에 일그러졌다. 경태는 학군단장실로 끌려가 하마터면 졸업도 하지 못하고 군에 입대할 뻔했다.

　경태는 그때 도서관 사서 업무를 보조하던 홍 양이라는 고등학

생과 친해지게 되었다. 그녀는 주간에 사서 업무를, 야간에 야간고
등학교를 다니던 근면 성실한 여고 3학생이었다. 어느 날 그녀는 경
태와 친해지자 자기 친구들을 소개한다고 했다. 일종의 미팅이었
다. 당시 교대 여학생들은 근처 대학생들과 미팅하는 것이 자주 목
격되었다. 그러나 사복을 입어도 스포츠머리 때문에 고등학생으로
취급받았던 그들에게 누구 하나 미팅을 주선해 주지 않았다.

경태는 생전 처음 약속한 미팅에 얼른 같은 반 친구 다섯 명을 섭
외했다. 좀 쑥스러웠다. 그들은 모두 고등학교를 갓 졸업하고 교대
에 입학한 동갑내기들이라서 그와 가깝게 지내던 친구들이었다. 그
의 친구들은 학교 앞 튀김집에서 그녀들을 만났다. 그는 맥주보다는
콜라와 튀김을 주문했다. 결과는 썩 좋지 않았지만, 미팅을 한 번 했
다는 것만으로도 충분한 하루였다.

그는 대학 일 년을 고삐 풀린 망아지처럼 학교생활에 적응하지
못하고 무의미한 시간만 흘려보냈다. 동료 중에는 군 병역을 피해
온 학우들이 많았다. 교대생이란 것이 왠지 부끄럽고 못난 사람처럼
느껴졌다.

'이런 대학교 졸업해봤자 국민학교 선생질밖에 더해?'

이처럼 당시에는 초등학교 교사의 인기는 별로였다. 이런 교직
에 대한 낮은 사회적 편견이 그의 성실하지 못한 학교생활에 한몫
보탰다.

그해 가을에는 '풍향축제'라는 대학 축제가 열렸다. 그때 경태는
학보사 기자도 때려치우고 특정 동아리에도 소속되지 않아 자유분
방한 대학 생활이 계속되었다. 아예 새로운 경험을 해보고자 연극반
에 들어가 축제 때 공연도 했다. 그가 맡은 역은 변호사였는데, 양복
을 처음 입어보았다. 이층집 아저씨의 커다란 옷을 빌려 입고 투입

되었다.

'당신의 사건은 사실에 있어서 평범한 사건입니다. 무슨 이데올로기가 있는 것도 아니고….'로 시작되는 대사를 내질렀다. 비록 단역이긴 했지만 여러 사람 앞에 서서 용기를 내본 것이 경태에게 큰 보탬으로 돌아왔다.

축제는 일주일 내내 계속되었다.

그때 도서관에 근무하는 해남 누나가 축제에 함께할 파트너 한 사람을 소개했다. 그녀는 병원에 근무하는 간호사였다. 단발머리에 늘씬한 몸매가 인상적이었고, 무척 여리고 청순해 보였다. 그는 사행시 짓기 대회에 나가기 위해 그녀의 손을 잡고 제일 먼저 무대에 뛰어올랐다. 공부밖에 몰랐던 순진한 그가 이렇게 변하는 것을 보고 자신도 깜짝 놀랐다. 마치 오래 묵은 저수지 둑이 터진 것처럼 그는 걷잡을 수 없이 종횡무진으로 쏘다녔다. 늦게 배운 도둑이 날 새는 줄 모른다는 말은 그를 두고 한 말 같았다. 과연 그에게 이런 용기는 어디서 났을까? 그날 그의 용기는 가식이었다. 그동안 범생이 노릇만 했던 그는 그냥 반항아가 되고 싶었던 것이었다.

그녀의 손을 쥔 경태 손에 땀이 배었다. 그뿐 아니라 그녀의 손에도 이미 땀으로 축축하게 젖어 떨림이 전해왔다. 학우들은 여기저기 난리였다. 경태처럼 외부에서 파트너를 데리고 온 학생들이 별로 없었기 때문이었다. 교대에도 파트너를 데리고 온 남학생이 있다는 것에 모두 기겁했다. 사회자가 관중석을 향해 운을 띄우면 그는 이렇게 화답했다.

풍! 풍향골 달 밝은 밤에 그녀와 단둘이서
향! 향긋한 그 냄새에 내 마음 갈 곳 잃어

축! 축축한 내 손은 다시 활기를 찾았노라

제! 제기랄! 왜 파트너는 이런 내 마음을 몰라줄까?

그는 사행시 짓기 대회에서 최고상을 받았다. 사회자는 이 짧은 시간에 멋진 시를 짓는 유머 감각과 순발력이 뛰어나다는 멘트를 날렸다. 무슨 상품인지 기억은 나지 않았지만, 꽤 값이 나간 큼지막한 상품을 받았다. 얼른 그 상품을 받아 파트너에게 건넸다.

경태는 그녀와 함께 캠퍼스송 경연대회에도 나갔다. 그리고 남궁선의 '야간 학생'이라는 노래를 불렀다. 처음 맞춘 밴드라서 박자가 맞지 않아 여학생들이 깔깔 웃어댔다. 그는 대학에 들어와 처음으로 미팅했던 파트너들이 야간 학생이라서 이 노래를 선택했었다.

1학년이 끝나갈 무렵 고향에서 편지가 날아왔다. 6학년 때 담임 선생님의 편지였다. 선생님과 부모님이 경태에 대한 기대가 크니 공부 열심히 해서 1차 발령받아 얼른 교사가 되라는 내용이었다. 또 그는 한 가지 부탁을 덧붙였다.

"경태야, 부탁 하나 하자. 교대 화단에 해 년마다 형형색색의 예쁜 채송화가 많이 핀 것을 보았다. 씨를 좀 받아왔으면 좋겠다."

그는 여학생들의 소곤거림에도 아랑곳없이 정성껏 작은 봉투에 씨앗을 열심히 채집했다. 선생님은 왜 그 작은 채송화 씨를 일일이 받아오라고 했을까? 혹시 방황의 늪에 빠진 그에게 다시 마음을 다스리라는 시그널(signal)은 아니었을까? 그제야 그는 기나긴 방황을 멈추고 학업에 열중하게 되었다.

공부와 함께 틈틈이 아르바이트로 학생 과외와 책 외판도 겸했다.

책 외판 수입은 생각보다 참 쏠쏠했다. 그는 대학 2학년 때부터 집에다 손을 벌리지 않고, 스스로 학비도 내고 동생들의 용돈도 챙겨주었다.

이성에 눈을 뜨다

1979년 3월,

경태는 입학한 지 일 년 만에 졸업반이 되었다. 그해 10월은 대통령 암살 사건이 터져서 나라가 몹시 혼란한 해였다.

당시 교육대학은 2년제라서 1학년은 신입생이요, 2학년은 졸업생이었다. 짧은 2년 동안의 대학 생활이 그야말로 유수처럼 훌쩍 지나갔다. 그해에도 어김없이 교내에는 벚꽃이 흐드러지게 만발하고 교대생들은 마치 바람난 아이들처럼 들떠 있었다.

그 해는 그의 이성(理性)을 마비시킨 한 사건이 일어났다.

이성에 별다른 관심이 없었던 그에게 2학년이 되어서 갑자기 운명처럼 첫눈에 반한 여학생이 혜성처럼 나타났다. 점심을 먹고 오후 수업을 받으러 교문에 막 들어서는 순간 그녀와 마주친 경태는 그만 몸이 굳어 얼음이 되고 말았다.

그녀는 〈겨울 여자〉에 나온 영화 여주인공을 딱 닮았었다. 김호선 감독 영화 〈겨울 여자〉는 관객 57만 명을 동원하여 당시 최고의 흥행작이었다. 그는 그 영화의 한 장면처럼 여주인공 이화에게 대학

신문기자 석기의 감정이입을 해보기도 하고, 조심스럽게 마음을 드러내기도 했다. 그러나 그녀의 마음은 쉽사리 열리지 않았다. 그는 일 년 내내 베르디 오페라 나부코(Nabucco)에 등장하는 히브리 노예들의 합창을 즐겨 들으며 그녀를 기다렸다. 그러나 경태는 마음을 정하지 못하고 그녀를 그리워하며, 오랜 기다림 속에서 혼돈의 시간을 보냈다.

경태는 그녀가 마음속에 들어온 후부터 가슴에서 항상 쥐가 나는 것 같았다. 그녀는 경태의 첫사랑이었고 자신만의 짝사랑이었는지 모른다. 그의 짝사랑은 학교를 졸업할 때까지 계속되었다. 실과 리포트 때문에 고민한 그녀 과제물을 대신하기도 하고, 체육 시험도 상위점수를 받게 하였다.

그는 2학년 때 실과에서 처음으로 F를 받았다. 단지 그에게 배정된 실습지에 심어진 양배추밭에 잡초를 뽑지 않았다는 이유 때문이었다. 그는 이 문제로 혹시 군에 강제 입대나 하지 않을까 바싹 긴장했다.

'실과 교과 재수강!'

담당 교수가 배려하는 마지막 기회였다.

여름방학이 되자 경태네 학교 학군단은 3주간 하계 병영훈련을 떠나게 되었다. 그는 그녀에게 실습지에 심어진 양배추 관리 부탁을 잊지 않았다. 그녀의 도움이 없었다면 실과 학점을 이수하지 못해 군 복무를 했을지도 모른 상황이었다.

그녀는 병영훈련 때 「남으로 창을 내겠소」라는 시와 함께 격려의 편지도 보내왔다. 그리고 그렇게 그녀와 가까워진 것 같았던 어느 날, 학교 앞 찻집에서 만나기로 약속했다. 그런데 그녀의 친구가 대신 나왔다.

"선배님! 친구가 지금 많이 아파요. 그래서 제가 이 자리에 나왔어요. 친구가 약속을 깨면 안 된다며 부탁했거든요."

그녀의 몸이 크게 아프다는 것, 그리고 가정형편이 어려워 장학금을 받고 학교에 다녀야 해서 앞으로 학업을 게을리할 수 없다는 사연을 동시에 전해주었다. 경태는 바보처럼 그녀를 위해 아무것도 해주지 못했다. 돌아오는 길이 왠지 쓸쓸하게만 느껴졌다.

그녀가 졸업 반일 때 경태는 완도 섬으로 발령받아 이미 햇병아리 교사가 되어 있었다. 경태는 그녀와 함께 인사담당자를 만나 그가 근무한 곳에 발령을 내달라고 부탁했다. 하지만 여교사는 초임에 도서 지역 발령을 지양(止揚)한다며 결국 그녀는 다른 지역으로 발령받았다.

그 후 몇 차례 만남이 있었지만, '사람이 자주 왕래하지 않으면 멀어진다.'는 옛말은 틀리지 않았다. 그 후 그녀와의 인연은 결국 지난날의 추억이란 이름으로 점점 퇴색되어 갔다. 그녀와 헤어진 충격이 꽤 컸는지 그는 다시는 여교사와 교제는 물론이고 절대 가까이하지 않겠다고 결심했다. 심지어 한때는 여교사와 근무하는 것조차 두려울 때도 있었다.

그리고 그는 시간이 날 때마다 혼자서 〈겨울 여자〉 주제가 OST 이영식과 김세화의 「겨울 이야기」를 즐겨 들으며 가슴 아픈 사연을 추억했다.

시시한 졸업식

1979년 2월 무렵,

선배들은 얼굴을 채 익히기도 전에 졸업하고 교정을 떠났다.

그해 가로수 은행잎은 노란 물감을 풀어 놓은 듯 유난히도 노랗게 물들었다. 갑자기 10·26 대통령 시해 사건에 이어 12·12 군사 반란이 일어 국내 정세가 불안했다. 그렇지만 그때까지 대학 학사 일정은 아무 차질 없이 잘 돌아갔다. 그리고 3월이 되자, 1학년 신입생들이 졸업생보다 훨씬 많이 들어와 교내는 다시 활기가 넘쳤다.

경태가 1학년에 입학하자마자, 교내 게시판에는 고등학교 동문 환영회를 알리는 대자보들이 너저분하게 덕지덕지 붙었다. 그러나 자신의 동문 선배들은 눈을 씻고 찾아봐도 보이지 않았다. 그래도 명색이 시내 고등학교를 졸업했는데 무척 섭섭했다. 이듬해는 동문이 예닐곱 되어 환영회가 열렸다. 그는 거기서 선후배 간에 줄빠따 세례식을 생애 처음 맛보았다.

그중 고등학교 동창생 하나가 후배로 들어왔다. 그 친구는 당시 사이클 선수였고, 체육 특기자로 입학했다. 운동에 소질이 뛰어난 후배는 교내 체육대회 때 자전거 천천히 가기 종목에 출전했다. 놀랍게도 그의 자전거는 아예 앞으로 나가지 않고 그 자리에 오래 서 있었다. 자연스럽게 우승을 거머쥐었다. 그때 경태도 마라톤 종목에 출전했다. 그는 머리에 수건을 질끈 동여매고 종주하여 최종 5등으로 결승 테이프를 끊었다. 내심 1등을 기대했었는지 서운하기도 했고, 한편 1등을 차지한 옆 반 친구가 마냥 부러웠다.

이렇게 즐거운 일도 많았지만, 그의 학교생활은 바쁘고 피곤한 일상의 연속이었다. 일반 교과 외에도 매일 군사교육을 받아야 했다. 그것뿐만 아니라 소묘, 서예, 수영, 농작물 재배, 바느질과 자수까지 필수로 이수해야만 했다. 초등학교 선생은 예나 지금이나 무엇이든 잘해야 했고, 해야 할 것도 참 많았다. 그해 10·26 사건이 발발하여 무장한 군인들이 교문을 차단하고 학교에 들어가지 못하게 했다. 그는 그냥 교문에 서서 군복을 반납하고 발길을 돌렸다.

이듬해 2월,

길다면 길고 짧다면 짧은 대학 생활을 마치고 졸업하게 되었다. 고등학교 친구 여럿이 축하해주었고, 부모님과 가족들도 광주로 올라와 함께 축하해주었다. 당시 교육대학은 2년제였기에 졸업식에는 가운과 학사모가 없었다. 지금은 유치원만 졸업해도 학사모와 가운을 착용하는데, 순간 융통성 없이 대처한 학교 측에 서운한 감정이 확 들었다.

'졸업하는 학생들 기분 좀 맞춰주면 뭐가 덧나나? 전문대학 졸업해도 가운과 학사모를 쓰는데….'

동생들은 대학 졸업식이면 으레 학사모에 가운이 있을 것으로 생각했는지 실망한 기색이 역력했다. 어쨌거나 졸업하게 되어 그의 마음은 시원섭섭했다. 기쁜 나와는 달리, 동생들에게는 텔레비전에서 보던 졸업식과는 달라서 꽤 시시한 졸업식으로 생각되었던 것 같다. 이때 쓰지 못한 학사모는 나중에 한국방송통신대학교 행정학과 졸업식에서 쓰게 되었다.

교사의 첫걸음마

　졸업한 해 1980년,

　경태는 3월 1일 자 발령을 받지 못했다. 졸업생 240명 중 171등을 했다. 대학 생활 내내 학업에 열중하지 않았으니 당연한 결과라 하겠다. 성적이 하위 수준이었다.

　그의 아버지는 발령이 나지 않자, 더 조급했던 모양인지 교육청에 근무한 지인을 통해 강사 자리를 알아보았다. 경태도 마냥 정식 발령만을 기다릴 수 없어 한국 브리태니커 편집부 공채 시험을 보았다. 시험에는 합격했지만, 그 후 예상보다 발령이 빨라 입사는 포기했다.

　고향집에서 무작정 발령 소식만을 기다리던 어느 날, 그는 어머니와 함께 오일장에 오리를 팔러 갔다. 돌아오는 버스 안에서 건너건너 알고 있던 초등학교 선생님을 만났다. 그 선생님은 배구공과 축구공을 한 아름 안아 들고 버스에서 내렸다. 그 모습을 보고 있자니 자신의 처지와 비교되는 것은 어쩔 수 없었다.

　'내가 좀 더 열심히 공부했더라면 벌써 발령이 났을 것이다. 그리

고 이렇게 장돌뱅이 오리 장사 같은 일은 하지 않았을 텐데…'

지난날 그릇된 학창 시절 하나하나가 후회로 돌아와 패배자라는 낙인이 봇물 터지듯 쏟아 내렸다.

3월 21일. 드디어 채 한 달이 안 되어 기다리던 발령 통지서가 날아왔다. 완도교육청 관내 학교에 발령이 났다는 통지였다. 예상보다 빠른 발령 소식이었기에 가족 모두가 기뻐했다. 그의 어머니는 키우던 오리를 두 마리나 잡았고, 그날 저녁 온 가족은 오리백숙으로 자축했다. 그녀는 오일장에서 솜을 타고 이불 홑청을 끊어와 손수 이불과 요를 뚝딱 만들며 흐뭇한 표정을 지었다. 노란색 이불 한 채와 분홍빛 꽃무늬가 새겨진 요 한 채, 그리고 베개를 하나 예쁘게 만들고 나서 그녀는 생전 처음으로 밝은 표정을 지었다. 그 모습이 경태 마음속에 오랫동안 각인되었다.

다음 날 발령장을 들고 교육청 학무과를 찾아갔다. 학무과장이 그를 제일 먼저 반겼다.

"이번에 광주교대 졸업한 이경태가 누구야? 이렇게 인상이 순해 빠지고서야 원 선생질 잘 할 수 있겠어? 교장 선생님께 말 잘해놓았으니, 누(累)가 되지 않도록 근무 잘하게."

그의 아버지가 발령 전부터 지인들을 동원해 미리 여기저기 인사를 해놓은 덕분이었다. 도서 지역으로 가야 교감 승진이 빠르다는 정보도 경태 아버지는 지인들을 통해 알아 온 것이었다. 그가 발령받은 곳은 완도 평일도 섬마을 학교였다. 그날 오후 바로 완도항에서 배를 타고 학교로 가 부임 인사를 했다. 학교에 도착하니 제일 먼저 교장이 경태를 반갑게 맞아주었다.

"자네가 이경태 선생인가? 방금 학무과장한테서 전화 받았네. 교감 선생이 3학년 1반에 배정했으니 열심히 근무하게."

인사를 마치고 오랫동안 머물게 될 마을을 돌아보았다. 모든 것이 다 새로운 느낌이었다.

그는 첫 발령지인 이 학교에서 교사의 첫걸음마를 떼게 되었다.

2부

교직,
그것은
나의 천직

섬마을 총각 선생님

1980년 3월 21일,

그는 드디어 완도 평일도에 있는 한 초등학교에 부임했다.

그곳은 비교적 큰 섬마을이었다. 강진 마량항에서 하루 한 번씩 왕래하는 '풍진호'에 몸을 맡기면 두 시간쯤 후 섬에 도착했다. 경태가 초임지인 이 학교에 들어가게 된 것은 자식에 대해 극성이었던 아버지 덕분이었다. 그의 아버지는 승진도 빨리하고 광주 시내에도 손쉽게 전입할 방법을 찾아 동분서주하며 정보를 얻어왔다.

가장 빠른 방법이 바로 이 학교로 발령을 받는 것이었다. 경태가 괜찮다고 말렸지만, 한사코 그는 이삿짐까지 싸 들고 앞서서 학교에 도착했다. 이 학교는 24학급에 여러 개의 분교장을 거느리고 있어 섬마을 학교치고는 꽤 규모가 컸다. 그리고 같이 근무하는 교사들은 대부분 광주 시내에서 오랜 교직 경험이 많은 선배들이 주를 이루었다. 또 분교에 근무하면 더 높은 승진 점수가 부여되므로 시내에서 방귀깨나 뀐다고 하는 교사들이 너나 할 것 없이 앞다투어 이 학교에 찾아들었다.

같은 날 발령을 받은 신규 교사들은 교대 동기 세 명이었다. 경태와 동기 한 명은 3학년 담임을 맡았고, 다른 동기는 5학년 담임을 맡았다. 말만 자취였지, 밥은 기계가 하고 반찬은 손이 했다. 그러나 경태의 반찬 솜씨가 없는 것을 눈치챈 집주인은 바다에서 채취한 싱싱한 해산물로 밥반찬을 조달해 주었다. 혼자 자취하던 도중에 교장 관사 방이 비게 되어 동기와 함께 지내기도 했다.

이곳 평일도는 김, 미역, 다시마, 전복 등을 생산하는 풍족한 어촌마을이었다. 가는 곳마다 사방에 널린 것이 해산물이었다. 그래서 외부인들은 이런 우스갯소리를 늘어놓기도 했다.

"어이, 평일도 섬에 가면 말이어, 동네 강아지 새끼들도 오천 원짜리 입에 물고 다닌다고 하든마. 그 말이 참말이당가?"

이곳은 그만큼 경제활동이 활발하고 생활이 풍족한 곳이라는 것을 에둘러 표현하는 것이었다. 다만 불편한 점은 섬지방이라 갑자기 날씨라도 심술을 부리면 마음대로 육지로 나갈 수가 없다는 것이다. 미리 알 수 있었으면 좋으련만 바다는 늘 예측 불가능했다. 항상 토요일 수업을 마치면 고향을 찾았는데 가끔 기상 악화로 여객선이 뜨지 못하면 그렇게 속이 상할 수 없었다.

여객선 갑판에는 갯내음이 바람을 타고 경태의 코끝을 심하게 간지럽혔다. 멀리 보이는 바다 풍경은 참 아름다웠다. 그 아름다운 풍경은 집채만 한 파도도 잠들게 하고, 심한 멀미도 멈추게 하는 마법사였다. 그의 학교 교사들은 지루함을 달래기 위해 당시 유행하던 삼봉이라는 화투를 치곤 했다. 지금 같으면 상상하기도 어려운 광경이 아닐 수 없다.

그때 그에게는 나름대로 효도의 기준이 세 가지 있었다. 첫째로 고향에 자주 가지 못해 집에서 기르는 강아지가 그를 알아보지 못하고 마구 짖어대거나, 둘째로 자신이 쓴 칫솔에 먼지가 끼어 있거나, 셋째로 집안에 술이 떨어지면 부모님에게 효도가 미흡했다고 여겼다. 그동안 자신을 위하여 고생한 부모님을 자주 찾아뵙는 것이 최고의 효도라고 생각했던 것 같다. 그런데 세월이 지나고 보니 그가 한 가지 간과한 게 있다. 부모님을 모시고 서울 최고의 병원에서 종합건강 진단을 받지 못한 것이 두고두고 후회되었다. 이것이 나름 네 번째 효도의 기준이 될 터인데 말이다.

아버지를 위해서는 술을, 어머니를 위해서는 해산물을 고향에 내려갈 때마다 빼먹지 않고 준비했다. 그럴 때면 그의 아버지는 동네 친구들에게 미리 기별해 놓고 선생 아들놈이 준비한 술이라고 한참 자랑하면서 대접했다. 그의 어머니 역시 경태가 가져온 해산물을 동네 일가들과 지인들에게 나눠주는 것을 최고의 기쁨으로 여겼다. 이렇게 그의 초임 교사 시절은 힘들기도 했지만, 부모님에게는 자랑스러운 아들로 여기게 되어 흐뭇했다.

당시 그는 첫 월급을 받은 날 가족들의 속옷을 산 것 빼고는 매달 꼬박꼬박 저축했다. 그의 아버지는 월급을 받으면 적금을 부으라고 권해서 먹는 것 입는 것도 아끼고 아껴서 적금을 부었다. 그의 아버지는 미리 고향 농협에 적금을 약정하고 월급날이 돌아오면 재촉했다.

3년 후 정기적금이 만기가 되자,

그는 아버지가 꿈에 그리던 동네 스무새에 논 한 방구(900평)를 샀다. 부모님은 옛날에 잃어버린 논을 되찾았다고 매우 기뻐했다. 갑자기 자신의 집이 부자가 된 느낌이었다.

한 번은 경태가 학교 발령을 받자마자, 큰고모가 잠시 고향집에 들렀다. 그녀는 경태네 가족에게 구세주나 다름이 없었다. 그녀는 친정에 올 때마다 쌀 한 말과 찰떡 등을 바리바리 이고 지고 힘겨운 걸음을 했다. 그녀는 이웃 마을 부잣집 외동 며느리로 시집을 갔다. 모두 그녀를 비슬안 고모라고 불렀다. 경태는 그녀가 세상을 떠난 날 너무 서럽게 울었었다. 피는 물보다 진하다는 것이라도 증명이라도 하듯….

그녀는 경태 아버지더러 앞으로 행동거지를 더욱 조심하라고 당부했다.

"이봐 동상! 경태가 학교 선생님이 되었응께 인자부터는 행동거지를 더 조심해야 써. 인자 사람들이 저그 송반 양반 간다 안 하고, 이 선생님 아부지 가신다고 한당께. 뭔 말인지 알것제."

그녀는 경태를 보면 언젠가는 반드시 친정 집안을 다시 일으킬 대들보라며 항상 그를 떠받들었다. 항상 기를 키워주고 사랑을 듬뿍 준 경태네 집안의 은인 중의 은인이다.

발령받은 그해 1980년,

정국(政局)은 계엄 상태로 '안개 정국'이 조성되어 개헌 방향을 정하지 못한 채 혼란에 빠졌다. 5월에는 전국에 비상계엄령이 선포되었고, 며칠 안 있어 광주에는 5·18민주화운동이 일어났다. 나중에 학교 선생 한 사람도 삼청교육대에 끌려갔다는 이야기를 전해 들었다.

가족을 떠올리며 되도록 몸을 사리던 경태도 장발이라는 이유로 지서에 끌려가 머리를 깎인 적도 있었다.

참 무서운 시절이었다.

평일도의 추억

1981년,

그해는 프로야구가 출범하여 전 국민의 스포츠로 자리매김했다. 원년의 우승팀은 OB베어즈로 기억된다. 경태는 TV가 없어 라디오를 통해 야구 중계방송을 하나도 빠짐없이 청취했다. 지금도 그가 가장 좋아하는 스포츠는 프로야구라는 사실에 토를 달지 못한다.

학교에서 돌아와 집 앞에서 바라다보이는 수평선은 고요하다 못해 평온했다. 그리고 서쪽 하늘의 붉은 노을이 출렁이는 파도와 어우러져 마치 한 폭의 동양화를 연출했다. 석양이 지면 달이 뜨고, 다시 별이 뜨고 그야말로 여름 해변의 밤 풍경은 일대 장관이었다. 이런 풍경을 보는 그의 마음은 어쩐지 짠하고 외로웠다.

학교 선생님 중에서 평일도에 고향을 둔 선배가 하나 있었는데 그와는 "형님, 아우!"하며 격의 없이 지냈다. 그는 경태 동기들을 섬 구석구석을 달고 다니며 지리적 위치를 손쉽게 파악할 수 있게 안내했다. 그는 그들이 이곳 학교에 오랫동안 머물러있기를 바라는 눈치였다. 그는 애향심이 남달리 강했다. 당시 교내에는 출신 대학이 다른 동문끼리 갈등과 반목이 심했었다. 그러나 그는 다른 교대 출신임에도 불구하고 그들을 세심하게 챙겼다.

눈이 펑펑 쏟아지는 겨울날, 경태는 동기들과 화목 난로에 빙 둘러앉아 예쁜 엽서를 그렸다. 난로 속의 장작은 '탁탁탁' 둔탁한 소리를 내며 뜨거운 열기를 내뿜었다. 그 선배는 그림을 참 예쁘고 앙증맞게 잘 그렸다. 오색 색연필로 밑그림을 그리고, 대충 쓱싹쓱싹 덧칠하면 엽서가 완성되었다. 경태는 빨갛게 타오르는 난로 위에 줄을 길게 늘여 여러 종류의 엽서들을 걸치기에 바빴다. 이 엽서는 그의 친구들과 지인들에게 연하장이나 크리스마스카드로 요긴하게 쓰였다. 선배는 누가 지었는지 알려지지 않은 「평일도 어린이」라는 노래를 알려주었다.

끝없이 푸른 하늘 지붕을 삼고
가없는 푸른 바다 울타리 삼아
남해의 푸른 물결 우러러보며
우리는 무럭무럭 자랍니다. ~ ♪(생략)

풍금 소리에 맞춰서 그들은 힘차게 합창하며 초임지 섬마을 학교에서 새내기들의 낭만을 만끽했다. 또 그는 글솜씨가 좋아 여러 잡지사에 원고를 기고했다. 그 영향을 받아 경태도 잡지에 「그 선생의 그 제자」라는 글이 실렸다.

경태는 여기서 동갑내기인 친구를 만났다. 그녀는 글을 참 맛깔스럽게 잘 썼다. 고향이 이곳인 그녀는 전화국에 근무한다고 해서 교환양이라는 별명을 붙였다. 어디까지나 친구로 지냈지만, 묘한 기류가 흘렀음은 부정할 수 없다. 그렇게 그들은 친구 이상 연인 미만인 상태를 지속하다 경태가 생일도 학교로 전근한 후 헤어졌다. 그러던 어느 날 우연히 알게 된 인근 학교 선배가 참한 아가씨를 소개했다. 6학년 때 맡았던 자신 제자인데 경태 짝으로 안성맞춤이라고 했다. 막상 소개받고 보니 교환양인 그녀였다. 한편 반갑기도 했지만 어쨌거나 친구로 지내던 그녀와의 사이에 갑자기 결혼이라는 단어가 끼어들어 둘 사이는 더욱 서먹해졌다. 사람과 사람 사이의 인연은 참 마음대로 되지 않았다. 둘은 서로 서먹서먹한 관계를 어영부영 유지하다가 결국 헤어졌다. 나중에 전해오는 말에 의하면 그녀는 농협 직원과 결혼했다고 했다.

1년은 금방 흘러갔다. 그는 교직 생활을 좀 더 보람되게 보내야겠다고 생각해 한국방송통신대학교 행정학과에 입학했다. 그리고 그에게는 늘 마음에 품은 한가지 소원이 있었다. 그것은 광주 시내 전입이었다. 광주에 동생들만 놔두고 왔기에 그것이 항상 마음에 걸렸다.

하지만 이 학교에서는 그 뜻을 다 펼치기가 쉽지 않아 보였다. 좋은 근무 성적과 도서 점수를 받기 위해서는 유능한 선배들의 뒤에 서서 순서를 무한정 기다려야 했다. 또 자신 같은 신출내기는 아무리 열심히 근무해도 항상 그 자리에서 뱅뱅 돌 뿐이었고, 선배들에게 공(功)을 뺏기기 일쑤였다. 당시 광주 시내에 전입하려면 학교장이 평가하는 최고의 근무 성적을 두 번 받아야 했다. 이대로라면 아무리 열심히 근무해도 남의 들러리로 끝날 것만 같았다.

깊은 고심 끝에 그는 소규모 학교 생일도를 선택했다. 이 학교는 총 4학급인데, 교감도 학급 담임을 맡고 있어 평교사는 세 사람뿐이었다. 이곳에서 자신을 열정이란 이름으로 담금질을 하면서 차례를 기다리면 광주로 전입할 수 있다는 확신이 섰다. 그렇게 그는 2년

동안 정들었던 평일도 학교를 과감하게 청산하고 미지의 섬 생일도
로 나섰다.

멀티플레이어(multiplayer)

1982년 3월, 그렇게 해서 그는 생일도에 있는 한 초등학교에 부임했다.

첫해는 5~6학년 복식학급을 맡았다. 교실 한 칸을 가림막으로 가려놓고 양쪽을 오가며 수업했다. 그리고 예체능 교과 시간에는 두 개 학년을 한 학급으로 협동 수업을 하니, 음악 교과서에 나온 모든 노래를 5학년 학생들이 미리 익히는 아이러니한 일도 벌어졌다.

아이들의 성적을 올려보려고 매일 시험지를 등사기에 한 장 한 장씩 밀어서 인쇄했다. 시험지를 인쇄하다가 얼굴에 잉크가 묻어서 아이들이 깔깔 웃어대기도 했다. 학교 운동장 울타리가 바닷가 가까이에 있어 아이들이 축구하다가 바닷물에 공을 자주 빠트렸다. 공이 바닷물에 빠지면 동네 배 한 척을 미리 섭외해 담당 아이가 가져다 날랐다.

전입 동기는 사범학교를 졸업해 경력이 많은 교사였다. 경태와는 교직 경력이 무려 20년 차이가 나다 보니 그의 마음은 조급해지고 안달이 났다. 그때 평교사는 경태와 전입 동기, 그리고 대학 선배 이렇게 셋뿐이었다. 그중에서도 경태가 제일 경력이 낮았으니 더욱 속이 탈 수밖에 없었다. 전입 동기는 교무, 선배는 경리, 그는 연구 업무를 각각 맡았다.

전입 동기는 교감 승진과 광주 전입을 동시에 노리는 일타쌍피가 목표였다. 초조해진 경태는 그를 의식해 기라도 죽여보려고 자료 전시회에 작품을 출품해 발버둥 쳐보았지만, 결과는 고작 은상에 머물렀다. 이것 역시 그의 작품이 금상을 받을 만했지만, 경력이 많은 선배에게 좋은 상을 양보한 것이라 속이 쓰렸다. 하지만 아무리 아등바등 해보아도 경력이 20년이나 앞서는 전입 동기를 따라잡을 수는 없었다.

선배는 그에게 팁을 하나 주었다. 자신이 1년 후 광주에 전입하게 되면 경리업무를 한 번 맡아보라는 것이었다.

"선배님! 떡 줄 사람은 생각도 않는데 김칫국부터 마시면 되나요?"

"이 선생! 걱정하지 말게. 내가 자네를 추천하려고 이미 마음먹었다네."

당시 소규모 학교에는 행정실이 따로 없어서 교사가 그 업무까지 맡아야 했다. 주로 교직원의 급여, 학교 운영비 예산과 지출, 재물 대장 관리 등 이었다. 비록 업무가 힘들기는 하였지만, 소위 학교장의 아킬레스를 쥐고 있어서 그 업무를 맡은 교사가 근무평정에서 유리한 고지를 선점할 수 있었다. 선배는 학교를 떠나며 관사와 함께 한쪽 벽에 써놓은 문구를 그에게 물려주었다. 벽에는 커다랗게 '멍청이같이!'라고 써 붙어 있었다.

"자네가 이곳을 떠날 때쯤이면 그 깊은 뜻을 알게 될 걸세."

그건 바로 아무리 힘들어도 교장에게 대들지 말고 시키는 대로 고분고분 말을 잘 들으라는 뜻이었다. 선배는 약속대로 광주로 전입하면서 교장에게 자신의 후임으로 경태를 추천했다. 그가 착실하다고 생각한 교장은 두말없이 경리업무를 맡겼다.

당시 학교 운영비는 두 가지였다.

하나는 도급경비고 또 다른 하나는 전도자금이었다. 이 전도자금의 출납원이 교감이었기 때문에 아무리 교장의 권한이 막강하다 하더라도 마음대로 지출할 수는 없었다. 그래서 이 자금의 지출 문제는 교장과 교감 간에 늘 갈등의 불씨였다. 경리업무를 맡은 그는 두 사람 사이에서 살얼음판을 걸을 때가 한두 번이 아니었다.

전입 동기는 경태가 경리업무를 맡고부터 교장과 가까워지자, 비로소 견제하기 시작했다. 이곳에서 근무평정을 잘 받으려면 경리업무를 맡는 것이 더 유리했기 때문이다. 사실 경리업무는 경력이 많은 그가 맡아야 했지만, 교장 입장은 세상 물정 모르는 경태를 상대하기가 더 편리했으리라. 결국 전입 동기는 이듬해 광주 시내 전입과 교감 승진시험에 합격하여 두 마리의 토끼를 가슴에 안은 채 이곳을 빠져나갔다. 자연스럽게 광주 전입 순서는 경태 차례가 되었다.

당시 회계감사는 2년에 한 번씩 있었다. 본교는 교통이 불편해 감사팀이 직접 학교에 오지 않아 감사 자료를 보자기에 싸가지고서 인근 학교로 달음박질쳤다. 당시 감사관은 그에게 이렇게 충고했다.

"선생님! 무릇 공직자는 공금을 취급할 때 항상 왼쪽 호주머니에, 반대로 사금(私金)은 오른쪽 호주머니에 넣어야 합니다. 이 점 꼭 염두 바랍니다."

그때는 요즈음처럼 카드사용 자체가 안되어 주로 외상 아니면 현금을 사용했다. 그는 경태가 오른손잡이기 때문에 왼쪽 호주머니에 공금을 보관해야 안전하다는 뜻으로 공금 처리의 중요함을 강조하고 싶었던 것이었다.

경태는 매월 월급날이 돌아오면 농협에 출장을 갔다. 그 당시는 지금처럼 통장에 계좌이체가 되지 않았다. 그래서 현금을 받아와 봉급 봉투에 하나하나 담아 교직원들에게 일일이 건네주었다.

그날따라 급여 업무를 함께한 기능직 직원의 집안에 일이 생겨 혼자 사선(私船)을 빌려 타고 농협에 가게 되었다. 바다 상황에 익숙하지 않은 그가 배를 몰고 가는 것은 무리였다. 그러나 그는 모험을 좋아했다. 아무리 무모한 모험일지라도 한 번 마음먹으면 기어코 해내고 마는 고집불통이었다. 그런데 가는 뱃길이 조수간만의 차가 심한 지역이라서 배가 그만 갯벌에 박혀 오가도 못하는 형국이 되고 말았다. 그렇다고 마냥 물이 들어오는 것을 기다릴 수만은 없었다. 그는 배를 그대로 놔둔 채 푹푹 빠지는 뻘밭을 어기적거리며 겨우 빠져나왔다.

이리저리 한참을 둘러보니 마침 바닷가 근처 집 마당에 물이 차 있는 대야가 하나 보였다. 그는 남의 집인 것도 잠시 잊고 다급한 마음에 뻘 범벅이 된 발을 씻기 시작했다. 개 짖는 소리와 함께 밖이 소란해지자 집주인이 그를 보더니 버럭 화를 내며 욕지거리부터 해댔다.

"당신 누구여? 개 족같네이. 혹시 간첩 아니여?"

"죄송합니다. 갑자기 배가 갯벌에 빠져서 이런 누추한 꼴이 되고 말았습니다. 저는 생일도에 근무하는 이 선생이라고 합니다."

"이 양반아, 당신이 선생이면 나는 교장이여. 무슨 귀신 씨나락 까묵는 소리하고 자빠졌어!"

그는 경태 말을 전혀 듣지도 않고 믿으려 하지도 않았다. 그리고 지서로 함께 가자며 경태를 윽박질렀다. 하기야 뻘밭에서 방금 나온 경태 꼬락서니를 보고 있자면 누구에게도 오해 살 만도 했다. 한참 실랑이하다 옆집에 사는 학부모를 만나 오해가 풀렸다. 겨우 학부모의 옷을 빌려 입고 농협 일을 무사히 마쳤다.

멍청이같이

경태는 수업을 마치고 혼자 급여를 받으러 농협에 갔었다. 그날
은 사선을 타지 않았다. 산을 넘어 여객선으로 갈아타고 일을 마쳤
다. 돌아오는 길에 급여를 현금으로 받아 비료 포대에 꽁꽁 싸매고
품에 떨어뜨리지 않게 단단히 채비했다. 당시는 오만 원짜리 지폐가
없던 시절이라서 동전까지 합해놓으니 뭉텅하고 묵직했다.

선착장에 도착하자, 함박눈이 하염없이 쏟아져 길바닥은 금방
은빛으로 물들었다. 그리고 겨울철이라 그런지 곧바로 푸르스름한
땅거미가 스멀스멀 밀려 내려오기 시작했다. 이렇게 날이 어두워지
자 함께 농협 일을 마친 옆 학교 선생님이 말렸다.

"이 선생! 눈도 오고 하니 여기서 하룻밤 묵고 아침에 출발하게."

하지만 교장은 현금을 가지고 있다 잃어버리기라도 하면 큰일이
라며 빨리 들어오라고 재촉했다.

"이 선생! 내가 산등성이까지 마중 나갈 테니 걱정일랑 붙들어
매고 지금 당장 출발하게."

그 말에 어디서 용기가 났는지 그는 자신도 모르게 한 달분 월급

이 담긴 비료 포대를 가슴에 껴안고 발걸음을 재촉했다. 초저녁이었지만 날은 꽤 어두워져 혼자 산을 넘는 건 무섭기도 하고 위험한 일이었다. 특히 그해 야간 통행금지가 폐지되어 그는 교장의 입장을 더 고려할 수밖에 없었다. 현금을 가지고 있는 상태에서는 더더욱 그랬다. 산을 오르면서 외지에서 들어온 소 장사가 이곳에서 살해되었다는 소문이 문득 떠오르면서 한겨울임에도 불구하고 등짝은 식은땀으로 범벅이 되었다.

'그래도 교장이 마중 나오기로 했는데….'

그는 교장의 말을 떠올리며 혼자서 눈 쌓인 산길을 오르기 시작했다. 무서운 생각이 들자, 그의 걸음은 마치 롤러스케이트 선수처럼 미끄러지듯 빠르게 움직이고 있었다.

얼마쯤 갔을까.

저만치에 얼룩무늬 군복을 입은 방위병들이 머리에 함박눈을 한 바가지나 얹고 바삐 걷고 있는 것이 보였다. 그래도 사람의 그림자라도 보이니 안도의 한숨을 쉴 수 있었다. 하지만 그렇다고 그들에게 함께 가자고 할 수는 없는 노릇이라 적당한 거리를 유지하며 뒤를 살금살금 밟았다.

'내가 안고 있는 것은 직원들이 한 달 동안 열심히 일한 월급이다. 목숨을 걸고라도 꼭 지켜야 한다.'

한참 그렇게 거리를 두고 숨죽이며 뒤따르고 있는데, 갑자기 멀리서 개 짖는 소리가 들려 정신이 번쩍 들었다. 그사이 앞서가던 방위병들은 길에서 이탈하여 오른쪽 마을로 사라졌다. 의지하고 있던 사람이 갑자기 사라지자, 그는 더욱 안절부절못했다. 되돌아가고 싶은 마음은 꿀떡 같았지만, 자신의 의지와 상관없이 앞으로 조심스럽게 발길을 내디딜 뿐이었다. 산등성이에 오르자, 사람들이 자주 쉬어가던 넓적 바위 하나가 나왔다. 언뜻 보니 하얀 옷을 입은 누군 가가 뒷모습만 보인 채 앉아있는 듯 보였다. 교장인가 싶어 얼른 다 가갔다.

"교장 선생님! 저 여기까지 무사히 도착했습니다."

하지만 경태가 인사를 하고 고개를 들자, 아무것도 보이지 않았 다. 순간 무언가에 홀린 기분이 들어 머리카락이 꼿꼿하게 서며 온 몸에는 닭살이 돋아 올랐다. 그렇지만 갑자기 두려움은 사라지고 나 오기로 한 교장이 나오지 않아 속았다는 심한 배신감이 먼저 들었 다.

산등성이를 내려가는 길은 뛰어가듯 걸었다. 마치 누군가가 등 뒤에서 바짝 그를 뒤쫓아 오는 느낌이었다. 멀리서 마을의 불빛이 하나둘씩 새어 나오는 것을 보고 안심이 되었다. 추운 겨울 날씨임 에도 경태의 몸은 땀으로 범벅이 된 채 겨우 마을 입구에 도착했다. 산등성이까지 마중 나온다던 교장은 마을 입구에 혼자 서 있었다. 경태를 보자마자 그는 건성으로 수고했다는 말만 건네고 얼른 현금 이 담긴 비료 포대를 낚아챘다.

순간 선배가 남기고 간 '멍청이같이'란 말이 떠올랐다. 갑자기 경 태는 순한 양이 되어 교장의 최면술에 마비되어 온통 정신이 몽롱해 졌다.

무명 교사가 가는 길

1983년 3월,

교육청으로부터 장학지도 일정을 알리는 공문이 도착했다.

잠시 공문을 들여다보니 멀리 청산도, 보길도를 시작으로 이곳 생일도까지 일정이 빽빽하게 잡혀 있었다. 당시 교육청에서는 소위 장학지도를 한답시고 장학사가 일 년에 한 번 정도 학교에 다녀갔다. 특히 체급 있는 교장이 근무한 학교는 교육장이나 학무과장이 장학사 하나를 달고 직접 학교를 찾기도 했다.

교장은 교육청으로부터 장학 일정 공문을 받자마자, 그들에게 선물할 특산품을 고민하기 시작했다. 이곳 생일도에는 소사나무 분재와 석란초(石蘭草)가 유명해서 교장은 오랜 고민 끝에 그것을 선물로 정했다.

토요일 오후면 경태는 교감과 함께 산에 올라 소사나무와 석란을 캐왔다. 캐온 분재와 석란을 화단에 옮겨 심으면, 교장이 나서서 반듯한 나뭇가지를 철사로 교묘하게 꼬아가며 형틀을 잡았다. 삐딱하거나 비뚤어진 아이를 올바르게 자라도록 교육하는 것이 교육자의 본분이거늘 나무 분재는 그와 정반대인 것이 너무 아이러니했다. 그렇게 제법 분재의 틀이 잡히기 시작하면 교장은 사각 화분에 마사 흙을 넣어 정성껏 가꿨다. 교장과 교감은 소사나무 분재 하나로도 서로 자기주장이 달랐다.

"소사나무의 진면목은 가을에 낙엽이 지고 나면 잔가지의 섬세함을 보는 것이 최고지요."

"아니지요. 모르는 말씀. 소사나무는 봄이 되면 잔가지에서 새싹이 하나씩 올라오는 것을 최고로 친답니다."

그러나 경태는 그들의 서로 다른 의견에 별 관심이 없었다.

그나마 소사나무는 찾기가 쉬웠지만, 석란은 산삼보다 찾기 어려웠다. 석란은 보통 바위틈에서 자라는데, 그는 교감의 지시로 몸에 밧줄을 묶은 채 비탈진 낭떠러지에 매달려 석란을 채취했다. 분재나 난초에 별 관심이 없던 그로서는 괴로운 일이 아닐 수 없었다.

어쨌거나 시키는 대로 몸을 혹사하니 교감은 속도 모르고 그를 자주 밖으로 끌고 나갔다. 특히 낚시를 좋아하는 교감은 고향에 가지 않는 토요일에는 그를 앞세우고 바닷가 여기저기를 쏘다녔다. 교감이 배에 올라 낚시채비를 하는 동안 열심히 노를 저어야 했다. 바다는 물감을 풀어 놓은 듯 맑고 파랗다 못해 시퍼렇게 멍이 들어 보였다. 기분이 좋아진 그는 경치 구경하랴, 낚시하랴 정말 정신이 없었다. 그렇지만 낚시에 취미가 없는 그는 배 위에 팔베개하고 누워 먼 수평선만 바라보며 광주 전입은 언제나 가능할지 깊은 상념에 잠기곤 했다.

교감뿐 아니라 교장의 형편도 자주 들여다보아야 했다. 저녁이면 교장 관사 아궁이에 땔감을 구해 불을 지피는 것이 첫 번째였다. 만약 교장이 몸이라도 아프면 그는 관사의 아랫목을 따뜻하게 데워 놓고 밥을 지어 대령해야 했다. 설거지 역시 그의 몫이었다.

섬마을 교사의 삶이 이렇게 고달픈 것만은 아니었다. 남모른 보람도 있었다. 수산업자들이 멸치잡이 풍어로 학교 주변에 멸치 삶는 벙커C유 막사들을 경쟁적으로 지어댔다. 여기에서 나온 매연이 아이들의 교육 활동에 큰 피해가 되었다. 그는 여러모로 궁리 끝에 교육청과 수협 협조를 받아 환경정화 사업을 시작했다.

정부 보조금으로 공사를 진행한다고 설득한 끝에, 처음에는 반대했던 업자들도 순순히 환경정화 사업에 응해 주었다. 기존의 벙커C유 막사를 걷어내고 최신식 전기 시설 막사를 다시 짓자, 학교 주변의 매연은 점차 없어지고 깨끗한 환경에서 멸치를 생산하게 되었다. 결국에 누이 좋고 매부 좋은 꼴이 되었다.

그는 이 환경정화 운동을 실천 수기로 썼다. 「무명 교사가 가는 길」이라는 수기가 당선되어 교육감 표창을 받고, 책으로 편찬되는 영광까지 안았다. 그리고 잡지에 「내일을 기다리는 아이」라는 글을 기고하기도 했다. 어려운 환경에 있었던 반 아이가 그에게 무언가를 해 주고 싶은 마음에, 옆 반 선생님의 담배를 슬그머니 경태 책상 서랍에 갖다 놓았던 에피소드를 적은 글이었다. 경태는 그때 그 아이의 마음을 알기에 크게 혼내지 않고 옆 반 선생님에게 대신 용서를 구했다.

이 글은 전국 독자들의 마음을 흔들었다. 여기저기서 격려의 편지와 선물이 쏟아지기 시작했다. 대부분 선물은 아이들이 읽을 도서와 학용품, 정성껏 뜨개질한 조끼와 목도리 등이었다. 심지어는 미국 LA에서까지 교포들이 옷을 보내오기도 했다. 격려하는 편지와 소포가 너무 많고 행랑이 버거워 우체국 집배원은 배를 대여해 배달할 정도였다.

한편 그 아이의 형은 중학교에 진학하지 못했다. 두 형제는 비록 부모 없는 오막살이 집에서 자란 소년 소녀 가장이었지만 늘 씩씩했다. 더군다나 그의 형은 소아마비로 다리마저 불편해 매일 높은 산을 넘을 수가 없었다. 결국에 중학교 진학을 포기하고 집에서 무위도식(無爲徒食)하는 형편이었다. 경태는 그의 작은아버지 동의를 얻어 광주 시내 시계방으로 데리고 가 기술을 배우도록 했다. 그 아이가 염려되어 광주에 갈 때마다 몇 번 찾아가 격려도 했지만, 지금은 그가 어디서 무엇을 하는지 연락할 길이 없어 안타까울 따름이다.

한편 혼자 남은 아이는 마을 어른들의 도움으로 어느 날 눈이 먼 할머니 집에 들어가 살게 되었다. 소도 먹이고 할머니의 시중을 들며 끼니는 해결할 수 있었다. 그러나 그는 남의 밭에 들어가 농작물에 손을 대거나, 남의 좋은 신발만 골라서 화장실에 버리는 짓궂은 악역도 마다하지 않았다. 또 시험시간이 돌아오면 시험지를 거꾸로 놓고 아무렇게나 갈겨버리는 아이였다.

경태는 매일 과자도 사주고 학용품도 건네주며 칭찬을 아끼지 않았다. 그 아이는 마침내 마음의 문을 열기 시작했다. 책도 더듬더듬 읽어 가기 시작했고, 도벽도 차츰 잦아들었다. 그리고 그의 눈에는 항상 희망이 가득 차 보였다. 경태는 자신의 알량한 자존심은 저 수평선 너머로 보내 버리고, 날마다 그에게 샘물처럼 넘치는 사랑을 듬뿍듬뿍 담아주기에 바빴다. 그 아이의 엄마 아빠보다 천 배나 만 배 만큼이나….

공교롭게도 그해는 KBS의 〈이산가족을 찾습니다〉라는 프로그램이 처음으로 전파를 타고 삼천리 방방곡곡에 눈물과 감동으로 만들어 놓았던 시기였다. 그래서 경태는 그 아이와 운명의 만남은 더욱 의미가 있었다.

물거품

생일도에서 또 하나 운명의 만남을 가진 적이 있다.

학교에 되돌아온 길이었는데 그날따라 유난히 뱃멀미를 심하게 하는 날이었다. 경태는 바람을 쐬러 갑판에 올라가 망망대해를 바라보며 사색에 잠겼다. 짙푸른 사파이어 빛깔의 먼바다는 가까이 다가올수록 에메랄드빛으로 변하는가 싶더니 이내 하얗고 작은 포말을 일으키며 작은 무인도 기슭의 바위에 부딪혀 산산조각을 내고 있었다.

그러다 긴 생머리를 한 여인이 뱃머리에 서 있는 것이 눈에 들어왔다. 피부가 하얗고 키가 큰 세련된 여인이었다. 그녀는 마치 영화 〈타이타닉(Titanic)〉의 여주인공 케이트 윈슬렛처럼 두 팔을 활짝 좌우로 벌리고 서 있었다. 경태는 첫눈에 그녀에게 마음을 온통 빼앗기고 말았다.

선착장에 내려 간단한 소개와 함께 저녁에 만날 것을 조심스레 제안했다. 그녀도 싫지는 않은 눈치였다. 사정을 들어보니 서울에 사는 그녀는 언니 집에 잠시 들른 모양이었다. 그녀는 미장원에서 일하고 있는데 조만간 자기 가게를 낼 계획이라고 했다. 그렇게 몇 마디 이야기를 나누다 저녁에 그녀의 언니 집을 방문하기로 하고 일단 헤어졌다. 여자만 보면 꼬리부터 내리는 소심한 그의 성격에 어떻게 거기까지 이야기를 진행했는지 스스로가 신기하기만 했다.

그날 저녁,

그는 함께 근무하는 동기(同期)와 산을 넘어 그녀의 언니 집을 찾아가 인사를 했다. 솔직하게 그녀가 마음에 들어 본의 아니게 여기까지 오게 되었다고 고백하기에 이르렀다. 그녀의 언니는 경태의 솔직한 고백이 마음에 들었는지 반갑게 맞이했다. 상다리가 부러지게 저녁을 준비했다. 하지만 화기애애한 분위기 속에서 식사를 마치고 술잔이 몇 순배 돌자, 그녀의 형부는 서서히 속내를 드러내기 시작했다.

"이 선생이 우리 처제를 마음에 두고 있다니 솔직히 말하겠네. 우리 처제가 미장원을 차리려고 하는데 자금이 좀 부족하니 한 오백 정도 대 주면 교제를 허락하겠네."

갑작스러운 그의 제안에 그녀와 언니는 펄쩍 뛰었다. 그 말을 듣는 순간 경태 역시 갑자기 마신 술이 확 깨버렸다. 경태는 순수한 마음을 돈과 바꾼다고 생각하니 기분이 몹시 언짢았다.

헤어질 때 그녀는 경태에게 사과했지만, 그녀에게는 잘못이 없고 마음이 변한 것은 오히려 자기 자신이라며 이별을 통보했다. 한밤중에 경태를 따라나선 동기는 산길을 걷다가 발목까지 삐었다. 그는 친구를 위해 모든 것을 내놓았지만, 경태는 그를 위해 아무것도 하지 못했다. 모든 것이 친구에게 미안했다.

이렇게 운명적인 만남은 허망하게 막을 내리고 말았다.

어린이 실종 사건

1982년 7월 여름,

경태가 5~6학년 복식학급 담임을 맡고 있었을 때 일이다. 수업을 마친 늦은 오후, 남자아이 다섯이 한꺼번에 사라져 동네가 한바탕 아수라장이 된 사건이었다.

해가 저물고 저녁이 되어도 아이들이 돌아오지 않자, 학부모들은 학교로 몰려들었다. 서로들 어안이 벙벙한 채 아이들이 갈 만한 곳을 수소문하였으나, 오리무중이었다. 사색(死色)이 된 그는 학부모들과 함께 밤늦도록 횃불을 들고 뒷산 동굴을 시작으로 바닷가 바위틈까지 샅샅이 찾아보았다. 그러나 끝내 아이들을 찾지 못했다.

'혹시 아이들이 이름 모를 새우잡이 배에 납치라도 되었으면 어쩌지. 그것은 아닐 거야. 절대 아니야.'

그는 이상한 상상을 하면서 고개를 가로저어 보았지만, 불안감은 내내 마음속을 엄습했다. 애타는 경태와는 달리 학부모들은 아이들이 가면 어딜 갔겠냐고, 결국엔 이 섬에 있을 테니 걱정하지 말라며 그를 안심시켰다. 그렇지만 학부모 중 한 사람인 육성회장은 그를 윽박지르기 시작했다.

"내일 아침까지 아이들이 나타나지 않으면 이 선생은 당장 사표 쓸 각오를 하시오."

하지만 아이들이 없어진 마당에 그 말이 귀에 들어올 리가 없었다. 밤새 아이들을 찾아다니다 뜬눈으로 밤을 지새우고 아침이 되었다. 아이들은 꾀죄죄한 모습을 하고선 동구 밖에서 하나 둘 나타나기 시작했다.

그 모습이 어찌나 반가웠는지 그는 아이들의 손을 부여잡고 기쁨에 넘치는 순간, 그의 눈물샘 꼭지는 끝내 풀어지고 말았다. 그러나 그의 기분과는 달리 아이들은 무엇인가 하고 싶은 말이 있는 듯 서로 눈치를 보며 슬금슬금 뒷걸음쳤다. 그동안 의기양양한 육성회장도 그에게 미안했던지 괜히 아이들만 닦달하기 시작했다.

"이 나쁜 녀석들, 엎드려 뻗쳐! 선착순!"

그는 일부러 경태 앞에서 아이들에게 밤새 무슨 일이 있었냐며 소리높여 다그쳤다.

사건의 전말(顚末)은 별일이 아니었다. 아무 이유 없이 경태를 못마땅하게 생각하던 마을 청년 하나가 건방지다며 못된 마음을 먹었던 것이었다. 경태가 가을운동회 때 아이들과 태권도 시범을 보이면서 벽돌을 격파하는 장면이 눈에 거슬렸던 모양이었다. 그는 결국 경태에게 골탕 한 방 먹이려는 심보였다. 그는 6학년 아이인 자신의 동생에게 친구들을 데리고 하룻밤 어디 숨어있다가 다음 날 오라고 했다. 아이들은 옆 마을 친척 집에서 하룻밤을 지내고 다음 날 아침에 학교로 돌아온 것이었다.

한편으로 경태가 보기 싫다고 아이들이 없어진 것처럼 꾸민 그 청년이 어이도 없고 밉기도 했다. 그러나 아이들이 없어졌을 때 애를 태운 것을 생각하면 그를 탓만 할 여유도 없었다. 그래도 무사히 돌아왔으니 얼마나 다행인가. 어차피 끝난 일이다 보니 그에게 책임을 묻지 않기로 했다.

그날 실종 사건은 이렇게 거저 해프닝으로 끝이 났다.

구사일생

1985년 7월 여름,

그날은 교육청에 출장을 갔다 학교로 되돌아오는 길이었다. 전날 폭풍 주의보 탓인지 경태가 승선한 완도발 여객선은 너울성 파도로 심하게 요동쳤다.

여객선은 신지도 옆을 지나 곧바로 생일도 선착장에 일시 정박했다. 이곳에서 내리면 학교까지는 대략 십리 길을 걸어가든가 아니면 사선을 이용해야 했다. 학교로 돌아가는 길은 울창한 숲길을 지나 높은 산등성이를 넘어야 해서 매우 험한 길이었고, 낮에도 사람의 왕래가 잦아 늘 을씨년스럽고 으스스했다.

경태는 배에서 내려 마을 선착장 공사를 맡은 사장을 만났다. 그는 혈압이 높아 도저히 걸어갈 수 없으니 함께 배를 빌리자고 했다. 경태 역시 그 길을 혼자 걸어갈 엄두가 나지 않아 그의 뜻에 따랐다. 그들이 빌린 배는 오징어잡이 배였다. 선장은 파도를 피해 뱃머리를 최대한 해안가로 붙여 서행했다. 그러나 중간쯤 왔을 때, 갑자기 배가 멈추고 엔진이 꺼져버렸다.

선장은 출발하기 전 급한 나머지 뱃머리에 가득 실린 오징어잡이 그물을 미처 내리지 못했다. 따라서 뱃머리 쪽으로 무게중심이 쏠리다 보니 바닷물이 배 위로 넘쳐 들어오고, 배 후미의 스크루 프로펠러가 위로 들려 헛돌면서 중심을 못 잡고 파도에 심하게 요동쳤다.

그렇게 엔진이 꺼진 배는 어느 순간부터 천천히 가라앉기 시작했다. 깜짝 놀란 그는 바가지로 정신없이 물을 퍼냈지만, 역부족이었다. 선장 역시 당황해 시동을 몇 차례 걸어보았지만 배는 앞으로 나가지 못하고 거친 파도에 의해 이리저리 맴돌 뿐이었다.

왜 선장과 그는 그 생각을 못 했을까?

'뱃머리에 실린 그물만 바다로 끌어 내렸더라도 배에 물이 차지 않았을 텐데…'

보통 사고라는 것이 알고 보면 아주 쥐꼬리만큼 사소한 일에서부터 발단이 된다. 결국 선장은 그물이 아까워서 버리지 못했고, 그는 무턱대고 물만 퍼내면 해결될 걸로 착각한 것이다. 우둔한 머리 때문에 일이 더 꼬여 버렸다. 순간적으로 배는 한쪽으로 기울며 바닷속으로 침몰하기 시작했다. 선장은 안 되겠는지 말도 없이 빈 기름통을 든 채 바다로 뛰어들었다. 급한 마음에 경태도 하는 수 없이 가방을 허리에 묶고 바다로 뛰어들었다. 가방 속에 들어 있는 1급 정교사 연수 자료를 분실하지 않으려는 그의 어리석은 행동이 결국 일을 더 키운 꼴이 되고 말았다.

그는 해안가 쪽으로 나가려고 부지런히 수영해 보았지만, 파도는 거세게 몰아쳐 앞으로 가기는커녕 몸도 가누기 힘든 상황이었다. 눈앞에 보이는 해안가 가까이 수영하면 금방 빠져나올 수 있다고 생각했다. 그러나 사력을 다해서 수영하여 조금 가까워졌다 싶으면 성난 파도는 사정없이 그를 먼바다 쪽으로 내동댕이쳤다.

그가 입은 추리닝은 물먹은 채 축 처졌다. 거기다가 가방까지 허리에 묶었으니, 그의 몸은 천근만근이 되었다. 그 순간 그의 머리를 번쩍 스치고 지나간 것이 하나 있었다. 마침 바닷가 근처에는 미역 양식장이 있었고, 거기에는 미역 줄을 지탱하는 부표들이 이리저리 파도에 출렁거리고 있었다. 그는 그것을 잡고 구조를 기다리면 살 수 있다는 생각을 했다. 가까스로 부표를 붙들고 구조를 기다리기 시작했다.

하지만 사고 시간이 훨씬 지났어도 구조선은 보이지 않았다. 선장도 이 거친 파도를 뚫지 못하고 빠져 있는 것인지 아니면 파도가 거세어 아무도 구조하러 오지 못하는 것인지 그는 점점 초조해졌다. 나중에 알게 된 사실이었지만, 구사일생으로 뭍에 나간 선장은 그가 물에 빠진 소식을 전하기 위해 서둘러 마을 이장 집까지 헐레벌떡 뛰어갔다. 그러나 그는 집 앞에서 그만 기절하고 말았다. 한 시간쯤 지나서야 그는 가까스로 깨어나 사고 소식을 전한 것이다.

"이장님! 큰일 났소. 배가 침몰해 이 선생이 바다에 빠져 있소."

그 시각, 그는 혼신을 바쳐 물속에서 몸부림치고 있었다. 하지만 그런 노력에도 불구하고 그의 몸은 파김치가 되고 천근만근 무거워지면서 점점 바다속으로 가라앉기 시작했다. 더구나 짠물을 몇 바가지 들이마시고 나니 심한 현기증과 함께 피로감이 밀려들었다.

'이렇게 해서 사람이 죽는구나!'

그는 그런 생각을 하다가 결국 부표를 놓고 말았다. 그의 몸뚱이는 바닷물에 쑥 가라앉았다가 한참 지나면 다시 물 밖으로 나오기를 반복했다. 사람의 목숨이 질기긴 질겼다. 점점 그는 정신이 혼미해졌다. 저 멀리서 비치는 서치라이트가 자신을 찾는 것인지, 아니면 저승사자의 헛것을 본 것인지 헷갈릴 지경이었다.

바로 이 시간, 마을 이장은 그가 탄 배가 전복되었다는 소식을 마을 방송을 통해 알렸다. 동네 사람들은 너나 할 것 없이 눈치를 보거나 주저하는 사람은 하나도 찾아볼 수 없었다. 모두 하나 같이 위험을 무릅쓰고 이십여 척의 배를 이끌고 그를 구조하기 위해 출항했다. 그리고 배를 타지 못한 아이들과 아낙네들은 산등성이를 따라 내달리며 그를 찾아주었다. 아이들과 아낙네들은 산 위에서 바다를 향해 목이 터지도록 외쳤다.

"우리 선생님 저기 있다! 우리 선생님이 보인다!"

"저기 선생님 모가지가 보여요!"

그가 의식을 되찾은 시간은 다음 날 새벽 3시였다. 그는 동네 이장 집 안방에 속옷만 입은 채 누워 있었고, 팔에는 링거가 꽂혀 있었다. 몇몇 학부모들은 그 시간까지 집으로 돌아가지 않고 그의 건강을 걱정하고 있었다. 그리고 그들은 따뜻하게 끓인 녹두죽을 한 숟가락씩 그의 목구멍에 넘겨주며 말을 이었다.

"그래도 이 선생이 조상 못자리는 잘 썼는가벼. 이렇게 기적적으로 살아난 것을 보면 쯧쯧."

정말 고마운 사람들이었다. 그는 현재 그분들의 고마운 짐을 짊어지고서 평생 잊지 못하고 살아가고 있다.

가슴에 묻은 제자

한편 배가 침몰하여 구사일생으로 목숨을 건진 경태에게 그 해, 두 번째 사고가 터지고 말았다. 늦여름 막바지 무더위를 피해 바다에서 멱을 감는 아이들이 꽤 있었다. 그날도 점심을 먹고 아이들은 타이어 튜브를 잡고 바다 깊은 곳까지 들어가 멱을 감았다. 아마 서로 장난을 치다가 튜브를 놓쳐버려 일어난 사고였다.

다른 아이들은 모두 물 밖으로 나왔지만, 그의 반 아이만 나오지 못했다. 이 소식을 전하기 위해 초소 전투경찰이 사색이 된 채 교실로 뛰어들었다.

"큰일 났습니다. 선생님 반 아이 한 명이 물에 빠져 아직 나오지 못했습니다."

그는 이런 사고를 당한 지 얼마 되지 않아서인지 자신 머리카락 끝이 쭈뼛쭈뼛 일어서서 섬뜩했다. 아이가 빠졌다는 바다를 향해 맨발로 정신없이 뛰었다. 진즉부터 전투경찰들과 마을 청년들이 아이를 찾기 위해 이리저리 바다 밑을 헤집고 있었다. 그는 옷 입은 채로 바닷속에 들어가 정신없이 아이의 이름을 부르며 찾았다.

마을 사람들은 아이가 물에 빠진 지 한참 지났다며 한숨을 쉬며 발만 동동 굴릴 뿐이었다. 하지만 아이는 보이지 않았다. 한참 뒤 운명의 장난인지 몰라도 아이의 아버지가 물가 쪽에서 아이를 찾아 들어올렸다.

"여깄다. 우리 아들 찾았다. 흐흐흑."

그는 서둘러 아이를 뭍으로 보듬고 나와 가슴 압박과 인공호흡을 반복하는 소위 심폐소생술을 시작했다. 여러 차례 아이의 입을 벌려 숨을 불어넣었지만 아이는 깨어나지 못했다. 하지만 미리 포기할 수 없었던 그는 마을에서 가장 크고 빠른 배를 빌려 완도 읍내 병원으로 데리고 갔다.

의사의 진단 결과를 기다리면서 그는 아이 옆에서 제발 살아만 있어 달라고 기도했다. 아이를 수술대 위에 눕히자, 의사는 펜 라이트를 꺼내어 아이의 눈과 맥박을 살피더니 고개를 흔들었다. 결국 의사는 사망 선고를 내렸고, 그는 의사의 가운을 붙들고 다시 한 번 아이의 상태를 봐 달라고 울부짖었다. 이 상황이 너무 허무했던 그는 도저히 의사의 사망 판정을 믿을 수가 없었다.

다음 날 아침 학교에 도착하자 그를 기다리던 교직원과 아이들, 그리고 마을 사람들은 아이의 사망 소식에 망연자실한 채 흐느끼는 소리뿐이었다.

모든 것이 자신의 탓인 것만 같았다.

경태야, 마당 쓸러 가자

1985년 12월,

본격적인 결혼식 시즌이 돌아왔다. 결혼식은 대부분 늦가을부터 이듬해 봄철까지 많이 잡히지만, 갑자기 혼전 임신이 된 경우에는 그렇지 않다. 그때만도 남자 나이 스물일곱, 여자 나이 스물다섯이 되면 다들 결혼 적령기라 했다. 이쯤에 동네 친구들이 하나둘씩 혼인 날짜를 잡자, 벌써 경태 아버지는 애가 타기 시작했다.

친구 중 자신의 마음을 편하게 드러내고 싶은 깨복쟁이 친구가 있다. 그의 부친은 경태 아버지와 나이 차는 있지만, 매우 절친한 사이였다.

"아재, 우리 큰아들 여울라고 날 잡았는디 경태는 언제 여울라요?"

그는 마치 가만히 서 있는 동네 어귀 정자나무를 흔들어대듯 경태 아버지의 마음을 마구 흔들었다. 이에 다급해진 경태 아버지는 사귀고 있는 사람이 없으면 빨리 맞선이라도 보아야 한다며 경태를 재촉하기 시작했다.

"아야, 너는 뭐가 부족해서 여태까지 알고 지낸 처자도 하나 없나?"

그의 아버지는 맞선 자리를 여기저기 알아보던 중 광주에 오면 항상 들르던 집을 머릿속에 떠올렸다. 동네에서 몇 년 전 광주로 이사 온 갑장 아주머니를 찾아 중매를 부탁할 요량이었다. 어른들은 자신들의 나이와 같은 동갑을 갑장이라 불렀다.

본의 아니게 중매쟁이가 된 갑장 아주머니는 백방으로 수소문하던 중이었다. 그녀는 친구 중 하나였던 처가댁 인근 보건소에서 근무한 김 여사로부터 맞선 자리를 소개받았다. 경태 아버지는 맞선 자리를 듣자마자 입맛이 당기는 듯 당장 날짜부터 잡으라고 재촉했다.

어찌나 급하게 진행된 맞선이었는지 바로 그다음 날 다방에서 이루어졌다. 소위 게릴라식 맞선이라 그의 어머니는 고향에서 미처 올라와 보지도 못했다. 맞선 자리에 나온 그의 장인은 훤칠한 키에 근엄하고 인자한 인상이었고, 장모 역시 차분하고 얌전했다. 아내는 지적과를 졸업한 후 군청에서 공무원으로 근무하고 있었고, 장인은 농협 조합장을 퇴직하고 사립학교 재단 이사를 맡고 있었다. 대화를 나눌수록 그의 집안이 너무나 부족하다는 것을 느꼈다.

경태의 아버지는 예비 신부와 사돈들이 마음에 들었는지 맞선 내내 평소에 보지 못한 흡족한 표정을 지었다. 그의 입은 이미 귀에 걸쳐 있었다. 다행히도 장인 역시 경태가 마음에 든 것인지 그 자리에서 결혼을 반승낙했다. 아무래도 오랫동안 그가 섬 생활을 꿋꿋하게 이겨낸 것이 장인에게 신뢰감을 준 것 같았다. 장모도 그가 근면 성실하고 인상이 착해 보인다고 호감을 보여주었다. 하지만 그들은 그가 장남이라는 말에 일단 집안이 어떻게 사는지 직접 보고 딸을 내주겠다는 심산이었다.

"경태야! 됐다. 당장 집 마당이나 쓸러 가자. 내가 보았을 때는 큰며느리 감으로 딱 안성맞춤이다."

그는 모든 상황이 마음에 든 모양인지 밖에 나오자마자 그렇게 말했다. 결혼에 대해서 미리 생각한 적이 없었던 경태는 좀 얼떨떨한 기분이었다. 하지만 자신 역시도 아내와 아내의 부모님이 좋은 인상이기에 결혼을 결심하게 되었다.

며칠 후 그의 장인은 처가 문중 어른들을 이끌고 그의 고향집을 방문했다. 그는 아버지와 함께 며칠 전부터 집 안팎을 청소했고, 어머니는 마을 아주머니들을 불러서 음식 장만에 열중했다. 사실 갑장 아주머니는 그의 집이 동네에서 제일 부자라고 은근히 솜사탕처럼 부풀려 놓았다. 그는 장인이 직접 집을 둘러보러 오겠다고 했을 때 걱정이 되어 내내 종종거렸다.

'뭐, 중매쟁이가 동네에서 제일 잘 산다고 말했지. 내가 그렇게 말했나? 따지고 보면 가난은 죄가 아니야.'

이렇게 그는 자신을 위로하며 마음을 다시 잡았다. 하지만 집을 둘러본 장인은 어쨌거나 그의 근면 성실한 모습에 점수를 후하게 매겼다. 특히 경태 아버지의 솔직하고 화끈한 성격이 마음에 든다고도 했다. 그리고 무엇보다 그를 믿고 딸을 내준다며 마침내 장인은 결혼을 허락했다.

신혼살림은 풍향동 이층집에서 시작했다. 아내는 시누이와 시동생들도 책임져야 했다. 아내는 새벽마다 일어나 시동생들의 도시락을 두 개씩 싸주느라고 바쁜 일상을 보냈다. 그리고 그가 숙직 근무할 때는 버스를 타고 저녁 도시락까지 챙겨왔다.

바쁜 일상에서도 그는 퇴근 후 매일 아내의 손을 잡고 약수터를

산책하곤 했다. 이렇게 신혼생활은 힘들었지만, 그런대로 알콩달콩
깨가 쏟아졌다.

전세가 월세로 둔갑한 사건

경태가 발령이 나면서부터 그의 집안은 점차 조그만 변화가 일기 시작했다.

그동안 옹색했던 집안 살림살이가 다리미질한 옷처럼 활짝 펴지고, 가족들의 표정도 한층 밝아졌다. 그의 누나는 강진으로 출가했고, 동생은 해병대에 입대하여 포항에서 근무 중이었다. 그리고 여동생은 광주 시내 여고에 입학했고, 막냇동생은 시내 초등학교 5학년이 되었다. 그동안 지긋지긋한 사글세 집만 전전했던 터라 그는 여동생과 막냇동생을 위해 상하방 전셋집을 얻어 주었다.

집주인 행세를 한 임차인은 안집 독채를 사글세로 들어와서 경태에게는 전세로 내놓았다. 그는 간이 배 밖으로 나온 간 큰 남자였다. 거기다가 한술 더 떠 내게서 받은 전세금으로 사글세를 치르고 남은 금액은 모두 생활비로 탕진한 상태였다.

'내 귀는 누구를 닮아 이렇게 팔랑귀일까? 나는 귀가 얇아 남의 말이라면 너무 솔깃해서 탈이야.'

계약할 당시 임차인과 부동산 중개인의 달콤한 말에 넘어가 크나큰 화근이 되고 말았다. 알고 보면 세심하게 살피지 못한 자기 자신의 잘못이 더 컸다. 이것은 임차인의 사기 계약인 셈이었다. 전전세(轉傳貰)는 가능해도 월세로 얻어 전세를 내는 계약은 애초에 무효이며, 누가 봐도 일반 상식으로 도저히 이해할 수 없는 일이 벌어진 것이다.

1986년 2월,

광주 시내 발령과 동시에 결혼 날짜를 잡은 경태는 동생들과 함께 신혼집으로 이사할 계획을 세웠다. 전세 계약 만기가 되어 집주인에게 전세금을 돌려달라고 하자, 그제야 그는 돌려줄 돈이 없다며 오히려 적반하장으로 배 째라는 식이었다. 그는 불량스럽게 소파에 다리를 꼬고 앉아서 경태를 뚫어지게 쏘아보았다. 그의 손목에 불뚝불뚝 튀어나온 파란 힘줄 속의 조그마한 코브라 문신은 악바리처럼 버티고 서 있는 경태를 충분히 압도하고도 남았다. 갑자기 경태는 몸속의 간이 녹두 알처럼 작아짐을 느꼈다.

잠시 후, 그는 손목에 찬 싸구려 시계를 내밀며 오히려 배짱을 부렸다.

"나 이것밖에 없으니 당신들 마음대로 해버리시오. 경찰서에 보내든 감옥에 집어넣든 말이요."

다혈질인 경태 아버지는 주인집에 있는 살림살이를 모두 내다 팔아버려야 한다고 흥분을 감추지 못했지만, 그렇다고 해결될 일은 아니기에 경태는 침착하게 그를 진정시켰다.

"이런 상태로 끝나면 사장님은 사기 혐의로 정말 감옥에 들어갑니다. 단돈 얼마라도 좋으니 조금씩 갚아준다고 약속을 하면 제가 얼마 동안은 기다릴 수 있습니다."

대신 돈을 다 갚을 때까지 집에 있는 가전제품을 담보로 잡겠다고 했다. 그는 의외로 침착하게 대응하는 경태에게 더는 배짱부리기가 머쓱했던지 돈을 한 번 구해보겠다고 했다. 다행히 그는 가전제품 몇 개를 담보로 맡긴 후, 몇 차례에 걸쳐 전세금을 돌려주었다. 덕분에 새로 마련한 신혼집의 전세금이 무사히 치러졌고, 아내가 준비한 혼수들을 마음 편하게 넣을 수 있었다.

'바쁠수록 돌아가야 한다.'라는 속담이 그의 인생에서 하나의 울림을 주는 대목이었다.

첫 도회지 학교의 잔상

1986년 3월 1일,

경태는 광주 시내 한 초등학교로 발령받았다. 직할시로 승격하자, 광주행 마지막 티켓을 거머쥐고 상륙한 그는 그야말로 행운아였다.

그는 만 25세 최연소 나이로 광주시교육청 전입 서열 명단에 이름을 올렸다. 시내 학교는 섬마을 학교와 많은 것이 달랐다. 첫해에는 5학년을 맡았는데, 복식학급인 섬마을에 비해 여덟 개 반이 되었다. 당시 교육 당국에서는 1교 1운동 붐을 일으켰다. 경태네 학교도 예외 없이 남자 축구부와 여자 연식 정구부를 육성하였는데, 그는 곧바로 축구부 감독을 맡게 되었다. 요즈음으로 보면 방과 후 특기 적성교육을 맡은 셈이었다.

그러던 어느 날 5학년 축구부 아이가 하교 중 버스 정류장에서 시내버스의 갑작스러운 돌진으로 숨진 사고가 발생했다. 그 아이는 방과 후 축구부 훈련을 마치고 학교에 도시락 가방을 두고 와 찾으러 왔다 되돌아가는 길에 사고를 당했다. 도시락 가방이 뭐가 중요하다고 그 아이는 학교로 되돌아왔을까? 이것도 그 아이에게는 하나의 운명이었다. 그 아이가 축구부가 아니었더라면 평상시처럼 마을 통학버스를 타고 하교했을 것이고, 그랬다면 이런 비극은 피할 수 있었다. 아이 부모의 부탁으로 유니폼과 축구공을 아이와 함께 하늘나라로 보냈다.

그 후 그가 맡은 팀은 전국 소년체전 광주대표팀 선발 최종 결승에서 안타깝게 패해 분루를 삼켜야 했다. 그는 축구부 감독을 계속할 수 없었고, 그해 축구부는 해체되었다.

물놀이 사고도 있었다. 그가 이 학교에서 만기가 되던 해, 5학년 주임 교사를 맡고 있을 때였다. 퇴근해서 저녁 뉴스를 보고 있는데, 초등학교 어린이 세 명이 물에 빠져 실종되었다는 보도였다. 그중 한 아이가 그가 근무한 학교에 다니는 5학년 아이였다. 생일도 사고의 기억이 채 가시기 전이어서 그는 자신의 귀를 의심했다. 즉시 학교장에게 보고하고 5학년 교사 여덟 명 전원을 아이들이 빠진 강 근처로 긴급 소집했다.

현장에 도착하자 강둑에는 수많은 사람과 차가 뒤엉켜 장사진을 이루고 있었다. 사고 수습 본부는 다리 밑에 그물을 치고 계속 조명탄을 쏘아댔다. 경찰 수색대원과 소방대원들이 보트를 타고 계속 강을 수색했지만, 실종 아이들은 쉽게 발견되지 않았다. 그들은 이제 나저제나 아이들이 나타나기만을 학수고대했다. 아무것도 할 수 있는 것이 없어 당장이라도 물속에 뛰어들어 아이들을 찾아내고 싶은 심정뿐이었다.

밤이 깊어지자 사고 수습 본부는 일단 수색을 중단하고 날이 밝기를 기다리겠다고 했다. 하지만 그들 일행은 집으로 돌아갈 수 없었다. 차디찬 물속 어디선가 아이들이 갑자기 그들 곁으로 돌아올 것 같다는 생각이 들었기 때문이다. 그날 저녁 그들은 잠을 이룰 수 없어 강둑에서 뜬눈으로 밤을 하얗게 지새웠다. 새벽 동이 트기를 기다리는 초조한 가운데서도 그날따라 초승달은 하얀 칼날이 되어 더욱 빛나 있었고, 그 주위 밤하늘의 별들은 유난히도 반짝거렸다. 마치 아이들이 여기 있다고 말해 주는 것 같았다.

새벽이 되고 날이 밝아오자, 수색이 재개되었다. 강둑까지 집어 삼킬 듯한 시커먼 강물은 어느새 쏜살같이 빠져 서서히 모래 자갈 바닥을 드러내기 시작했다. 실종된 아이의 삼촌은 그때까지 한숨도 못 자고 장대를 들고 강가 여기저기를 헤집고 다녔다. 한참 후 흐느끼는 소리와 함께 아이를 찾았다는 소리가 들렸다.

"우리 조카 여기 있다. 선생님들 이리 와보세요. 흑흑"

일행은 긴장한 채 소리나는 쪽으로 뛰었다. 아이는 갈대 사이에 끼여 외롭게 혼자서 몸을 웅크리고 엎드려 있었다. 얼마나 그들을 애타게 기다렸는지, 얼마나 가족과 친구들을 불렀는지 마음이 너무 아파 누가 먼저랄 것도 없이 흐느끼기 시작했다. 너무 끔찍하고 참혹했다. 그들은 시신을 정성껏 담요에 싸서 수습했다.

한편 교내 민주화를 위해 학교 평교사회가 조직되었는데, 그는 거기서 총무를 맡았다. 교감은 교내 인사작업 때면 그를 자신의 집으로 암암리에 불러들여 인사에 대한 의견을 묻곤 했다. 아마 그가 평교사회 총무를 맡고 있어 눈치를 보는 것 같았다.

그는 교감에게 점수대로 공정하게 담임을 배정해야 한다는 의견을 내곤 했다. 그 때문인지 그는 이 학교에서만 남들이 싫어하는 5학년 담임을 세 번이나 맡았다. '제 앞에 큰 감 놓는다.'는 말이 무색할 정도로 스스로 모든 것을 내려놓고 자신에게 혹독하게 채찍질했다.

한 번은 대통령이 광주를 방문한 적이 있었다. 대통령이 공항에서 시청으로 카퍼레이드한다고 하여, 교무주임은 아이들을 데리고 나가 정해진 길목에서 태극기를 흔들라고 했다. 아마 그가 근무한 학교가 대통령이 지나가는 길목이라서 강제 동원되는 것이 아니었나 싶다. 그는 교무주임이 나눠준 태극기를 몰래 교탁에 숨겨놓고 아이들만 데리고 나갔다.

도로에는 사복 경찰들이 쫙 깔려 있었고, 군데군데 인원을 점검하는 교육청 장학사들도 보였다. 도로 양편에는 시민과 학생들이 줄지어서 태극기를 흔들며 대통령을 열렬히 환영하고 있었다. 그렇지만 경태와 아이들은 태극기도 없이 물끄러미 대통령을 실은 경호 차량만 무표정으로 바라볼 뿐이었다. 나중에 교무주임은 그의 돌출 행동 때문에 사진이 잘 안 나왔다며 야단을 쳤다.

"이 선생! 사진을 찍어 교육청에 보고해야 하는데 자네 반 때문에 담당 장학사한테 체면이 말이 아니었네."

하지만 그는 억울하게 목숨을 잃은 5·18 영령들에게 최소한의 예의를 갖추어야 한다고 생각했기에 이런 행동이 가능했다.

이듬해인 1987년에는 6월 민주항쟁이 있었다. 서울 등 주요 도시를 시발점으로 민주화 바람은 들불처럼 번져나갔다. 그는 퇴근하자마자 매일 금남로에 나가 데모 행렬에 동참하였고, 따가운 최루탄에 눈물을 흘려가면서 '호헌 철폐 독재타도'를 목청껏 외쳤다. 당시 그가 공무원 신분임에도 불구하고 반정부 구호를 소리높여 외쳤던 것은 보면 민주주의를 지키려는 넥타이부대들의 처절한 갈망이 자신의 가슴속에도 용솟음쳤기 때문이었다.

그해 발생한 박종철 고문치사 사건과 최루탄 파편으로 사망한 이한열 열사 사건은 6·10항쟁의 타오르는 불길에 기름을 부은 격이 되었다.

결국 6·10항쟁은 대통령 직선제 개헌을 골자로 한 6.29선언을 발표하는 결정적 역할을 했다.

첫딸은 살림의 밑천

1986년 12월 초겨울,

온 가족이 오랫동안 기다리던 큰딸이 시내 대학병원 산부인과에서 태어났다. 흔히 '첫딸은 살림의 밑천'이라고들 하지만, 그 당시에는 딸보다 아들을 선호하는 것이 사회 풍토였다. 경태 아버지는 진도곽 미역과 큰 암탉 한 마리를 들고 병원을 찾아왔다. 사내애가 아니라 그런지 서운한 표정이 역력했다. 하지만 그는 아버지가 된다는 것이 신비롭고 흥분 그 자체였다.

'뭐 아들이 대수야. 다음에 떡두꺼비 같은 사내아이를 낳으면 되지.'

그는 이렇게 스스로 위로하면서 그냥 웃어넘겨버렸다.

큰아이를 낳고 이사를 했다. 결혼 후 두 번째 이사였다.

집 앞에는 법원장과 검사장 관사가 즐비하게 들어서 있어 좋은 기운을 기대했었는데 전혀 딴판이었다. 엘리베이터가 없는 5층 아파트여서 매일 힘든 계단을 오르내려야 했고, 서향집이라 겨울에는 춥고 여름은 더웠다. 여러모로 아이를 키우기에 좋은 환경은 아니었다. 곧바로 주택으로 이사했다.

큰딸은 그를 쏙 빼닮았다.

주위에서는 그를 보면 이렇게 한 번씩 놀려댔다.

"누가 부녀지간 아니라고 할까 봐 어쩜 딸이 붕어빵 판박이처럼 아빠를 딱 닮았네요."

큰딸은 그가 출근할 때마다 악을 쓰고 울며 떨어지지 않으려고 애를 썼다. 그리고 네 살에 한글을 뗐고, 유난히 책 읽기와 그림 그리기를 좋아했다. 아이를 데리고 백화점에라도 가면 만난 사람마다 너무 예쁘다며 서로 안아보려고도 했고, 가족사진을 찍은 사진관에서는 대형 사진으로 확대하여 홍보하기도 했다.

유난히 그의 아이들은 낙서하는 것을 좋아했다. 그의 아내는 아이들을 위해 벽에 낙서하는 것도 너그럽게 봐주었다. 이사 나올 때는 도배까지 새로 해주고 나올 정도였다. 이렇게 그림 그리는 것이 자유분방한 분위기이다 보니 둘째가 화가로 활동하게 된 것도 어쩌면 당연했다.

아이들 셋은 병치레를 참 많이도 했다. 그래서 아내는 당시 시내에 소문난 소아 병원을 찾아다니느라 하나는 업고, 둘은 양손을 잡은 채 고생을 참 많이 했다. 특히 그의 아이들은 혈관이 잘 보이지 않아 팔다리에 몇 번이나 주사를 꽂다 결국 이마에 링거를 맞을 때가 많았다. 그럴 때마다 경태 부부는 너무 안타까워 눈물을 많이 훔쳤다. 그녀는 어려서 오랜 기간 병치레로 고생이 많았다. 아무리 소문이 난 병원을 찾아가도 설사가 멈추지 않고 먹은 것마다 토하기만 했다. 거기다 음식도 잘 먹지 않아 날이 갈수록 허약해져만 갔다.

그는 물어물어 광주에서 용하다고 입 소문난 천변 부근의 한 한의원을 찾았다. 한의원 입구에는 동자승 같은 조형물이 두 개가 서 있고, 한의원이라기에는 좀 허술한 간판과 건물 때문에 쉽게 믿음이 가지 않았던 것도 사실이었다. 한의사는 아이의 배를 한 번 만지는 것만으로 확신에 찼는지 고개를 끄덕였다.

"음, 아이 몸속에 자라가 크게 자리를 잡았군."

그는 장침을 꺼내 곧바로 배 위에 시술했는데, 아이는 아파 죽는다고 악을 쓰며 울어댔다. 아내와 경태는 눈을 꼭 감고 바둥거리는 아이가 움직이지 못하도록 꽉 잡았다. 마음이 저리고 아픈 순간이었다.

며칠 후 아이는 한의사가 지어준 환약을 먹고 거짓말처럼 나았다. 용한 한의사를 만나 고질병인 자라를 치료하고 나니 고마운 마음도 들었지만, 한편으로는 보답할 길이 없어 안타까웠다. 그리고 겉모습만 보고 판단한 자신이 한참 동안 부끄러웠다.

주택에 살 때 아이는 고열로 경기(驚氣)를 한 적이 있다. 심한 경기 끝에 갑자기 아이가 기절하자, 혹시라도 혀를 깨물까 봐 수건으로 입을 틀어막았다. 그는 아내와 함께 급히 응급실에 가기 위해 아이를 안고 집 앞 사거리를 향해 필사적으로 뛰었다. 하지만 자정이 넘은 시간이라 그런지 길바닥에는 개미 새끼 코빼기도 하나 안 보였다.

왜 그 당시에는 119 응급시스템도 제대로 정착이 안 되었을까?

뾰족한 방법이 없어 경태 부부는 발만 동동 구르며 택시를 애타게 기다렸다. 하지만 도저히 잡을 수 없었다. 두 부부의 간절함도 마다하고 씽씽 질주하는 차량이 야속하기만 했다. 마침 집 앞 사거리 당구장을 운영하는 젊은이가 늦은 퇴근길에 둘을 발견하고 응급실까지 데리고 갔다. 딸은 덕분에 구사일생으로 목숨을 건지게 되었고 그 젊은이에 대한 고마움은 이루 말할 수 없었다.

그는 이렇게 많은 사람으로부터 도움만 받으며 살아왔다. 그 후 자신 역시 다른 사람이 힘들어하거나 도움을 청하면 물리치지 못한 습관이 자리 잡았다. 어려운 사람들을 도와주면 자신도 역시 언젠가는 다른 사람으로부터 도움을 받을 수 있다는 생각에는 변함이 없다.

큰딸은 어려서부터 두뇌가 명석하여 IQ가 140을 넘나들었다. 특히 책 읽기를 좋아하고 각종 글짓기대회를 휩쓸며 작가의 꿈을 키우기도 했다. 어릴 때는 잔병치레로 고생한 딸이었지만 커서는 아픈 데 없이 무난하게 잘 자라주어 고마웠다. 그녀는 자신이 하고 싶은 국문학을 전공하고, 일본에 유학하여 일어일문학 과정까지 마쳤다. 그러나 그녀는 자신의 꿈과는 다르게 근무하기 힘든 평범한 회사원으로 하루하루를 보내고 있다.

인제라도 큰딸이 늦깎이 작가의 길을 걷는다면 그는 나서서 도와주고 싶었다.

사글세와 주식투자

1988년 2월, 결혼 후 세 번째로 이사했다.

88서울올림픽으로 온 세계가 대한민국에 집중한 한 해였다. 큰 아이는 호돌이 인형을 들고서 '손에 손잡고'를 서투르게 흉내 냈다. 대한민국 성적이 종합 4위였으니 그해는 온 나라가 축제 분위기였다.

새로 이사한 집은 낡은 한옥으로 안채와 별채가 따로 있었다. 경태 가족은 안채에 거주했고, 자취하는 학생들은 모두 별채에서 모닥모닥 붙어살았다. 집주인은 다른 동네에 거주하면서 한 번씩 찾아올 때마다 집안 손볼 곳은 없나 살피거나, 혹시 말썽 피운 학생들은 없나 하고 둘러보고서 경태에게 특별관리를 부탁했다.

반면 학생들은 집주인이 사글세라도 올릴까 봐 전전긍긍했다. 그들은 그에게 임차인들의 대변인 역할을 부탁했다. 지난 학창 시절에 온갖 산전수전 겪은 그로서는 아무래도 집주인보다는 학생들 편에 설 수밖에 없었다.

"이 선생! 자네가 하도 착실하고 집 관리도 잘해줘서 사글세를 싸게 주었는데 맨날 학생들 편만 들면 곤란하네."

"어르신! 시골에서 올라온 학생들이 무슨 돈이 있겠어요. 다들 어렵게 공부하는데 살갑게 대해주고 선의를 베풀어 주지 그래요."

그는 얼른 길 건너 선술집으로 집주인을 밀어 넣다시피 하고 달래기 시작했다. 집주인도 사람이 좋다 보니 막걸리 한 사발에 허허 실실 웃어넘겼다. 그 후 그는 사글세를 올리지 않는 경우가 더 많았다.

그는 그해 마당 한 켠에 박을 심었다. 박은 뜨거운 여름 햇살을 받으며 무럭무럭 자라 온통 지붕을 파랗게 뒤덮었고, 지붕 위와 처마 밑에는 수십 개의 탐스러운 박들이 주렁주렁 매달렸다. 비록 강남에 간 제비가 가져다준 흥부네 박은 아니었지만, 경태 가족들의 정성으로 그해 가을은 풍성했다. 그의 아내는 박속을 긁어 정성껏 나물을 무쳤다. 그리고 바가지를 여럿 만들어 이웃들에게도 나누며 인심을 썼다.

그해 그의 집에는 자신이 전국 교육 연구대회 표창을 받은 것을 필두로 장학금 받은 학생, 취업한 학생 등 좋은 일들이 줄을 이었다. 이처럼 주택에서 여럿이 모여 사는 재미도 꽤 쏠쏠했다. 이곳에서 88년 말 둘째 딸을 얻었고, 90년 초에는 막내딸을 얻었다.

1989년에는 아파트 전세금으로 모아놓았던 목돈을 주식에 몽땅 투자하고 집은 사글세로 사는 모험을 강행했다. 지금 생각하니 그것은 모험이 아니라 미친 짓이었다. 당시 88서울올림픽 성공과 북방 외교 성과로 주식시장이 활황을 보였다. 그때는 거의 모든 종목이 아침 일찍부터 전광판을 붉게 물들였고 오후가 되면 소위 트로이카 종목인 금융, 무역, 건설이 상한가로 마감했다. 그 정도로 주식에 대한 열기가 대단했다.

건설주가 상한가 고공행진을 하자 생뚱맞게도 '건설화학'이란 종목도 늦깎이 상한가 행진에 동참할 정도였다. 건설화학은 건설주가 아닌 화학주였지만, 사람들은 건설이라는 말만 듣고 투자하여 덩달아 상한가를 친 것이었다. 경태 역시 오르고 떨어지는 주식시세에 온탕과 냉탕을 오가며 온 정신이 팔렸다. 묻지마 투자로 외국인과 기관 투자가는 물론이고 소위 개미 투자가들까지 덩달아 시세차익을 올린 아이러니한 일이 벌어졌다. 항상 퇴근하면 시내 증권사에서 주식시세를 확인하고 집으로 오는 것이 그의 일과였다.

그런데 어느 날 퇴근하고 대문에 들어서는 순간 아내의 모습을 보고 깜짝 놀라고 말았다. 아내가 아이를 등에 업고 벽에 못을 박고 있는 것이 아닌가.

'내가 집안일에 소홀하니 모든 일을 아내가 해결하는구나!'

이를 목격한 그는 심한 충격을 받았다. 주식이 무엇이라고 집안일을 이렇게 소홀히 하면서 집중한단 말인가.

그는 마침내 모든 주식을 정리하고 1990년 지산유원지 아래 아담한 맨션으로 이사하기에 이르렀다.

할머니와 이별

경태 할머니는 아흔을 훨씬 넘겼다.

이처럼 증조할머니, 할머니, 어머니 모두 아흔을 넘긴 것을 보면 그의 집안에 시집온 여인들은 모두 장수를 누렸다.

그녀는 해남 화원에서 경주(慶州)김씨 부잣집 외동딸로 태어나 유복하게 자랐다. 그런 그녀가 경태 할아버지와 혼인한 것은 아무래도 그가 부장 나리 집안 막내아들 때문이 아닌가 싶다. 그녀 역시 검사를 배출한 수재 집안이었다. 마을 사람들은 그녀가 수동마을에서 시집왔다고 해서 '수동 할머니' 혹은 '수동댁'이라 불렀다.

그녀는 혼인할 때 친정에서 새끼 딸린 검정소 한 마리와 밭 열다섯 마지기, 논 세 마지기를 혼수로 가져왔다. 당시로는 어마어마한 혼수였다. 하지만 경태 할아버지가 집안 살림을 잠시 소홀히 했기 때문에 그녀는 스트레스를 받았고 늘 외로움에 시름을 달래야 했다. 그녀는 그것을 달래기 위해 종종 술을 마시기 시작했다. 한 잔 두 잔 재미로 마시는 술이 늘어 가끔은 안주도 없이 술을 먹다가 술기운이 올라오면 모르는 옛날 노래를 흥얼거리며 이 말을 항상 되뇌었다.

"사람 있고 돈 있으면 존 시상이여."

그녀는 일찍부터 치매를 앓아서 경태 가족들은 늘 신경을 곤두
세우고 세심하게 보살필 수밖에 없었다. 그녀는 경태 할아버지가 돌
아가시고 나자 더 심한 치매를 앓았다. 그녀가 갑자기 사라지기라도
하면 경태 가족은 비상이 걸려 온 동네를 이 잡듯이 뒤지기를 수없
이 반복했다. 그녀는 남의 집에 몸을 숨기기도 했고, 집 안의 헛간에
숨어 있다가 찾을 때도 있었다.

어느 날은 부엌에 있는 식초를 소주로 착각하고 들이켜 난리가
난 적도 있었다. 이렇게 그녀 때문에 한바탕 난리가 났어도 경태 아
버지는 할머니에게 싫은 소리 한 번 하지 않았다. 경태 어머니 역시
20년간 그녀의 대소변을 가려내고 이불 빨래를 하느라 손이 마를
날이 없었지만, 힘들다는 내색 한 번 하지 않았다. 경태 어머니는 이
러한 일들이 며느리로서 당연한 의무라고 생각했다. 경태 누나도 어
머니 옆에서 고생을 참 많이 했다.

치매라는 질병은 인간의 정신과 육체 기능을 마비시키는 질병이
다. 그래서 치매라는 것이 본인에게는 천국이요, 가족에게는 지옥
이라는 말이 전해온다. 경태 어머니는 효부로 인정받아 마을 이장과
면장으로부터 효부상을 세 차례나 수상했다.

또 경태 아버지는 늘 좋은 음식이나 술이 들어오면 제일 먼저 그
녀에게 갖다준 후에야 젓가락을 들었다. 그런 아버지의 모습을 보고
자란 경태 역시 무엇이든 색다르고 좋은 것을 보면 제일 먼저 할머
니 생각이 났다. 그래서 고향에 내려갈 때마다 그녀가 좋아하는 술
을 들고 가 직접 따라주곤 했다. 크게 웃지 않는 그녀도 그때만큼은
밝게 웃어주었다.

그는 신체 중에서 그녀와 닮은 것이 딱 하나 있는데, 둘째 발가락이 가운뎃발가락을 업고 있는 형국이다. 그의 아버지도 그의 남매들도 그렇다. 이것을 보면 '피는 물보다 진하다.'라는 말이 맞는 말이었다. 사실 할머니에 대한 기억은 대부분 아버지와 어머니가 힘들어 한 기억이라 떠올리는 것이 괴로웠다. 그러나 그는 가끔 그 미소가 떠올라 할머니가 그리워진다.

미래의 화가 탄생

1988년 11월 25일, 그날 눈은 첫눈치고 퍽 많이도 내렸다.

무릎까지 닿게 내린 눈은 세상을 온통 겨울왕국으로 만들었다. 경태는 병원에 입원한 아내 걱정을 하며 초조하게 눈 내리는 창밖을 내다보고 있었다. 마침 병원에서 연락이 왔다. 둘째가 태어났다는 소식이었다.

"선생님! 축하합니다. 공주님을 얻으셨네요. 사모님이 순산했으니 빨리 병원으로 오세요."

그는 소식을 듣자마자 곧바로 조퇴를 내고 푹푹 빠지는 눈길을 헤치고 학교 뒷산을 넘어 병원으로 향했다.

"또 딸이야? 이 선생은 이제 딸딸이 아빠가 되었네."

딸을 낳았다는 소식에 선생님들은 이렇게 그를 놀려댔다. 그러면서도 몇 년 만에 서설(瑞雪)이 내린 날 아이가 태어났으니 이름에는 꼭 눈 설(雪) 자를 넣으라고 신신당부했다. 학교 뒷산을 넘으며 그는 둘째 딸의 얼굴도 보지 않고 눈 설(雪)을 써서 이름 지었다.

어려서부터 활발하고 밝은 아이라 주변에는 늘 친구들이 많이 따랐다. 중학교 3학년 때는 전교학생회장에 나가 당선되기도 했다. 그야말로 집안의 자랑거리였다. 당시 학생회장이 되면 모두들 전체 교직원 회식은 물론이고 학교에 상당액의 발전 기금을 기부하는 것이 관례였다. 하지만 안타깝게도 그때는 경태가 실직하여 자랑스러운 딸을 위해 해줄 수 있는 것이 하나도 없어 안타까울 뿐이었다.

그녀는 고등학교 1학년 때부터 미술에 소질을 보여, 방과 후에 따로 미술 입시학원에 다니기 시작했다. 그때 경태 형편에 미술 입시학원 수강료는 꽤 고액이었다. 그렇다고 해서 딸이 열심히 미술 수업을 받는 모습에 안 된다고 말을 할 수 없었고 본격적으로 뒷받침해 주기로 마음먹었다.

이런 그의 마음을 잘 알고 열심히 한 탓이었는지 고3이 되자, 미술학원에서는 지역 대학보다는 서울에 있는 대학을 추천했다. 하지만 서울의 유수 학원에서 고액의 특별 과외를 받아야 했다. 걱정이 이만저만이 아니었다. 처음으로 가족과 떨어져 지내야 하는 딸이 눈에 밟히기도 했지만, 더 넓은 세상으로 도약할 기회를 놓칠 수는 없었다. 그는 그때, 나이 어린 자신과 동생들을 도회지로 올려보내면서까지 공부시켰던 아버지의 마음을 헤아렸다. 그녀가 열심히 해주어 무사히 서울에 있는 대학에 합격했다.

그녀는 대학을 졸업하고 미술대학으로는 최고의 대학원 석사과정을 무사히 마쳤다. 그리고 학원 강사를 하며 틈틈이 작품활동에 매진하여 현재 둘째 딸은 프리랜서로 활동하고 있다.

'이제는 사라진 것에서 시간의 흐름과 과거의 기억을 되돌아보는 것'을 주제로 한 작품을 많이 그리고 있고, 가끔 그가 살았던 집이 등장하기도 해 현대미술을 잘 모르는 자신에게도 많은 울림을 주고 있다. 그녀의 작품은 국립현대미술관 등에서 영구 소장용 작품으로 판매되기도 했다. 그리고 양평과 전주에서 두 차례 개인전을 열었다. 최근 광주 신세계미술제 작가전에서 '신인 작가상'(상금 500만원)을 수상하여 신진작가 초대전을 성황리에 마무리 지은 바 있다.

'인생은 짧고 예술은 길다.'라는 말은 어쩜 맞는 말이었다.

행동하는 양심, 남다른 길을 가다

1987년 6월,

전국적으로 민주화 바람이 불어닥치자, 교사들도 각자 자신의 목소리를 내기 시작했다. 이때쯤 전국교사협의회(이하 전교협)가 출범했다.

그해 경태는 전국교직원노동조합의 전신인 이 조직에 가입 원서를 내고 활동을 시작했다. 그리고 전교협 산하 광주 교사협의회에서 초등 연구부장과 전국 대의원을 맡았다. 사실 그로서는 과분한 직책이었다. 그가 이 조직에 가담한 이유는 단 하나였다. 당시 각 학교에서 담임 배정이나 주임 교사 임명을 할 때 공정하지 못한 소위 정실 인사가 횡행했기 때문이다.

그는 교대 후배와 함께 전국 대의원 대회를 알리기 위해 시내 대학가를 찾아 나섰다. 포스터를 붙이는 것은 마치 게릴라전과도 같았다. 그들의 임무는 경찰의 눈을 피해 자전거를 타고 다니며 눈 깜짝할 새에 포스터를 붙이고 그림자처럼 사라지는 일이었다. 그러면 팀장 격인 사립 고등학교 선배 선생님이 오토바이를 타고 다니며 그

포스터가 잘 붙어 있는지 꼼꼼하게 점검했다. 그 선배는 덩치에 맞지 않게 작은 오토바이에 올라타 흰 연기를 내뿜으며 경태의 뒤를 쫓았다. 머리에 쓴 국방색 헬멧은 어쩐지 우스꽝스러워 보였다.

그 이듬해 그가 근무하는 학교에 새로운 교장이 부임했다.

그는 경태 장인과 같은 고향 출신으로 절친한 사이였다. 그가 전교협에서 대의원을 맡고 있다는 소식을 어디서 듣고 와서는 곧바로 교장실로 호출했다. 교장실에 들어서자마자 그는 경태를 날카롭게 쏘아보더니 앉으라는 말도 없이 한참 세워놓았다. 그리고 심하게 닦달하기 시작했다.

"나는 자네 장인과 오랜 친구 사이야. 그래서 나는 지금까지 자네가 항상 내 자식과 다름없다고 생각해 왔네. 젊은 나이에 체육 주임까지 달도록 애썼는지 알고나 있는지 모르것네. 그런데 자네가 대의원인가 뭔가까지 맡아서 학교 평교사회 조직을 주도한다니 이게 말이 되는가? 당장 그 일 그만두게."

교장의 입에서 장인의 말이 나오자, 경태는 순간 장인에게 폐가 되는 것이 아닌가 하고 마음이 크게 흔들렸다. 그러나 경태는 그의 부탁을 거절하고 끝내 평교사회를 결성하기에 이르렀다. 자신을 믿고 따르는 수많은 평교사를 위해 사적인 감정을 앞세울 수는 없었다.

교감과 교무주임은 결성식 행사장인 교무실 앞자리에 딱 버티고 앉아 행사를 원천 봉쇄하려고 했다. 그러나 경태는 뒤쪽에 현수막을 다시 고쳐 달고 게릴라 결성식을 감행했다. 초등에서는 세 번째로 결성된 평교사 분회였기 때문에 방송사와 신문사에서도 취재 열기가 뜨거웠다. 그 당시 분회장을 맡았던 그 선생님은 이미 팔순이 훨씬 넘어 하늘나라로 떠났다. 그는 나중에 교육 민주화가 되면 제자

손목 잡고 금강산 구경한다고 했는데 사뭇 아쉬웠다.

경태는 전교협에서 초등 연구부장을 맡으면서 담임 배정의 문제점과 부당성을 지적했다. 당시 담임 배정은 별다른 원칙 없이 교장, 교감의 입맛대로 시행되고 있었다. 그는 시내 초등 교원들의 설문지 데이터를 토대로 학년 점수제를 통한 담임 배정 원칙을 호소하는 문건을 만들어서 광주 교사협의회 명의(名義)로 시내 모든 초등학교에 발송했다. 이 제도가 몇몇 학교장들의 반발을 샀지만, 기존의 담임 배정에 문제점이 상당하다고 느꼈는지 모든 학교에서 적극적으로 받아들이기 시작했다. 하지만 당시 학교장들 사이에서 그는 눈엣가시였다.

전교협 대의원 의장을 중심으로 그들은 전국교직원노동조합(이하 전교조) 결성을 주도했다. 대의원 의장은 결국 불법시위 주도 혐의로 구속되었지만, 그렇다고 전교조 결성 의지가 사그라들 리가 없었다. 전국 대의원 대회에 참가하기 위해 대규모 대의원들이 서울 상경(上京)을 감행했다. 그러나 광주역 앞에서부터 행사 버스의 출발을 경찰과 장학사들이 원천 봉쇄하자 그들은 단체 상경 대신 개별 상경을 택했다.

당시 문교부에서는 전교조 가입 교사에 대한 해직을 강경하게 경고했다. 그는 주위의 만류를 뿌리치고 전교조 가입원서까지 제출했다. 그들이 주장하는 민족, 민주, 인간화 교육이 마음에 끌렸기 때문이었다. 그들은 도청 앞과 금남로 YMCA에 모여 진군가인 「광주 출정가」와 「늙은 교사의 노래」를 개사하여 목청껏 불렀다.

　　　나 태어나 이 강산에 교사가 되어
　　　꽃피고 눈 내리기 어언 삼십 년

무엇을 하였느냐 무엇을 바라느냐
나 죽어 이 흙 속에 묻히면 그만이지
(중략)
내 평생 소원이 무엇이더냐
우리 제자 손목 잡고 금강산 구경일세
꽃피어 만발하고 활짝 개인 그날을
기다리고 기다리다 이내 청춘 다 갔네.

하지만 이번에는 장인의 호출이 있었다. 아마도 교장이 언질을
주었던 모양이었다. 장인은 꾸짖음보다는 그에게 많은 공감을 해주
면서도 가족들을 먼저 생각하라는 말을 남겼다.
장인의 설득에 뜻을 접을 수밖에 없었다. 결국에 경태는 그들의
배신자가 되고 말았다.

눈에 넣어도 아프지 않은 막내딸 탄생

1990년 1월 9일,

막내딸이 시내 한 산부인과에서 태어났다.

당시 사회적으로 만연한 남아선호사상에다가 백말띠 여자의 팔자가 드세다는 속설까지 겹쳐 마음속으로 걱정을 많이 했다. 그러나 음력으로 보면 말띠가 아니고 뱀띠라는 아내의 말에 그는 한숨 돌렸다.

그 당시 태아 성감별은 엄연히 불법행위로 규정했지만, 의사가 '핑크 색깔 옷을 준비하라'는 말에 낙태를 감행하는 일이 계속되었던 시절이었다. 당연히 그의 아내는 세 번째 아이도 딸이라는 의사의 언질에 실망감을 감출 수 없었고, 그것은 머릿속에 시부모의 실망한 표정이 그려졌기 때문이었으리라. 솔직히 말하면 경태 역시 어정쩡한 표정으로 아이를 받아 안았다.

그러나 아이는 태어날 때부터 피부가 하얗고 대장군처럼 체구가 유난히 컸다. 만약 막내를 낳지 않았다면 그는 평생 땅을 치고 통곡하면서 두고두고 후회했을 것이다. 아이들이 셋이 되어 그해 곧바로 지산유원지 아랫마을의 넓은 맨션으로 이사했다.

이 집은 결혼 후 네 번째로 이사한 집이다.

이곳 아파트는 무등산 자락에 자리 잡은 탓인지 주변이 한적하고 쾌적해서 아이들 교육환경으로는 최적이었다. 그러나 시내버스 정류장이 멀리 떨어져 버스 한 번 타려면 법원 앞까지 걸어 나와야 했다. 여러 가지로 여간 불편한 것이 아니었다. 그래서 경태는 생애 처음으로 중고 승용차를 준비해서 출퇴근은 물론 명절 고향행과 아이들 병원 다니는 데 요긴하게 썼다.

1년 후 1991년 4월,

운암동 아파트로 다섯 번째 이사했다. 그의 아내는 생애 최초 아파트에 당첨되었다고 무척 좋아했다. 이사한 날 오후, 집에 당도하니 그녀는 막내가 없어졌다고 울고불고 난리였다. 막내는 엘리베이터 버튼을 잘못 눌러 위층으로 올라가 잠시 길을 잃었다. 엄마를 얼마나 찾아 헤맸는지 얼굴이 온통 때 국물로 범벅된 채 울고 있었다. 그는 아이를 찾아서 다행이라며 한동안 힘껏 끌어안아 주었다. 그의 아내는 그날 아이를 잃어 얼마나 애가 탔는지 무척이나 허둥댔다.

한 번은 집 근처 테니스장에 엄마를 찾아온 막내는 라켓에 이마를 맞아 구급차에 실려 간 적도 있었다. 그날 그의 아내는 지인들과 게임에 열중이었고, 그 역시 연습장에서 레슨을 받고 있었다. 갑자기 구급차가 요란한 사이렌 소리를 울렸지만, 차마 제 아이의 사고인 줄은 몰랐다. 나중에 막내의 신발을 확인하고 나서야 허겁지겁 인근 병원을 찾아 헤맸다. 막내는 찢어진 이마에 봉합 수술을 받고 있었다. 그날 그의 아내는 육아를 소홀히 했다며 테니스를 그만둔다고 했다. 그도 아내와 함께 운동보다는 자녀 육아에 더욱 힘쓰자고 했다.

그의 아내는 그 후 전남일보배 테니스대회 여자일반부에 출전하여 우승을 차지했다. 테니스 동호인들은 우승자인 아내에게 '금배(金杯)'라는 칭호를 붙여주었고 신문에는 커다랗게 인터뷰 기사와 사진이 실렸다.

"남편과 아이들의 응원에 힘입어 오늘의 영광을 안게 되었습니다. 더욱 겸손하고 낮은 자세로 테니스 발전을 위해 더욱 정진하겠습니다."

막내는 미술학원과 유치원 행사가 있을 때마다 언니와 함께 사회자로 나서 진행을 도맡았다. 특히 유치원에서 두 자매는 항상 인기를 독차지했다. 정말 보물덩어리였다. 그의 아버지 어머니는 손녀들의 재롱이 크나큰 낙이었다. 그는 이것이 소시민으로서 부모님을 위한 작은 효도라고 생각했다. 특히 그의 아버지는 유행가 「소양강 처녀」를 좋아했다. 고향에 갈 때마다 손녀들과 이 노래를 함께 부르며 시간 가는 줄 모르고 재롱을 즐겼다. 두 자매는 자진해서 동네 경로당을 찾아 판소리 「사랑가」를 완창하여 용돈도 받아왔다.

막내는 두 언니를 따라 집 근처 초등학교에 입학했다. 그녀는 1학년부터 줄곧 반장을 도맡았다. 선생님들은 막내가 항상 주변 정리정돈을 잘하고 친구들 사이에서 리더 역할을 한다고 침이 마르도록 칭찬했다. 5학년 말 전교 어린이회장 선거에 출마하여 학교 선생님 아들에게 3표 차이로 아깝게 떨어져 부회장에 그쳤다고 안타까워했다.

막내는 집에서 가까운 중학교를 졸업하고, 시내 여고에 입학했다. 그러나 마침 지방에 자립형 사립고 자리가 비어 전학을 보냈다. 이 학교에는 그의 지인이 근무하고 있어 전학이 쉽게 이루어졌다. 설립자는 최근 자신의 고향 친구들에게 1억씩 기부했다고 소문난 중견 건설회사 대표이다. 그는 학교에 과감한 투자를 하여 도내 어느 학교보다 더 좋은 학습환경을 갖추게 했다. 막내는 기숙사 생활을 하고 있어서 일주일에 한 번씩 집에 다녀갔다.

경래가 우유 배달로 인해 육체적 정신적으로 가장 힘들어하고 마음 아파할 때, 막내는 그의 일상에서 지친 스트레스와 피로를 한 번에 싹 날려주었다. 그녀는 공부도 곧잘 잘하고 학교생활도 잘 적응해 갔다. 대학은 서울로 진학하기로 담임 선생님과 상담을 마친 결과 서울 소재 대학 컴퓨터공학과를 지원해 합격했다. 그녀는 서울로 올라가 둘째와 함께 숙식하며 생활한 탓인지 둘은 마치 쌍둥이 같았다.

그녀는 대학 졸업과 동시 중견기업에 곧바로 취업했다. 그렇지만 적성이 맞지 않아 일 년 근무를 마치고, 다시 국민건강보험공단 공채에 합격하여 현재 본사에서 과장으로 근무 중이다. 그녀는 현대중공업에 다니는 남자 친구와 5년 열애 끝에 결혼해서 가정을 꾸려 행복하게 살고 있다.

그 후 2023년 12월 1일 손녀가 태어나 10개월이 지났다. 힘들게 얻은 손녀이기에 더욱 소중하고 사랑스러웠다.

그는 마침내 할아버지가 되었다.

장모님, 우리 장모님

아내의 고향 사람들은 그의 장모를 흔히 부르는 '강진 댁'보다는, 조 박사라는 별명을 지어 불렀다.

그녀는 마을 대소사가 있을 때마다 솔선수범해 나섰고, 아는 것도 참 많았다. 그리고 마을 사람들 간에 다툼이 일어나면 그 사이에서 조정해 화해시키는 것도 그녀 몫이었다. 심지어는 모터가 고장이 나도 손봐달라고 했다. 조 박사라는 별명이 붙은 이유가 따로 있었다. 거기다 그녀는 집안 살림도 알뜰살뜰하게 꾸려나갔다. 시동생 셋과 시누이의 학업을 모두 지원하고 분가시켰으며, 시어머니와 작은댁 시어머니 두 사람을 함께 모셨다. 또 일곱 남매를 모두 고등 교육까지 마치게 한 여장부였다.

또 처가댁을 들릴 때마다 장모님의 첫마디는 이것이었다.

"이 서방! 그라고 이 실아! 시댁 부모님과 식구들은 무고하더냐?"

"네. 모두 건강하시고 무탈합니다."

그녀는 딸이 시집을 간 후로는 항상 사돈의 안부를 먼저 물었고, 아내를 이 실이라고 불렀다. 그것도 참 듣기 좋았다.

한 번은 장모님이 크게 아픈 적이 있었다. 별일 없을 것으로 생각하고 검진한 대학병원으로부터 청천벽력 같은 진단 결과가 나왔다. 비암(鼻癌) 판정을 받은 것이다. 하지만 그녀는 이에 굴하지 않고 혼자서 꿋꿋하게 암과 투병해서 결국 이겨냈다.

특히 멀리서 이 소식을 들은 시아재 셋이 번갈아 가면서 그녀의 병간호를 해주는 것을 보고 깜짝 놀랐다. 이것만 보더라도 집안 종손 며느리로서 평상시 얼마나 많은 것을 베풀었는지 짐작이 갔다. 그녀가 병마와 싸우고 있을 때 그는 어머니를 모시고 병문안 한 적이 있다. 그녀는 안사돈의 손을 꼭 잡으며 이렇게 말했다.

"사돈은 오래 살아요. 내가 모든 것을 안고 갈 테니까요. 그리고 슬퍼도 마음 아파하지 말아요."

장인의 헌신적인 병간호도 한몫했지만, 모든 것을 순리에 맡기고 담담하게 받아들인 그녀의 정성에 하늘도 감동했다. 마침내 그녀의 암은 기적같이 완치되었다. 치료가 어려울 것이라고 했던 대학병원의 담당 의사들조차 모두 놀라 여러 검사를 해볼 정도였다.

몇 년 전 최초 암 판정을 내렸던 병원 담당 의사로부터 연락이 왔다.

"비암 판정받았던 여사님, 지금 생존해 계십니까?"

"무슨 말씀이세요. 아주 건강하게 잘 지내십니다."

의사는 의외라는 듯 아무 말 없이 전화를 끊었다. 자신을 희생하고 남을 위해 좋은 일을 하면 반드시 복을 받는다는 말을 증명이라도 하듯 장모님은 꿋꿋하게 암을 이겨낸 것이다.

경태가 학교를 그만두고 힘들어하다 무엇이라도 해보겠다고 하자 장모님은 기꺼이 묘목 심을 땅을 내주었다. 그뿐 아니라 농막을 지어주고 지하수까지 파도록 해주었다. 그때 장모님은 단순히 농막을 지어주고 지하수를 파준 것이 아니라, 경태가 재기할 수 있는 발판을 마련해 준 것이다. 그에게 장모님은 친부모와 같은 은인 중의 은인이다. 그녀는 이처럼 항상 남을 위해 무엇이든지 베풀고 나누는 사람이었다. 그래서 동네에는 그녀에 대한 미담이 넘쳤고 건넛마을까지 칭찬이 자자했다.

지금 그녀는 건강한 모습으로 요양원에서 생활하고 있다. 책을 읽는다고 대형 돋보기를 구해달라고 했다. 얼마 전에는 그녀가 허리 골절로 입원하자, 그의 아내가 그동안 간병인으로 나섰다. 그녀는 그를 보자마자 자신의 건강보다는 사위의 건강을 먼저 챙겼다.

"이 서방! 먼 일주일에 한 번씩 올라오는데, 나 때문에 끼니도 못 챙기게 되어 미안하게 됐네."

가족과 떨어져 외롭게 지내고 있는 그녀를 생각하면 그의 가슴이 너무도 아련했다. 벌써 그녀의 생신이 구십하고도 다섯 번째 지났지만, 정신은 너무 총총하고 기력이 넘친다. 그녀는 고향이 청산도라서 그런지 생선회를 무척 좋아했다. 자녀들이 한 번씩 모일 때면 조상의 기일(忌日)은 물론 일곱 남매의 생년월일 그리고 태어난 시까지 정확하게 기억해 냈다.

한 번은 명절날 방송국에서 '다복한 가족'을 취재하기 위해 경태 처가댁을 찾았다. 온 가족이 모이면 오 십여 명 넘는 식객들의 여러 끼니를 그녀는 군소리 하나 없이 진두지휘 해냈다. 그리고 방송국 직원들에게 푸짐한 대접은 말할 것도 없고, 한 사람 한 사람씩 여비까지 챙겨주는 세심함을 보이기도 했다.

그는 부모님조차 집에서 모시지 못한 불효자지만, 늦게나마 자신 집에서라도 모시고 싶었다. 그러나 여러 사정으로 그녀를 직접 모시지 못한 것이 큰 한(恨)으로 남았다.

만학도(晚學徒)의 길

1981년 2월, 한국방송통신대는 2년제 초급대학 과정에서 5년제 학사과정으로 개편했다. 이 대학의 설립 목표는 '모든 사람에게 교육의 기회를 확대하여 제공함으로써 국가 인재 양성에 이바지한다.'로 출발했다.

경태는 고등학교 내신성적 100% 전형으로 행정학과에 합격했다. 도서 지역에 근무하는 그로서는 퇴근 후 딱히 할 일이 정해지지 않아 무료함을 달래는데 여간 힘든 것이 아니었다. 정규대학은 아니었지만 선택하기를 참 잘했다고 생각했다.

그는 학교 근무를 마치고 매일 TV가 아닌 라디오 방송 채널을 통해 수업에 참여하고, 방학 중에는 정규대학 교수로부터 출석 수업을 받았다. 주경야독으로 듣는 방송 수업이어서 고될 수밖에 없었다. 남들은 정규대학도 아닌 학교를 굳이 입학해 무슨 영화(榮華)를 보려느냐며 핀잔을 주었다.

"이 선생! 그런 이름도 없는 대학교 다녀보았자 뭐 선생질 말고 뾰족한 수라도 생긴다고 하던가?"

"선배님! 나는 이 대학교를 꼭 다녀야 합니다. 열심히 해서 5년 후에는 꼭 학위를 받으려고요."

그가 포기하지 않고 끝까지 밀고 나간 것은 하나의 목표가 있었기 때문이었다. 2년제 교대를 졸업한 그에게는 학사학위가 없었기 때문에 애초부터 대학원에 진학할 자격조차 주어지지 않았다. 대학원 입학을 위해서는 야간대학이나 방송통신대 졸업은 필수였다. 5년간의 피땀 흘린 노력 끝에 교직과는 전혀 무관한 행정학과를 졸업했다. 돌이켜 보면 그는 남들보다 공부를 무지 더한 것 같다. 초등학교 6년, 중고등학교 6년, 대학교 7년, 대학원 3년까지 포함해서 22년이나 된다.

교대 졸업 때는 써보지 못했던 학사모를 쓰고 그는 아내와 자랑스럽게 사진도 찍었다. 학사학위를 받은 것도 기뻤지만, 대학원에 진학할 자격이 생겼다는 것에 더 큰 방점을 찍었다. 그해 동양에서 최고로 높은 63빌딩이 서울 여의도에 완공되었다. 누구나 서울에 가면 한 번쯤 들르는 코스였다. 졸업식을 마치고 그는 아내와 함께 63빌딩 아쿠아플라넷에 들어가 대형 수족관을 본 기억이 생생했다.

1996년 2월, 그는 대학원 진학을 위해 여러 교육대학원에 문을 두드린 끝에 지역 대학인 전남대학교 교육대학원 교육행정을 선택했다. 하지만 너무 쉽게 생각한 탓이었는지 도전 첫해는 고배를 마셨다. 시험에는 한 번도 실패한 적이 없는 그로서는 사전 준비가 부족한 자신을 책망하며 재도전 계획을 세웠다. 어학 시험을 위해 새벽 시간대 영어학원에 등록하고 비록 짧은 고등학교 영어 실력이었지만 반복하기를 거듭했다.

1997년 두 번째 도전.

그렇게 공부한 덕분인지 영어시험은 생각보다 어렵지 않아 나름대로 잘 치렀다. 시험을 마치고 몇몇 수험생들은 현직 고등학교 영어 교사들이 여럿 지원했기 때문에 합격하기가 거의 제로에 가깝다고 쑥덕거리기도 했다. 미리 포기한다는 말도 들려와 긴장은 되었지만, 결과는 합격이었다. 그는 그렇게 염원하던 대학원에 들어갔다. 지나간 일이지만 공교롭게 대학 합격자 발표 하루 전에 결과를 알았고, 대학원 합격도 하루 전에 알았다. 교직에 근무한 지인이 합격자 소식을 하루 전에 알려왔다.

"축하하네. 자네가 전체 수석을 했어. 빨리 나와 한 잔 사야겠네."

사실은 수석 합격이 아니라 그의 수험번호가 505번이었는데, 경태 앞 수험자 네 사람이 모두 떨어져 그가 전체 합격자 200명 중 첫 번째였다.

당시 교육대학원은 계절제 6학기로 운영되었다. 대학원생들은 주로 현직 교사 중심이어서 방학 때 출석 수업을 받고 평일에는 리포트를 작성해서 제출했다. 그렇게 눈코 뜰 새 없이 교사와 대학원생이라는 1인 2역을 하고 있는데, 2학기가 시작될 무렵 그의 선배로부터 원우회 총무직 제의가 들어왔다.

원우회는 주로 학생들의 수업 여건 개선과 권익 보호, 그리고 학습 정보 교환을 돕는 것이 목적이었다. 그리고 신입생 오리엔테이션과 친목 도모를 위해 야유회와 체육대회 행사를 주관했다. 이러한 예산은 학생들이 자율적으로 내는 회비로 운영되었는데, 학생들의 수에 비해 많이 걷히지 않는 것이 가장 큰 고민이었다.

'학생들이 모두 참여할 수 있는 원우회비를 걷을 수는 없을까?'

그는 대학원 원무과 협조를 받아 600여 명의 등록금 고지서와 원우회비 고지서를 함께 묶어 발송하는 아이디어를 냈는데, 그해에는 비교적 많은 회비가 모였다. 대학원 측에서는 그가 원우회 총무직을 성실하게 수행했다며 두 학기 동안 장학금을 수여했다. 그는 20여 년 학창 시절을 보냈지만, 장학금 받아보기는 평생 처음이었다.

공부와 업무 두 가지로 힘들기는 했지만, 원우회 살림을 꾸려나간다는 것은 참 보람된 일이었다.

원우회장 당선

1998년 8월,

2학기 수업이 시작될 때는 삼복더위가 겹친 몹시 무더운 여름이었다. 이 한 해를 대다수 국민은 평화적 정권교체보다는 IMF, 외환위기, 실업난, 노숙자라는 네 단어로 더 기억하고 있을 뿐이었다. 엄청난 수의 회사들이 부도, 화의(和議), 법정관리 등으로 흑역사를 썼다. 또한 국내 굴지 대기업 회장은 팔순이 넘은 나이에 소 떼 1,001마리를 몰고 38선을 넘어 금강산 유람선 관광을 성사해 많은 국민이 꿈에 그리던 금강산을 다녀왔다.

이런 사회적 변화에도 불구하고 그의 교육행정 선후배들은 원우회장 선거에 유난히 큰 관심을 표했다. 당선 가능성이 있는 사람을 밀어서 반드시 자신들의 과에서 원우회장을 되찾아와야 한다고 단단히 벼르고 있었다. 작년 요맘때 같은 경태네 과 선배가 회장 선거에서 낙선해 그 상처가 채 아물기 전이어서 그들은 모두가 와신상담의 노력을 기울여 왔다. 그것도 중등 교장 출신이 초등 평교사에게 밀려 낙선했으니 말이다.

하지만 경태는 총무로서 이미 집행부를 맡고 있어 되도록 중립적 위치에 서서 선거 준비에만 몰두했다. 그때는 원우회장이라는 직책에 결코 뜻이 있었던 것은 아니었다. 그런데 중등 출신 동기들이 중심이 되어 경태가 원우회장에 출마할 것을 앞다투어 권하기 시작했다. 그동안 총무를 맡은 그의 성실한 모습에 기대가 컸던 것 같았다. 다른 동기도 원우회장에 출마할 뜻을 내비쳤지만, 투표를 통해 그가 단일 후보로 결정되었다. 말하자면 교육행정의 공천을 받은 셈이었다. 현재 고인이 된 동기에게 양보하지 못한 것이 나중에 큰 후회가 되어 돌아왔다.

그때까지만 해도 떠밀리듯 앞에 나섰던 경태에게 그들은 큰 감동을 주었다. 공약이나 정책개발은 물론이고 선거에 필요한 연설문 작성, 선거비용까지도 함께 고민했다. 남들의 기대를 받고자 총무 일을 열심히 한 것은 아니었지만, 그가 묵묵히 성실하게 일한 모습이 동급생들의 마음을 움직였다. 또한 교육대학원 원우회의 새로운 미래를 자신에게 맡기는 것이 개인적으로는 영광이기도 했지만, 한편으로 무거운 책임감 때문에 마음의 부담이 컸다. 그는 비로소 그 자리에서 원우회장에 꼭 당선되어야겠다고 굳게 다짐했다.

그의 초기 선거전략은 아주 단순했다. 자신의 과부터 표를 단속하고 차츰 다른 과와의 접촉을 넓히는 전략이었다. 자신의 한 표를 단속하지 못하면 그 표는 상대에게 두 표가 된다는 논리는 어느 선거에서나 적용되는 선거의 기본 전략이었다.

'어느 세월에 600여 명의 학생들을 일일이 다 만나야 하지?'

그는 고민에 빠졌다. 그렇다고 그들이 할 일 없이 자신을 만나러 올 리는 만무했다. 먼저 학생들이 가장 많은 유아교육과를 시작으로, 자대(自大) 출신이 많은 학과의 대의원을 만나기 시작했다. 다행히 그는 원우회 총무를 맡은 덕에 대의원들과 쉽게 접촉할 기회를 잡았다.

사람이 세상을 살아가면서 알고 지내는 이는 얼마나 될까? 사람 간의 안면을 폭넓게 트고 지낸다는 것이 다른 것은 몰라도 선거만큼 은 무지 중요하다는 것을 뼈저리게 느꼈다.

선거캠프에서는 경태가 원우회 총무를 맡았던 경험을 살려 '준비 된 회장', 그리고 회비를 투명하게 공개 운영한다는 '투명한 원우회' 이 두 가지를 선거 슬로건으로 내걸었다.

8월 한여름 삼복더위!

초반 판세는 상대 후보 쪽으로 유리하게 무게추가 기울었다. 그 는 전남대 출신에다 현직 중등 교감이라는 프리미엄을 가지고 있었 다. 그뿐만 아니라 '백짓장도 맞들면 낫다.'는 속담처럼 그의 아내 역시 대학원을 함께 다니고 있었기 때문에 동반 선거운동이 가능했 다.

판세가 경태에게 점점 불리하게 움직였다. 이번 선거만큼 초등 에 밀리면 안 된다는 강한 기류가 그들 사이에 암묵적으로 흐르고 있었다. 엎친 데 덮친 격으로 학생 600여 명 중에서 70% 이상이 중 등 출신이었으니 그야말로 그에게는 조족지혈이요, 이란격석의 형 국이었다. 그에 비하면 경태는 서른여덟의 초등 평교사인 '변방의 장수'에 불과했다. 하지만 상대 후보의 선거운동 방식에는 아랑곳하 지 않고 그는 강의실을 돌며 자신의 공약을 차분하게 전달했다. 그 에게는 이전 전교협에서 활동한 경력들이 알려지기도 했는데, 그것 들이 오히려 새내기 교사들에게는 뜻있는 후보로 어필되기도 했다.

선거 유세 도중 경태는 교육 방법 1학년에 입학한 교육국장 L을 만났다. 그는 강의실에 올 때마다 항상 장학사의 호위를 받았다. 그는 경태를 조용히 불렀다.

"선생님은 인상이 참 좋습니다. 돌로 비유하면 좀 거칠기는 하지만 잘 다듬으면 옥석이 될 것 같습니다. 열심히 해서 꼭 당선되십시오."

그는 경태를 격려하면서 자신의 과에도 열심히 소개해 주었다. 후에 몇 번 더 언급되겠지만 어려운 선거 중이었던 경태에게 그는 은인 아닌 은인이 되고 말았다. 그와 만남은 결과적으로 경태의 인생 나침반을 송두리째 뒤바꿔놓은 계기가 되었다. 그와의 인연은 참 질기고 오래 갔다.

선거의 흐름을 바꾼다는 것은 그리 쉽지 않았다. 상대 후보의 지지도를 생각하면 애초에 승리하기 어려운 게임이었다. 그는 대학 시절 이미 학생회장을 지낸 인물이었다. 거기다가 주위의 입방아는 경태를 더 이상 참을 수 없게 만들었다.

"어디 초등출신이 건방지게 중등 사범대 심장에다 말뚝을 박으려고 해. 암만 그건 안되지. 절대 안 되고말고."

'이번 회장 선거는 반드시 내가 접수하고 말겠다.'

경태는 입을 앙다물고 모든 수모를 참아냈다.

당장 선거전략을 전면 수정하지 않으면 결과는 불 보듯 뻔했다. 결국에 참모들과 장고(長考) 끝에 잠시 선거운동을 멈췄다. 아예 원우회장이 되었을 때를 대비해서 원우회를 곧바로 출범할 수 있도록 예비 내각을 새롭게 짰다. 또 타 학과와의 유대감을 높이기 위해 선거캠프의 주요 직책에 그들을 전진 배치했다. 그렇게 정신없이 선거를 준비하면서도 그의 본분은 원우회 총무였기에 가까운 선관위를 찾아가 투표에 필요한 용품들을 대여해놓고 투개표 업무를 빈틈없이 준비했다. 그와 함께 원우회를 이끌었던 회장은 공정한 선거관리를 위해 앞에 나서지 않고 엄격하게 중립을 지켰다.

선거 당일 12시부터 사범대 소강당에서 마지막 후보자 정견 발표가 있었다. 강당에는 400명 넘는 학생들이 입추(立錐)의 여지도 없이 자리를 가득 메웠다. 학창 시절 단 한 번도 선거에 나가본 적이 없는 그로서는 몹시 떨렸다. 밤새 그는 아내와 아이들 앞에서 외우고 연습한 원고가 눈을 감으면 떠오를 정도였지만, 떨리는 마음을 숨길 수는 없었다. 이 상황을 진정하기 위해 물을 몇 잔이나 연거푸 들이켰다.

정견 발표가 끝나자, 투표가 차분하게 시작되었다. 투표가 한참 진행 중에 상대 후보는 승리를 예감했는지 그는 야릇한 미소를 보이며 참모들과 점심 먹으러 휭하니 나가버렸다. 결과가 어떻게 될지 전전긍긍하는 경태와는 달리 그는 여유로운 미소에다가 자신감마저 넘쳤다.

투표 마감 30분 전,

'진인사대천명(盡人事待天命)이라고 했던가! 모든 것을 하늘에 맡기고 어떤 결과가 나와도 올곧이 그대로 받아들여야 한다.'

이렇게 마음을 다잡고 자리에서 일어난 순간이었다. 갑자기 밖에서 소낙비가 세차게 뿌리기 시작했다. 나중에 안 사실이었지만 그 시간은 상대 후보를 지지하는 일부 학과의 학생들이 수업을 마치는 시간이었다. 수업이 끝나면 투표하러 오기로 했는데 소낙비가 쏟아져 투표 마감 시간까지 오지 못하게 된 것이다. 상대 후보 캠프는 이미 점심 식사하러 나가서 이런 긴급상황을 미리 대처하지 못했다.

그런 상황에서 오후 2시, 선거관리원장이 투표 마감을 알렸다.

투표가 끝나고 곧바로 개표가 시작되었다. 몇 번을 엎치락뒤치락한 끝에 선거 결과는 경태의 승리로 끝났다. 단 세 표 차이였다.

두 후보의 표차가 너무 적어 재검표를 몇 번이나 반복했지만, 결과를 뒤집을 수는 없었다. 이번 선거 결과는 경태의 극적인 승리였다. 아니 한 편의 드라마였다. 그들의 탄탄한 조직은 경태가 일으킨 바람을 잠재우지 못했다. 마침내 바람이 조직을 누르고 승리한 선거였다.

상대측은 결과에 깨끗하게 승복하고 경태에게 축하의 악수를 청했다. 그는 매너가 참 깔끔한 교육자였다. 경태는 그를 오랫동안 기억하고, 그의 공약도 성실히 실천에 옮겼다.

시범학교의 추억

1991년 2월,

광주에 전입한 지 5년 만기가 되어 경태는 다른 학교에 갈 전보 서류를 제출했다. 두 번째 학교로 옮기기 위함이었다. 곧바로 새 학기 교원 인사가 발표되었다. 처가 집에서 정월 대보름을 쇠고 있는 차에 교감으로부터 원하던 학교에 발령이 났다는 축하 전화를 받았다. 정초부터 좋은 일만 생길 것 같아 기분이 좋았다.

사실 그가 희망한 학교는 그해 티오가 없었다. 그것도 단 한 자리뿐이었다. 인사 내신을 맡은 담당 장학사로부터 긴급 전화가 날아들었다.

"이 선생! 다른 학교로 전보 희망을 바꾸는 것이 어떤가? 자네 한 사람 때문에 괜히 일거리만 늘어나거든."

"장학사님! 1 희망이 안 되면 아무 학교라도 가겠습니다. 저는 바꿀 의사가 전혀 없는데요."

그는 끝까지 포기하지 않고 배짱 지원했다. 결국 미동도 하지 않고 버틴 끝에 다른 학교 여선생님과 함께 단둘이 그 학교에 전입했다. 첫해는 대부분 교사가 담임을 희망하였기 때문에 최연소 교사인 그는 담임을 맡지 못했다. 생전 듣지도 보지도 못한 증치 교사라는 직책을 맡았다. 이 학교에 근무한 것 자체를 두고 시내 일부 교사들과 학부모들은 사시(斜視)의 눈으로 불편하게 바라보기도 했다.

"이 사람들 촌지나 받으려고 이 학교 희망한 거 아니야."

그러나 교사라면 당연히 존경받고 교육에 열정을 갖는 학교에 근무하고 싶은 것은 당연한 이치라고 생각한다. 지금 와서 곰곰이 생각하면 자기 자신도 그런 오해에서 결코 벗어날 수 없었다.

갑자기 담임교사 한 사람이 교감으로 승진하는 바람에 담임을 맡았다. 3월 21일. 우연치고는 신기했다. 그날은 그가 10여 년 전에 신규 발령을 받아 3학년 1반을 맡은 날이기도 했다. 그는 묘하게 숫자에 민감하다. 중학교 3학년 때와 고등학교 3학년 때 각각 3반 5번을 달았었다.

그해 잊을 수 없는 한 사건이 일어났다. 1991년 대구 시내 한 초등학교에 다니는 5명의 학생이 도롱뇽알을 주우러 갔다가 실종된 사건이었다. 그때 전국 초등학생들과 교직원들은 '대구 개구리 친구 찾기 캠페인'을 전개했었다. 학교 분위기는 이전 학교와는 사뭇 달랐다. 다행히 학년 배정은 그가 주장했던 학년 점수제를 채택하고 있어서 교사들은 교내 인사에 별 불만이 없어 보였다.

이듬해인 1992년,

본교는 교육청 지정 교단 선진화 시범학교 지정을 받았다. 그는 시범 학급을 맡아 공개수업은 물론이고 주제 담당 교사와 함께 보고 자료도 만들어야 했다. 특히 그는 캠코더로 직접 동영상을 찍어 보고 자료를 제작하는 데 주도적인 역할을 했다. 시범학교 발표 당일 교육감이 직접 학교를 방문할 정도로 큰 행사였다. 긴장은 되었지만 그래도 준비한 것을 모두 선보일 기회를 잡았다. 특히 프레젠테이션 마지막 부분에 교육감이 차에서 내려 보고회장까지 입장하는 장면을 생중계로 송출했다. 윗사람의 동의 없이 그의 혼자만이 결정한 돌출 행동이었다. 그러나 연구발표가 끝나자, 담당 장학관이 그를 찾아와 등을 두드리며 격려해 주었다.

"교육감님이 오늘 연구 보고회를 보시고 매우 흡족해하셨습니다. 특히 자료 담당 이 선생 덕분에 겨우 내 체면이 섰어요. 언제 청에 들어오면 나 한 번 찾아오세요."

며칠 후 교육청에 출장을 가던 길에 우연히 화장실에서 그 장학관을 만났다. 당시에는 멀티미디어 수업 기술이 각광받던 터라 그는 남들보다 먼저 새로운 수업 기술을 배우고 싶었다. '메뚜기도 한 철'이라고 자신이 언제 그런 높은 양반을 또 만날 수 있을까 생각한 끝에 경태는 안면을 몰수하고 그에게 매달렸다.

"장학관님! 저는 J국민학교 교사 이경태입니다. 멀티미디어 연수를 받고 싶습니다. 저는 남들의 관심 밖인 비디오 동영상 분야만큼은 자신 있습니다. 아이들 교육에 큰 도움이 될 것 같습니다."

"아, 이 선생! 내가 선생님 잘 압니다. 사무실로 가서 차나 한 잔 합시다."

그는 푹 파인 의자에 몸을 가라앉히면서 경태에게 차를 권했다. 그리고 즉시 담당 장학사를 호출했다.

"어이! 김 장학사! 멀티미디어 연수에 여기 있는 이 선생님이 여러 차례 신청했다고 하니 한 번 살펴보시오."

그의 말은 짧고 단호했다.

"예, 예. 알겠습니다."

담당 장학사는 경태를 쳐다보고 눈을 흘기더니 곧장 사무실을 나갔다.

몇 달 후 멀티미디어 요원 선발 공문이 왔다. 경태는 비디오 자료 제작 분야에 지원해서 최종 선발되었다. 매일 방과 후를 이용하여 연수를 무사히 마쳤다. 또 내친김에 학원 수강료를 지원받아 3개월 동안 전문 비디오 프로덕션에서 비디오 촬영기법과 편집에 필요한 전문적인 기술을 익혔다. 처음에는 빗자루를 캠코더 삼아 사직공원 언저리에서 익힌 연수였지만 작품 하나를 완성하여 수료증을 받고 보니 감회가 새로웠다.

그는 이 알량한 기술로 당시 결혼식 비디오 촬영기사까지 자처했다. 촬영에서 편집까지 비디오테이프에 고스란히 담았다. 신혼부부는 결혼식 영상을 보고 무척 만족해 했다. 이때 받은 아르바이트 수입도 참 쏠쏠했다. 당시에는 비디오 같은 동영상 시청각 자료가 흔치 않았는데, 이때 배워 만든 자료 덕분에 아이들의 수업에 한층 집중력을 높일 수 있었다.

비디오 촬영 기술은 수업뿐 아니라 아이들과의 추억거리를 만드는 데도 한몫했다. 그때 MBC에서 주최한 '무등산 살리기' 캠코더 촬영대회가 있어서 아내와 아이들 셋을 데리고 참여했다. 증심사에서 출발하여 토끼등까지 등반하는 전 과정을 촬영했다. 출품 제목은 '토끼들의 힘든 나들이'였다. 유치원에 다니던 아이들은 산에 오르는 것을 힘들어 했지만 캠코더에 자신들이 찍히고 있다고 하자 신이 나서 비탈진 산길을 잘도 올라갔다. 묵직한 캠코더를 어깨에 메고 올라간 자신 역시 등산객들이 방송국 기자로 인정해준 것 같아 힘들지 않았다.

사실 가족들끼리 추억 하나 만들려고 참여했지만, 심사 결과 그는 우수상을 받고 부상으로 냉장고까지 받았다. 그때 찍은 비디오는 지금까지 가족들의 기억 속에 남아 가끔 그 추억이 소환되고 있다.

교직의 꽃을 피우다

1994년 3월,

경태는 이곳 J초등학교에서 과학 주임을 맡았다.

그전에 맡았던 체육 주임과 학년주임은 큰 부담감이 없었지만, 이것은 소위 몸으로 때울 수 있는 업무가 아니었다. 그는 처음으로 제40회 전국 과학전람회에 과학작품을 출품했다. 과학작품 대표작을 맡게 되면 거의 한 해는 휴일과 방학을 반납하고 온 정성과 노력은 물론 자신의 혼까지 다 불어넣어야 했다. 그는 매일 아이들과 연구에 몰두하면서 진척 상황을 주(週)마다 담당 연구사에게 보고하고 지도 조언을 구했다. 담당 연구사는 실험실을 흔쾌히 내주고 마치 그를 친동생처럼 편하게 대해주었다. 매일 방과 후에 아이들을 실험실로 데리고 가 밤늦도록 연구에 매진했다. 당시 당직 직원도 그를 알아보고 마음 편하게 연구하도록 같은 편이 되었다. 그리고 그에게 한마디 덧붙였다.

"선생님 같은 분이 계시니 대한민국의 미래가 보입니다."

"아닙니다. 저는 제게 주어진 일에 최선을 다할 뿐입니다."

연구사와 함께 작품을 지도받기 위해 서울 소재 대학의 교수나 대전 대덕단지 국책연구소 박사들까지 찾았다. 그럴 때면 서울까지 비행기로 갔다가 심야버스로 내려와 다음날 수업하기가 여간 피곤한 것이 아니었다. 지구과학 분야는 지질, 해양, 기상, 천문으로 나뉘어져 있었다. 경태와 아이들이 연구한 분야는 지질과 관계가 깊었다.

주어진 일에 항상 최선을 다하는 그였지만, 이때는 일정이 바쁘고 작품 준비가 너무 힘들어 그만둘 생각도 많이 했었다. 하지만 같이 고생한 학생들과 매일 조언을 아끼지 않았던 담당 연구사를 생각해 다시 힘을 내곤 했다. 당시에 무선호출기 소위 '삐삐'가 유행했다. 그것도 작품 연구에 바쁜 그에게는 유용한 통신기였다. 그날 일을 마치고 돌아오는 길 오후, 북한 '김일성 사망'이라는 긴급 뉴스가 대서특필됐다. 온 국민은 통일이 더 앞당기지 않을까 기대 반 걱정 반으로 지켜보았다.

이렇게 열심히 준비한 덕분인지 제40회 전국과학전람회에서 '흙의 물 빠짐에 관한 우리들의 탐구'라는 작품을 출품하여 우수상을 받았다. 자신이 혼자 일궈낸 성과가 아닌 아이들과 함께한 것이어서 더욱 기뻤다.

이듬해 6학년 담임을 하면서 발명품 지도를 맡아 광주과학발명품경진대회에서 금상을 받았다. 이 작품은 광주 대표작으로 선정되었고, 대전 국립중앙과학관에서 실시한 제15회 전국발명품경진대회에 출품해 동상을 받았다. 학생의 발명품은 '고추 재배 비료 투여기'였다. 이 작품은 학생이 고추 농사를 짓는 할아버지의 일손을 돕다가 힘들게 비료를 주는 모습을 보고 창안했다. 재래식 농약 통을 개조하여 버튼을 누르면 정량의 고체 비료가 나오는 장치라고 다들 신기해 했다. 그리고 기계가 비닐을 뚫고 고추나무 옆에 투여되기 때문에 힘들이지 않고 비료를 쉽게 뿌릴 수 있었다.

당시 작품을 설명하는 과정에서 심사위원이 말했다.

"학생! 힘드니까 그만 내려놓고 설명해도 됩니다."

"아닙니다. 저는 주말마다 할아버지 댁에 가서 일을 도우니 하나도 힘들지 않습니다."

그의 재치는 심사위원들의 마음을 움직였다. 나중에는 이 발명품을 참고하여 시중에 신제품이 출시되기도 했다.

또 다른 학생은 선거 때마다 쉽게 훼손되는 선거 벽보를 보고 '투명 비닐봉지를 이용한 안전한 선거 벽보'를 만들었다. 그러나 안타깝게 전국발명품 경진대회에 출품하여 장려상에 그쳤다. 그 후 선거 때마다 그가 지도해서 만든 발명품이 선거 벽보로 이용되어 참 흐뭇했다. 그는 이런 실적을 인정받아 과학 유공 교원으로 선정되어 멀티미디어팀과 함께 7박 8일 일정으로 미국 뉴욕, 텍사스, LA 등 선진지 학교 시찰을 다녀왔다.

한편 바쁜 시간을 쪼개어 그는 아이들과 함께 한국청소년연맹 지도자 활동에도 꾸준히 참여했다. 본부 측은 공휴일이나 방학을 이용해 캠핑과 문화유적지 탐방의 기회를 제공함으로써 단원들에게 심신 단련 및 모험심을 길러주었다. 그는 2002년에는 한국청소년연맹 광주 전남지역 초중고 전임지도자 연합회장을 맡아 일하기도 했다. 그리고 1년간 광주광역시 자원봉사 요원을 맡아 활동했다. 주로 구치소 재소자들의 상담 활동이 주를 이루었는데 출소 후 그들의 사회 복귀 문제를 상담했다.

또 학교에서 MBC 방송 프로그램 '우리들은 자란다' 촬영이 있었다. 당시 6학년 담임을 맡은 그는 콩트 역할극에 반장과 함께 출연

했다. 많은 교사 중에 그의 나이가 최연소 교사라서 출연 요청을 받았다. 그는 아동복을 입고 제자 역을, 여자 반장은 양복을 입고 교사 역을 맡아 열연했다. 아동 복장이 조금 불편하고 쑥스러웠다. TV가 전국적으로 방영되자, 지인들로부터 연기도 잘하고 무척 잘 어울린다는 전화를 받았다. 공중파 방송의 위력이 대단함을 실감했다.

방학 중에는 과학 탐구반도 지도했다. 과학 탐구반은 일종의 지역 영재들을 모아 국어, 영어, 수학, 과학 과목을 심화 지도하는 프로그램이었다. 당시 교육청에서는 실력 광주 5연패를 달성하기 위해 초등학생부터 고등학생까지 심혈을 기울여 영재교육에 집중했다.

많은 교직 생활 중에서 그는 이 학교에서의 기억이 가장 새록새록 떠오른다. 아직은 중견 교사의 티를 벗어나지 못한 나이임에도 불구하고 많은 교육 활동을 두루 경험하며 젊음의 투혼을 불사른 곳이었기 때문이다.

아마 30년간 자신의 교직 생활 중에서 이 학교에서 교직의 꽃을 가장 아름답게 피웠던 시기가 아니었나 싶었다.

중고차의 추억

1988년 8월,

그는 생애 처음 운전 면허증을 취득했다.

그 당시 운전면허 필기시험에 합격하면 당일 실기시험도 함께 치러졌다. 필기시험 결과는 컴퓨터 채점으로 점수가 게시판에 공개되기 때문에 당당하게 1등으로 합격했다는 것을 확인했다. 비록 쉬운 운전면허 시험이었지만, 시험에서 생애 처음 1등을 했다. 그리고 L자, S자, T자 코스 시험을 무사히 마치고 내친김에 주행시험까지 치렀다.

"이봐, 이 선생! 자네는 뭐가 그리 급해서 단방에 면허증을 따 버렸는가? 여러 번 떨어져야 연습도 많이 하고 나중에 차 사면 운전도 잘할 텐데 말이야."

선배들의 만류에도 불구하고 경태는 당일 단번에 실기시험까지 합격해 버렸다. 그리고 장롱 면허증이 되지 않기 위해 곧바로 친구의 도움을 받아 중고차를 사들였다. 승용차 연식이 오래되다 보니 운행 중 멈추는 것은 보통이고, 비가 올 때는 차 바닥에서 빗물이 솟아오르기도 했다.

그렇지만 명절 고향을 찾을 때마다 이 중고차는 그의 가족과 동생 가족에게 요긴한 효자 심부름꾼 노릇을 톡톡이 했다. 그러나 너무 오래된 고물차라서 남에게 보이기도 창피한 마음이 들곤 했다. 그래서 교직원 회식 때나 학부모 면담 때는 항상 차를 멀리 떨어진 곳에 세워놓고 걸어서 약속 장소로 이동했다. 지금 생각하면 누구 하나 관심이 없는 것을 자기 자신만 무지하게 의식했었던 것 같다.

그동안 중고차를 네 대째 바꾸어 타다가 1996년 생애 처음으로 신형 차를 준비했다. 첫차는 새로 나온 K사 중형세단 크레도스였다. 특히 짙은 녹색은 당시 최고의 인기 상품이라서 곧바로 출고되지 않았다. 고향에 내려갈 때마다 멀미를 달고 살던 아이들도 신이 났다. 열심히 차 구경하던 막내가 이렇게 물었다.

"아빠! 이 차도 달걀을 넣으면 병아리 깔 수 있어요?"

예전 중고차를 몰고 다닐 때는 고장이 잦아 그는 가끔 맥가이버 흉내를 낸 적이 있었다. 특히 라디에이터 고장이 잦아 물이 새면 응급조치로 달걀을 깨 넣었는데, 막내딸은 그걸 기억했던 모양이었다. 새로 산 차를 아내와 아이들만 좋아한 것은 아니었다. 어쩌면 아닌 척하였지만, 제일 좋아한 사람은 자기 자신이 아니었나 싶다.

그날 이후부터 그의 모든 아이디는 크레도스와 매입한 연도인 1996을 조합하여 만들었다. 그 후로 차가 여러 차례 바뀌었지만, 지금도 그때 만든 아이디를 보면 소중하게 여겼던 그 차가 다시 떠오른다.

그 이름 크레도스라고 불러 다오.

신설 학교 개교 멤버

1995년 3월, 경태는 여덟 개 학급이나 되는 2학년 주임 교사를 맡았다.

당시 '광주의 강남'이라 불리는 이곳은 학부모들의 높은 교육열과 아파트 건설 붐으로 학생들이 점령군처럼 밀려 들어오자, 학교에서는 부랴부랴 2부제 수업을 진행했다. 교실이 부족해 아이들은 운동장에 임시 설치된 컨테이너에서 수업을 받기도 했다.

급기야 교육청에서는 기존 학군의 일부를 떼어 새로운 초등학교를 신설하고, 인근 학교와 본교 근무 경력 만기자 위주로 교사를 충원했다. 당시 시내 교사 60여 명이 이 학교에 앞다투어 전보를 희망했었다고 하니 그 인기를 가히 짐작하고도 남을 만했다.

1995년 9월, 학교가 번갯불에 콩 볶아 먹듯이 급하게 개교되었다. 당연히 그 기틀도 아직 마련되지 않은 상태였다. 급식실이 없어서 학생들은 도시락을 싸 와야 했고, 교사들의 점심은 식당에서 배달 음식으로 끼니를 잇댔다. 배달 역시 그의 몫이었다. 사실 그는 막내 교사였기 때문에 또 담임을 맡지 못했다. 그는 이런 조치를 당연한 명제로 받아들였다.

　거기다 갑작스럽게 개교하다 보니 학교 교육계획도 전혀 수립되지 않은 상태였다. 말하자면 교육계획도 없이 학교가 굴러가고 있었으니, 이것은 정말 상상할 수 없는 아이러니한 일이었다. 닥치는 대로 여러 개의 업무를 맡다 보니 선배들은 그를 전국구 교사라고 불렀다. 당연히 그는 홀로 교육계획을 수립하느라 전전긍긍했다. 학교 교표도 새로 제작했는데 거기에는 그의 아이디어가 반영되었다. 봉황 위에 아침 햇살을 표현한 교표는 지금까지 사용되고 있다. 전입해 온 후 6개월은 어떻게 지나간 줄 모르게 훌쩍 지나가 버렸다.

　이듬해에는 1학년 담임과 과학부장을 맡게 되었는데, 교육과학연구원에서 또다시 그에게 과학작품 대표작을 맡아달라는 부탁이 왔다. 거의 억지로 떠맡기다시피 해서 맡게 되었다. 다시 방학과 휴일을 반납하고 연구실에서 아이들과 함께 작품 연구에 매진했다. 그래도 이전 경험이 있어서 좀 더 수월하게 진행할 수 있었다.

　이때 지도한 작품 주제는 '검정 쌀에 관한 우리들의 탐구'로 5학년 아이들의 작품이었다. 그는 이 작품을 제43회 전국과학전람회에 출품하였다. 그 결과 농수산부 장관 특상을 받았고, 전국 순회 전시 작품으로 선정되어 석 달 동안 전국 시도과학관에 전시되었다. 덕분에 아이들이 청와대에 초청받아 대통령으로부터 직접 질문을 받기도 했다.

　"이렇게 키가 큰 학생도 있네. 너 초등학생 맞아?"

　"네. 대통령 아저씨! 저는 5학년입니다."

　대통령은 아이의 머리를 쓰다듬으며 열심히 공부해서 훌륭한 과학자가 되라고 격려했다.

　당시 교육 현장에는 여러 수업 방법이 논의되었는데, 특히 쟁점이 된 것은 바로 '열린 교육(open education)'이었다. 열린 교육이란 수요자 중심의 교육으로, 교육받는 학생들의 학습 속도, 관심도, 관심 대상 등에 차이를 두고 있다. 그리고 교육 활동의 과정 전반을 유연하게 편성하여 운영하는 것이 그 특징이었다. 지금은 당연하게 여기겠지만 당시만 해도 열린 교육은 커다란 센세이션을 일으키는 교육 방법이었다. 각 학교에서는 열린 교육을 위해 교실과 교실 사이의 벽을 허물고 복도를 없앴으며, 모둠별 토론을 할 수 있도록 탁자와 매트를 깔기도 했다. 또 선진학교를 견학하게 해 기존의 환경 정리 틀을 모두 뜯어내고 새로운 환경으로 바꾸었다. 개교한 지 얼마 안 된 학교라서 그 변화가 가능했다.

이렇게 그는 이 학교의 기틀 마련에 일조한 소위 개교 공신이었다. 그러나 모든 것이 자신이 마음먹은 대로 순조롭게 진행되지는 않았다. 본교 교사들은 만기가 빨리 돌아온다며 서운하기도 하고, 시내 교사들이 서로 이 학교에 근무하지 못해 안달이 났다. 그러나 그는 만기 1년을 앞두고 결단해야만 했다. 말하자면 교감 승진을 위해 뭔가 모종의 결심이 필요했다.

'공직에 진출한 이상 나는 승진을 생각하지 않을 수 없다.'

그가 평일도 학교에 근무했을 때 광주 시내 전입을 위해 내렸던 결단처럼 한 치의 망설임도 없이 모든 것을 과감하게 내던졌다. 그 것은 시내 변두리 한 초등학교에서 특수학급 교사를 교장의 직권 내신으로 선발한다는 공문을 보게 된 이후부터였다. 알고 보니 이 학교에서는 교무부장과 특수학급 담임교사가 만기가 되어 다른 학교로 내신을 냈다는 것이었다.

당시 그는 초등학교 교사 자격증 외에도 특수교사 자격증을 별도로 소지하고 있었다. 그는 조금 욕심을 내 특수학급 담임은 물론 교무부장까지 꿰차겠다는 포부를 밝혔다.

그는 결국 한꺼번에 두 마리 토끼를 양손에 움켜쥔 욕심쟁이 교사가 되고 말았다.

반객위주(反客爲主)

1998년 3월, 교원 정기인사가 발표되었다.

모든 인사가 발표하기 전까지는 늘 긴장하기 마련이지만, 경태는 이번처럼 마음 편하게 기다린 적은 없었다. 예상대로 희망하는 학교에 발령받아 업무는 교무부장, 담임은 특수학급을 맡았다.

요즈음과는 달리 그 당시 시내에서 30대 교사가 교무부장에 임명된 것은 초유의 인사였다. 교장은 그가 인사차 방문한 첫날부터 교무부장 자리에 앉아 업무를 보라고 지시했다. 원래 근무했던 교사가 교무부장에 뜻을 두었는데 도맡은 터라 그는 졸지에 굴러온 돌이 박힌 돌 빼낸 나쁜 교사가 되고 말았다. 가시방석이 따로 없었지만, 열심히 노력하는 모습을 보여주는 것이 답이라고 생각했다.

그리고 그해에는 교대를 갓 졸업한 신규 교사 13명이 한꺼번에 발령받아 본교는 대규모 물갈이가 불가피한 실정이었다. 이처럼 어수선한 분위기를 틈타 어색한 시간은 그리 오래가지 않았다. 본교는 총 40학급으로 학생 수가 1,500명 정도 되는 큰 학교였다. 교무 업무가 처음이었기 때문에 선배 교사들의 도움을 많이 받았다. 그는 최대한 납작 엎드려 낮은 자세로 최고의 예우를 갖춰 선배 교사들을 대했다. 특히 사석에서는 형님 누님 칭호를 써가며 친밀감을 무기로 분위기를 이끌었다.

3월이 지나자, 그럭저럭 업무도 손에 잡혀가고 직원들과의 인간관계도 빠르게 적응되었다. 교무부장을 처음 맡았다는 부담감도 차차 진정되어갔다. 어느 자리에 있으나 먼저 양보하고 배려하며, 겸손하고 예의 바르게 처세하면 모두 자신의 손아귀에 들어왔다.

1학기가 끝나고 교장은 정년퇴임, 그리고 교감은 다른 학교로 교장 승진을 했다. 이런 경우는 교직에서 흔치 않았다. 학교는 그야말로 어른이 없는 공백 상태였다. 이런 날을 교사들은 속칭 무두일(無頭日)이라 불렀다. 새로 부임한 교장과 교감은 남달리 정이 많을 뿐만 아니라 근면하고 성실한 교육자였다. 두 사람은 신규 승진발령을 받아서인지 몰라도 모든 업무를 매일 그와 함께 상의했다. 그는 교장, 교감을 부모처럼 공경했다. 교장이 출장 갈 때면 으레껏 아침 일찍 공항에까지 배웅하기도 했고, 밤늦게 술집에서 시비가 붙으면 즉시 출동하여 해결하는 악역도 담당했다. 교장은 다른 학교 교장들 앞에서 그만큼 일 잘하는 교무부장이 없다며 입이 마르도록 칭찬을 늘어놓기도 했다.

이때 교육청 주최로 홈페이지 제작경연대회가 있었다. 그는 이 대회를 준비하기 위해 5박 6일을 꼬박 새우며 몰두하다가 그만 대상포진에 걸리고 말았다. 가족들이 걱정할까 봐 아내에게는 비밀로 하고 홀로 병원에 입원했다. 학교 아이들과 잠시 야영한다고 거짓부렁을 하고 말았다. 아무도 면회를 오지 않자, 병원의 환자들은 그를 좀 의아하게 생각했다. 하지만 가족들에게 걱정 끼친 것이 더 싫었다. 주위 환자들은 그에게 이렇게 말을 건넸다.

"당신은 가족도 없소?"

그는 그냥 말없이 피식 웃어넘겼다.

한편 교육부 국제교육원에서 실시하는 국외 자녀 교육연수에도 참여했다. 이 연수는 해외공관이나 기업 주재원의 자녀들이 외국에서 체류하다 국내로 들어와 학교에 빨리 적응할 수 있도록 특별반을 편성하여 운영하는 것을 목적으로 하고 있었다. 특히 이 연수를 이수하면 국외 근무 자녀들을 우선 지도할 자격이 주어지기 때문에 경쟁이 치열했다. 16개 시도에서 한 명씩 교육부에 추천했는데, 치열한 경쟁을 뚫고 그가 광주광역시 교육청 대표로 선발되었다는 통보를 받았다.

합숙 연수가 아니라서 부득이 큰 처남 집에서 숙식하며 연수에 참여했다. 16개 시도에서 한 명씩 추천된 교사들은 소위 날다 기었다 하는 능력이 출중한 실력자들이었기에 더욱 긴장하고 노력해야 했다. 그들은 서울교대 부설초 교사를 반장, 경태를 부반장으로 선출해서 봉사하도록 했다.

연수받는 동안 아내는 아이들 셋을 데리고 서울로 올라왔다. 서울역에서 만나기로 약속하고 기다리는 몇 시간 전부터 쏟아지는 눈물을 주체하지 못했다. 아마 처음으로 오랫동안 가족과 헤어져 있다가 만나는 것이라 감정이 북받쳤던 것 같다. 시험의 굴레 때문에 오랫동안 함께하지는 못했지만, 오랜만에 만난 가족들과 의미 있는 시간을 보냈다.

반객위주(反客爲主), 그는 굴러서 들어온 돌이 박힌 돌 빼는 행동을 최대한 자제하면서 교직 생활을 이어갔다.

분골쇄신(粉骨碎身)

2001년 10월,

바쁜 일정에도 경태는 광주교대 18회 동기회장과 총 동문 체육
대회 주관 회장을 맡았다. 말하자면 일 년에 한 번씩 기수별로 유사
가 되어 체육대회를 치르는데, 그의 동기들이 유사를 맡게 된 것이
었다. 이 체육대회는 사범학교, 사대, 교대 선후배들의 자존심과 자
부심이 걸린 의미가 있는 큰 행사였다. 그는 동기들과 밤샘까지 하
며 사전 준비를 마무리했다.

그런데 대회 당일 새벽부터 비가 세차게 쏟아졌다. 특히 대운동
장에는 하루 전에 기수별 텐트와 주경기인 배구장 설치가 완료된 상
태였다. 이른 새벽부터 총동문회장의 전화가 날아왔다.

"이봐, 이 회장! 새벽부터 비가 오는데 오늘 행사 어떻게 하면 좋
겠는가? 주관기 회장이 알아서 결정을 내리게. 체육관에서 할 것인
가, 운동장에서 할 것인가."

"네. 회장님! 날씨가 맑을 것 같아 운동장에서 하겠습니다. 오늘
행사는 모두 제가 책임지겠습니다."

그는 경태의 결정에 비위가 틀린 듯 아무 말 없이 전화를 끊어 버렸다. 그렇게 하염없이 비는 쏟아졌다. 그러나 거짓말처럼 오전 9시가 되자 해는 비구름을 살포시 밀어내고 방긋 미소를 지었다. 하느님은 경태 편이 되어주었다. 경태는 비와 유난히 인연이 깊다. 원우회장 선거 때는 비가 와서 재미를 보고, 이번에는 비가 안 와서 재미를 봤으니 말이다.

경태는 국제교육원에서 받은 국외 자녀 연수 공로로 일본 문부성(文部省) 초청 10박 11일 해외연수를 다녀왔다. 왕복 항공권만 본국 교육부에서 부담하고 나머지 전액은 일본 문부성에서 지원했다. 일본 도쿄의 여러 학교를 시찰하고 북단부의 홋카이도에서 홈스테이도 했다. 경태를 집에 초대한 중학교 교사 부부는 친절하고 편하게 대해주었다. 심지어 욕탕에서 사용한 물을 버리지 말라 했다. 그들은 그 물로 다시 자신들이 샤워한다고 했다. 그들의 근검절약 정신에 자신도 모르게 저절로 고개가 숙여졌다. 그리고 문 입구에서 안주인이 무릎을 꿇고 수건을 대령했다.

"곤니찌아, 아리가또 고자이마스!(감사합니다.)"

경태는 서투른 일본 말을 짧게 흉내 냈다. 또 그들은 함께한 동료 교사가 깜빡 볼펜을 놓고 왔는데 공항까지 가지고 나왔다. 경태는 평소 일본 사람들에 대해 부정적인 선입견과 편견을 갖고 있었는데, 막상 그들을 대하고 보니 그 생각은 마치 아침 안개처럼 사라졌다.

아버지는 평상시 그를 볼 때마다 입버릇처럼 승진을 강조했다.

"자고로 공직에 있으면 항상 승진을 염두에 두어야 한다."

그는 아버지의 말에 힘입어 교감 승진에 필요한 점수를 차곡차곡 쌓기 시작했다. 제7차 교육과정 연수를 신청했다. 연수 대상자

120명은 주로 교무, 연구부장들이었고 모두 승진을 코앞에 둔 실력이 출중한 교사들이었다. 연수를 마치고 수료식에 성적 우수자에게 표창이 있었다. 그는 은근히 수상자를 기대하면서 긴장된 채로 지그시 눈을 감았다. 상을 못 받을 바에는 차라리 수료식이라도 빨리 끝나 일찍 집에라도 가는 편이 나았으리라. 혹시 몰라 그는 간사한 마음으로 실눈을 뜨고 행사를 지켜보았다.

'오늘도 예전처럼 다른 사람이 상 받으면 박수나 보내고 집에 가는 신세가 아닌가.'

애국가 제창이 끝나갈 무렵, 담당 장학사가 갑자기 경태 옆에서 발걸음을 멈추었다.

"이 선생! 슬슬 준비하시게. 자네가 오늘 수상자야."

그는 마치 비밀특명이라도 전하는 것처럼 귓속말로 속삭였다. 정신이 번쩍 들었다. 자기 자신도 모르게 반사적으로 자리에서 몸을 일으켜 세웠다. 경태는 그 말이 긴가민가해서 다시 물었다.

"장학사님! 정말인가요?"

경태는 그날 성적우수상을 받았다. 이 점수는 승진에 요긴하게 쓰이게 되어 기분이 너무 좋았다. 다른 연수자들의 부러움을 한 몸에 받으며 단상으로 올라갔다. 실력이 뛰어난 선배들 사이에서 받은 상이었기에 더욱 인정받는 기분이었다. 사실 그는 그날 저녁 꿈을 꿨다. 그가 공설운동장에서 수많은 관객과 함께 열심히 경기를 응원하고 있는데, 경기장 안에 가득 찬 형형색색 뱀들이 머리를 흔들어대는 꿈이었다.

이날 그가 상을 받은 건 꿈 덕이었을까?

배구부 감독

사실 그는 내친김에 이 학교에서 교감 승진까지 생각했다.

욕심이 너무 과했다. 앞만 보고 갈 것이 아니었다. 욕심이 큰 화를 불렀다. 옆도 뒤도 돌아보지 않고 앞만 보고 쉼 없이 달린 그는 하나의 급행열차였다. 그러나 누군가가 경태를 잠시 멈추게 했다. 만약 신이 존재한다면 그가 목숨 대신 경태의 욕심을 거뒀다고 생각했다. 근무 만료가 되어 다른 학교로 옮겨야 하는데, 이곳에서 승진하기 위해 1년 유보했다. 배구부 감독은 하나의 명분 쌓기에 불과했다.

그는 나름대로 전국 최연소 교감 승진 꿈을 꾸고 있었다. 도서벽지, 연구, 시범학교, 특수학급, 1정 자격 및 연수 성적 점수 등이 남보다 월등히 높아 25년 경력만 기다리고 있던 참이었다. 그러나 학교 배구부 대표팀을 막상 맡게 되면서 이 생각을 조금 뒤로 미뤘다. 배구부를 잘 키워보고 싶은 마음이 앞섰기 때문이었다. 그는 시내 학교 4학년 여자아이들을 중심으로 스카우트를 시작했다. 일단 키가 크고 운동 신경이 뛰어난 아이들 위주였지만, 탐탁지 않은 학부모들의 동의를 받아내기까지에는 긴 시간이 필요했다.

처음 배구공을 만진 아이들에게 기초훈련부터 서비스 하나 제대로 못 넣는다고 코치는 핀잔주었지만, 그는 일단 아이들 하나하나 배구에 대한 흥미를 갖도록 했다. 또한 자신감을 심어 성취감을 맛보도록 했다. 처음에는 네트 1미터 앞에서부터 차근차근 서브 연습을 시켰다. 그 아이는 마침내 전국 소년체전에 출전하여 서브 공격으로 무려 여덟 득점을 올려 팀의 사기를 한층 올려주기도 했다. 마침내 그가 평소 강조한 피그말리온 효과가 빛을 본 순간이었다.

그리고 합숙 훈련도 겸했다. 코치가 남자라서 합숙소에서 함께 숙식했다. 밥해줄 찬모도 구했다. 거기다 선수들의 가정학습도 그가 책임져야 할 몫이었다. 그는 매주 집에 한 번씩 들르고, 아내가 숙소로 속옷과 여벌 옷을 가져다주었다. 교직의 한 친구가 이렇게 조언했다.

"아무튼 자네 열정 하나는 알아주어야 해. 그러나 배구도 좋지만, 집에 딸아이가 셋이나 되니 자주 집에 들르게."

"고맙네. 자네 말 명심하겠네."

그렇게 합숙 훈련 중 우연히 운동장에서 남다른 느낌의 여성을 만나게 되었다. 그녀는 운동장 가장자리에서 아이들의 훈련 과정을 유심히 지켜보곤 했다.

"어디 사시는 분인데 배구에 관심이 참 많네요."

"네. 학교 근처에 살아요. 실업팀에서 세터로 선수 생활을 조금 했습니다."

그는 그녀를 곧바로 코치로 영입했다. 그리고 교육청의 협조를 받아 정규시간에는 과학 보조교사로, 방과 후에는 전담 코치 조건으로 채용했다. 그녀는 아이들을 기본부터 엄격하게 훈련시켰다. 훈

런이 끝나면 다정한 엄마 그리고 이모로 1인 2역을 하며 아이들과 금방 가까워졌다. 다행히 아이들은 그녀를 무척 잘 따랐다. 그 후 후원회도 결성되어 제법 대표팀다운 배구부의 기틀을 다져갔다.

경태의 학교 배구팀은 부단한 노력 끝에 2001년 전국 소년체전 광주광역시 대표팀으로 선발되었다. 그해 경기도 안산서초등학교 여자팀은 전국 소년체전에서 우승한 전국의 최강자였다. 공교롭게 기회가 찾아와 안산으로 전지훈련을 떠났다. 멀리 경기도까지 원정은 쉽지 않은 일이었지만, 안산축구협회 회장으로 있던 고향 친구의 도움이 컸다. 그는 선수들의 간식을 준비하고 코치들의 회식도 마다하지 않았다. 초등학교 시절 배구선수가 꿈이었는데 그는 가정형편 때문에 그 꿈은 끝내 이루지 못했다.

전지훈련은 가까운 담양동초와 목포하당초에서도 계속되었다. 그들은 5, 6학년이 주축이었지만 그는 4학년이 주축이었다. 어떤 때는 한 세트도 따지 못하고 패배의 쓴맛을 봐야만 했다. 하지만 1년 후, 그가 지도한 팀은 전국 최강의 전력으로 서서히 급부상해갔다. 마침내 심기일전 노력한 끝에 2001년 무등일보 배 우승, 2001년 전국 초등배구대회 준우승, 2002년 제주도 칠십리배 4강의 성적을 거두었다.

그 후 그가 학교를 그만둔 2003년 4월 전국 소년체전에서는 결국 준우승을 차지했다. 그가 뿌린 씨앗이 꽃을 피운 순간이었다.

3부

위기와
절망의 길

복수불반(覆水不返)

'한 번 엎지른 물은 돌이켜 담을 수 없다.'

그렇게 승승장구하던 삶이 계속 이어질 것이라 낙관했다. 열심히 노력하면 원하는 것을 모두 얻을 수 있으리라 생각했다. 승진도, 아이들의 교육까지도…

모든 것이 평탄하게만 흘러갈 것으로 생각했다. 그 생각이 지나친 탓인지 그때의 경태는 잘못된 선택을 하고 말았다. 대학원 원우회장 선거 때 도움을 받았던 L 교육국장의 청(請)으로 교육감 선거에 발을 들이게 되었다. 그는 오찬 회동에 경태를 초대했다. 그들 모두와는 초면이라서 매우 서먹서먹한 자리였다. 그는 이런 분위기를 바꾸려는 듯 경태를 거창하게 소개했다.

"아! 여기 있는 이경태 선생으로 말할 것 같으면 나하고 교육대학원 동기인데, 우리 과 현직 중등 교감을 물리치고 원우회장에 당선된 사람입니다. 아주 대단해요."

그들은 열렬한 박수로 경태를 환영했다. 그들은 자리를 옮겨 점심을 함께했다. 그는 만나서 반갑다며 건배를 제의했다. 그런데 한 사람의 술잔이 갑자기 바닥에 떨어져 산산조각이 되고 말았다. 첫 만남인데 어쩐지 불길한 예감이 들었다.

그는 나름대로 선거에 최선을 다했지만, 선거에서 낙선했다. 하지만 5개 구(區) 중에서 3개 구(區)는 그가 승리했다. 결국 전투에서는 승리하고 전쟁에서는 패한 꼴이 되었다. 사실 경태는 그렇게 선거가 끝나고 다시 교직으로 돌아갈 채비를 했다. 그러던 중 청천벽력 같은 소식이 날아든 것이다. 선거캠프에서 중책을 맡았던 이가 불법 선거운동으로 구속되었고, 그는 캠프에서 간사를 맡았던 경태를 포함한 일곱 명을 똘똘 엮어서 구렁텅이로 밀어 넣었다.

지금 생각하면 말이 안 되는 일이었지만, 그때 우리는 처음으로 선거에 뛰어들게 되어 안일하게 선거를 치렀다. 조사를 받게 되면서 뼈아픈 반성을 했지만, 때는 이미 늦었다. 그는 결국 지방 교육자치에 관한 법률을 위반해 당연면직 처리되었다. 천직이 평생 교단에서 분필 가루를 먹고 아이들만 가르치는 선생이라서 그 외의 직업은 한 번도 생각한 적이 없었다. 그에게 면직이란 징계는 큰 충격이 아닐 수 없었다. 땀 흘려 쌓아 올린 모든 것들이 한순간에 무너져가는 것을 비로소 그때서야 실감이 났다.

'이제 나는 아무것도 아니다.'

이렇게 생각하니 무어라 이루 형언할 수 없는 서글픈 마음만 들었다. 제일 먼저 아내와 아이들의 얼굴이 떠올랐다. 항상 일에 쫓기어 가정에 신경 쓰지 못한 것들이 제일 먼저 떠올랐고, 다음은 이제부터 어떻게 처자식을 먹여 살릴지 눈앞이 캄캄했다.

남의 눈을 피해 한밤중 학교에 들어가 아내와 함께 밤봇짐을 쌌다. 이 학교에다 자신 인생을 모두 바쳤는데 이렇게 허무하게 떠난다고 생각하니 자꾸 눈물만 쏟아졌다. 하지만 아내는 본인 실수로 벌어진 일이니 절대 남의 탓으로 돌리지 말라고 했다. 그 말이 당시에는 조금 야속하게 들렸지만, 시간이 지나고 나서 생각하니 틀린 말이 하나도 없었다. 하지만 그것을 온전히 받아들이기까지는 많은 시간과 인내가 필요했다.

그는 한동안 아무 데도 나가지 않고 고치 속의 번데기처럼 집에만 틀어 박혀 있었다. 날마다 방바닥이 꺼지도록 푹푹 내쉬는 것은 고통의 한숨뿐이었다. 사정을 모르는 이들은 왜 출근하지 않느냐고 묻기도 했다. 아버지와 장인 역시 이런 내 사정을 몰랐기 때문에 교감 승진은 언제 하냐고 재촉했다. 그때마다 그는 실망을 안겨주고 싶지 않아 금방 승진할 것처럼 거짓말을 둘러대기에 바빴다.

집에만 틀어 박혀 있으니, 그의 우울증은 더 심해졌다. 아무 힘 없이 낙담하고 앉아있는 그에게 아내는 늘 힘이 되었다.

"어떻게 해서든 간에 먹고 살 궁리는 내가 할 테니, 당신은 마음을 편하게 먹고 무슨 일이든지 멀리 내다보고 결정하세요."

이런 아내의 충고가 없었다면 그는 어떤 극단적인 선택을 했을 지도 모를 일이었다.

아내는 그의 우울증을 달래주기 위해 유명한 사찰이나 맛집에 데리고 다니기도 했다. 심지어 무당을 불러 산속에서 새벽 굿도 마다하지 않았다. 아내는 그렇게 그를 위해 무엇이든 해보려고 안간힘을 썼다. 그런 아내의 모습을 보고 있자니 자신이 여기서 무너지면 안 되겠다는 생각이 들어, 조금씩 우울해하기보다는 앞으로의 일을 천천히 고민하기 시작했다.

그의 답답한 마음을 달래주려고 학원을 운영하던 막냇동생이 아이들을 지도해달라고 부탁했다. 이것은 부탁이 아니라 형에 대한 배려였다. 학교 아이들이 하교할 무렵 학원을 향하는 그의 발걸음은 더 빨라졌다. 하지만 몸과 마음은 지칠 대로 지쳐 이미 파김치가 되었다. 그때 어디선가 그를 부르는 소리가 들렸다. 뒤돌아보니 평상시에는 쳐다보지도 않던 교회 선교사가 비닐에 싸인 종이 한 장을 내밀었다.

"형제님! 잠깐 이것 하나 받아 가세요."

그 속에는 사탕 몇 개와 조그마한 휴지가 앙증맞게 들어 있었다. 그리고 안내문에는 이런 성경 글귀가 씌어 있었다.

수고하고 무거운 짐 진 자들아 다 내게로 오라

내가 너희를 편히 쉬게 하리라

나는 마음이 온유하고 겸손하니

나의 멍에를 메고 내게 배우라

그리하면 너희 마음이 쉼을 얻으리니

이는 내 멍에는 쉽고 내 짐은 가벼움이라 하시니라

— 마태복음 11:28~30

그는 이 성경 말씀을 읽고 또 읽었다. 눈물이 핑 돌았다. 아무짝에도 쓸모없다고 자책하는 그에게 커다란 위로와 용기가 되었다. 하지만 교직 이외의 다른 직업은 한 번도 생각한 적이 없는 그에게 새로운 직업을 찾아보기란 쉬운 일이 아니었다.

그날 하늘은 잿빛 구름으로 가득했다. 그는 할 일 없이 새삼스럽게 호주머니에 손을 넣어보았다. 잡히는 것은 망각의 먼지뿐이었다. 그의 인생이 완전히 바뀌었다는 것을 실감했다.

복수불반(覆水不返)! 한 번 엎지른 물은 돌이켜 담을 수 없다는 말은 정말 맞는 말이었다.

나는야, 이씨 아저씨

자신을 책망하고 후회하는 날이 점점 늘어만 갔다.

그는 매일 집에 쿡 틀어박혀 방바닥이 푹푹 꺼지는 한숨만 내쉬며 끝없는 구렁텅이로 달음박질쳤다. 이대로는 안 되겠다 싶어 근로자대기소를 찾아갔지만, IMF 여파로 경기가 좋지 않아 일자리를 찾지 못하고 돌아가는 경우가 허다했다. 더구나 그처럼 기술 없는 사람에게는 더 혹독했다.

'나는 지나가는 거지만도 못한 바보 멍충이다.'하는 생각뿐이었다. 명절이 돌아와도 고향에 내려가지 못했다. 부모님은 그의 소식을 듣고 식음을 전폐했다. 몇 년 동안 쭈욱 고향에 한 번 내려가지 못하고 처가 집에도 가지 못했다. 아내와 딸아이만 보내는 그는 이미 비겁한 사람이 되어버렸다. 그러나 매년 잊지 않는 일이 하나 있다. 명절이나 제사가 돌아올 때마다 조상들께 올리는 지방(紙榜)만큼은 잊지 않고 정성껏 써 보냈다.

'내가 할 수 있는 일은 아무것도 없다.'

이렇게 생각하니 우울증은 더욱 심해졌다. 그럴 때마다 아내는 모든 것을 순순히 받아들이고 악착같이 이겨내라고 달랬다.

"여보, 너무 급하게 마음먹지 마세요. 무엇을 하더라도 항상 멀리 내다보고 계획을 세워서 할 일을 찾아보세요."

아내는 수소문 끝에 일자리를 하나 알아봐 주었다. 지인이 운영하는 전기설비 일이었다. 처음 하는 일이라 힘든 일이겠지만 아내와 아이들을 생각해 마음을 다잡고 첫 출근을 했다. 그는 여기서부터 모든 마음의 짐을 내려놓기로 했다. 첫날 버스를 타고 만나기로 약속한 학운교 다리에서 현장소장을 기다리는 중이었다. 갑자기 등골이 삐거덕거리더니 숨을 쉴 수 없을 정도의 통증이 찾아왔다. 그는 짐 보따리를 풀어놓고 간신히 다리 난간을 붙잡았다. 그리고 식은땀을 비 오듯이 쏟아내며 지나가는 사람 누구라도 붙잡고 도움을 청하려 했다. 하지만 아무도 보이지 않았다.

마침 지나가던 학생을 매우 다급하게 불러 세웠다. 그 학생은 상황을 위급하게 느꼈던지 그의 등을 두드리면서 소리쳤다.

"아저씨, 안 되겠네요. 119 구급차를 부르겠습니다."

경태는 얼른 학생의 어깨를 붙잡고 힘없이 고개를 가로저었다. 그가 만약 응급실에 실려 간다면 힘들게 얻은 일자리마저 놓치겠다는 생각이 들었다. 경태는 그냥 괜찮다며 그를 돌려보냈다. 순간 아이들과 아내의 얼굴이 스크린처럼 지나갔다. 경태는 긴 심호흡과 가벼운 스트레칭을 한 뒤 겨우 상황을 진정시킬 수 있었다.

현장소장을 따라 도착한 아파트 공사 현장은 낯선 풍경이었다. 그는 작업복과 안전모, 작업화, 공구 벨트를 내주며 일일이 안전 수칙을 일러주었다. 경태는 마치 어린아이가 서툴게 옷 입는 것을 배운 것처럼 하나하나 착용해 보았다. 옆에 있는 거울을 보니 평소의 모습과 느낌이 많이 달라 보였다. 경태가 교대에 입학해서 처음 입어 본 학군단 군복의 어색한 모습과 흡사했다. 그 와중에도 경태는 자신의 모습이 너무 우스꽝스러워 어설픈 웃음이 나오는 걸 참지 못했다.

당연한 말이지만, 아파트 현장에서 그를 이 선생님이라고 불러준 사람은 아무도 없었다. 그들은 모두 그를 '이씨 아저씨'라고 불렀다. 선생님이라는 호칭이 익숙했던 그에게 모든 것이 새로울 뿐이었다. 신입이 잘못한다는 소리를 듣고 싶지 않아, 이 눈치 저 눈치를 보아가며 어깨너머로 일하는 방법을 하나하나 터득해 나갔다. 점심시간에 처음으로 함바식당에서 밥을 먹었다. 힘든 탓이었는지 밥이 어떻게 목구멍으로 넘어가는지도 모르게 넘어갔다. 그렇게 많은 일꾼 밥을 먹어본 적도 처음이었다. 하지만 오후가 되니 또다시 허기졌다.

그의 월급은 경력자와 같은 수준이었다. 그들은 경태를 철저하게 무시했다.

'별 기술도 없는 신입이 자기들 월급과 같기 때문이겠지.'

그들의 마음을 십분 이해했다. 그들은 불친절할 뿐만 아니라 기술도 자세히 가르쳐 주지 않고 대충대충 가르쳤다. 소위 막일 현장이라는 곳은 냉혹하기 짝이 없었다. 경태는 그들의 눈치를 봐가며 작업 방법을 하나하나씩 꼼꼼하게 익혀 나갔다.

아파트 건설공사에서 작업 순서는 대략 이러했다. 먼저 슬라브 상판이 깔리면 소방, 상하수도 그리고 전기 인부들이 너나 나나 할 것 없이 달려들어 동시에 일을 마쳤다. 곧바로 철근 인부가 들어와서 철근을 깔면 콘크리트 타설 공사가 시작되었다. 만약 전기설비 공사가 완벽하게 안 되면 콘크리트 작업자가 타설할 때 전기 주름관 튜브가 십중팔구 터져 버렸다. 이것이 전기설비의 가장 큰 아킬레스였다.

당시 신축 아파트 구조는 A형, B형 두 가지였는데 작업할 때마다 헷갈렸다. 집에 돌아오면 그는 나름대로 도면을 그려 작업하는 순서와 방법을 수첩에 꼼꼼하게 메모했다. 현장소장은 그가 일한 설비가 마음에 안 들었는지 급기야 콘크리트 타설 공사장으로 긴급 투입했다. 그의 임무는 콘크리트 타설 공사 때 혹시라도 전기 주름관 튜브가 터지지 않나 확인하는 일이었다.

콘크리트 타설 공사의 키는 소위 모르타르를 쏘아대는 건장한 사내였다. 그는 회색 민소매 셔츠에 검은 썬그라스를 장착하고 나름 카리스마를 내뿜었다. 그는 마치 오케스트라 지휘자처럼 작업 인부들을 손바닥 위에 올려놓고 능수능란하게 지휘했다. 경태는 매일 그에게 담배와 음료를 제공했다. 그는 경태를 보더니 씩 웃었다. 그는 경태가 의도하는 것이 무엇인지 이미 알고 있는 듯했다.

또 공사장 일이 끝나면 등록한 학원에 가기 위해 간단한 세면을 했다. 지하수가 센물이라 그런지 비누 거품이 나지 않고 얼굴이 깨끗하게 씻기지 않았다. 얼굴을 닦은 수건은 까맣게 때가 묻어 나왔다. 퇴근길에 들린 곳은 공인중개사 학원이었다. 학원 앞에는 남성 전용 사우나 하나가 청승맞게 자리 잡고서 피곤한 그를 유혹했다.

'내가 이런 일을 하면 훨씬 편하고 수월하겠구나.'

이런 얄팍한 상상도 해보았다. 결국에 그는 그 지긋지긋한 목욕탕 남자의 꿈을 실현하기는 했다. 뭐가 그리 좋다고 이런 생각을 했는지 자신이 너무 한심스러웠다.

그러나 이런 힘든 일속에서도 교직 동기들의 모임은 안 나갔지만, 선후배 간의 모임만큼은 빼먹지 않고 꾸준히 이어갔다. 최소한 그들과 질긴 인연의 끈을 놓지 않으려고 나름대로 인내심의 한계를 시험하고 있었다. 몇몇 지인들은 그에게 이런 충고도 서슴없이 했다.

"자네가 지난날의 교직 생활을 빨리 잊어야 사회 적응이 빠르네. 그들을 당분간은 절대 만나지 말게. 만날수록 자네 마음만 심한 상처로 망가질 뿐이야."

맞는 말이었다.

그러나 모든 것을 참고 이겨냈다. 그들 대화 주제는 밥을 먹을 때부터 모임이 끝날 때까지 학교에서 일어난 이야기뿐이었다. 듣기가 거북해서 잠시 화장실에 들려와도, 밖에 바람 쐬러 나갔다 와도 마찬가지였다. 그는 오장육부가 시퍼렇게 멍들 때까지 듣기 거북한 그 이야기를 온몸으로 받아들이고 뱉어내고 또 받아들이기를 반복했다. 결국 이런 인내심이 교직으로 다시 돌아갈 수 있는 원동력이고 버팀목이 되었다.

공사장 일은 오래 못 갔다. 하루에도 공사장 비상계단을 수십 번 오르내렸던 탓이었는지 허리 디스크가 생겼다. 통증을 참고 일을 해보려 했지만, 다리까지 통증이 계속 번졌다.

그는 결국 그 일을 그만두고 다시 한 번 절망할 수밖에 없었다.

참돌박사, 어서 오세요.

아내는 아내대로 가만히 있지 않고 여러 일 들을 찾아 헤맸다.

그동안 가정주부로만 살아오다가 생활전선에 뛰어드는 것이 쉽지 않았을 텐데 아내는 늘 씩씩했다. 그녀는 서울까지 찾아가 신규 창업을 전수해 지인과 함께 시청 옆 먹자골목에 '참돌박사 삼겹살'이라는 고깃집을 열었다.

그 소문이 어떻게 퍼졌는지 몰라도 친구들, 지인들, 그리고 경태와 함께 근무했었던 교직원들이 단체예약을 하고 한 번씩은 찾아와 눈도장을 찍었다. 또 동생이 일주일을 멀다 하고 함께 근무하는 직원들의 통근차를 식당 앞에 대놓고 회식을 벌였다. 아마 이렇게라도 형한테 힘을 보태주고 싶은 동생의 마음이었으리라 생각하니 한없이 고맙기가 그지없었다.

한 번은 동생이 술 한 잔을 하고서 이렇게 말을 건넸다.

"형수님! 오늘은 제가 할 말이 있습니다. 우리 형님에게도 매달 수고비를 조금씩이라도 줘야겠습니다. 우리는 형님을 보고 이 가게를 이용합니다."

아내와 동네 언니도 동생의 말에 동의했다. 그는 참으로 의리가 있었다. 그는 성격이 남달리 호탕하고 화끈했으며 해병대 출신으로 친구들도 많고 지인도 많았다. 경태는 동생이 든든한 직장에 나가는 것이 참 부러웠다. 사실 경태는 음식점에서 할 수 있는 일이 아무도 없었다.

'그렇다고 내가 부위별로 고기 써는 기술이 있는가, 아니면 음식을 조리하는 기술이 있는가.'

고작 할 줄 아는 거라고는 주차와 계산대 관리뿐이었다. 그는 가끔 찾아오는 지인이나 응대하는 바지 사장에 불과했다. 나중에는 손님이 점점 줄어들어 눈치가 보였다.

그는 나름대로 오전에는 새로운 일을 찾아 아르바이트하고, 오후에는 식당에 나가 아내를 도왔다. 아내는 그가 식당에 갈 때마다 찬모에게 가장 맛있고 영양가 넘치는 메뉴로 식사를 준비시켰다. 그녀는 그의 기(氣)를 키워주려고 무지 애썼다. 식자재를 준비하기 위해 농산물 공판장에 시장 보러 갈 때도 일부러 그를 데리고 나갔다. 아무것도 할 수 없다고 생각했던 그에게 이렇게 조그마한 일이 생겼다는 것 자체가 작은 기쁨이고 행복이었다. 아마도 그녀는 일부러 그에게 이런 기분을 느껴보게 하려고 이리저리 데리고 간 것 같다.

하지만 식당 일은 쉽지 않았다. 손님이 오랫동안 밤늦게까지 죽치고 있으면 때로는 새벽까지 계속 일해야 했다. 손에 쥐는 현금은 노력만큼 그리 많지 않았다. 대부분 직원 인건비로 빠져나갔다. 그리고 식당을 개업한 지 채 일 년도 못 되어 주변에는 삼겹살 식당이 유행을 타기 시작하면서 손님도 점점 줄어들었다. 주인의 발이 아무리 넓어도 음식의 맛이 특별하지 않으면 지인들의 눈도장은 한 번으로 족했다.

결국 그는 아내와 논의 끝에 식당을 정리하고, 그동안 준비해 왔던 우유 급식대리점을 개업하기로 했다.

새로 얻은 직장

2003년 3월,

한국을 덮친 IMF 외환위기 여파가 채 가시지 않아서 대부분 사람은 창업을 두려워했다. 그래서 경태는 소위 몸으로 때우는 우유 배달 일부터 시작하기로 했다.

우유 급식대리점을 선택한 것은 큰 자본 없이도 창업할 수 있었고, 다른 급식업체보다는 제품의 선정 방법이 아주 간단했다. 학교 급식 평가위원들이 대리점을 방문 평가한 다음, 학생과 학부모들이 선택했다. 우유가 완제품이고 단가는 정부 고시가로 정해지다 보니 굳이 공개 입찰은 무의미했다. 대부분 학교 우유는 학부모의 선호도로 결정되었다. 그러다 보니 시장에 잘 알려지지 않은 브랜드의 업체들이 곳곳에서 불만을 드러내기도 했다. 또 일부 학교는 학생과 학부모 몇 사람이 우유의 맛을 보고 결정하는 소위 '시음회'라는 방식을 채택하기도 했다. 하지만 이 방법 역시 객관성을 확보받지 못해 많은 업체로부터 소위 짜고 친 고스톱 아니냐 하는 불신을 받기도 했다.

곧바로 그는 최근 신설 학교를 중심으로 인터넷 검색을 시작했다. 다행히 신설 학교 몇 곳은 아직 우유 급식을 모집 중이었다. 그가 영업을 시작한 우유는 학부모 선호도가 가장 높은 브랜드였다. 그 우유의 장점을 어필해 마침내 세 개 학교와 계약을 체결했다.

'천 리 길도 한 걸음부터'라는 말처럼 시작은 참 좋았다. 미처 대리점을 개설하지 못해 남의 대리점 명의로 납품을 시작했다. 따라서 매일 새벽마다 남의 대리점으로 출근하여 물건을 하역하는 상황이었다. 대리점 사장 역시 중견 회사에서 조기퇴직을 한 터라 역지사지(易地思之) 마음으로 경태 입장을 십분 이해했다. 그는 새벽에 물량 차 시간에 맞추어 자신의 물량을 받아 주고, 오전에는 대리점 총무를 도와주는 아르바이트를 권했다. 수고비로 월 30만 원을 준다는 것이었다. 경태도 막상 납품이 끝나면 할 일이 없어 그의 제안을 고스란히 받았다.

말하자면 그가 맡은 일은 총무의 조수 역할이었다. 총무의 업무는 가정집에 우유를 배달하는 여사님 물량과 동네 마트의 물량 배달이었다. 그는 총무와 함께 무거운 우유 상자를 들고 지하 마트 계단을 수십 번 숨 가쁘게 오르내렸다. 꿔다놓은 보릿자루처럼 집에만 죽치는 것보다 바람도 쐬고 사람도 대면하니 한결 기분이 나아졌다. 이렇게 새로운 일을 시작했지만, 모든 것이 순탄하지만은 않았다. 오히려 사고의 연속이었기에 그날그날 아무 사고 없이 하루가 지나가기를 바랄 뿐이었다.

한 번은 우유 물량 차가 중간에 고장이 나서 예정보다 두 시간이나 늦게 도착했다. 학교에 납품하는 시간은 항상 정해져 있어서 그는 발만 동동 구르며 우유 차량만 기다릴 수밖에 없었다. 그렇게 늦게 우유가 도착하자, 급한 마음에 우유를 싣고 후진하다 그만 차가 유리문을 들이받는 사고가 있었다. 탑차는 뒤가 잘 보이지 않아 그의 운전 미숙으로 사고가 난 것이었다. 나가보니 유리문은 박살이 나 있었고, 우유 위에는 유리 파편들이 수북하게 쌓여 있었다. 그 광경을 보자 울컥 서러움이 밀려왔다.

'지금 학교에서 아이들과 함께 수업해야 하는데 내가 지금 여기서 뭘 하고 있지?'

그렇게 현실을 부정했지만, 꿈은 아니었다. 다시 정신을 가다듬고 우유를 하나하나 물로 씻어내고 수건으로 닦아냈다. 사무실의 부엉이 시계는 정확히 아홉 시를 가리켰다. 학교 급식실에서는 우유가 제때 도착하지 않았다고 독촉 전화가 빗발쳤다. 급식실에서도 아이들에게 우유를 제시간에 먹여야 하기에 약속된 시간에 납품하는 것은 당연한 이치였다. 화를 내며 질책하는 영양 교사에게 아무리 변명해도 내 말은 허공을 떠돌 뿐이었다. 오전 열한 시가 되어서야 겨우 납품을 마쳤고, 다리에 힘이 풀려 그날은 아무일도 할 수 없었다.

우유 급식을 시작한 지 한 달가량이 지났을 때, 지점에서 긴급 연락이 왔다. 시내 한 초등학교에서 교사(校舍) 재배치 공사로 인하여 납품을 포기한 대리점이 나왔다는 것이었다. 그래서 경태더러 그 학교에 납품할 의사가 있는지 묻는 전화였다. 바로 학교에 도착해보니, 우유 차량이 냉장고 위치까지 진입할 수 없는 상황이었다. 우유를 납품하려면 매일 우유 상자를 일일이 하나씩 들고 수많은 계단을 오르내릴 수밖에 없었다. 하지만 찬밥 더운밥 가릴 처지가 아니었다. 그는 무조건 납품하겠다고 의사를 표시했다.

당시 그의 심정은 무등산 꼭대기까지라도 납품할 각오가 되어 있었다. 그는 한 시간 더 빨리 일어나서 새벽 공기를 가르며 신발에서 고무 타는 냄새가 날 정도로 뛰고 또 뛰었다. 우유 상자를 하나하나씩 들고 날마다 수많은 계단을 오르내리는 일은 예삿일이 아니었다. 하지만 그는 그럴 때마다 아내와 아이들의 얼굴을 떠올리며 버텼다.

'나는 여기서 더는 무너질 수 없다. 추락하면 날개가 없다.'

다행히 납품 한 달 만에 학교 측에서는 우유 냉장고를 교문 옆으로 옮기도록 허락했다. 그날 오후 바로 냉장고를 옮기기 위해 이삿짐 업체를 불렀다. 순식간에 타워 중장비는 집채만 한 냉장고를 교문 옆으로 번쩍 들어 올렸다 내렸다 반복하며 자리 잡으려고 안간힘을 썼다. 이사업체 기사는 냉장고의 수평을 맞추어야 한다며 그에게 냉장고 놓을 자리에 들어가 벽돌을 갖다 놓으라고 했다.

날이 점점 어두워 주위가 깜깜하기 시작했다. 그의 머리 위에는 마치 독수리가 먹이를 찾으려고 비행하듯 커다란 냉장고가 제집을 찾으려 이리저리 빙글빙글 돌고 있었다. 그는 거의 목숨을 걸다시피 하고서 벽돌을 들고 냉장고 자리로 엉금엉금 기어들어 갔다. 만약 줄이라도 끊어지면 그는 납작한 오징어가 되어버릴 것이 자명해 오싹한 공포감 속에서 결국 무사히 일을 마쳤다.

그 당시 광주에는 사회적인 큰 변화가 두 가지 있었다.

하나는 광주 지하철 1호선의 개통이었고, 또 하나는 '세녹스'라는 가짜 연료 유통이었다. 그는 몸이 열 개라도 부족한 몸이라 지하철은 한 번도 타본 적이 없었다. 그렇지만 우유 배달 차에 가짜 연료 세녹스를 저렴하게 구해서 주입하는 범죄를 서슴없이 저지르고 말았다. 힘든 상황에 어쩔 수 없이 선택한 고육책이었다.

이렇게 하여 그가 납품하는 학교는 하나둘씩 늘어나기 시작했고, 그 역시 처자식을 위해서 도둑질 빼고는 무슨 일이든지 다 해낼 수 있다는 자신감으로 중무장하기 시작했다.

눈물의 개업식

우유 배달일은 생각보다 쉽지 않았다.

처음 생각과는 달리 곧바로 수익이 창출되는 업종도 아니었다. 초기에 자본 부담이 적을 것이라는 생각은 착각이었다. 그가 개척한 신설 학교는 우유를 납품하기 전에 미리 냉장고를 설치해야 하기에 초기 투자 비용이 상당액 발생했다. 그렇다고 한 번 계약한 우유 단가를 올릴 수 없는 노릇이라서 인건비 절감을 위해 홀로 우유 배달을 도맡았다.

그러나 그의 수입으로는 중고등학교에 다니는 세 아이의 교육비를 조달하기에 턱없이 모자랐다. 특히 고등학교에 다니는 큰아이의 학원비마저도 댈 수 없는 것이 그는 매우 가슴 아팠다. 그래도 주위에서는 희망 섞인 이야기기가 흘러나왔다. 새 학기에는 납품 거래처가 더 늘어날 거라는 확신이 있어 본격적으로 대리점을 독립해야겠다고 마음먹었다.

그는 이곳저곳 힘들게 발품을 팔아 좋은 위치를 찾아냈다. 코너 쪽의 점포는 주변이 한적해 물건을 하역하기에 적합했다. 차들이 여기저기 어지럽게 주차하는 곳이면 물량을 받기 어렵기 때문이다. 곧바로 지점장의 협조로 대리점 계약을 따내고, 'S우유 빛고을 급식대리점'이라는 간판을 내걸었다. 그동안 지점에서는 시내 학교들의 진입장벽이 유난히 높아 골머리를 앓던 차에 마침 대리점을 개설하려는 그에게 큰 기대를 걸고 있었다.

당시 업계는 지방에서 생산되는 M우유 때문에 감히 어떤 업체도 명함 한 장 내기가 어려운 형편이었다. 그가 취급한 우유는 이미 '국가대표 1위 우유'라고 검증되었지만, 이곳 광주지역만큼은 맥없이 무너졌다. 그는 맨땅에 헤딩하는 심정으로 서서히 점령할 계획을 세웠다.

"교육계 출신을 대리점 사장으로 모시게 되어 저희 지점은 천군만마를 얻은 기분입니다. 빛고을 급식 사장님! 앞으로 기대가 큽니다."

그러나 본사와 대리점 계약 체결에는 담보 조건이 몹시 까다로웠다. 본사 입장에는 물건을 외상으로 공급하다 보니 당연하다고 하겠다. 당시 살고 있던 아파트와 멋모르고 사 두었던 택지를 담보로 제공했다. 그들은 나대지라는 이유로 지상권 설정을 요구했다. 사업이라고 해서 누구나 무턱대고 하는 것은 아니었다.

'학교에서 아이들이나 가르친 사람이 사업은 무슨 사업? 그냥 때려치우고 적게 먹고 적게 싸는 무슨 월급쟁이 같은 자리는 없을까?'

이렇게 반신반의하며 그는 점차 자신감이 뚝뚝 떨어지는 느낌을 받았다. 당시 그가 선택한 우유 브랜드는 특판 대리점이 영업을 독점하고 있었다. 또 지역 대리점에서도 자기 구역의 학교들은 영업우선권이 있어서 아무 학교나 영업활동을 할 수는 없었다. 그는 몇 차례 협상 끝에 두 구역을 우선 영업 대상 지역으로 보장받았다.

대리점 개업은 2학기 개학할 무렵이었다. 냉장창고를 짓고 그 옆에 작은 사무실을 꾸몄다. 또 배달에 필요한 냉동탑차도 준비했다. 옆 동네 대리점 사장이 걱정 어린 투로 참견했다.

"이 사장님! 우유 납품 학교도 몇 개 안 되면서 무슨 냉장창고를 이렇게 크게 지어요?"

"네. 첫술에 어떻게 배부를 수 있나요? 좀 넉넉하게 시작해보려고요."

배달 첫날 새벽 4시,

'천지신명이시여! 제발 아무 사고 없이 하루하루가 무사히 끝나도록 해주십시오.'

그는 냉수 한 대접 떠 놓고 큰절을 두 번 올렸다. 절 한 번은 사장 몫이고, 또 한 번은 직원 몫이었다. 개업식에 초대받은 사람은 아무도 없었다. 직원은 오직 자신 하나뿐, 그가 사장이고 곧 직원이었다. 개업식 손님은 오직 가을 귀뚜라미뿐이었다. 가을 풀벌레들은 그를 위한 오케스트라 개업 축하 연주회를 시작했다. 그가 시작한 빛고을 급식대리점의 첫 영업은 이렇게 시작되었다.

막상 자축 개업은 했지만, 대부분 학교가 이미 납품 계약이 끝나 2학기에는 공개 입찰이 거의 없었다. 납품하는 학교가 몇 군데 안 되어 일이 빨리 끝났다. 우유 배달 후 새벽 시간에 남의 눈을 피해서 폐지를 주워 모아 고물상에 팔았다. 특히 우유 폐지는 화장지 만든 재료로 재활용되기 때문에 비싸게 팔렸다. 세 아이가 중고등학교에 다니고 있어서 우유 납품으로는 학원비는커녕 학비 대기도 어려운 형편이었다. 그는 처자식을 위해서 돈이 되는 일이라면 하나도 창피하지 않았다.

그는 여러 궁리 끝에 다른 방향으로 눈을 돌렸다. 당시 중고등학교는 대부분 우유 급식을 하지 않고 있어서 이곳에 문을 두드려볼 요량이었다. 새벽 일을 마치면 서둘러서 의복을 갖추고, 안면이라고는 전혀 없는 중고등학교에 무작정 문을 두드렸다. 마치 맨땅에 헤딩한 형국이었다. 한 학교 한 학교 교문을 들어설 때마다 마치 소가 도축장에 끌려 들어가는 심정이었다. 어떤 학교는 교문에서부터 잡상인 취급을 받았다. 그가 중학교 시절 껌을 팔려고 터미널에 갔던 때와 엇비슷한 기분이었다. 그럴 때마다 처자식을 머릿속에 떠올리며 용기를 냈다. 그렇게 여러 학교를 방문한 끝에 두 개 고등학교와 납품 계약이 성사되었다.

학교뿐 아니라 공단에도 수없이 문을 두드린 끝에 납품 계약에 성공했다. 특히 그들은 그의 성실함을 인정하고 우유뿐만 아니라 빵과 라면, 생수까지 납품하도록 허락했다. 그는 돈이 되는 일이라면 무엇이든 마다하지 않았다.

대부분 우유 배달 작업이 이른 새벽부터 시작되기 때문에 늘 잠이 부족했다. 사무실 바닥에 각대기 종이를 깔고 쪽잠을 자다 새벽에 일어나 물량을 받는 경우가 허다했다. 거기다 야간, 새벽 운전이 주를 이루다 보니 항상 몸조심해야 했다. 그는 목숨이 붙어 있는 한 가족의 생계를 위해 도둑질 빼놓고는 무슨 일이라도 할 각오가 되어 있었다.

대부분 대형 사고는 새벽에 일어났다. 이 시간에는 적색 신호보다 녹색 신호를 더 주의해야 했다. 그는 여러 상황의 교통사고를 겪었고, 때로는 보지 말아야 할 사망사고까지도 여러 차례 목격했다. 일련의 이런 사고들이 남의 일이 아니었기에 매일 온몸에 소름이 돋고 항상 자신 가슴을 옥죄어 왔다.

배달 사고

2004년,

당시 카드대란이 지속되면서 시민들의 소비심리가 크게 위축되어 국가 경제가 한때 위태로웠다. 엎친 데 덮친 격으로 헌정사상 최초로 대통령 탄핵 소추안까지 가결되어 대통령의 직무가 정지되었으니, 정국(政局)은 한 치 앞을 내다볼 수 없는 혼돈의 시기가 계속되었다.

이런 경제적 어려움 속에서도 그가 운영하는 대리점은 20여 개 학교에 납품하는 눈부신 실적을 올렸다. 경제가 아무리 어려워도 자식 새끼에게는 시중 가격 절반도 안 되는 우유를 먹이려는 학부모의 열정도 한몫했다. 개업한 지 불과 1년 만이다. 매출이 마치 눈덩이처럼 불어났다. 그가 주야장천(晝夜長川) 힘들게 홍보한 덕이기도 했지만, 우유 선정 방법에서 학부모 선호도 방식이 주효했다.

갑자기 물량이 늘어나자, 혼자서는 배달 물량을 감당하기가 힘들었다. 그래서 직원을 새로 뽑기로 했다. 우유 배달은 정해진 시간에 일어나지 못하면 속수무책으로 걷잡을 수 없는 일이 벌어지고 만다. 그야말로 막중한 책임감을 요구한 고단한 일이었다. 그뿐만 아니라 새벽 배달일은 일종의 3D업종이라 꺼리는 사람이 많았다. 직원 선발의 첫째 조건은 가장(家長)이 최우선이었다. 우유 배달은 새벽 정시에 일어나지 못하면 업무가 마비되고 만다. 따라서 고도의 정신력뿐만 아니라 막중한 책임감을 요구하는 직원이 필요하다는 것은 자신이 직접 밑바닥에서 경험한 일들이다.

매일 정해진 새벽 시간에 일어난다는 것은 보통 사람으로서는 상상하기 힘든 일이었다. 만약 맞추어놓은 알람 시계가 고장이 나지 않는 이상, 곧바로 일어나지 않으면 어떤 일이 벌어질까? 잠깐 몸을 돌려 다시 단잠이라도 청하게 된다면 이미 상황은 돌이킬 수 없는 지경에 이른다. 가끔 직원들이 펑크를 내기도 해서 그의 아내와 동생들까지 동원하여 배달을 끝마친 적도 한두 번이 아니었다. 이 일은 돌발상황이 자주 발생하기 때문에 24시간 내내 마음 졸이고 신경을 곤두세워야 했다.

"사장님! 우유 개수가 부족합니다. "

"교문 앞에 다른 차가 막고 있어서 못 들어가고 있습니다."

"갑자기 교문 열쇠가 바뀌어 교문을 열 수 없어요."

"냉장고에 전기가 안 들어와요."

"차 문을 닫지 않고 출발해서 도로에 우유가 쏟아져 없어졌습니다."

갑자기 새벽에 이런 전화를 받으면 자다가 일어나 자신마저도 허둥대다가 일을 망치는 경우가 많았다. 그래도 그가 명색이 사장이라고 그동안 직원들이나 부리고 거드름이나 피우지 않았나 뒤돌아보면서 직접 자신이 현장에 투입되는 일이 많아졌다.

또 겨울에는 눈 때문에 낭패를 당한 일이 많았다. 한 번은 폭설이 내려 그 많은 우유를 교문에서 손으로 하나하나 들고 납품한 적도 있었다. 특히 우유 배달은 눈 오는 날이 가장 힘들었다. 대개 눈길을 운전하다 보면 십중팔구 접촉 사고였다. 갑자기 급정거라도 하면 여지없이 상대 차에 튕겨 자신의 차는 팔자 자국을 내면서 어지럽게 얼음 눈을 뿌려대며 돌곤 했다. 그래도 눈 오는 날 가게 앞에 산더미처럼 쌓인 눈을 치울 때, 언젠가는 자신 소유의 점포가 생길 것이라는 희망이 있어서 힘들지 않았다.

새벽 2시,

우유를 가득 실은 냉장 탑차는 언덕배기를 쿵쿵대며 오르고 있었다. 그런데 갑자기 운전대가 흔들리더니 "쿵"하는 소리와 함께 반대편 차선으로 차가 돌아서 멈춰버렸다. 만약 반대편 쪽에 차량이 진입했다면 대형 사고는 불 보듯 뻔했다. 그는 구사일생으로 또 한 번 목숨을 건졌다. 직원과 함께 내려서 살펴보니 별 이상이 없기도 했고, 시간에 쫓겨 그냥 다음 학교로 향할 수밖에 없었다.

무사히 일을 마치고 사무실에 돌아오는 사고지점에 하얀색 페인트가 뿌려있었고, 차도 위에 서 있는 교통 안내 유도봉이 땅바닥에 어지럽게 널브러져 있었다. 느낌이 좋지 않아 사무실에 와서 차를 살펴보니 차량 뒤 유도 표시등과 보조대가 파손되어 있었다. 그는 곧바로 가까운 파출소에 신고했다. 알고 보니 음주 운전자 차량이 차 꽁무니를 들이받고는 상황을 지켜보다가 경태가 시간에 쫓겨 자리를 뜨자, 바로 뺑소니를 친 것이었다.

주변 목격자가 차량번호를 확인하고 112로 신고해 가해자 차량은 찾았지만, 공교롭게 피해 차량을 찾지 못한 아이러니한 일이 벌어졌다. 그 운전자는 교통사고처리 특례법으로 입건되었고, 경찰은 피해 차량을 수배 중이었다. 경태는 경찰서 교통과에 출두하여 사건

경위를 설명했다. 가해자는 참회의 눈물을 흘리며 용서를 빌었다. 그는 장사가 안되어 파리 날리는 횟집에서 하루 벌어 하루 먹고 사는 주방장이었다. 경태도 어렵게 사는 마당에 무리한 피해보상을 요구할 수는 없어, 그를 용서했다.

하루 일은 항상 새벽 4시에 시작했다. 출근해서 공단을 잠시 돌고 대리점에 도착해 물건을 하역했다. 잠깐 늦잠이라도 자는 날이면 마음이 다급해져서 꼭 사고를 내기 일쑤였다. 어느 날은 크게 교통사고가 나 머리에서 피가 흐를 정도의 중상을 입었다. 하지만 병원에 갈 시간이 없어 머리가 깨져 피가 흐른 채 대리점으로 달려가 물건을 하역하고 경찰 조사를 받았다. 경찰은 사고가 났는데도 곧바로 출두하지 않아 경태를 음주 운전자로 의심했었다고 했다. 그리고 담당 조사관은 조사를 마치고 경태를 향해 고개를 숙이며 경의를 표했다.

"사장님 같은 분은 처음 봅니다. 대개 사람들은 어떻게 해서라도 피해보상을 많이 받으려고 하는데 말입니다. 너무너무 고맙습니다."

경찰서에서 나온 그의 발길은 새털처럼 가벼웠다.

우유 급식 최강자로 우뚝서다

학교에 납품한 우유는 대략 2만 5천여 개가 넘었다.

말하자면 그가 납품한 우유를 매일 2만 5천여 명의 학생들이 소비한다는 말이 된다. 따라서 이 많은 소비자를 혼자 상대해야 하기에 매일 신경을 곤두세워야 했다. 납품 학교가 40여 개를 훌쩍 넘었고, 매출도 하늘 높은 줄 모르고 고공행진을 했다. 당시 본사 대형 탑차가 그의 대리점 물량만 싣고 올 정도로 많은 양이었다.

본사 물량 차 기사는 이렇게 한 마디씩 툭 던지곤 했다.

"사장님, 이 정도 물량이면 다른 대리점 사장들은 외제 차나 끌고 골프나 치면서 놀아요. 사장님은 왜 이렇게 힘들게 일해요?"

"아, 그래요. 저만의 생존 방식이 있어서… 아직은 멀었어요."

그는 입을 굳게 다물어버렸다.

이렇게 급성장한 것도 어려서부터 전방 장사, 참외 장사, 오리 장사, 수족관 장사 등의 경험이 한몫 보탠 덕이 아닌가 싶다. 장사에는 이골이 난 경태였지만, 이런 경험들이 우유 영업에 있어서 많은 도움이 된 점에 대해 결코 부인할 수 없다. 영업실적이 남보다 너무 잘나간다고 으스대거나, 못 나간다고 울상지어봤자 영업에는 전혀 도움이 안 되었다. 소위 자신만의 아슬아슬한 영업전략이 먹혀들었다.

"교장 선생님! 현재 겨우 김치에 밥술이나 뜰 정도입니다. 이번 한 번만 도와주시면 최강자가 될 것 같습니다. 딱 2%가 부족합니다."

경태 혼자서 하루 하역한 물량은 대략 500박스 정도 되었다. 물량 기사와 그는 마치 판소리에 나오는 소리꾼과 고수처럼 죽이 착착 잘 맞았다. 그는 서커스에서 난장이가 쏘아올린 작은 공의 마술사처럼 사다리를 수없이 오르내렸다. 한 치의 오차 없이 뒷걸음쳤다가 다시 차 위로 오르기를 수백 차례 반복해야 하역 작업이 끝났다.

우유만큼은 이미 생활의 달인이 된 경태였다. 이를테면 학급별로 우유를 분배할 때 열 개 손가락에 힘을 모아 AI 로봇처럼 정확하게 끄집어 담아냈다. 거기다가 눈을 감고도 우유 상자에 들어 있는 우유의 개수를 알아맞히곤 했다. 차츰 일이 익숙해지자 배달 방식을 바꾸었다. 배달 직원에게 하청주는 방식이었다. 그들에게 더 많은 이윤이 돌아가도록 시스템을 조정했다. 다만 우유 냉장고는 그가 직접 관리했다.

'나 혼자 생선을 통째로 다 먹을 순 없어. 이익을 조금씩 분배하자.'

이것이 세상 사는 이치였다. 그리고 납품이 어려운 학교는 아내와 함께 저녁부터 이른 아침까지 배달을 마쳤다. 피나는 노력 끝에 연 매출은 15억이 넘어섰다. 그러나 매일 잠이 부족한 그는 항상 지쳐 있었다. 친구들 모임에 나가도 밥만 먹으면 항상 제일 먼저 꼬부라진 사람은 경태 하나뿐이었다.

학교에서는 우유 개수가 부족하다, 우유가 안 시원하다, 냉장고가 더럽다며 하루에도 몇 번씩 호출했다. 이럴 때마다 그의 몸뚱이는 항상 누군가에 옥죄어 있는 듯 불안하고 긴장 그 자체였다. 그리고 본사의 물건 대금이 제때 입금이 안 되면 높은 연체이자를 감당해야 했다. 그래서 말일이 다가오면 청구서를 제출하여 빨리 결재를 마쳐야 했다. 만약 결재권자가 출장이라도 가는 날이면 그는 발만 동동 구를 수밖에는 없었다.

　한편 재계약 기간이 돌아오면 항상 신경이 곤두섰다. 어떤 학교는 한 해는 선호도로, 다음 해는 시음회로 종잡을 수 없이 선정 방식을 조삼모사식으로 바꾸어댔다. 그래서 어느 한 해에는 여러 학교가 재계약이 안 되어 집채만 한 냉장고를 이리저리 옮기다가 팔뚝에 생살이 파인 상처를 입은 적도 있었다. 여름의 상처는 쉽게 아물지 않았다. 입술을 질끈 깨물며 빨리 복직하는 길만이 살길이라 그는 다짐했다. 지금도 왼쪽 팔뚝의 커다란 흉터는 그 당시의 고통을 소환한다.

　또 운전하다가 졸음이 쏟아지면 잠을 쫓기 위해 〈서편제〉에 나오는 진도아리랑을 소리 높여 완창했다. 손바닥으로 허벅지를 힘껏 내려치기도 하고, 강도를 더해 살점이 떨어지도록 꼬집기도 했다. 그래도 졸음이 쏟아지면 억지로 빵과 우유를 목구멍에 꾸역꾸역 밀어넣으며 참고 또 참았다.

　잠에는 장사가 없다는 말이 맞는 말이었다.

　결국에 졸음을 못 이겨 그는 그 자리에 차를 세워놓고 단잠을 청한 적이 많았다. 한 번 졸음이 쏟아지면 도로 앞은 온통 휘황찬란한 환상의 세계로 바뀌었다. 만약 그 속에 빠졌다면 지금 그는 이 세상 사람이 아니었는지 모른다.

이러다 보니 그의 가족이 한자리에 모인 날은 항상 휴일뿐이었다. 한참 좋은 시간을 보내다가도 아이들은 그가 피곤한 기색을 보이면 항상 이런 말을 자주 내뱉었다.

"아빠, 그만 놀고 잠자!"

이 말은 늘 잠이 부족한 그에게 할 수 있는 최소한의 배려였다. 가족들과 보내는 시간이 부족한데도 아이들은 항상 그를 생각하며 편하게 잠들기를 바랐던 것이었다. 어느새 아이들은 이미 성장해 있었다.

매주 주말 오후,

그는 돌아오는 월요일을 항상 두려워했다. 일요일 오후부터 벌써 그의 가슴은 쿵쿵거렸다. 우유 납품을 하지 않는 지금도 그는 가끔 이런 환청들이 귓가에 맴돌 때가 많았다.

"우유 개수가 부족합니다."

"우유가 시원하지 않아요!"

"냉장고 청소가 엉망입니다."

"꾸물거리지 말고 당장 학교에 들어오세요."

"계산서 언제 넣을 거예요?"

꿈꾸는 예언자

'꿈보다 해몽이 좋다.'라는 말이 있다.

이처럼 꿈이라는 게 제아무리 좋은 꿈이라도 해몽하기 나름이다. 그는 지금까지 수많은 꿈을 꾸어왔고 그중 몇 번은 미래를 예측하는 꿈을 꾸었다. 당연히 길몽을 꾸면 좋은 일이, 흉몽을 꾸면 안좋은 일이 일어나 스스로 놀랐던 적이 여러 차례 있었다.

그가 꿈 이야기를 하면 남들은 남자가 소사스럽다고 혀를 차기도 하지만, 그와 오래전에 알고 지낸 사람들은 마치 신들린 사람처럼 꿈을 참 잘 맞춘다고 신기해 했다.

인생의 분기점에서 항상 앞서 꿈을 꾸어왔다. 그가 교육대학 입학시험을 본 날에는 이웃집 헛간에서 용이 여의주를 물고 승천하는 꿈을 꾸었다. 나중에 대학 합격통지서를 받았다. 그리고 연수원에서 기대하지도 않은 성적우수상을 받은 전날에도 꿈을 꾸었다. 축구 경기중 골인되어 관객들과 소리를 지르며 일어났는데 모두가 오색찬란한 뱀들로 변해 춤을 추는 꿈을 꾸었다.

어느 날은 집 대문에서 황금 마차를 타고 어느 대학교 앞까지 미끄러져 가는 꿈을 꾸었다. 대학교 교문 앞 현수막에는 생시처럼 '합격을 축하합니다.'라는 문구와 함께 붓과 팔레트가 선명하게 그려져 있었다. 일어나서 좋은 꿈이라고 생각하고 있었는데, 자신의 둘째 딸이 가고 싶어 한 서울 소재 미술대학에 합격했다고 알려왔다.

그는 복권 맞추는 꿈도 꾼 적이 있다. 대문 앞에 시체 썩은 물이 흘러내리는 여섯 개의 관이 쌓여 있었는데, 그중 관 한 개를 어떤 사람이 수레에 싣고 가는 꿈을 꾸었다. 혹시나 해서 아무에게 말하지 않고 복권을 샀는데 여섯 개의 숫자 중에서 다섯 개 숫자를 맞춰 3등에 당첨되었다. 한편으로 기쁘기도 했지만, 은근히 관 여섯 개를 모두 지켰더라면 1등에 당첨되었을 거라 욕심도 내보았다.

늘 좋은 꿈만 꾸는 것은 아니었다. 경태 아버지가 사경을 헤맬 때, 고인(故人)인 이웃집 아저씨가 검은 양복을 입고 나타났다. 그는 아버지를 재촉해 말없이 데려갔다. 경태 아버지는 그다음 날을 넘기지 못하고 돌아가셨다. 꿈이 그의 아버지 운명을 가른 것은 아니지만, 한동안 그 꿈을 꾸지 않았다면 조금이라도 자신 곁에 오래 남지 않았을까 생각을 해보곤 했다.

또 한 번은 교육감 선거 막바지 무렵, 길을 지나가다가 흙탕물을 뒤집어쓴 꿈을 꾸었다. 그는 깜짝 놀라 잠에서 깨어나 한참 후 다시 꿈을 꾸었다. 또 후보자가 까만 양복 입은 사람한테 연행되는 꿈이었다. 결국 후보자가 낙선되었고, 선거 관련자들은 검찰의 조사를 받았다.

그는 학교 복직 관련 꿈을 참 많이도 꾸었다.

그가 학교에 들어가려고 하면 교문 앞에 가시나무가 가로막았다. 또 교문을 어렵게 넘어가 교실에 들어가려고 하면 문이 막히고, 억지로 밀고 들어가면 다른 교사가 교단에 서서 아이들을 가르치고 있었다. 그가 애써 자기 자리 찾아왔다고 큰 소리로 외치면 입술만 달싹거릴 뿐 말이 새어 나오질 않았다. 그가 비집고 들어갈 틈은 없었고, 아이들은 그를 애써 외면했다. 이것은 그가 얼마나 애타게 복직을 원하는지 자신의 내면세계를 여실히 보여주는 증거라 생각된다.

경태 어머니가 그를 가질 때도 태몽으로 좋은 꿈을 꾸었다고 했다. 외갓집 마을 앞 연꽃 방죽에서 용이 한 마리 승천하는 꿈이었다고 했다. 그래서 어머니는 항상 경태가 크게 될 것으로 믿어주었고, 그에게 좋은 일이 있으면 그 꿈 덕분이라고 하였다. 사실 생각해 보면 좋은 꿈을 꾸었기 때문에 자신이 잘된 것이 아니라, 어머니가 항상 자신을 믿어준 덕분에 자신에게 좋은 일이 있었던 것이 아닌가 하는 생각이 들었다.

요컨대 꿈은 꿈일 뿐, 결국 그것을 이루는 것은 인간이고 지지하는 것도 인간이 아닌가 싶다. 그래도 인간만이 꿈을 잉태할 유일한 동물이라는 것은 틀림없는 사실이다. 하루빨리 결혼한 딸이 예쁜 아기를 가질 수 있도록 태몽을 꾸는 것이 요즈음 그의 꿈이었다.

마침내 그것이 실현되어 그는 결국 할아버지가 되었다.

장인어른과 백년손님

경태 처가댁은 광주 근교의 농촌 마을이다.

이곳은 5·18 시민군 대변인이었던 민주열사 윤상원 생가가 있어 지역에 서 꽤 알려진 곳이며 주로 죽산 박씨, 행주 기씨, 파평 윤씨 등이 세대를 이루고 있다. 경태 장인의 선조(先祖) 죽산(竹山) 박씨 는 이곳에서 터를 잡고 대를 이었으며, 그는 오랫동안 면사무소에서 공무원으로 근무하다 정년을 마쳤다. 그 후 농협 조합장에 당선되어 4년 단임의 임기를 무사히 마쳤다. 그러나 재선을 욕심낼 만도 한데 다른 사람에게도 기회를 주고자 과감하게 출마를 포기했다. 그리고 소일거리로 행정 대서소를 열어 주민들의 민원 상담을 도왔다.

그는 경태를 참 많이 도와주었다. 경태 할머니가 돌아가셨을 때 장례비용이 부족한 것을 알고 목돈을 빌려준 적도 있었고, 경태 동생이 회사에 입사할 때 재정보증과 신원보증을 서준 적도 있었다. 그리고 동생에게 한 가지 당부를 잊지 않았다.

"혹시 회사에서 일어난 일에는 절대로 앞장서지 말게."

"예, 명심하겠습니다. 사돈 어르신."

그의 동생은 취업에 도움을 준 장인에게 정중하게 예를 표했다. 당연히 장인의 입장은 그가 딸의 남편이기 때문에 딸을 생각해서 약간의 도움을 줄 수는 있었겠으나, 그에게 항상 백년손님 그 이상으로 많은 것을 베풀어 주었다. 그를 어디에서나 당당한 사위로 대우했고, 또 아들처럼 기를 세워주고 많은 기대도 해주었다.

처가댁은 술 먹는 문화와는 거리가 멀었다. 그렇지만 이런 썰렁한 분위기를 깨는 데에는 노래방 기기가 한몫했다. 경태 장인은 이런 분위기를 살리기 위해 맥주 한 잔 들고서 「번지 없는 주막」을 구수하게 한가락 꺾었다. 그는 목청이 참 맛깔스러웠다. 경태는 장인 노래를 처음이자 마지막으로 들었다.

어느 가을날,

경태가 교육감 선거일을 보다가 어등산 주위의 한 음식점에서 딱 맞닥뜨렸다. 손윗동서가 장인과 함께 맛집을 찾은 것이었다. 경태가 당황해서 변명하기도 전에 형편을 알고 그냥 넘겼다. 경태는 이 대목이 가장 가슴 아프고 슬픈 사연이 되고 말았다. 경태는 학교를 그만둔 상황을 차마 장인에게 사실대로 말하지 못했다. 아니 그는 이 사실을 알면서도 경태 체면을 생각해 입을 굳게 다물었는지도 모른다. 경태는 처가댁에 자주 발걸음 하지 못하고 아내만 보내는 경우가 더 많아졌다. 그는 은근히 서운하였던 모양인지 아내를 볼 때마다 물었다.

"이 서방은 뭐가 그렇게 바빠서 요즈음 처가 집에 잘 안 온다냐?"

"아버지! 이 서방이 요즈음 좀 바빠요. 곧 바쁜 일이 끝나면 자주 오라고 할게요."

그녀는 집안 사정을 그대로 말할 수 없어 얼렁뚱땅 말을 돌려야 했다. 이럴수록 경태는 어떻게 해서라도 빨리 특별복권을 받아 교직에 다시 돌아갈 날만 손꼽아 기다리고 있었다.

경태 장인은 종합병원에서 오랫동안 입원했었다. 돌아가신 12월 말 그날은 매우 춥고 진눈깨비가 날리는 우중충한 날이었다. 그는 그때 겨울방학이 되어 학생들의 무상 우유를 집으로 일일이 배달하던 중이었다. 아내에게 전화가 걸려 올 때부터 느낌이 심상치 않아 숨을 크게 한 번 고르고 전화를 받았다. 그녀는 울면서 장인이 위독하다는 소식을 알려왔다.

급히 병원에 달려가 보니 경태 장인은 중환자실에서 인공호흡기를 꽂은 채 급한 숨을 몰아쉬고 있었다. 그래도 다행인 것은 가족들이 모두 모여 얼굴을 다 보고 떠났다는 것이었다.

그는 학교를 그만두었다는 이유로, 그리고 처가댁을 자주 찾아보지 못한 죄책감에 사로잡혀 장례 기간 내내 장례식장을 한시도 비울 수 없었다. 그러나 그가 일전에 근무했었던 학교에서조차 조화(弔花)하나 도착하지 않는 것이 죄송하고 또 죄송했다. 그를 믿고 딸을 내준 장인에게 그는 배은망덕한 사위가 되고 말았다. 교장 승진은커녕 선생질 하나도 엽렵하지 못한 그는 이미 죄인이 되어 있었다.

진눈깨비가 어느새 함박눈으로 바뀌고 있었다.

지금도 장인의 숨결이 항상 마음속 어딘가에 깊숙이 자리 잡은 것을 그는 결코 부인할 수 없다.

광복절 특사

2010년 8월 15일 08시,

아침 일찍부터 요란하게 전화벨이 울렸다.

"선생님! 축하합니다. 선생님 이름이 특별복권(特別復權) 명단에 올랐습니다. 복권장은 오늘 검찰청에서 받으면 됩니다."

갑자기 전해 들은 지인의 소식에 그는 넋 나간 사람처럼 허둥댔다. 아내가 무슨 전화냐고 캐물어 그제야 정신을 차리고 복권 소식을 전했던 것 같다. 그는 아내를 부둥켜안고 오열했다. 학교를 떠난 후 그동안 겪었던 마음고생들이 스크린처럼 스쳐 지나갔다. 먼저 아내와 자식들에게는 미안한 마음이 들어서였고, 아마 아내 역시 그가 그동안 고생했던 것들이 주마등처럼 떠올랐기 때문일 것이다.

그는 지금까지 법무부 특별복권을 받기 위해 국가의 큰 행사가 있을 때마다 인터넷 포털사이트에 '사면 복권'을 수만 번 검색하면서 뉴스에 귀 기울여왔다. 특히 3·1절, 석가 탄신일, 제헌절, 광복절, 개천절, 성탄절, 명절 등이 돌아올 때마다 혹시나 하는 희망이 역시나 하는 실망으로 바뀌는 날만 반복될 뿐이었다. 그 사건 이후 그는 직을 내려놓는 것뿐 아니라 10년 동안 공무 담임권을 제한받았기 때문에 기간제 교사마저도 할 수 없었다. 그런데 복권을 받았으니 기간제 교사도 가능하고 임용고시에 응시할 자격도 생긴 셈이 되었다.

다시는 돌아오지 못할 줄 알았던 교직에의 꿈,

이제는 교직으로 돌아갈 수 있다는 눈곱만 한 희망이 생긴다는 것이 무엇보다도 기뻤다. 그리고 천천히 기간제 교사 자리를 알아보았다. 그의 친구가 앞장서서 알아봐 주었다. 그는 오랜만에 아이들과 수업할 생각을 하니 흥분을 가라앉힐 수 없었다. 준비는 끝이 없었다. 정신이 다 몽롱했다. 며칠 몇 날 마음이 붕 떠 잠 못 이루는 날이 많아졌다.

그렇게 거저 대리점을 후배에게 인계하고 점포 임대 기한이 끝날 날만 기다리고 있는데, 지인으로부터 급한 연락이 왔다. 우유 대리점 창문이 날아가고 건물이 쑥대밭이 되었다는 연락이었다. 무슨 일인가 싶어 급히 달려가 보니, 대리점 바로 건너편 원룸에서 가스가 폭발해서 일대가 아수라장이 되었다. 그가 그동안 애지중지하고 운영해 왔던 우유 대리점의 유리 창문이 박살 났고 우유 냉장창고도 무너져 내렸다. 그리고 그가 평상시 사무를 보던 책상도 박살이 나서 그 흔적마저 찾아보기 힘들 지경이었다.

만약 복권이 안 되어 우유 대리점을 계속했더라면, 아니 조금이라도 늦게 인계했더라면, 아마 그는 이 세상 사람이 아닐 수도 있었다. 그런 생각이 들자 갑자기 뒷골이 서늘해졌다.

그래도 아직 자신이 이 세상 사람이라는 것이 감사했다.

나는 계약직 교사다

2010년 9월 1일,

경태는 기간제 교사 합격 통보를 받고 그렇게 그리던 학교에 첫 출근을 했다. 시내 한 초등학교에 출근한 첫날 가슴이 벅차 눈물이 쏟아지려는 것을 참고 또 참았다.

드디어 다시는 돌아올 줄 몰랐던 학교에 일단 발 하나를 얹게 되었다. 되돌아온 학교는 마치 처가 집 안방처럼 편했다. 천국에 온 기분이었다. 수업을 마치면 시원한 에어컨이 있고, 자신만의 쉴 공간이 있었다. 목이 마르면 언제고 물을 마실 수 있었고, 항상 내 옆에는 대화할 수 있는 아이들과 동료 교사가 함께했다. 그는 이제부터 외로운 사람이 아니었다. 대화할 사람이 없어 그동안 붙어버린 입도 부지런히 움직였다. 서로를 격려해 주고 위로하는 자신의 편이 하나씩 늘어나서 좋았다. 그리고 그 골치 아픈 우유 때문에 잠 못 이루는 밤이 없어서 좋았다.

그는 잠깐 숨을 죽이고 할 일 없이 두 손으로 얼굴을 한 번 문질러 보았다. 얼굴이 너무 부드러웠다. 그것은 자신의 착각이었다. 자신의 얼굴이 부드러운 것이 아니고 이미 손이 거칠 대로 거칠어졌다는 것을 바보처럼 자신만 모르고 있었다.

비록 6개월뿐인 기간제 교사였지만 하루하루가 너무 행복했다. 다음 해에는 특수교사로 한 학기를, 또 그다음은 체육 전담 교사로 한 학기를 마쳤다. 그동안 위험한 탑차로 곡예 운전만 했던 것이 너무 지긋지긋해 대중교통을 이용했다. 항상 우유 배달에 쫓기어 구경한 번 못한 지하철을 타고 출근했다. 그가 직접 운전대를 잡지 않아도 자신을 알아서 실어 나르는 대중교통이 있어 무엇보다 편하고 행복했다.

가끔 자전거로 퇴근하는 길에 동네 놀이터에 놀고 있는 아이들에게 일없이 말을 걸어보기도 했다.

"얘들아, 이경태 선생님이다. 모두 모여라."

아이들은 그를 반갑게 대했다. 그 정도로 아이들이 좋았고 교직에 다시 돌아왔다는 것이 감사했다.

다만 기간제 교사 급여로는 아이들 셋의 학비를 조달하고 집안 살림을 하기는 어려웠다. 그래서 그의 아내는 시내의 한 목욕탕을 인수해 운영했다. 비록 불안한 기간제 교사였지만, 하루하루가 즐겁고 감사한 날이 계속되었다. 하지만 시간이 지날수록 늘 계약직이라는 불안감 때문에 힘들었고, 비교적 아이들과 오랫동안 시간을 함께할 수 없어 아쉬웠다.

경태는 이렇게 기간제 교사를 접고 떳떳하게 임용고시를 거쳐 정규직 교사가 되는 꿈을 꾸기 시작했다. 주변 선후배들은 이런 그의 결심에 대해 응원을 아끼지 않았지만, 한편으로는 걱정도 만만치 않았다. 그 나이에 임용고시를 새로 시작한다는 것은 결코 쉬운 일이 아니었다.

오히려 몸을 망칠 수도 있다고 말리는 선배도 있었고, 사립 초등학교 자리를 대신 알아봐 주는 지인도 있었다. 이 사립학교 임용에 응시하려면 세례 증명서가 필요했다. 그는 성당을 다니면서 세례까지 받았다. 대부(代父)는 그의 고등학교 친구가 맡았고, 세례명은 그레고리오였다. 마침 이 학교의 교장은 경태가 대학 다닐 때 같은 반으로 잘 아는 수녀라서 쉽게 만날 수 있었다.

"같은 값이면 저도 당연히 선생님을 우리 학교에 모시면 좋겠어요. 그러나 재단 측의 사정도 무시할 수 없답니다."

그녀는 자꾸 자신의 손목시계를 쳐다보았다. 그는 시간이 많이 흘렀다는 것을 눈치챘다. 경태가 앉아있는 건너편 동그라미 벽시계가 오후 4시의 시침을 가리키고 있었다. 그런데 갑자기 벽에 걸려 있는 시계가 바닥으로 떨어지는 일이 벌어졌다. 이것도 운명의 부정적 징크스가 아닌가 싶었다. 하지만 쉬운 길은 애초에 없었다. 그가 진정 교직으로 돌아갈 유일한 길은 임용고시 합격뿐이라는 것을 다시 한 번 일깨워 주었다. 모두 걱정하며 말릴 때 그의 아내만은 큰 힘이 되었다.

그의 아내는 목욕탕 일은 혼자 도맡아 한다면서 임용고시를 준비하라고 강력하게 권했다. 그동안 입이 아플 정도로 말했던 아내의 그 말이 떠올랐다.

'항상 멀리 내다보고 일을 시작하세요.'

마침내 그는 기간제 교사를 끝으로 본격적인 임용고시 준비에 박차를 가하기 시작했다.

제자와의 약속

1997년, 소위 강남이라고 불리는 광주 교육의 중심지인 시내 한 초등학교에서 3학년 담임을 맡았을 때 일이다.

그는 아이들과 헤어지면서 학급 문집을 만들었다. 그는 문집 끝에 2012년 12월 12일 12시 모교 국기 게양대 앞에서 만나기로 약속 날짜를 잡았다. 딱 15년 후의 만남 약속이었다. 세월이 흘러 흘러 그는 그 약속을 까마득히 잊고 있었다. 그러던 어느 날, 남모르는 번호로 연락이 왔다. 3학년 때 문집을 함께 만들었던 제자였다.

"선생님! 혹시 우리 3학년 때 만나자고 약속했던 날 기억하세요?"

"나는 깜박 잊었는데 그걸 여태까지 기억하고 있었니? 정말 고맙다."

마치 그 시절로 돌아간 것처럼 생생하게 그때의 기억이 되살아났다. 한참 통화를 하며 제자는 부모님을 만나러 광주에 내려왔다가 그때 생각이 나서 전화했다는 것과 자신도 교사가 되었다는 소식을 한꺼번에 전했다. 이제는 그녀에게 모교가 되어버린 교문 앞에서 만나 더 깊은 이야기를 들을 수 있었다. 그녀는 다른 아이들의 소식을 일일이 전해주었고, 그걸 이야기하며 우리는 15년 전으로 되돌아가 옛 이야기꽃을 피웠다. 하지만 반가운 와중에도 교직을 끝까지 지키지 못한 채 제자를 만났다는 것이 한편으로는 부끄럽기도 했다. 그래도 자신을 보고 선생님의 꿈을 키웠다는 제자의 말에 너무 흐뭇하고 고마웠다. 그녀는 당시 그가 가르치는 방식으로 수업을 진행했더니 아이들이 무척이나 좋아한다고 했다.

그때 당시 수학 시간에 그 나름의 기준으로 수학 박사를 뽑았다. 문제를 잘 해결하는 아이 순으로 박사, 석사, 학사라는 별칭을 붙여 주었다. 그러자 모두 들 박사에 호기심을 가지고 열심히 문제를 풀기 시작했다. 한 아이가 이렇게 질문하고 또 다른 아이가 답변했다.

"선생님! 박사, 석사, 학사, 그다음은 뭐에요?"

"뭐긴 뭐야. 밥만 축내는 밥사지."

교실은 순식간에 웃음바다로 변했다. 한바탕 웃고 난 아이들은 정숙하며 다시 침착하게 다음 매뉴얼을 실행했다.

"침착! 정확! 신속!"

문제를 풀기 전에 아이들은 꼭 구호를 세 번씩 외쳤다. 그렇다. 문제는 서두르지 말고, 틀리지 않고 정확하게, 너무 느슨하게 빼지 말고 빨리 해결하라는 구호였다. 이렇게 아이들은 구호를 힘차게 외치고 시작을 알리는 실로폰 소리와 함께 문제를 풀기 시작했다. 수학 박사가 되기 위해서는 문제를 빨리 푸는 것도 중요하지만, 무엇보다 신중하고 정확하게, 그리고 쉬운 문제일수록 침착하게 풀어내는 것이 핵심이었다. 정답보다는 풀이 과정을 더 꼼꼼하게 점검했다. 경태가 초등학교 시절, 5학년 담임 선생님의 가르침 방식을 그대로 따라 했다.

수학 문제를 곧장 잘 푸는 아이들에게는 적절한 칭찬을, 잘 못 푸는 아이들에게는 응원과 격려를 아끼지 않았다. 그리고 수학 박사라는 목표를 제시해 준 것은 서로의 경쟁보다는 일찍부터 수학을 두려워하지 않고 재미있게 익힐 수 있는 좋은 기억을 심어주기 위함이었다. 그 결과 수학 경시대회에 학교 대표로 나간 아이가 교육청 대회에서 금상을 받아오기도 했다.

그리고 국어 시간에 매 단원이 끝나면 한 시간씩 읽기 대회를 하곤 했다. 읽기 능력의 향상을 위한 유창성과 다른 사람 앞에서 자신 있게 말하는 능력을 길러주기 위함이었다. 모두가 순서대로 한 문장씩을 읽게 하고 잘 읽으면 실로폰으로 '딩동댕동~ ♬' 합격을 알렸다.

아이들은 실로폰 소리에 귀를 쫑긋 세우고 기다렸다가 합격 소리를 들으면 박장대소했다. 여러 사람 앞에서 긴 문장을 두려워하지 않고 또박또박 읽어내는 것은 의미 있는 일이 되었다. 한 문장을 완벽하게 읽으면 다음은 두 문장씩, 세 문장씩 강도를 높여가며 읽게 했다. 학년이 끝나갈 무렵, 아이들은 띄어읽기와 쉬어 읽기는 물론이고 대화 글과 바탕글까지 구분을 지어 정확하고 유창하게 읽어냈다.

어느 해 외국에서 오랫동안 생활하다 입학한 아이가 있었다. 그는 대학 수능 영어 문제만큼은 만점 받을 정도로 유창하게 잘 풀어냈지만, 국어 시간에 읽기와 쓰기는 매우 서툴렀다. 하지만 읽기를 꾸준히 한 결과 학년말에 교육청 주최 국어 경시대회에서 은상을 받아왔다. 대인관계에서 언어 활동은 매우 소중하다. 이렇게 지속적 읽기 지도를 통해 아이들이 읽기를 완벽하게 소화해 그는 참 뿌듯했다.

그 후에도 제자는 스승의날이 돌아오면 그가 어김없이 생각난다며 정성스러운 문자를 보내왔다.

"선생님! 저의 선생님이 되어 주셔서 참 고맙습니다."

그는 이런 제자가 있다는 사실에 교직을 선택한 보람과 자부심을 오랫동안 느끼며 주위 친구들에게 자랑도 했다.

그가 진심으로 열정을 쏟아부어 가르친 아이들. 그들이 올바르게 성장하여 그를 오래오래 기억하고 추억해 준다는 것이 얼마나 흐뭇한 일인가?

삶의 터전을 찾아서

기간제 교사는 말 그대로 기간제 교사일 뿐이었다.

아니, 살짝 듣기 좋게 포장한 언어유희에 불과했다. 차라리 그냥 계약직 교사라고 부르는 게 그에게는 훨씬 현실적이고 피부에 와닿았다. 언뜻 두 단어가 같다고 생각되지만, 기간제교사보다는 계약직 교사란 단어에서 묻어나오는 느낌이 어쩐지 절박하고 구구절절했다.

계약 기일이 끝나면 기간제 교사는 자연스럽게 그 신분이 자동 소멸이 된다. 또 기간제 교사 급여로는 아이들 학비며 집안 살림을 감당하지 못했다. 그래서 그의 아내와 함께 시내 부동산을 이곳저곳 찾아 나섰다. 광주는 물론이고 멀리 수도권 부동산까지 살피기도 했다. 또 경매에 나온 물건을 찾아 입찰도 응해 보았다. 그렇지만 마음에 딱 드는 부동산은 그리 쉽사리 나타나지 않았다.

지쳐갈 때쯤 지인이 운영하는 부동산에 놀러 갔다가 허름한 목욕탕 건물이 매물로 나왔다는 이야기를 들었다. 그 순간 뭔가 확 끌리는 데가 있어 즉시 매물을 보자고 보챘다.

"선생님! 오늘은 일과가 끝났으니 내일 아침 일찍 현장에 가보게 요."

"아니요. 사장님! 쇠뿔도 단김에 빼라는 말이 있잖아요. 내 마음 바뀌기 전에 지금 당장 갑시다."

결국 늦은 저녁 시간에 목욕탕을 찾았다. 갑자기 방문한 불청객 이 귀찮을 만도 할 텐데, 집주인은 오히려 더 반가워했다. 그는 건물 을 빨리 팔고 싶은 심정이 역력해 보였다.

목욕탕 건물 주변에는 모텔과 댄스교습소 그리고 성인 이발관에 서 삐져나오는 요염한 네온사인만이 어둠을 밝히고 있을 뿐이었다. 가끔 한적한 골목으로 회초리 같은 칼바람이 세차게 몸을 움츠리게 했다. 그는 이런 데서 목욕탕이 될까 싶어 반신반의하면서 부동산 중개인을 따라 건물로 들어섰다.

제일 먼저 건물 지하에 들어서니 수증기가 시야를 가렸다. 한쪽 에는 목욕탕 물을 데우는 가스보일러와 전기보일러가 '웅웅' 소리 를 내뿜으며 자리 잡고 있었고, 천정에는 파랗고 빨간 띠를 휘감은 관들이 이리저리 어지럽게 뒤엉켜 대형 수조 탱크와 연결되어 있었 다. 특히 쉼 없이 지하수를 뿜어 올리는 수중 모터의 덜덜거리는 굉 음 소리에 놀라 이 목욕탕을 거저 준다 해도 과연 자신이 이 복잡한 기계들을 작동시킬 수 있을지 자신감마저 뚝뚝 떨어지는 느낌만 받 을 뿐이었다.

'그래도 식당 일이나 우유 배달 일보다 더 어려울라고…'

그는 스스로 자신을 위로하면서 다시 반대편 쪽으로 들어섰다.

유리문에는 거미줄과 함께 여러 종류의 신용카드 스티커들이 너 저분하게 붙어 있었다. 오래전 유흥주점을 했던 흔적이 역력해 보였 다. 구석구석 살피기 위해 거미줄을 걷어내고 들어서니 일부 천장은 뜯겨 있었고, 벽에 붙은 대형 거울이 깨진 채 방치되어 있었다. 그리고 천장에는 누수되는 듯한 물 고드름이 군데군데 매달려 바닥에 놓인 깡통에 똑똑 떨어지고 있었다. 이 모습을 보고 나니 과연 이 건물을 매수해야 할지 말아야 할지 심한 갈등으로 요동쳤다.

또 여기저기 벽과 천장에는 거미줄이 널브러져 있었고, 어둠 속에서는 가냘픈 백열전등만이 이리저리 흔들거리고 있었다. 그야말로 몹시 을씨년스럽고 음산한 기운이 서린 낯선 풍경이 아닐 수 없었다. 부동산 중개인과 집주인이 이곳을 빼먹고 그냥 지나치려는 이유가 따로 있었다. 1층은 여탕과 카운터 방이 하나 있었고, 2층 남탕에는 이발관과 미니 헬스장 그리고 수면실이 자리 잡고 있었다. 그리고 3층부터 5층은 원룸이 빽빽하게 차 있고, 살림집과 공동 세탁실이 별도로 있었다. 옥상에는 커다란 물탱크가 자리 잡고 한쪽에는 원룸 세입자들의 옷가지로 보이는 빨래들이 아무렇게나 널브러져 있었다.

원래 처음 집주인은 '남해장'이라는 간판을 내걸고 오랫동안 목욕탕과 여관을 운영하면서 떼돈을 벌었고, 주인이 바뀌고 바뀌어 나중에 원룸으로 허가받아 목욕탕과 달방이 된 건물이었다. 그는 그날 늦은 저녁 아내와 함께 다시 한 번 그 건물을 돌아보았다. 건물은 건축된 지 오래되어 낡은 상태였지만, 지목이 일반상업지역이라는 매력 때문에 그의 신경을 마비시키고도 남았다.

'그래도 우유 대리점 한 것보다 못할라고…'

그의 아내는 혼잣말로 투덜거리더니 결국 목욕탕 건물 인수에 동의했다. 특히 이곳은 광주의 관문 역할을 하는 교통 요충지였고, 개발에 대한 기대감도 있었기 때문에 향후 발전 가능성이 충분해 보여 은근히 더 욕심이 났다. 그날 저녁 그는 아내와 함께 최종 검토를 마치고, 다음날 바로 계약서를 작성했다. 모든 활용 가능한 재산을 정리하여 잔금을 치르다 보니 자금이 부족해 자신과 아내의 결혼 패물까지 처분하기에 바빴다.

목욕탕집 남자

　목욕탕을 인수하고 나서 며칠 동안 그는 맨붕 상태가 계속되었
다.

　여탕은 겨우 현상 유지가 되었지만, 남탕이 문제였다. 남탕의 손
님은 하나하나 열 손가락으로 셀 정도로 너무 뜸했다. 인근에 목욕
탕이 없어 어쩔 수 없이 가까운 그의 집을 이용하는 손님이 대부분
이었다. 이유를 알기 위해 손님들을 붙잡고 말을 걸어보기도 했다.
이발사 혼자서 세신 일과 목욕탕 청소까지 겸하고 있었다. 그는 임
대료 한 푼 내지 않고 오히려 매달 청소비만 따박따박 챙겨갔다.

　또 남탕 옆에는 헬스장과 수면실이 별도로 있었다. 그래서 새벽
부터 숙박비가 없는 젊은이들과 노숙자들이 오후 늦게까지 수면을
청하기도 했다. 그는 오갈 데 없는 그들을 위해 공덕을 쌓는 마음으
로 홀대하지 않고 친절하게 대했다. 마침내 세신사 겸 이발사를 채
용했다. 서울 시내 목욕탕에서 경험 많은 젊은 이발사였다. 그에게
방 하나를 거저 주고 좋은 조건을 내걸었다. 다행히 새 이발사가 바
뀌자, 남탕에도 손님이 점점 늘어나기 시작했다. 그러나 그 이발사

도 몇 조금 못가 펑크를 냈다. 그는 시내 목욕탕으로 스카우트되어 말도 없이 사라졌다.

또 목욕탕 물은 주로 지하수를 이용하기 때문에 연수기(軟水機)는 매우 중요한 역할을 했다. 연수기는 양이온 교환수지와 소금이 혼합하여 경수(硬水)를 연수(軟水)로 바꿔주는 역할을 하기에 목욕탕에서 절실히 필요한 기자재였다. 전 건물주는 고장 난 연수기를 그대로 방치한 채 대형 고무통에 소금을 녹여 수동으로 수돗물과 섞여 흘려보내고 있었다. 정말 조잡하기 짝이 없었다. 즉시 고가(高價)의 연수기 두 대를 들여와 매일 시간에 맞추어 정수하는데 게을리하지 않았다. 신기하게도 수질이 눈에 띄게 나아졌다. 고객들은 주인이 바뀌니 물도 좋아지고 인심도 좋아졌다며 이구동성으로 칭찬을 아끼지 않았다. 그 밖에도 건물 외벽 드라이비트 공사와 옥상 방수로 새 단장을 하고, 물탱크도 직접 들어가 대청소를 마쳤다.

이렇게 그가 인수한 후 목욕탕은 차츰 세련된 모습으로 바뀌어 갔다. 단골들도 이젠 옛날 동네 목욕탕이 아니라 사우나 수준이라며 은근히 자부심을 느꼈다. 어떤 이는 자신의 품격을 생각해서 목간통에 갔다고 말하지 않고 사우나 갔다 왔다고 말하는 세련미를 과시하기도 했다.

목욕탕 내에 열탕과 냉탕을 따로 준비했다. 손님들은 소위 천당과 지옥을 쉼 없이 오가며 사우나를 즐겼다. 그는 그들이 마음껏 기분을 만끽하라는 의미에서 칸딘스키의 「뜨거운 추상」과 몬드리안의 「차가운 추상」의 그림을 각각 걸어 두었다. 그리고 목욕탕 내 거울에는 그가 졸업한 초등학교에서부터 대학원까지 동창회 이름도 새겨 넣었다. 이것도 하나의 고도 영업전략이었다. 손님들은 일없이 말을 걸어왔다.

"내 고향 사람을 여기서 만나니 너무 반갑습니다. 내가 사장님 중학교 후배입니다. 내가 고등학교를 여기 졸업했다네. 옛날에 학교 선생님까지 했던 사람이 무슨 사연이 있어서 이런 고생길에 들어섰담?"

어느 겨울날이었다.

새벽부터 마치 하늘에서는 구멍이라도 뚫린 듯 함박눈이 하염없이 쏟아졌다. 그가 지난해 우유 대리점 할 때 남의 점포에서 눈을 쓸 때와는 딴판이었다. 그의 목욕탕 건물 앞은 쓸어도 쓸어도 눈송이는 금세 새하얀 목화솜이 되어 두툼한 솜이불을 만들어 냈다. 그러나 그는 하나도 힘들지 않았다. 우유 배달처럼 목욕탕도 새벽에 일어나는 것은 매한가지였다. 다만 우유는 남에게 아쉬운 부탁을 많이 해야 했지만, 목욕탕은 비교적 그런 일이 드물다는 것이었다. 또 무엇보다 위험한 새벽 운전을 하지 않아서 좋았다.

그는 항상 감사하는 마음으로 새벽마다 피곤한 몸을 이끌고 자리를 박차고 일어났다. 그리고 목욕탕 문을 열고 매일 청소하는 것을 게을리하지 않았다.

화요일의 남자

그는 목욕탕 일을 시작하면서 나름대로 여러 아이디어를 냈다.

아내와 함께 인근 상가와 주택을 돌며 사우나 홍보지를 붙이고, 추첨권을 배부해 경품을 추첨하는 행사도 했다. 나이 지긋한 손님들, 특히 멀리 시골에서 찾아오는 손님들의 목욕비는 반값으로 깎아 주고 세면용품은 서비스했다.

나이 든 여성 손님들이 성인용 보행기를 끌고 목욕탕을 찾아오는 경우가 종종 있었다. 하찮은 일 같지만, 그는 즐거운 마음으로 무거운 보행기를 올리고 내리는 일도 마다하지 않았다. 그들은 그의 작은 배려에 무척 고마워하고 좋아했다. 서비스업은 특히 입소문이 무지 중요했다. 마침내 경태네 목욕탕을 찾은 손님들은 물 묻은 바가지에 깨 붙듯 늘어나기 시작했다.

수건은 궂은 날씨에만 건조기를 사용하고 대부분은 햇볕에 말렸다. 햇볕에 말렸을 때 그 느낌은 건조기가 따라올 수가 없었다. 오뉴월 햇볕을 만난 수건은 하얗다 못해 눈이 부시도록 반짝였고 까슬까슬 감촉도 참 좋았다. 또 목욕탕에 온 손님들의 거스름돈은 반드시 한국은행에서 교환한 빳빳한 새 지폐를 사용했다. 손님들은 목욕도 깨끗이 하고 새 지폐를 받으니, 기분이 좋다고 이구동성으로 입을 모았다.

소소하지만 이런 아이디어가 인근에 입소문이 나기 시작하자, 손님들도 우후죽순처럼 더 늘어났다. 휴일과 명절이 돌아오면 옷장이 부족하기도 했다. 이발사는 이런 일은 처음이라면 즐거운 비명을 질러댔다. 목욕탕의 하루 수입은 적었지만 그래도 손님 한 사람 한 사람이 들이민 구겨진 현금이나마 따박따박 들어와 돈 세는 재미가 쏠쏠했다.

'물장사는 밑져야 본전이다.'라는 말이 맞는 말이었다.

커피 장사는 안 해봐서 모르겠지만, 우유 장사도 그렇고 목욕탕도 그랬다. 이 업종들을 상대한 사람은 주로 서민층이었다. 오히려 그들이 우유도 많이 찾고, 목욕탕도 많이 찾았다. 그들의 집에는 샤워 시설이 잘 갖춰지지 않았거나, 우유가 다른 보양식이나 선식들보다 값싸기 때문이 아닐까.

목욕탕 휴무는 어느 누가 화요일로 정했을까?

그의 목욕탕도 예외는 아니라서 화요일에 쉬기로 했다. 그는 휴일에도 쉬지 않고 지하실의 보일러와 모터를 점검하고, 각 방의 수도나 화장실 수리 등으로 바쁜 하루를 보냈다. 하지만 그래도 화요일이 쉬는 날이었기 때문에 누군가와 만남 약속은 대부분 화요일에 잡곤 했다. 그래서 그는 화요일에만 만날 수 있는 '화요일의 남자'로 불리었다.

그의 하루 시작은 매일 새벽 5시.

이 시간은 목욕탕 개장 준비시간이다. 그에게는 화요일만 빼고 일주일 내내 반복되는 의례 행사이다. 제일 먼저 일어나서 목욕탕의

온수를 받고, 원룸 계단과 복도를 청소했다. 그리고 목욕 재개를 마치면 오늘 하루 무사 기원을 천지신명에게 올렸다. 그래서인지 그는 항상 잠이 부족했다. 항상 빨간 토끼 눈을 하고 입이 찢어지게 하품하다가 병든 닭처럼 꾸벅꾸벅 졸기 일쑤였다. 어떤 때에는 손님이 오는지 모르고 침을 흘리다가 손님이 소리쳐서야 후다닥 깨어나기도 했다.

오전 9시에는 아내와 교대하고 매일 사직도서관을 찾았고, 휴일에는 안집에서 임용고시 준비를 계속해 나갔다. 그리고 저녁에는 결산을 마치고 공실이 있는 달방을 청소했다. 또 매일 지하 보일러실에 내려가 연수기와 보일러도 점검했다.

특히 경태가 목욕탕 설비 분야에 미숙해 어려움을 겪을 때마다 도움을 준 친구가 있다. 그는 터널이나 지하철공사의 대형 장비를 대여 판매하는 엔지니어다. 호남 일대에서 그의 기술을 따라가는 이가 거의 없을 정도다. 그래서 그는 항상 24시간 바쁜 사람이다. 그는 장비를 수리하기 위해 멀리 라오스까지 장기 출장을 다녀오기도 했다. 그 친구 덕분에 목욕탕을 수월하게 운영할 수 있었다. 참 고마운 친구였다.

그는 경태를 만날 때마다 이렇게 조크를 던지곤 한다.

"이 선생! 오늘도 목욕탕 손님 많았제? 자네가 덕이 많아 앞으로 계속 물 묻은 바가지에 깨 붙듯이 손님이 넘쳐날걸세."

"친구! 고맙네. 항상 자네 덕분에 힘이 불끈불끈 솟아난다네."

그는 경태 호칭을 이 사장보다는 이 선생이라고 불러주었다. 그것도 참 고마웠다.

목욕탕과 달방을 함께 관리하느라 항상 바쁜 날이 계속되었다. 특히 달방에 거주하는 세입자들의 관리에 매우 신경 쓰였다. 그들은 혼자 살면서 수입이 일정치 않기 때문에 건강도 걱정되었다. 세입자들이 며칠 보이지 않으면 우선 신변에 이상이 없는지 꼭 살펴봐야했다. 경태 부부는 집주인 그 이상의 역할을 하고자 했다. 가정불화로 달방을 달라고 찾아오는 사람을 잘 타일러 집으로 돌려보내기도 하고, 세입자들의 이야기를 자주 들어주고 외로움을 달래주는 벗 역할도 마다하지 않았다. 명절이 돌아와도 고향에 내려가지 못하는 이들을 위해 조촐한 선물을 준비하고 음식도 함께 나누었다. 그런 덕분인지 처음에는 데면데면하던 세입자들이 시간이 갈수록 마음의 문을 열기 시작했다.

하지만 이 같은 노력에도 불구하고 세입자가 마냥 좋은 사람만 있는 것은 아니었다. 월세가 밀려 한밤중 몰래 밤 봇짐을 싸는 일이 비일비재했다. 차라리 이런 사람은 양반이었다. 심지어 그동안 밀린 공사 인건비를 받으러 간다고 차비까지 빌려 짐은 그대로 놓고 몸뚱이만 빠져나가 돌아보지 않았다. 이래서 함흥차사란 말이 나온 것 같았다. 경태는 매일 생활고에 시달리는 그들에게 알고도 속아주고 모르고도 속아주었다.

언젠가 세입자 한 사람이 보이지 않았다. 문은 잠겨 있었고 인기척도 없었다. 느낌이 좋지 않아 문을 두드리고 세입자의 지인들까지 수소문했다. 알고 보니 그는 방안에서 스스로 목숨을 끊어 버렸다. 흔히 말하는 외로움을 이겨내지 못한 고독사였다. 경찰의 조사를 받고 돌아오는 길이 너무나 힘들고 두려웠다.

경태는 오랫동안 교직 생활에 물들어 사회 물정은 통 모르며 지내왔다. 사회 친구들은 나쁜 사람보다 좋은 사람이 훨씬 많았다. 목욕탕을 하면서 이곳에서 처음 사귄 친구들이 있다. 이 친구들은 '우물 안의 개구리'인 경태를 드넓은 강으로 이끌어 준 친구들이다. 이들은 지역 봉사활동을 내 일처럼 하면서 다른 지역까지 봉사활동을 마다하지 않았다. 특히 그들은 자매결연을 하여 매년 봉사활동과 정보교환으로 가까운 이웃이 되었다.

그야말로 그들은 상남자였다. 술도 잘 마시고 의리가 있는 친구들이었다. 한마디로 의리 빼면 시체라고 해도 과언이 아니었다. 그들은 경태가 목욕탕 영업을 하는 동안 민원에 시달리거나 어려울 때마다 경태 편이 되어준 간 큰 남자로 통하는 동네 유지들이었다. 자신은 그리 대단하지 않은데 그들은 경태를 대단한 사람으로 대해주었다. 그들은 봉사단체 임원 활동을 하면서 경태에게 봉사 정신이 무엇인지 일깨운 진정한 친구다. 그리고 그들은 경태가 임용고시에 합격했다는 소식을 듣고 자기 일처럼 먼저 기뻐하며 축하했다.

경태는 임용고시에 합격하고 나서야 마침내 그 지긋지긋한 '목욕탕집 남자와 화요일의 남자'를 동시에 졸업하게 되었다.

불효부모(不孝父母) 사후회(死後悔)

지난 과거를 돌이켜보면 옛 성현의 말은 하나도 틀림이 없다. 당연히 오늘을 살아가는 경태에게 항상 앞으로 나아갈 좌표가 되고 큰 교훈을 주었다. 부모가 연로하게 되자, 농사일은 접고 논밭은 전부 동네 후배에게 맡겼다.

그의 어머니는 텃밭에 고추나 상추를 심어 자식들에게 나눠주는 게 낙이라고 했다. 그러나 부모님이 모든 것을 내려놓고 마음 편하게 마을회관에 놀러 다니며 손자들의 혼인도 지켜보고 노후를 보내는 것이 경태 형제간들의 소원이었다. 하지만 그것도 오래가지는 못했다. 그녀는 파킨슨 치매 진단을 받았고, 그의 아버지는 고질병인 통풍을 평생 달고 고통을 호소했다. 그의 어머니 병환은 나아지지 않고 점점 깊어만 가 하루 한두 시간씩 요양보호사의 긴급 돌봄이 필요했다.

그의 꿈은 아주 단순했다.

어서 빨리 임용고시에 합격해 부모님을 그가 발령받은 곳으로 데려가는 것이었다. 그러나 목욕탕 일이 바쁘다느니, 임용고시를 준비한다느니 이 핑계 저 핑계로 부모님을 모시지 못한 것이 두고두고 한이 되었다. 결국 얄팍하게 잘못 판단한 일련의 실수들이 지금도 그의 가슴 속을 평생 후벼파고 있다.

결국 2013년 4월,

그의 어머니와 아버지는 시내 요양병원에 입원했다. 목욕탕에 엘리베이터가 없다는 어설픈 핑계로 결국 부모님을 입원시킨 그는 이미 불효자가 되고 말았다. 부모님을 업고 오르내리더라도 그의 집에서 모셔야 했다. 조금만 더 깊이 생각했다면 이런 일은 없었을 것이다.

'부모는 열 자식 길러도 자식은 한 부모 못 거둔다.'라는 말은 경태를 두고 한 말 같았다. 그의 삼형제는 병원 임직원들이 귀찮아할 정도로 자신들의 부모를 찾았지만 직접 모시지 못한 죄책감을 쉽사리 떨칠 수 없었다. 대신 휴일이 되면 부모님을 집으로 모셔 와서 목욕도 시키고 좋아하는 음식을 함께 나누며 뜻깊은 시간을 보냈다.

특히 그의 아버지는 따뜻한 찜질방을 참 좋아했다. 그의 동생과 제수들이 부모 앞에서 율동과 재롱을 부려 잠시나마 기쁨을 선사했다. 다행히 그의 어머니는 규칙적인 생활과 식사를 통해 점점 건강을 회복하였고 치매 증상도 거의 보이지 않았다.

그런데 어느 날 병원에서 리모델링 공사를 이유로, 환자들에게 인근 신축 병원으로 옮길 것을 권했다. 신축이라는 말에 경태 아버지는 마음이 동(動)해 그곳으로 옮겨가고 싶어 했다. 그는 신축 중일 때부터 그 병원을 몇 차례나 찾아갈 정도였다. 결국에 부모들이 새로운 병원으로 옮기게 되었는데 미리 개원 준비가 되어 있지 않아 생각보다 불편함을 많이 느꼈다.

특히 그의 어머니는 새로운 병원에 당최 적응하지 못했다. 그런 이유인지 시름시름 앓다 결국 신우신염 진단을 받았다. 그녀가 아픔을 호소할 때마다 그의 아버지는 걱정스러운 투로 빈말을 툭툭 던졌다.

"아무래도 느그 어머니 올겨울 못 넘길 것 같구나."

그녀는 입원 중에 누워만 있다가 걷지 못해 퇴원하고 나서는 휠체어에 의지하게 되었다. 경태는 공구상가를 찾아가 몸을 지탱하는 보조기구를 구해서 매일 그녀 몸에 부착시켜 걸음마를 시켰다. 그러면서 그의 꿈은 더욱더 단단해져 갔다. 그리고 그는 하루빨리 임용고시에 합격해서 특별 제작한 휠체어에 부모님을 태워 전국을 일주하는 꿈을 꾸었다.

두 분은 각각 다른 방에서 지냈는데, 경태 아버지는 외출하고 돌아오면 꼭 그녀 옆에서 휴식을 취하다가 그대로 잠이 든 적이 많았다. 어쩌면 그의 아버지는 그녀와 오랫동안 이승에서 함께할 수 없다고 예견이나 한 듯이, 못다 한 마음을 한꺼번에 표현하려고 애썼다. 집으로 돌아오는 그의 발걸음이 더 무거웠다. 그럴수록 그는 임용고시 합격이 더 다급해졌다.

그날따라 주자(朱子) 십회훈(十悔訓)의 한 대목인 '불효부모 사후회'가 순식간 경태 뇌리를 빠르게 스쳤다.

연습 시험

2014년,

그해는 유난히 대형 사고가 많은 해였다. 인천에서 출발해 제주
도로 가던 여객선 세월호가 침몰해 304명이 사망한 사건이었다. 특
히 제주도로 수학여행 가는 고등학생이 대부분 탑승객이어서 안타
까움을 더 자아냈다. 공교롭게도 이와 관련된 안전 문제가 여지없이
임용고시 교직 논술 문제로 출제되었다.

그해 6월, 전남 초등교사 임용공고가 인터넷에 발표되었다.

당시 목욕탕을 운영하면서 교직으로 돌아갈 길을 고민하던 그의
아내가 임용고시에 도전해 보라고 적극적으로 권했다. 돌아가더라
도 정공법을 택하라는 것이었다. 경태는 곧바로 수험교재를 구하기
위해 광주교대 서점으로 내달렸다. 하지만 서점 주인은 경태가 나이
도 많고, 준비가 덜 되었다고 판단했는지 고개를 갸우뚱했다. 그는
경태 입장을 다 듣고 나서 당장에 합격하기는 쉽지 않겠다는 듯 조
심스럽게 말을 꺼냈다.

"선생님! 죄송한 말씀인데 세상일이 그저 의욕만으로 되던가요?

임용고시라는 게 그렇게 호락호락하지 않습니다. 마음을 단단히 먹고 차분하게 준비해야 합니다."

"사장님! 교직으로 돌아가는 것이 저의 마지막 꿈입니다. 앞으로 임용고시에 합격할 수 있도록 자세한 정보를 알려주십시오."

그는 서점 주인에게 넙죽 절하며 매달렸다. 모든 시험이 그렇듯 정보가 매우 중요한 역할을 했다.

잠시 후, 주위에는 졸업반으로 보이는 임용 준비생들이 하나둘씩 서점 주인과 상담을 위해 서성댔다. 그들은 마치 경태가 빨리 자리를 떴으면 하는 듯한 눈치였다. 그는 상당한 정보를 타 교대서점과 공유하고 있었으며, 마치 서점이 임용고시 상담소 같다는 느낌을 받았다. 서점 주인은 기본적인 정보부터 경태에게 말해 주었다. 우선 수험 요강은 대충 이러했다. 1차는 교직 논술, 교육과정 A, 교육과정 B, 한국사 2급이고, 2차는 교직 적성 심층 면접, 수업 실연, 영어면접 및 영어 수업 실연이었다.

경태는 우선 급한 마음에 그가 추천한 요점 정리 문제집을 구했다. 그리고 임용고시의 필수 과목인 한국사 준비도 뒤늦게나마 EBS 인터넷 강의를 듣기 시작했다. 하지만 시험을 급하게 준비한 나머지 한 문제 차이로 아깝게 한국사 2급 시험마저 놓치고 말았다. 한국사 과목이 필수인데 그는 말짱 도루묵 신세가 되고 말았다. 시험을 아무리 잘 보아도 낙방은 불을 보듯 뻔했다.

그렇게 힘이 팍 풀려 있는데, 지인들은 출제 경향이라도 알아보려면 연습 삼아 한 번 응시하는 것이 어쩌겠냐고 조언했다. 멀리 보고 가야 한다는 것이었다. 용기를 내 한 번 시험에 응시하기로 했다. 시험 당일 새벽 아내와 목욕탕 카운터를 교대했다. 그는 아내에게 차마 시험 본다는 이야기는 하지 못하고 대충 둘러대고 나왔다.

광주에서 출발하여 고사장인 목포에 도착했다. 고사장 앞에는
후배들의 합격을 기원하는 응원 소리와 함께 고사장까지 따라 나온
학부모들이 한꺼번에 뒤 섞여 북새통을 이루었다. 먼저 후배들이 건
네준 따뜻한 차로 추위를 달래며 교문에 들어섰다. 고사장은 감독관
의 철저한 통제로 아무나 들어갈 수 없었는데, 그는 그냥 통과했다.
아마 경태가 수험생보다는 시험 감독으로 보였던 것 같았다.

고사실에 도착하니 벌써 수험생들이 하나둘씩 자신의 자리에서
책을 이리저리 뒤적이며 초조하게 시험시간을 기다리고 있었다. 어
떤 수험생은 경태를 시험 감독관으로 착각하고 얼른 자신의 자리로
돌아가 정자세를 취하기도 했다. 또 다른 수험생은 경태가 마치 번
지수를 잘못 찾은 이상한 사람으로 보였던지 한참 동안 위아래를 훑
어보며 고개를 갸웃거리기도 했다.

그중에서 신경 쓰인 수험생 한 사람이 경태의 시선에 들어왔다.
그는 덥수룩한 턱수염을 한 채 책상 한쪽에 책을 산더미같이 쌓아두
고 핫팩을 이리저리 흔들며 신경질적으로 책장을 넘겨댔다. 경태는
이런 것에 신경 쓸 겨를이 없었다. 지정된 좌석에 앉아 눈을 감고 긴
장된 채 시험시간을 기다렸다. 그리고 시험 준비도 제대로 안 된 자
신이 과연 이 자리에 앉을 자격이 있을까 골똘히 생각에 잠겼다. 마
치 회비도 안 내고 모임에 참석하여 불안하게 음식을 기다리는 기분
이었다.

'이번엔 일단 경험 삼아 보는 것이니 끝까지 최선을 다해 보자.'

하지만 시험 문제는 경태가 생각한 것보다 훨씬 어려웠다.

한 두어 달 걸려 벼락치기 해서 시험을 보러왔으니 당연하다 하
겠다. 첫 시간 교직 논술 문제는 그해 세월호 사건을 겪은 탓인지 학
교 안전사고와 관련된 문제가 출제되었다. 경태의 예상이 적중했

다. 둘째 시간 교육과정은 아는 문제도 별로 없었고 문제가 어려워 거의 손도 못 댔다. 시험지를 받아본 순간부터 내내 자신감이 뚝뚝 떨어져 위축감만이 한꺼번에 물밀듯이 밀려왔다.

'내가 번지수를 잘못 찾아왔구나.'

시험을 마치고 아무 일이 없다는 듯 털래털래 고사장 밖으로 나왔다. 수많은 수험생이 한꺼번에 쏟아지는 바람에 가만히 있어도 그는 저절로 떠밀려 나오는 곤욕을 치렀다. 교문 밖에는 학부모들이 수험생을 기다리고 있었다. 자신들의 자식을 찾으려는 눈초리가 나만 뚫어지게 쏘아 보는 것 같았다.

그들 모두의 표정은 웃음기라고 찾아볼 수 없는 무표정 그 자체였다. 수험생들은 시험이 끝나서인지 가벼운 발걸음으로 가족들과 상봉하고 있었다. 그러나 그의 마음은 정반대로 마치 화장실 갔다가 밑 안 닦은 사람처럼 몹시 찜찜했다. 빨리 이 자리를 피하고 싶었다. 그는 그 모습을 뒤로한 채 고속도로를 향해 쏜살같이 질주했다.

새로운 등용문(登龍門)

경험 삼아 본 연습 시험이 결코 헛볼 찬 것은 아니었다.

그나마 다행이었던 것은 고사실에서 후배를 만난 것이었다. 시험 전부터 경태에게 그토록 신경을 쓰게 한 덥수룩한 턱수염의 소유자! 바로 그 남자가 바로 그였다. 그는 부산교대를 졸업하고 교직에 뜻이 없어 외국에서 사업을 하다 얼마 전 정리하고 임용고시에 도전했다. 임용시험에 몇 번 고배를 마신 그는 시험에 대해서는 이미 달인이었다. 그는 누구보다도 많은 임용 정보를 꿰뚫고 있어 경태는 도움을 받을 것이라는 확신이 섰다.

시험이 끝나고 나서 서로 연락처만 주고받고 헤어졌다. 그는 얼마 안 있어 연락을 해왔다. 교육청에서는 시험에 낙방한 수험생들이 이의를 제기하면 답안지를 확인시켜 준다고 했다. 그는 한꺼번에 여러 가지 팁을 주었다.

"행님! 임용고시는 독불장군처럼 혼자서 하면 절대로 안 됩니데이. 노량진 학원에 등록해서 인터넷 강의를 들어야 합니데이. 알았지에."

경태에 대한 후배의 호칭은 어느새 선배님에서 형님으로 바뀌어 있었다. 비록 짧은 만남이었지만 그는 한꺼번에 많은 정보를 경태 머릿속에 넣어주려고 진땀을 뺐다. 그는 비위가 참 좋은 사람이었다. 거기다가 그는 뛰어난 초등 임용 정보통이었다. 후배는 특히 '초등 임용 함께해요.'라는 인터넷 사이트에 가입해서 정보를 교환해야 한다는 것을 입이 닳도록 씨부렁거렸다. 가까스로 사이트에 가입한 경태는 정보를 교환하기 시작했다. 그리고 공부하다가 이해가 안 가거나 궁금한 내용은 모두 그들에게 문의하면 곧바로 답을 올려주었다. 거기서 정보를 모으면서 그동안 자신이 얼마나 안일한 생각으로 임용고시를 치르려 했는지 뼈저리게 깨달았다.

경태는 본격적으로 임용고시를 준비하기 시작했다. 제일 먼저 체면을 무릅쓰고 현직에 있는 지인들을 찾아가 교과서와 지침서를 공수받았다. 1학년부터 6학년까지 교과서와 지침서만 160여 권이 훨씬 넘었다. 거기다가 국정교과서 이외의 책까지 합하면 그 배가 넘었다. 그들은 임용고시에 도전한다는 경태의 용기가 하도 가상하다며 헌책들을 주섬주섬 모았다.

"나는 자네의 집념을 믿네. 열심히 해서 꼭 합격하게."

그들은 경태에게 아낌없는 격려와 용기를 북돋아 주었다.

매일 기상하여 목욕탕 잡일을 마치고 자전거로 푸른 길을 따라 공공도서관을 찾았다. 그와 함께 달리는 자전거 뒷짐 칸에는 항상 노트북과 책가방이 실려 있었고, 그의 아내가 정성껏 싸준 도시락도 함께했다.

봄이 되어 겨우내 잠들었던 삼라만상이 깨어나 초록으로 물들어 갈 때 그는 잠깐 사색에 잠겼다.

'이제 저 녹음은 언제쯤 단풍으로 물들까? 조금만 참고 힘을 내

자.'

　어서 빨리 임용시험이 자신의 코앞에 다가올 날만 손꼽아 기다렸지만, 당최 시간은 나뭇가지에 걸린 방패연처럼 오랫동안 걸려 있었다.

학부모는 고사장에 들어갈 수 없습니다

2015년 9월,

이번에는 방향을 180도 바꿔 경태는 강원도교육청에 임용고시를 접수했다. 딸내미 셋이 모두 서울에 거주하고 있어서, 좀 더 가까운 곳에서 아이들의 사는 모습을 들여다볼 수 있을 것 같았다. 그의 아내 역시 맞장구쳐 주었다.

그는 매일 새벽 4시에 기상하여 목욕탕 개장 준비를 마치고 나면 카운터에 앉아서 인터넷 강의를 들었다. 모든 강의 내용을 두세 번씩 반복해서 듣고 핸드폰에 녹음하는 것도 잊지 않았다. 녹음된 강의 내용을 청소할 때도, 운전할 때도, 옥상에 수건을 말리러 갈 때도, 지하실에서 연수기 작동할 때도 반복해서 듣고 또 들었다. 그리고 그는 자주 서점을 찾아가 각 대학의 모의고사를 입수해서 실제 임용고시 시간대에 맞추어 풀고 기출문제도 꼼꼼히 분석했다.

교과별 배점은 다음과 같았다.

국어와 수학 각 11점, 사회와 과학 각 9점, 체육 8점, 영어 7점, 음악과 미술 각 5점, 도덕과 실과 각 4점, 통합교과 4점, 총론 3점

등 총점 80점이 만점이었다.

'영어와 수학 과목은 수능 수준으로 출제되기 때문에 내 실력으로는 한계가 있다. 결국에 나는 다른 과목에서 거의 만점을 받아 그 빈틈을 메꾸어야 한다.'

그는 이렇게 나름대로 득점 전략을 수립했다. 따라서 일부 과목은 지도서를 달달 외워야 했다.

2015년 11월, 임용고시 응시를 위해 강원도 춘천에 도착했다. 그는 시험 전날 예약한 숙소에 짐을 풀고 고사장인 춘천의 한 중학교를 둘러보았다. 그는 일 년 동안 피땀 흘려 노력한 대가를 올곧이 합격이라는 그릇에 담아내야 하는 부담을 안고 있었다. 책가방을 바투 끌어안았다.

아침 일찍 고사장을 향했다. 고사장에는 후배들이 하나같이 선배들의 합격을 기원하는 현수막과 함께 북과 꽹과리를 치며 응원하고 있었다. 빠른 걸음으로 교문을 통과하는 순간 시험 감독관이 경태를 가로막았다.

"학부모는 고사장에 들어갈 수 없습니다."

"네? 저도 수험생인데요."

경태는 반사적으로 수험표를 꺼내어 그의 턱밑에 들이밀었다. 그는 한참 동안 수험표를 들여다보더니 죄송하다며 연신 고개를 숙였다.

1교시 교직 논술 문제는 경태가 어느 정도 예상했던 문제가 출제되었다. 유사한 문제가 출제되리라 예상하고 몇 차례 정리했었다. 별로 까다로운 문제는 아니어서 연습 용지에 미리 쓰고, 차분하게 정서해 나갔다. 2교시 교육과정 A 시간이 끝났다. 시험을 마치고 화장실에 다녀오는 길에 그는 저절로 콧노래가 흘러나왔다. 지난해 시험 본 것과 전혀 딴판이었다. 그는 마음속으로 다른 수험생이 알아차리지 못하도록 '아자아자' 하고 읊조리며 주먹을 불끈 쥐어 보였다.

'3교시 교육과정 B에 좀 더 집중하자. 그리고 실수하지 말자.'

다행히 3교시 교육과정 B도 어렵지 않게 출제되어, 그는 가슴을 쓸어내렸다. 무사히 1차 시험을 마치고 교문 앞에서 기념사진을 찍었다. 수염이 덥수룩했고, 옷차림도 유난히 촌스러웠다. 이것은 하나도 문제가 안 되었다. 시험을 잘 봐서 그런지 너무 신이 나고 발걸음도 가벼웠다.

광주로 내려가는 버스를 타기 위해 춘천 고속 터미널에 도착했다. 그는 돌아오는 버스 안에서 시험지를 꺼내 가채점해 보았다. 결과는 합격이었다. 하느님이 채점한다 해도 합격이었다.

1차 시험 합격자 발표일 오전 10시,

두근거리는 마음을 진정시키고 인터넷을 검색한 결과 합격이었다. 면접은 오히려 더 자신 있었기 때문에 조금 소홀하게 준비했던 것 같다. 학원 강사는 수험생들에게 농담조로 이렇게 조언했다.

"면접관 앞에 가서 김일성 만세만 부르지 마십시오."

한 달 후 어김없이 면접일이 돌아왔다. 둘째 딸내미가 차려준 아침을 먹고 어두운 새벽 청량리역에서 청춘열차로 갈아타고 춘천으로 향했다. 열차는 새벽 공기를 가르며 가평에 도착했을 때 비로소 날이 훤히 밝아 창문으로 아침 햇살이 새어들었다. 그는 다른 수험생보다 제일 먼저 고사장에 도착했다. 아직 고사장은 문이 열려 있지 않았다. 그는 크게 심호흡하고 나서 면접에 나올 만한 문제를 정리했다.

2차 면접 첫날,

교직 적성 심층 면접은 9시부터 시작되었다. 수험생들의 핸드폰은 모두 압수되었다. 수험생들은 대기실에서 대기하고 있다가 수험번호 순서에 의하여 구상실에 입실했다. 대기실의 경비는 삼엄했다. 화장실까지 감독관이 따라붙었다. 점심도 대기실에서 해결했다.

이렇게 첫날 면접을 마치고 다시 서울로 돌아와 다음날 2차 시험을 준비했다. 그리고 둘째 날은 일반 수업 실연(實演)과 영어 수업 실연 및 영어면접이 시작되었다. 다소 긴장은 되었지만, 면접관들이 마치 학생들이라 생각하고 무난히 수업을 마쳤다. 몇몇 면접관들은 고개를 끄덕이며 그의 수업 내용에 긍정적으로 호응했다.

다음으로 영어면접과 수업 실연이 있었다. 면접관이 영어로 질문을 던지면 수험자는 영어로 답변하는 조금 까다로운 면접이었다. 경태는 발음이 정확하지 않았지만, 묻는 말에 영어로 또박또박 답변을 마쳤다. 그리고 주어진 주제에 맞게 영어로 수업을 진행했다. 다섯 명의 면접관 중 대부분은 긍정적인 의사를 표현했다. 그러나 단 한 면접관만이 고개를 살래살래 흔들었다. 경태는 애써 마음을 숨겼다.

가장 어려운 영어면접도 무사히 마치게 되자 그는 당연히 합격할 것이라 확신했다. 하지만 결과는 불합격이었다. 이유를 알 수 없어 교육청에 확인해 보았지만, 기준에 적합하지 않아 불합격했다는 두리뭉실한 답만 얻을 뿐이었다. 불합격을 확인한 그는 사흘 동안 아무것도 먹지 못하고 그냥 몸져눕고 말았다.

시험에는 운이 많이 따른다고 하지만 열심히 노력한 대가가 좋지 못하니 다시 한 번 좌절하고 말았다. 경태는 다시 임용에 도전해야 할지 말지 긴 고뇌의 시간이 필요했다.

스파르타식 교육

경태 아버지는 2남 2녀의 장남으로 태어났다.

그 위로 누이가 둘, 아래로는 남동생이 하나 있었다. 남아선호 사상이 강한 경태 할아버지는 두 딸보다는 늦게 본 아들에게만 유독 관심을 가졌다. 그는 두 아들을 바지가랑이 밑에 놓고 조동 버릇을 받아 주며 키웠다. 그래서인지 몰라도 경태 아버지는 자식들 교육만큼은 엄격하다 못해 몹시 혹독했다.

그의 아버지는 고향을 등지고 부친을 따라 화원면 구림리 외가로 이사를 해 유년 시절을 보냈다. 그는 그곳에서 관립학교를 마치지 못하고 다시 고향으로 되돌아왔다. 그래서인지 그는 못 배운 것이 한이 되어 항상 가슴 한쪽에 응어리져 있었다. 자식들만큼은 굶어 죽는 한이 있어도 가르치는 것이 그의 인생 목표였다.

그는 나이 스무 살이 되던 해 혼인하고, 곧바로 6·25 전쟁 중 해병대에 입대했다. 그 후 군 병역을 마치고 큰딸을 얻었다. 그는 참전 용사로서 오랫동안 국가유공자 예우와 연금을 받아왔다. 못 배운 것이 한(恨)인 그는 아들을 모두 광주로 조기 전학시켜 학업에 정진하도록 했다. 그는 자식 교육에 있어서 정직, 건강, 근면을 강조하였는데 그중에서 특히 정직을 최고의 덕목으로 삼았다.

한 번은 벽에 낙서가 되어 있어 경태 남매는 서로 자신의 짓이 아니라며 남의 탓으로 둘러댔다. 자식들에게 항상 강조한 정직이 결국 그의 체면에 금이 가게 하는 꼴이 되고 말았다. 그는 자식들을 동지섣달 혹한의 날씨에도 불구하고 속옷 차림으로 닭장에 가뒀다. 그리고 기어코 진실 공방에 마무리 도장을 찍었다.

또 그는 위생 관념이 남달리 철저했다. 그는 매일 자식들의 손톱 검사를 하였고, 몸이 깨끗하지 못하면 공부도 잘할 수 없다는 말을 항상 강조했다. 그는 시간이 나는 대로 오 남매를 평상 위에 앉혀서 위생 검사를 했다. 순서대로 그의 머리맡에 뉘어놓고 귓속 청소를 자주 해주었다. 그리고 이로운 결명자를 텃밭에 심어 가을이 되면 이것을 수확하여 뜨거운 물에 우려내어 매일 마시도록 했다.

경태는 일주일에 한 번씩 하는 귓속 청소가 싫었다. 자식들은 서로 귓속 청소를 먼저 하지 않으려고 뒷걸음질했다. 왜냐하면 부드러운 면봉이 아닌 성냥개비로 귓밥을 깊숙이 후려 파서 무지 아팠기 때문이다.

"어라, 귓속에 큰 못이 박혔네. 움직이면 피 나온께 가만있어라이."

그래도 귓속 청소를 할 때는 귀가 멍멍거리고 따가웠지만, 나중에는 무지 시원하고 기분 좋았다.

경태가 공부하는 동안 그는 한 달에 한 번씩 꼭 광주에 올라왔다. 어린 자식들을 객지에 놔두고 마음이 놓이지 않기 때문이었으리라. 그는 항상 저녁에 오면 집에 할 일이 많다며 다음 날 새벽 첫차로 내려갔다. 경태가 광주에서 학교 다닐 동안 이 원칙은 한 번도 깨진 적이 없었다. 이런 그의 성화에 못 이겨 경태는 공부 외에 한 번도 허튼 생각을 해본 적이 없다.

한 번은 경태가 아버지와 함께 고향에 내려가다가 영산포에서 버스를 놓친 적이 있었다. 잠시 화장실을 다녀왔는데 이미 버스는 출발하고 없었다. 당시에는 버스가 중간 터미널에서 잠시 쉬어갔었다. 그러면 잡상인들이 부리나케 버스에 올라와 이리저리 휘저으며 돌아다녔다.

"껌 있어. 오징어 있어. 땅콩 있어. 달걀도 있어."

버스 안은 장사치들이 물건을 파느라 북새통을 이루었다. 그러다 보니 운전기사는 누가 화장실에 갔다 왔는지, 물건을 사러 갔다가 승차했는지 확인할 수 없었다. 결국 버스는 출발해 버렸다. 경태는 아버지를 잠시 잃어버려 급한 마음에 택시를 잡아타고 버스를 따라잡았다. 그는 택시비를 계산하고 나서 경태에게 꾸중했다. 잃어버린 아들을 찾는 것보다 더 반가운 일이 또 있을까 생각하며 경태는 아버지한테 죄송함과 서운함이 동시에 밀려들었다.

그는 일주일에 한 차례씩 꼭 편지를 보내왔다. 편지 속에는 항상 2,000원짜리 우체국 소액환이 함께 들어있었다.

경태야 보아라. 누나하고 건강하게 잘 지내느냐? 고향에는 할머니를 비롯해 부모님, 동생들 잘 있단다. 이곳 걱정은 하지 말고 공부에만 열중해라. 그리고 연탄가스 조심해라. 잠잘 때는 창문에 구멍을 뚫어놓고 잠자는 것 꼭 잊지 말아라.

아버지의 교육열

1990년 초, 경태 아버지는 마을에서 최초로 집을 신축했다.

그가 직접 설계하고 인부를 고용해 반년 만에 2층 양옥집을 완성했다. 그는 매년 집을 거의 뜯었다 고칠 정도로 집에 대한 집념이 강했다. 그의 일이 조금 어설프기는 했지만, 그래도 뚝딱하면 그럴싸하게 만들어서 동네 사람들은 '치간목수'라고 불렀다. 경태 집의 위치가 사람들이 자주 오가는 길목이다 보니, 자주 왕래하는 사람들이 많았다. 그는 술을 무척 좋아했다. 혼자서 마시기보다는 지나가는 사람을 불러서 함께 즐겼다. 대화 내용은 주로 아들 자랑으로 시작되었다.

"이 술은 아들이 사 왔는데 전국 과학전람회에서 특상을 받아 상금으로 안주까지 사 왔다네. 이번에는 전국 소년체전 배구 감독으로 갔다가 산 인삼주라네. 그라고 이 양주는 미국 연수 갔다가 사 왔네. 그래서 술맛이 기가 막힌다네. 이것은 지난해 일본 연수 갔다가 사온 일제 라이터라네. 어이 조가! 담뱃불 한 번 부쳐보게."

그는 자신의 기분을 제어하지 못하고 호탕하게 웃느라고 그 좋아하는 술마저 마시는 것을 잠시 잊어버리곤 했다. 마을 사람들은 그의 자랑에 늘 맞장구쳤다. 그는 성질이 무척 급했으며, 병뚜껑도 이빨로 따야 직성이 풀리는 소위 악바리였다. '아무나 해병이 된다면 나는 결코 해병이 되지 않았을 것이다.'라는 말을 입증이라도 하듯이 그는 유별난 정신력을 소유하고 있었다.

또 쥐고 있는 돈 한 푼 없이 동네에서 가장 큰 평수의 밭을 단번에 계약했다. 그래서 동네 사람들은 경태 아버지를 늘 치켜세웠다.

"이에 간에 송반 양반 보짱은 알아줘야 돼."

또한 그는 아들 자랑으로 산다고 해도 과언이 아니었다. 말하자면 아들을 마치 자신의 분신처럼 신봉했다. 그는 취기가 오르면 자식들을 부동자세로 세워놓고 일장 훈시를 하곤 했다. 그의 목소리는 매우 우렁차서 마을 정자까지 메아리쳤다. 그럴 때마다 경태 어머니도 함부로 끼어들지 못했다. 한마디로 말하자면 그의 가정교육은 자식들이 납작 엎드려 스스로 효도하지 않으면 안 될 정도로 어려서부터 단단히 다져왔다. 스파르타 교육은 저리가라였다.

그는 매우 멋쟁이기도 했다. 외출할 때는 양복을 세탁소에서 찾아오거나 직접 다려 입고 나들이했으며, 항상 백구두를 신었다. 또 여름에는 한산 모시옷을 즐겨 입었다. 그는 연예인이 아닌데도 여러 개의 중절모와 작업모, 야구모자를 포함해 사계절용 모자가 무려 서른 개도 훨씬 넘었다. 취미생활로 서예뿐만 아니라 릴낚시, 등산용품에 관심을 가지고 준비했다. 심지어 사냥도 한다며 공기총까지 준비하려고 하는 것을 경태가 억지로 말렸다.

또한 그는 귀가 아플 정도로 주자(朱子) 십회훈(十悔訓) 중에서 특히 두 가지를 자식들에게 주입했다.

'불효부모사후회(不孝父母死後悔)' 부모에 효도하지 않으면 돌아가신 후에 후회한다.

'부접빈객거후회(不接賓客去後悔) 손님을 제대로 접대하지 않으면 손님이 떠난 뒤에 후회한다.'

그는 일찍이 예를 소중히 여겼고, 조상을 잘 섬겼으며 아내와 함께 항상 부모님을 위해 지극한 효성을 다하는 효자 효부였다. 그리고 자신을 찾아온 손님들은 조촐하나마 최선을 다해 접대했다.

그는 경태가 신혼의 단꿈도 꾸기도 전에 며느리를 시댁으로 호출했다. 며느리가 최소한 한 달 정도는 가풍을 익혀야 한다며 시댁에 잡아 두었다. 그는 하루빨리 손자를 안아보는 것보다 가풍을 익히는 것을 더 중요하게 생각했던 것 같다. 경태는 고향에 갈 때마다 꼭 큰절을 올렸다. 그러나 이 일이 익숙해져 처가댁에 가서도 어색하지 않았다. 그다음에 손녀들의 절을 차례로 받았다. 그리고 묻는 첫마디는 사돈댁의 안부였다.

"아그야, 친정 부모님과 식구들은 별일 없이 무고하시더냐?"

"네. 모두 건강하시고 무탈합니다."

"오냐. 느그들이 집에 온다고 기별이 오면 통 잠을 못 잔다마다. 그라고 또 한 마디 덧붙이자면 혹시 친정 부모님께 용돈 한닢을 챙겨드리더라도 사위인 경태가 하고, 우리 시집 식구들에게는 며느리가 챙겨야 한다. 부부는 일심동체이거늘 항상 이 점 명심하도록 해라."

그리고 며느리에게 술상을 보도록 했다. 그는 계속 말을 이었다.

"그라고 먹을 것 하나를 입에 넣더라도 남에게 좋은 것을 먼저 권하고, 안 좋은 것을 내가 먹어야 하느니라."

그의 자식에 대한 교육의 열정 역시 대한민국에서 두 번째 가라고 하면 서러울 정도였다.

불효자의 변명

2014년 3월,

경태 어머니는 파킨슨 치매 진단받았고, 그의 아버지는 통풍으로 무릎 관절이 좋지 않아 보행할 때마다 지팡이에 의지했다. 경태 부모님의 건강은 한해 한해 거듭될수록 좋아질 기미가 보이지 않았다.

순한 그의 어머니도 성질이 갑자기 사나워지기 시작했다. 급기야 경태 아버지는 어머니와 함께 요양병원에 입원하게 되었다. 그때 경태는 목욕탕을 운영하면서 5층 안집에서 거주했다. 그런데 엘리베이터가 설치되지 않았다는 핑계로 부모님을 모시지 못한 것이 나중에 두고두고 후회되어 지금까지 경태 발목을 잡아 오고 있다.

그의 아내는 새벽부터 목욕탕 카운터를 지키고 있어서 자리를 비울 수 없었고, 경태는 임용고시 준비로 부모를 제대로 모실 수 없다고 생각했다. 사실 이건 핑계에 불과했다. 차라리 집 근처에 전세방이라도 얻어 부모님을 가까이에서 보살펴주었다면 그의 가슴 한쪽에 이렇게 시퍼런 멍이 들지는 않았으리라. 그의 부모님은 병원에 있다가 주말이면 집에 한 차례씩 들렀다. 그러나 5층까지 올라가기 불편해 찜질방에서 그냥 쉬었다 갔다. 부모님은 찜질방이 따뜻하다며 무척 좋아했다. 그는 아버지를 목욕탕으로 데리고 가서 정성껏 몸을 씻겼다. 그의 아버지는 아이처럼 무척 좋아하고 흐뭇해했지만, 온탕에 들어가는 것을 무서워했다.

'우리 아버지가 정말 귀신 잡는 해병대 출신이 맞나?'

이렇게 경태는 스스로 되물어보았지만, 세월에는 장사가 없다는 말이 맞는 말이었다. 5층 안집에 갈 때는 동생들이 한 계단 한 계단씩 끙끙거리며 등에 업고 이동했다. 경태 아버지는 병원에서도 시간을 내어 꾸준히 서예에 열중했다. 그 결과 남도 서예·문인화 대전 서예에 출품하여 입선했다. 그러면서도 매년 명절과 조부모님 기일에는 고향을 찾았다. 그는 통풍 때문에 무릎을 꿇을 수 없어 매년 기일이나 명절 때에는 경태가 제주(祭主)를 대신했다.

2014년 삼복더위 여름,

그는 마지막 고향에 가는 날이 될지 모른다며 향교 친구를 만난다고 경태를 앞세웠다. 그는 조부모님의 비석을 만들 계획을 세우고 경태더러 비문에 쓸 글을 미리 준비하라고 했다. 그의 친구는 조부모 비문을 작성하는데 많은 지도 조언을 해주었다.

"경태야, 내가 죽기 전에 꼭 해야 할 일이 한 가지 있다. 그것은 느그 할아버지 할머니 산소에 비석을 세우는 일이단 마다. 이 일이 내 평생 가장 시급한 일이당께. 만약 내가 못다 하고 죽으면 너라도 꼭 마무리 잘해야한다이."

그는 항상 이 말을 경태 귀에 박히도록 했다. 그는 기운이 다할 때까지 조부모의 비석을 세우고 산소를 정비하는 일에 몰두했다. 경태는 산소에 가서 비문을 볼 때마다 늘 아들 자랑을 하던 아버지가 생각나 울컥하는 기분이 들었다.

집념

경태 아버지는 일도 항상 깡으로 했다.

한 번은 영산강 하구언에 방조제가 생겨 동네 앞바다에 바닷물
이 들어오지 않았다. 갑자기 넓은 갯벌이 어마어마한 간척지로 바뀌
었다. 처음에는 농어촌공사에서도 단속하지 않고 내버려두었다. 그
래서 동네 사람들은 너도나도 할 것 없이 갯벌을 개간하여 보리를
파종했다. 그는 수만 평의 갯벌을 밤낮없이 일구었다. 경운기 트랙
터 밭갈이가 닳아서 무려 세 번이나 갈아 끼울 정도였다.

토요일 고향에 갈 때마다 경태는 그 넓은 갯벌이 마치 자기네 땅
으로 착각할 때가 있었다. 이럴 때면 마치 자신이 '대지(大地)'의 왕
룽 아들이나 된 것처럼 악을 쓰며 허풍쟁이처럼 웃어댔다. 그는 경
태가 고향에 내려오는 날을 미리 알고 집에 오토바이를 세워놓고 나
갔다. 그것은 경태더러 오토바이를 타고 갯벌로 나오라는 암시였
다. 경태는 아버지가 일하는 갯벌을 향해 오토바이로 바람을 가르며
끝없이 질주했다. 그러면서 정지용 작가의 시 「향수」를 나지막하게
불렀다.

넓은 벌 동쪽으로 옛이야기 지줄대는 실개천이 휘돌아 나가
고
얼룩백이 황소가 해설피 금빛 게으른 울음을 우는 곳
그 곳이 차마 꿈엔들 잊힐이야
질화로에 재가 식어지면 비인 밭에 밤바람 소리 말을 달리고
엷은 졸음에 겨운 늙으신 아버지가 짚베개를 돋아 고이시는
곳
그 곳이 차마 꿈엔들 잊힐이야~ 🎵 (생략)

　그런데 어느 날 농어촌공사에서 갑자기 개간된 땅을 동네별로 분배한다며 모두 회수해 가버렸다. 이 일로 그는 화병을 얻어 몸이 크게 상했다. 음식을 먹으면 소화가 안 되고 먹은 것마다 모두 토했다. 경태는 어머니와 함께 수많은 병원을 찾아 나섰다. 심지어 제일 용하다는 돌팔이의사까지 전국 방방곡곡을 돌아다녔다. 그러나 결국 병명을 알아내지 못했다. 그는 결국 심한 화병에 걸린 것이었다. 그는 하루아침에 떼부자가 되고 싶은 게 아니었을까. 그의 마음은 무척이나 조급했다.

　세월이 흘러 흘러 그의 동년배들이 하나둘씩 이승과 이별하기 시작했다. 경태는 아버지가 절망할까 봐 가급적 이런 이야기는 하지 않고 그냥 숨겼다. 그는 해가 거듭될수록 병세도 심해졌다. 그는 특히 통풍으로 고생을 참 많이 했다. 모든 손가락 마디와 발가락 마디마디, 그리고 무릎이나 발 복숭아뼈는 항상 빨갛게 부어 있었다. 통풍 원인은 과음이나 지나친 육류 섭취로 인해 생기는 질병이다. 특히 몸속에 요산 수치가 일정 부분 높아지면 발병하는데 그 고통은

이루 말할 수 없었다. 마치 뼛속에 모래가 차서 움직일 때마다 살이 모래와 함께 섞여 움직인다고 생각하면 얼마나 큰 고통인가 능히 짐작이 갈 것이다.

통풍 치료에 효험이 있다는 여러 가지 담방약을 시시때때로 복용했지만, 갑자기 화를 내거나 마음이 진정 안 되면 통풍 증세가 더 심해졌다. 그는 통풍을 평생 고질병으로 달고 살았다. 그렇지만 자식들 앞에서만큼은 자신의 병을 숨기면서 강건한 아버지의 모습만 보이려 일부러 애썼다.

또 그는 유난히 옛날 유행가를 좋아했다. 차에 오르면 노래를 크게 틀어달라고 했다. 흥얼흥얼 따라 부르는 노랫소리는 점점 커졌다. 그때마다 경태 어머니는 소리가 너무 크다고 눈을 흘겼지만, 그는 신이 나서 더 큰소리로 따라 불렀다.

"우리 아들 차 타고 가는데, 머시 문제란 말이여?"

경태는 특히 트로트를 좋아하는 부모를 위해 문화예술회관에서 트로트 가수 장윤정, 태진아, 송대관의 콘서트도 관람했다. 이렇게 노래를 좋아했기 때문에 유행가를 마음껏 보고 들을 수 있도록 전자상가에서 MP3와 노래 영상기도 하나씩 샀다. 그리고 김대중 센터에서 공연한 '불효자는 웁니다.'라는 악극을 관람했다. 그는 악극에 나오는 주연 이덕화, 오정해, 김영옥 등 유명한 배우들을 직접 봤다며 너무 좋아했다. 이때 경태어머니도 함께 예약했는데, 의사의 간곡한 만류로 함께하지 못했다. 경태는 이것이 두고두고 한이 되었다. 또 무등경기장 야구장에 가서 프로야구도 관람했다. 기아 타이거즈가 크게 이기고 있어 서둘러 야구장을 빠져나와 병원에 도착했다. 경태 아버지는 역전패했다며 무척 서운해했다.

집안의 큰 별 지다

2015년 어느 여름날,

그는 경태를 앞세우고 옆 동네 지관(地官)을 만나러 갔다. 그는 선산에 가서 자신이 묻힐 자리에 말뚝으로 표시해야 한다고 했다. 그는 지관이 대학교에서 지리학을 전공한 실력파이며 묫자리를 잘 본다고 했다.

곧바로 출발하려고 하는데 갑자기 새로 산 차의 시동이 꺼져버렸다. 경태는 급히 가까운 서비스에 연락했다. 서비스를 기다리는 동안 두 사람은 마을 정자에 앉아 두런두런 이야기를 나누고 있었다. 갑작스럽게 생긴 자동차 고장이었지만 아주 평온한 시간이었다. 그런데 공교롭게도 다음 해 아버지와 그 아저씨는 일주일 사이로 하늘나라로 떠났다. 아마도 두 사람이 이승에서의 마지막 대화를 나눈 게 아닌가 싶다.

그 후 어느 날 새벽, 아버지로부터 전화가 왔다.

"경태냐? 아부지가 생고기 잔 먹고 싶다. 그라고 또 시장에 가서 간재미 몇 마리 사갖꼬 며느리한테 지져 달라고 해서 갖꼰나."

경태는 시장에 가서 생고기와 생가자미를 사고 오징어 죽도 함께 샀다. 그는 가자미 요리가 너무 짜서 먹을 수 없다고 경태를 심하게 나무랐다. 그리고 오징어 죽은 너무 질겨서 먹을 수 없다며 음식 투정을 부렸다. 평상시에는 맛있게 잘 먹었다고 했을 아버지가 그날만큼은 조금 이상했다. 그리고 갑자기 틀니를 새로 맞추고 싶다고 해서 치과를 찾아 새로 맞췄다. 또 안경원에서 새로 안경도 맞췄다. 그해 그는 경태더러 백화점에서 제일 비싸고 좋은 옷을 한 벌씩 사오라고 했다. 경태 부모는 그 옷을 입고 동생 따라 고향 유두 행사에 참석했다. 마지막 고향 방문이 되고 말았다.

　그 후 2016년 9월 어느 날.

　요양병원에서 담당 의사로부터 전화가 왔다. 아버지가 갑자기 상태가 좋지 않으니 빨리 대학병원 응급실로 옮기라고 했다. 아버지는 음식을 스스로 삼키지 못하고 자꾸 입 밖으로 흘려보냈다. 그리고 눈동자의 초점마저도 점점 희미해져 갔다.

　응급실에서 꼬박 하루를 지내고, 다음 날 오후에 동생과 교대했다. 저녁 늦게 목욕탕 마무리를 하고 있는데 동생한테서 급히 전화가 왔다.

　"형님! 빨리 병원으로 오세요. 아버지 상태가 위급합니다."

　헐레벌떡 뛰어갔더니 아버지는 간이 산소호흡기를 차고 숨을 가쁘게 내쉬고 있었다. 경태는 그런 아버지의 모습에 망연자실했다. 경태는 전날 밤에 옆 침대 환자가 그걸 쓰고 있다가 숨을 거두는 것을 직접 목격했기 때문이다. 담당 의사가 경태를 잠깐 보자고 했다. 의사는 다급하게 재촉했다.

　"아드님! 아버님이 현재 상태로 계시면 오늘 저녁을 못 넘깁니다. 인공호흡기 착용 여부를 빨리 결정하세요."

마침 아버지가 위독하다는 소식에 가족들이 모두 소집되었다. 경태는 욕심인지 몰라도 아버지를 하루라도 더 살게 해주고 싶었다.

"나는 아버지께 인공호흡기를 착용시켰으면 한다."

가족들은 경태 의견에 모두 찬성했다.

아버지는 인공호흡기를 착용하고 가족을 남긴 채 홀로 중환자실에 들어갔다. 가족 면회는 하루에 20분밖에 되지 않았다. 자식들은 침대에 묶여있는 그의 손발을 풀어서 주무르고 온몸을 물수건으로 닦아냈다. 그는 자식들 한 사람씩 모두 알아보았다.

"아버지! 조금만 참으세요. 아버지는 꼭 일어나십니다. 자식들이 어떻게 해서라도 아버지를 꼭 살려내겠습니다."

평상시에는 그렇게 두렵고 무서웠던 호랑이 같은 아버지!

오늘따라 그는 순한 젖먹이 어린애 모습이었다. 가녀린 모습을 한 그는 끝내 가족들의 눈물샘을 자극하여 모두를 울려버렸다. 그는 알았다는 듯 눈을 깜박거리며 응답했다. 정말 완쾌할 것만 같았다. 시간이 지날수록 조금씩 병세도 호전되는 듯했다. 그는 인공호흡기 때문에 말을 할 수 없었지만, 손가락으로 각대기에 뭔가를 써서 경태에게 의사전달을 했다. 어머니도 휠체어를 타고 병원에 왔다. 그녀는 인공호흡기를 달고 있는 남편을 바라보며 흐느껴 울기만 했다.

"안동씨! 안동씨! 얼릉 얼릉 일어나제 뭐하고 있소."

언뜻 호전되는 듯했던 그의 병환은 한 달이 지나가도 더 이상 차도를 보이지 않았다. 대학병원에서는 다른 병원으로 옮겨야 한다고 했다. 아마 이제는 그가 더 이상 좋아질 수 없기 때문이라는 것을 경태는 그때야 비로소 깨달았다.

경태는 비교적 시설이 좋은 인근 병원으로 아버지를 옮겼다. 이곳에서 그는 두 달 정도 치료받았다. 경태 가족들은 하루도 거르지 않고 매일 아버지를 찾아 위로했다. 그는 가족을 보면 항상 불안해했고, 불만도 참 많았다. 그는 자신이 꼭 하고 싶은 말은 경태 손바닥에 긁적였다. 경태는 그렇게 하겠다고 약속했다. 안타깝게도 그의 몸은 날로 쇠약해져만 갔다.

2016년 11월 11일 아침 8시(음력 10월 12일),

의사의 긴급 호출이 있었다. 그는 긴 한숨을 쉬더니 조심스럽게 이야기를 꺼냈다.

"이제 어르신 운명이 다한 것 같습니다. 마음의 준비를 하는 게 좋을 듯합니다."

그는 뼈 있는 한마디 말을 남긴 채 총총걸음으로 사라졌다. 아침부터 아버지의 호흡은 점점 가빠지고 의식은 희미해져 갔다. 그리고 온몸이 점점 식어 내려가고 굳어가기 시작했다.

아버지의 죽음이 혈관을 따라 돌며 속도를 내고 있었다. 급기야 그의 몸에 달려있던 기계에서 마지막 경고음이 울렸다. 자식들 눈에는 닭똥 같은 눈물이 뚝뚝 떨어졌다. 누구도 이런 슬픈 눈물을 주체할 수 없었다. 경태는 아버지의 틀니를 정성껏 끼워 주었다. 이후 자식들이 할 수 있는 일은 아무것도 없었다. 마지막 순간까지 경태는 아버지의 손을 부여잡고 흐느끼는 소리뿐이었다.

"아버지! 좋은 곳으로 편히 가세요. 제가 어머니 잘 모시겠습니다. 그리고 누나와 동생들도 잘 보살피겠습니다. 제가 잘못했습니다."

옛말에 '눈은 감아도 마지막까지 망자의 귀는 열려 있어 모든 소리를 듣는다.'고 했다. 가족들은 아무 말 없이 눈만 감고 있는 그를 끌어안고 흐느껴 울었다. 그의 옆에서 마지막으로 해줄 수 있는 게 아무것도 없어 그저 서럽고 억울할 뿐이었다. 평생 마을 정자 위의 푸른 느티나무처럼 든든한 버팀목이 되어주었던 아버지!

이렇게 가족들은 아버지와의 이별을 받아들여야 했다. 경태는 아버지를 병원 가까운 장례식장에 모시고, 노란 굴건제복과 두건을 쓰고 불효를 뉘우쳤다. 그리고 고인을 가족과 친지들의 오열 속에 가까운 선산 고약실에 모셨다. 그는 씩씩하고 자랑스러운 6·25 참전용사인 국가유공자였다. 곧바로 국가보훈처로부터 국립묘지에 안장을 허락한다는 통지가 왔다. 하지만 평소 그는 늘 경태 할아버지 곁에 머물고 싶다는 유언을 남겼다. 그래서 그의 유언대로 현재 선산에 영면해 있다.

경태는 2017년 전남 초등 임용고시에 응시하여 최종 합격했다. 그날 곧바로 합격통지서를 들고 아버지 산소 앞에서 무릎 꿇고 엉엉 목 놓아 울었다.

"아버지! 아버지께서 그렇게 그리던 복직을 하게 되었습니다. 그러나 교장 승진은 못 할 것 같습니다. 다시 시험을 봐서 당당하게 합격했습니다. 제가 초임 발령을 받아 아버지와 함께 이삿짐 갖고 갔던 전남지역에 합격했습니다."

그러나 그는 아무 말이 없었다. 합격통지서는 소슬바람과 함께 무덤 주위를 이리저리 나뒹굴고 있었다.

어느 날 경태가 갑자기 학교를 그만두자, 그는 부산 자갈치시장을 세 번이나 다녀왔다. 대통령 선거연설원을 했던 시장 아주머니를 만나기 위해서였다. 아무 뒷배경이 없는 그는 물에 빠진 사람 지푸라기라도 잡는다는 심정으로 억울한 아들의 사연을 대통령에게 전해달라고 했다. 그러나 그의 노력은 아무 소용 없는 일이 되고 말았다.

경태는 평소 아버지가 좋아하는 술을 한 잔 올리고 아무 생각 없이 주먹으로 눈물만 훔쳤다. 그리고 말없이 아버지를 지키는 이름 없는 풀만 뜯다가 그냥 돌아왔다. 경태 아버지는 살아생전에 이런 말을 자주 했다.

"내가 죽으면 치상 한 번 걸게 치를 거야. 그때가 되면 우리 아들 경태가 교장을 하고 있을 테니까."

4부
서광의 빛,
꽃길만
걸어요

형설지공(螢雪之功)

2016년 새해가 어김없이 밝아왔다.

그렇지만 경태는 강원도 임용고시 최종면접에서 불합격한 충격에서 쉽사리 벗어나지 못했다. 다잡은 대어를 한순간에 놓쳐버리는 형국이라서 허망하기 짝이 없었다. 다시 그 힘든 임용고시를 재도전할지 말지도 정하지 못한 채 방황하고 있었다.

그랬던 경태가 임용고시에 다시 도전하게 된 것은 아내의 힘찬 응원 때문이었다. 그의 아내는 이번이 마지막 도전이라고 생각하고 시험을 한 번만 더 보라고 권유했다. 시험에만 몰두할 수 있게 목욕탕 일도 자신이 혼자 하겠다고 했다.

"그동안 열심히 공부한 것 누구보다 내가 잘 알아요. 이번에도 실패하면 마음고생 여기서 끝내요. 차마 산 입에 거미줄 치겠어요?"

그는 아내의 말에 한층 용기를 내어 이번에야말로 꼭 합격하겠다고 다짐하고 다시 책을 펼쳐 들었다. 지난해와 마찬가지로 사직도서관에서 공부를 시작했다. 그날따라 도서관에 가는 길이 유난히 멀게 느껴졌다. 경태는 무거운 자전거 페달을 힘차게 밟았다. 작년에 무던하게도 다니던 길이었지만, 그의 의지는 어느 때보다 더 단단해졌다. 어느 정도 기초를 잡아 둔 상태였으므로 작년에 공부했던 내용을 중심으로 더 꼼꼼하게 파헤쳤다. 인터넷 강의도 열심히 들었지만, 강의에 너무 의존하지 않고 온전히 자신의 공부만 하려 애썼다.

어느덧 3월이 되자, 봄을 알리는 목련꽃 봉오리가 수줍게 웃음을 토해냈다. 대지는 다시 연푸른 새싹들로 꿈틀거리고, 물오른 나무들은 서로 경쟁하듯 하나둘씩 움을 틔우기 시작했다. 공부에 몰두할수록 시간은 나뭇가지에 걸려 있는 듯 당최 흘러가지 않는 것 같았다.

T.S 엘리엇(Eliot)은 4월을 왜 잔인한 달이라고 했을까?

4월은 화창한 날씨 속에 온갖 꽃들이 만발하고, 벌과 나비들은 바쁘게 봄을 희롱했다. 또 백합 핀 청라언덕에는 봄의 교향악이 온 누리에 울려 퍼져 모든 사람의 마음을 온통 빼앗은 계절인데 말이다. 한편 머나먼 임용시험을 기다리는 경태에게 4월은 너무 지루하고 잔인한 달이기도 했다. 그러나 봄을 알리는 연둣빛이 사라지자, 작열하는 태양은 태초부터 늘 그랬듯이 환희로 충만한 계절을 여닫았다. 어느새 시험은 그의 눈앞에 불쑥 다가왔다. 여름의 폭염이 시작되면 목욕탕은 비수기 철이 된다. 아무래도 목욕하는 손님들이 줄어드니, 목욕탕을 운영하는 경태에게 어떻게 보면 4월은 잔인한 달일 수도 있다. 하지만 임용고시를 준비하는 그에게는 공부에만 집중할 수 있어 그것도 참 고마운 일이었다. 그는 여름 내내 무더위와 싸우며 임용고시 준비에 푹 빠져 온정신을 다해 몰두했다.

9월 임용 접수 일자가 다가오자, 이번에는 전라남도 교육청에 도전장을 냈다. 그렇게 순조롭게 시험 준비가 잘되어가는가 싶었는데, 시험 2주 전 큰일이 일어났다. 바로 그의 아버지가 돌아가신 것이다. 장례를 치르느라 정신도 없었지만, 시간이 지나놓고도 경태는 한참 동안 그 충격에서 벗어나지 못해 우왕좌왕했다. 분명 작년에도 올해도 똑같은 내용인데 모든 것이 새로운 느낌이었다.

그렇게 본 시험이 잘 되었을 리 없었다.

막상 시험지를 받아 들고 지문을 읽어내리면 갑자기 머릿속은 온통 하얗게 되고, 물음에 대한 답마저도 떠오르지 않았다. 그나마 1교시 교직 논술은 잘 써냈지만, 2교시부터 헤매기 시작해 결국 시험을 모두 망치고 말았다.

1차 필기시험 합격자 발표일이 되었지만, 합격 여부를 확인하고 싶지 않아 산에 올랐다. 결과가 뻔했기 때문이다. 마침 목욕탕 휴무일이라 부담 없이 머리를 식혀보았지만, 자신에게 한없이 화만 났다. 그리고 그간 그를 응원해 준 가족들에게나 지인들에게나 볼 낯이 없었다.

'무심한 하늘이 결국 나를 버리는구나. 이대로 이경태의 인생이 막을 내리는구나.'

그는 한없이 자신을 책망하고 죄 없는 하늘만 쳐다보며 마른침을 계속 내뱉었다. 그 자신만만한 집념과 승부욕은 다 어디로 갔을까? 그는 자포자기하고 말았다. 집에 돌아온 그날 저녁 식음을 전폐하고 앓아누웠다. 그러나 경태는 아내의 말 한마디에 다시 일어설 수밖에 없었다.

"여보! 당신은 천직이 선생님이지만 결과가 이렇게 됐으니 어쩌겠어요. 상심하지 말고 다시 한 번 준비해봐요. 너무 부담 갖지는 말고요."

그 말에 그는 도대체 어디서 그런 오기가 발동했는지 이불을 박차고 다시 일어났다.

'인생 뭐 별것 있냐? 인생은 더도 말고 덜도 말고 삼세판이다.'

그는 이를 악물고 아궁이에 장작을 차곡차곡 쌓듯이 다시 밥을 꾸역꾸역 구겨 넣었다. 마지막에 가서야 그는 다시 마지막 도전을 하게 되었다.

마지막 도전

2017년 1월, 임용고시 마지막 도전이 시작되었다.

작년과 마찬가지로 경태는 아침 8시가 되면 어김없이 자전거를 타고 도서관으로 향했다. 매일 점심 도시락을 짐칸에 고무줄로 칭칭 동여매고 길을 달렸다. 우연히 푸른 길에서 산책하는 친구 부부를 만났다. 그들은 목욕탕 하는 사람이 한가로이 자전거나 타고 돌아다니는 줄 알고 의아해했다.

아내가 혼자 목욕탕을 운영하기는 했지만, 그가 필요한 순간은 늘 옆에 있었다. 보일러 잔 고장이 날 때도, 사우나 도중 혈압이 올라 손님이 쓰러질 때도, 그리고 괜한 객기 부리는 손님이 있을 때도….

시험 범위도 작년과는 많이 바뀌었다.

그동안 시험 출제 범위가 2009 교육과정 중심이었지만, 이번 시험은 2015 교육과정이 일부 포함되어 두 가지를 공부해야 해서 혼란스러웠다. 그래서 그는 다시 노량진에 안테나를 세워 문제가 출제될 만한 부분은 빈틈없이 그리고 미세하게 샅샅이 훑고 또 훑었다.

며칠 후, 학원에서는 임용시험과 똑같은 시간대에 모의고사를 실시한다고 통지를 보내왔다. 그는 만사를 제치고 고속버스에 몸을 실었다. 학원으로 향하는 내내 긴장은 되었지만, 같은 시간대에 모의고사를 치른다고 하니 이상하리만큼 차분해졌다. 스스로 마지막이라고 배짱을 낸 것은 아닐까? 이번 시험이 경태 자신의 인생 마지막 희망이라 여기고 나름대로 최후의 바리케이드를 친 것이다.

이번에도 전라남도 교육청 초등 임용에 지원했다. 하루 전 고사장 근처인 순천 한 중학교 옆에 예약한 숙소를 찾아 사전 준비를 철저히 했다. 그리고 저녁 식사를 마치고 나서부터는 숙소에서의 행동거지를 더욱 조심했다. 혹시라도 욕실의 수건이 떨어질까 봐, 쓰레기통이라도 넘어질까 봐 조심하고 또 조심했다. 시험 보기 전에 이런 사소한 것들이 그에게는 안 좋은 징크스로 돌아왔기에 그만큼 신경이 많이 쓰였다.

드디어 시험이 시작되었다. 3교시까지 시험이 진행되면서, 그는 이번이 마지막 시험이라고 생각하니 여러 가지 생각이 주마등처럼 스쳤다. 공부하면서 아쉬웠던 부분이 많이 생각났지만, 이미 시험이 시작된 마당에 그런 것에 마음 쓸 여력이 없었다. 공부한 대로만 하자고 마음먹고 시험에만 집중하고자 했다.

2, 3교시 시험도 어려웠지만, 1교시 교직 논술에서 그 해 많은 과락자가 쏟아졌다. 전년도 출제되었던 것과 다르게 세부적인 내용까지 숙지하고 있지 않으면 답을 쓰기가 어려운 문제들이 대부분이었다. 정확한 핵심 단어를 넣어 기술하는 것이 매우 중요했다.

항상 임용은 세심한 부분까지 공부해야만 했다. 대부분의 수험생이 당황했겠지만, 다행히 비슷한 문제가 출제되었다. 운칠기삼(運七技三)이라는 말이 생각났다. 물론 운이 7할이라도 그 운을 살리기 위해 노력하지 않았다면 결과가 좋지 않았겠지만. 당연히 1차 필기시험은 합격이었다.

이전 임용고시에서 떨어진 아픈 추억이 되살아나 이번 2차 면접은 더욱 빈틈없이 준비하려고 애를 썼다. 하지만 독야청청(獨也靑靑) 홀로 서 있는 소나무처럼 시험에 대한 정보가 미흡한 그로서는 혼자서 하는 시험 준비가 부담스러웠고, 열심히 노력한다 한들 그 한계를 벗어나기 힘들었다.

그러던 중 교육청에 제출할 서류를 준비하기 위해 모교인 교대를 찾았다. 거기에는 경태보다 먼저 도착한 중년의 한 여성이 서류 발급을 기다리고 있었다. 당연히 자녀를 대신해서 서류를 떼러 온 것으로 알고 말을 건넸다.

"사모님! 자녀분이 어느 지역에 시험을 보았나요?"

"왜요? 제가 시험을 보았는데요. 전남지역에 지원했어요."

그녀는 피식 웃으며 대답했다. 알고 보니 그녀는 대학 후배였고, 기간제 교사를 하다가 임용고시에 도전했다고 했다. 같은 시험에 도전하는 동년배를 만나니 너무 반가웠다. 마치 부도 직전 배가 풍랑에 휩쓸리다 뒷배가 든든한 사업 동반자를 만난 기분이었다. 그는 염치 불고하고 먼저 연락처를 건네면서 2차 면접과 수업 실연에 서로 도움을 주고받자고 부탁했다.

그는 도서관을 찾아 신문을 뒤적여 최근 교육 이슈의 기사도 찾아보고 인터넷 검색도 게을리하지 않았다. 그리고 수업 실연은 그녀와 번갈아 연습하고 서로 부족한 점이나 개선할 점은 정확히 짚어주었다. 수업을 오랫동안 해본 그에게는 비교적 수월했지만, 문제는 영어였다. 예순을 바라보는 나이에 영어를, 그것도 영어로만 수업해야 한다고 생각하니 벌써 그 부담감으로 머릿속이 혼란스러웠다.

　이제는 더 이상 물러설 곳이 없는 그는 후배가 미리 일러두었던 말하기(Speaking), 듣기(Listen), 쓰기(Writing), 읽기(Reading)별로 수업안 틀을 만들어 전체를 달달 외웠다. 그것을 외우고 나니 마음이 한결 든든했다. 한 가지 주제라도 4가지 영역별로 시험에 출제되기 때문에 서로 수업안대로 시연해 보고 장단점을 분석해서 더 나은 수업안을 만들었다.

　그리고 영어면접은 1차 필기시험 때 도움을 주고받아 알고 지낸 강원도 선생님으로부터 과외수업을 받았다. 그녀는 경태 발음이 정확하지 않다며 발음교정을 중심으로 지도했다. 과외 방법은 전화 통화뿐이었지만, 그럴수록 그는 더 열정적으로 발음하고 또 발음했다.

　드디어 면접 날이 다가왔다. 장소는 목포 한 중학교였다. 불현듯 이전 시험의 쓰라린 기억 때문에 마음은 불안했지만, 긴 심호흡을 하고 다시 마음을 다스렸다. 심층 면접과 수업 시연은 가볍게 마쳤다. 문제는 영어였다. 마침 영어 수업 실연은 암기한 네 가지 형태 중 한 문제가 출제되었다. 그는 평상시 연습한 대로 주제만 바꾸어 수업 실연을 마쳤다. 드디어 달달 외우고 익혔던 수업안이 빛을 발했다.

　영어면접은 '우즈베키스탄 다문화 학생의 효율적 지도 방법'을 영어로 설명하라는 문제였다. 또 하나는 평창 동계 올림픽에 참가한 외국 손님에게 우리나라를 소개할 대표적인 문화재나 음식을 영어로 소개하라는 문제였다. 그는 출제자가 제시한 여러 개의 항목 중 '비빔밥과 태권도'를 선택했다. 영어단어가 생각나지 않으면 손짓과 발짓으로 연기했다. 몇몇 면접위원들은 그의 발버둥 치는 모습을 보고 고개를 끄덕였고, 또 다른 면접관은 그냥 웃음을 참느라고 진땀을 뺐다. 면접을 마치고 나와 잠시 생각하니 모자란 영어 실력이 창피하다고 느껴지긴 했지만 어찌하든 이렇게 시험은 끝이 났다.

낙수천석(落水穿石)

드디어 최종 합격자 발표일이 돌아왔다.

경태는 떨리는 마음으로 천천히 최종합격자 발표 인터넷 검색에 들어갔다. 결과는 합격. 눈을 감았다가 떠봐도 합격이었고 창을 껐다가 다시 들어가도 합격이었다. 그는 전라남도 교육청 초등 임용시험에 당당하게 최종 합격했다. 그것도 전국 최고령 합격자라며 언론에 보도되었다. 그는 아내를 끌어안고 지금까지 믿어주어 고맙다고 했다. 아내는 눈물을 글썽이며 장한 남편이라고 그를 추켜올렸다. 경태 역시 그동안 마음고생시킨 아내를 생각하니 눈물이 핑 돌았다.

그동안 그의 마지막 도전은 절실했다. 밤늦게 옥상에 올라가 수건을 널다가도 시험에 혼이 빠져 별자리와 달 모양을 올려다보며 천체를 익혔다.

'반달 중에서 오른쪽이 둥그렇게 튀어나와 위 상(上)자와 비슷해. 이 모양의 달은 하현달이 아니고 상현달이야.'

그리고 시험공부와 목욕탕 일로 지친 몸을 달래며 옥상에 올라가 호텔 숙소에 도착한 젊은 프로야구 선수들의 기운을 받아보려고 애를 쓰기도 했다. 심지어 옥상에 수건을 널면서도 수건의 개수가 자신이 득점해야 할 숫자를 넘어야 한다고 스스로 주문했고, 신호등이 있는 횡단보도 앞에서 지나가는 차량의 대수도 조마조마한 마음으로 그는 세기 시작했다.

경태는 그 정도로 임용고시 합격이 절실하고 또 절실했다.

합격 소식을 들은 그의 아내와 아이들은 뛸 듯이 기뻐했다. 특히 그가 공부하면서 고생한 것들을 쭉 지켜봤던 아내와 아이들이기에 눈물까지 글썽이며 합격을 축하했다.

"당신이 기어코 해내고야 말았네요. 정말 장해요."

"우리 아빠가 큰일을 했다. 저는 아빠가 자랑스러워요."

그리고 우리 오 남매도 격하게 축하해주었다.

"우리 동생 장하다. 형님! 우리 집안의 최고 경사입니다. 우리 오빠 최고예요."

처형과 처제들도 덧붙였다.

"우리 형부, 우리 제부! 앞으로 꽃길만 걸으세요."

병원에 있는 그의 어머니에게도 알렸다. 그녀는 아는지 모르는지 빙그레 웃으며 말했다.

"참 잘했다. 욕봤다."

그의 장모와 처남들도 응원했다.

"우리 사위 장하네. 덩실덩실 춤이라도 추고 싶네."

"우리 매제 최고다."

모든 가족, 친지, 지인들이 합격 소식에 기뻐했다. 그러나 누구보다도 합격을 기뻐할 사람은 경태 아버지였다. 안타깝게도 이 소식을 듣지 못하고 먼저 하늘나라에 갔지만, 그곳에서라도 이 소식을 들으면 살아서 벌떡 일어날 것만 같았다. 그의 아버지를 생각하면 생각할수록 한없이 안타깝고 죄송했다. 임용 합격 소식이 알려진 후 지인들은 그를 대하는 눈초리부터가 달라졌다. 그리고 대우도 달라졌다. 갑자기 주위 사람들은 그에 대해 극존칭으로 대했다. 그렇다고 그는 결코 으스대거나 거드름을 피운 적이 한 번도 없었다.

최종 합격을 통보받고 나자, 교육청에서는 신규 교사 임용에 필요한 서류를 제출하라는 연락이 왔다. 그는 후배와 함께 서류를 준비해 교육청 별관에 당당하게 들어섰다. 마침 후배 아들이 자신의 어머니 서류를 봐주기 위해 동행했다. 교육청 직원은 경태를 학부모로 착각하고 얼른 요구르트 하나를 건넸다.

"죄송합니다만 서류 검토가 금방 끝나니 부모님은 저쪽 의자에 앉아 기다려 주세요."

"제가 이번 임용고시에 합격해서 서류를 가지고 왔습니다."

담당 직원은 그 말에 깜짝 놀라 죄송하다며 사과했다. 하지만 거울을 보니 확실히 합격자라기 보다는 학부모에 좀 더 가까운 얼굴이었다. 그는 너무 멀리 돌고 돌아 다시 제자리에 온 것이다.

낙수천석(落水穿石)!

어쩜 '처마 밑의 물방울이 바위를 뚫는다.'는 말은 맞았다.

마지막 교단 일기

그는 15년 만에 애타게 그리던 교직으로 다시 돌아왔다.

어쨌든 간에 복직되니 자신은 물론이거니와 그의 아내와 자식들, 교직의 선후배들에게도 떳떳하다는 느낌이 들었다. 잃었던 명예를 회복하는 느낌이었다. 발령 소식을 들은 지인들은 모두 자기 일처럼 축하했다. 그들은 축하 화분은 물론이고 멀리서 축하금까지 두둑하게 보내주기도 하고, 직접 학교까지 이바지를 들고 찾아오는 지인들이 줄을 이었다.

그는 이들의 마음을 한데 모아 아이들이 많이 드나드는 현관 한쪽에 대형 시계를 설치했다.

'(증) 교사 이경태 2018. 3. 1.'

그는 발령받은 그날을 오래 기억하고 싶어서였다.

결코 자신을 뽐내거나 위신을 생각해서 한 행동은 아니었다. 흔적을 남기기 위한 것도 아니었다. 그저 순수한 마음이었다. 그러나 자신의 흔적이 얼마 동안 그 자리에 있을지 장담할 수는 없었다.

그동안 교직 사회는 많은 변화가 있었다. 교육행정정보시스템

(Nation Eduction Information System:NEIS)이 도입되고, 교육 현장에는 교사의 교권보다는 학생들의 인권이 많이 강화되었다. 오랜만에 돌아온 교직의 모습은 그가 그동안 겪어왔던 것과 전혀 딴판이었다. 그는 한참 동안 당황했다. 어린 개구쟁이들과 직접 부딪혀야 얻을 수 있는 것도 참 많았다.

가족과 생전 처음으로 떨어져 관사에서 혼자 지냈다. 그의 가족들은 뿔뿔이 헤어져 각자 다섯 집 살림을 차렸다. 그의 아내는 혼자서 목욕탕과 달방을 관리했다. 매주 화요일과 금요일에는 광주에 올라갔다가 다음 날 새벽에 출근하기를 반복했다. 그가 목욕탕의 보일러나 달방의 임차인도 살펴야 했지만, 병원에 있는 어머니를 찾아보아야 해서 더욱 빠질 수 없었다. 일 년을 바쁘게 지내다 보니 시간은 금방 지나갔다.

그 바쁜 와중에도 그는 고등학교 졸업 40주년 행사를 주관한 회장을 맡았다. 은사님을 초대해서 동창 100여 명과 함께 호텔에서 행사를 성공리에 마쳤다. 특히 서울 동창들의 물심양면 협조가 컸다. 동창들의 참여를 유도하기 위해 반별 모임, 지역 모임, 직능별 모임 등 소모임을 행사 일자와 같은 날로 정하는 고육책을 썼다. 어쨌든 여러 공로로 고등학교 동문 선후배들이 수여하는 자랑스러운 모교인 상을 받았다. 그에게는 과분한 상이었다.

다음 해에는 목욕탕 건물이 매도되고, 집은 마음의 고향인 운암동으로 이사해서 가정이 안정되었다. 일주일에 한 번씩만 광주에 올라갔다. 그리고 여유가 생겨 독서도 하고, 낚시도 하고, 아침저녁으로 가벼운 트래킹도 했다. 그는 이 세상에서 가장 편한 마음으로 수양하며 지냈다. 이곳에서는 또래 친구가 없어서 무료하기는 했지만, 티 없이 순수한 아이들과의 학교생활은 하루하루가 즐거웠다.

또 그가 체육을 담당했는데 그해 육상대회에서 종합 3위를 차지했다. 또 배드민턴대회에서는 1위를 차지했고, 전남 대회에서는 8강에 오르는 기염을 토하기도 했다. 소규모 학교로서는 상당한 성적이었다.

우유 급식을 납품하던 지난 시절에 경태는 밥을 굶는 경우가 비일비재했다. 그때마다 학교 영양 교사나 조리사가 그에게 점심을 챙겨주는 경우가 종종 있었다. 그는 개구리 올챙이 시절 모른다는 초심을 잊어버리는 방관자가 되지 않기 위해 나름대로 애썼다.

"식사는 하고 일하나요? 식사 안 했으면 우리 함께 하게요."

그는 학교에 업무를 보러 온 외부 업체 사람들을 만나면 반드시 식사 여부를 묻는 버릇이 생겼다. 그리고 그들에게 꼭 무엇이라도 챙겨주는 습관이 몸에 배었다.

2020년에는 코로나19로 휴교와 원격수업이 이어졌고, 각종 행사가 줄줄이 취소되어 1년이 어떻게 지나간 줄도 모르게 훌쩍 지나갔다. 그다음 해에는 4년 만기가 되어 다른 학교로 옮겨야 하지만 정년퇴직이 일 년 남아 유보할 수 있다고 해서 마음 편히 계속 학교에 머물 수 있었다. 후배들에게 부담을 주는 것이 아닌지 한참 미안했다.

이제 퇴임할 날이 얼마 안 남았다. 마지막 해에도 그는 2학년과 체육 업무를 맡았다. 그동안 코로나로 행사가 없었던 학년별 육상대회에 출전하여 여러 선수가 상위 입상했다. 그리고 스포츠클럽대회 배드민턴부 여자 선수들이 1위라는 기염을 토했다.

경태는 이곳에서 자신의 교육철학과 딱 맞는 교육 동지를 만났다.

'선생은 가르칠 뿐이지만 교사는 모범을 보이고 스승은 감동과

감화를 준다.'

그는 대학 한참 후배인 교감이었다. 그는 항상 다른 사람의 입장을 먼저 헤아렸다. 전교생은 불과 60여 명밖에 되지 않았지만, 그는 아이들의 이름뿐만 아니라 개성 하나하나까지도 다 파악했다. 그는 경태를 볼 때마다 용수철 튀어 오르듯 불쑥 일어나 넙죽 인사를 했다. 황송해서 앞으로 그러지 말라고 여러 차례 당부했지만, 그는 경태 말을 듣지 않았다. 그는 천성이 부지런하고 근검절약한 교육자였고, 자신의 감정을 절제하는 사람이었다. 그리고 경태가 교직 30년 동안 보아왔던 교육자 중에서 가장 청렴결백한 교육자였다. 마침내 그는 승진하여 섬마을에서 심오한 교육철학을 실천하는 교장이 되었다. 만약 누군가가 털어서 먼지 나지 않는 사람은 없다고 말한다면 경태는 이렇게 외치고 싶었다.

"아무리 당신이 그의 몸에서 먼지를 털려고 해도 먼지 한 톨이 나오지 않습니다. 오히려 당신의 몸에서 나온 먼지가 날려 그의 몸에 묻힐 뿐입니다."

이렇게 5년 동안의 교직 생활은 늘 반복되는 일상이라서 특별히 이야깃거리가 별로 없었다. 그래도 별일 없이 하루하루가 끝나는 것에 감사하며 지냈다. 후배 교사들의 도움으로 두 번째 교직 생활이 무사히 저물어 가고 있다는 것에 경태는 무한한 행복감으로 가득 차 있었다.

2022년 10월 퇴직 마지막 해.

2학년을 맡아 생일을 맞았다. 아이들은 그의 생일을 어떻게 알았는지 준비한다며 잠시 밖으로 나가 기다리라고 했다. 그들은 핸드폰 라이트를 켜놓고 촛불 대신 민들레 홀씨를 준비하여 불게 했다. 민들레 홀씨는 바람꽃이 되어 눈송이처럼 교실 여기저기 휘날렸다. 또 아이들은 초코파이로 케익을 대신하고, 선물은 행운을 상징하는 네잎 클로버로 준비했다. 한 아이는 체육 꼬깔콘에 운동화 끈을 끼워 축하 모자를 그의 머리 위에 씌어 주었다. 그리고 '개똥벌레'를 합창했다. 2학년 아이답지 않은 모습에 눈물이 핑 돌았다.

"선생님, 내년에는 더욱 멋지게 생신을 축하해 드릴게요."

'참 고맙다. 그런데 내년에는 퇴직해서 너희들과 함께할 수 없단다.'

이 말이 목구멍까지 나왔지만, 그는 참느라고 혼났다. 아이들은 이미 저만치 성장해 있었다. 4년 전 그가 가르쳤던 아이들이 어느새 쑥쑥 자라 졸업반이 되었다. 그리고 다른 아이들도 모두 그와 함께 1년 동안 함께한 아이들이다.

2023년 1월 종업식 아침 시간.

경태에게는 그날이 마지막 수업 날이었다. 교실에 들어서니 전면에 현수막이 붙어 있었다. 새벽같이 내려온 그의 동생들은 꽃다발과 아이들의 선물까지 준비해 왔다. 평교사로 퇴직한 못난 형을 놀라게 한 일련의 깜짝 이벤트였다. 아니 신의 한 수였다.

우리는 선생님이 있어서 행복했습니다.
이경태 선생님의 마지막 수업을 응원합니다!

후배들은 그동안 그가 지도한 아이들을 모두 교실로 데리고 왔다. 갑자기 진행한 게릴라 퇴임식이 된 기분이었다. 그의 아이들이 고맙고, 후배 선생님들이 고맙고, 그리고 동생들이 고마웠다. 그는 세상에서 가장 행복한 마음으로 아이들과 추억의 사진을 한 컷 남겼다.

그 아이들이 올바르게 성장하는 것을 지켜보면서 공부 잘하는 아이가 아니라, 서로 돕고 배려하며 나눔을 실천하는 바른 어린이로 자라는 것이 경태의 바람이었다.

딸을 낳으면 비행기 탄다

'딸을 낳으면 비행기 타고 아들을 낳으면 기차 탄다.'라는 말이 실감 났다. 경태는 딸내미 덕분에 비행기를 두 번이나 탔다. 아직 한 번은 더 탈 티켓을 미리 확보한 셈이다. 요즈음 지나가는 말로 딸이 셋이면 500점이라는 것에 실감이 났다.

2019년 9월 19일,

회갑이 돌아왔다. 딸아이 셋이 일심동체가 되어 그의 회갑을 기념한다며 태국 해외여행 일정을 잡았다. 방콕에서 호텔 1박, 치앙마이에서는 민박집에서 2박을 보냈다. 태국은 전통적인 불교국가로서 그들이 가장 자부심을 가진 왕조의 나라였다.

그의 가족 여행은 이번이 처음이었다. 교직에 있는 동안 승진에 최우선을 둔 그는 항상 바쁘다는 핑계로 가족과 함께 제대로 된 여행 한 번 못했다. 지나놓고 보니 그는 이 점이 제일 후회되었다. 오로지 승진만을 위해서 아등바등해봤지만, 시간이 흐른 지금에는 모든 것이 말짱 도루묵이 되고 말았다.

딸내미들은 인터넷으로 항공사와 숙박 업체를 예약해 두었다. 그리고 미리 태국의 화폐로 환전했는데 화폐단위는 바트를 사용했다. 인천공항을 출발한 기내에서 아침 식사를 마치고 미리 유심칩도 교체했다. 어느새 우리는 태국의 돈므앙 공항에 와 있었다. 공항에서 내려 예약한 클룩을 픽업해 호텔에 도착했다. 점심은 예약한 레스토랑에서 마치고 호텔 근처에서 마사지를 받았다. 마사지사들의 숙련된 손놀림으로 경태 가족 일행은 피로를 말끔하게 풀 수 있었다.

첫 방문지로 왓 포 사원을 찾았다.

이 사원은 와불이 있어 '와불사'라고도 부르는데, 길이가 46m가 되는 어마어마한 불상이었다. 아유타 방식으로 지은 이 사원은 방콕에서 가장 오래되었으며 동시에 최대 규모를 자랑하는 사원이었다. 한국 여행객이 너무 많아 이곳이 한국인지 태국인지 모를 지경이었다.

저녁 식사는 방콕의 맛집을 찾았다.

그 집 바로 옆에는 짜오프라야강이 있었고, 그의 가족은 강 건너 야경을 보며 식사했다. 그들이 앉은 야외 식탁보다 강물이 높게 느껴져 스릴감이 넘쳤고, 갈비 국수와 스프링을 주문했는데 고기가 부드럽고 향이 특이했다. 가족과 함께 강을 바라보며 맥주 한 잔의 맛은 정말 환상적이었다. 갑자기 포만감이 행복감으로 몰려왔다. 날이 어두워지자, 강 건너 건물에는 하나둘씩 차례로 불이 켜지면서 불야성을 이루어 딴 세상을 연출했다.

다음날 치앙마이에 도착했다. 숙소는 개인이 집 전체를 빌려주는 곳인데 한국의 민박과 비슷했다. 집안의 물건들이 깨끗하고 가지런히 잘 정리되어 깔끔한 분위기를 연출했다. 오후에 도이수텝 사원을 찾았다. 이곳에 이동할 때 '툭툭이'라고 불리는 썽태우를 탔다. 썽태우는 일종의 개인택시 개념으로 길 가다가 손을 흔들면 태워주었다. 운전사는 마치 곡예사처럼 아슬아슬하게 빠른 속도로 미로를 질주했다. 이곳 야외 불상 주위에서 연꽃을 들고 경문을 읽으며 황금 탑을 세 바퀴 돌면 세 가지 소원이 이루어진다고 했다. 이 황금 사원에 들어가려면 신발을 벗고 입장했다.

사원 안에는 기도하는 사람들이 많았다. 특히 이 사원은 화려한 금빛과 어우러져 치앙마이의 야경을 한눈에 볼 수 있었다. 저녁이 되니 더욱 화려했다.

저녁 식사는 한인 식당을 찾았다.

아마 딸들은 경태가 태국 음식에 익숙하지 않음을 알고 배려한 듯했다. 저녁에는 전신 마사지를 받았다. 그들은 뜨거운 돌덩이를 등에 대고 마치 공기놀이하듯 뻐근한 곳만 골라서 지압해주었다.

다음날 치앙마이의 3대 사원의 하나인 왓 프라싱을 찾았다.

프라는 불상, 싱은 사자를 뜻하는데 태국에서 유명한 불상으로 사자를 닮은 기세를 가졌다고 했다. 왓 체디루앙 사원은 샌 무앙마 왕이 자신의 아버지 쿠나왕을 기리기 위해 지었으나 결국 사후에 완성했다고 전했다. 600년 넘게 버틴 80m 높이의 체디가 웅장하고 기품이 있어 보였다.

여행 마지막 코스인 왓파랏 사원을 찾았다.

여기는 코끼리가 쉬어갔던 숲속 사원으로 도이수텝의 터를 찾기 위해 수텝 산을 오르던 흰 코끼리가 절터를 찾고 죽었다고 했다. 이 소식을 들은 란나 왕국의 쿠에나 왕은 코끼리가 쉬어갈 수 있도록 3개의 사원을 지으라고 명했다 한다.

마침내 경태 가족 일행은 3박 5일 태국 방콕과 치앙마이 여행을 통해 끈끈한 가족애를 확인하는 좋은 계기가 되었다.

아들을 낳으면 기차 탄다

2023년 7월 30일,

두 번째 가족 여행은 아내 회갑 기념으로 캄보디아의 앙코르와트(Angkor Wat) 사원 테마 여행을 선택했다. 앙코르와트까지 직항기가 없어 베트남 하노이를 거쳐 시엠립 공항에 도착했다. 공항에 도착하자마자 호텔직원은 경태 가족을 낚아채듯 봉고 버스로 픽업해 갔다. 호텔에 짐을 풀고 제일 먼저 마사지샵에 들렀다. 캄보디아는 우리나라의 사계절과는 달리 건기와 우기만이 존재했다. 열대 사바나의 기후인 이곳은 덥고 습기가 많아 하루 동안 내내 몸이 찌뿌듯했다.

일몰을 보기 위해 수상가옥이 즐비하게 늘어선 동양 최대 호수인 토레샵 호수를 찾았다. 호수가 온통 노란 흙탕물이었지만 즐비하게 늘어선 수상가옥은 이국 분위기를 여실히 연출했다. 배 위에 학교가 있고, 교회가 있고, 상점도 있었다. 그의 가족은 호수 안쪽 깊숙이 배를 타고 들어가 황홀한 일몰을 지켜봤다. 이렇게 큰 호수가 인공 호수라는 사실에 다시 한 번 깜짝 놀랐다.

이튿날, 제일 먼저 인근 사원부터 둘러보았다.

사원의 입구에 즐비하게 늘어선 돌 조각상에는 부처의 모습을 고의로 파내거나 머리가 모두 잘려나간 흔적이 고스란히 남아 있었다. 힌두교를 숭상하는 왕이 대승불교를 배척하면서 이런 일들이 일어났다고 했다. 어쨌든 많은 내전을 겪었음에도 유적이 고스란히 남아 있다는 것 자체가 대단한 화젯거리였다. 이곳의 유적 돌들이 사암(砂巖)이라서 문양을 새기기에 알맞다는 생각이 들었다.

사흘째 되는 날,

새벽 5시에 앙코르와트를 찾았다. 앙코르와트의 일출을 보기 위함이었다. 사실 대부분 여행객이 캄보디아를 방문한 목적이 이곳 앙코르와트 하나를 보러왔다고 해도 과언이 아니었다.

이 유적은 12세기 초에 수리야바르만 2세에 의해 옛 크메르 제국의 사원으로 창건되었다. 처음에는 힌두교 사원으로 비슈누 신에게 봉헌되었다가, 나중에 불교사원으로 쓰였다고 했다. 또한 이 유적은 옛 크메르 제국의 수준 높은 건축술을 가장 잘 보여주고 있으며, 자세히 들여다보니 캄보디아 국기에도 그려져 있는 것으로 보아 국가의 상징 중의 상징이라는 생각이 들었다.

앙코르와트 유적 뒤쪽에서 올라오는 일출을 보기 위해 캄캄한 새벽부터 수많은 인파가 모여들었다. 안타깝게도 날씨가 흐려 일출은 보지 못했지만, 앙코르와트 유적 앞 호수에 비친 모습이 그야말로 장관이었다. 거의 하루를 여기에서 보냈다.

나흘째 되는 날,

나머지 사원을 둘러보았다. 우리의 여행목적이 시엠립에 소재한 모든 사원을 둘러보는 것이었다. 각각 사원마다 찬란한 역사와 전통이 빛을 발했다. 그리고 무지막지하게 큰 나무의 뿌리들이 유적을 감싸안고 용틀임하며 찬란했던 크메르 왕국의 산 역사를 재조명했다.

경태가 앙코르와트를 여행하면서 가장 흡족한 것은 딸내미가 미리 섭외한 현지 가이드였다. 봉고 기사와 가이드는 우선 서로 호흡도 잘 맞았다. 그들은 어떻게든 간에 우리 여행자들을 위해 배려를 최우선으로 하고, 우리 말에 가장 가깝게 설명하려고 머리를 다 짜내었다. 비록 우리 말은 조금 서툴지만, 사원들의 역사를 소개할 때 집중이 되어 흥미로웠다. 마지막 날 간단한 쇼핑과 마사지를 즐기고 시엠립 공항으로 돌아와 하노이를 거쳐 인천공항에 도착했다.

'만약 딸이 없는 사람도 비행기는 꼭 타봐야 한다고 생각한다. 기차보다 훨씬 흥이 나니까.'

과유불급(過猶不及)

2018년 3월 복직이 되자,

경태 아내는 목욕탕 건물을 매물로 내놓았다.

그동안 그녀는 음식점이다, 우유 대리점이다, 목욕탕 잡일에 치여서 이미 지쳐 있었다. 15년 동안 고생도 참 많이 했다. 하지만 사양산업인 목욕탕을 매수할 적임자는 그리 쉽게 나타나지 않았다.

얼마 후 부동산 중개인들은 목욕탕 자리에 무인텔을 건축한다며 매매를 부추겼다. 사실 그들은 아파트 지을 부지를 확보할 요량으로 거짓 정보를 흘리고 다니는 셈이었다. 나중에야 알았지만, 최근 아파트 건설의 붐을 타고 급성장한 한 건설회사가 이미 인근 호텔 계약을 마치고 숨죽이며 상황을 주시하고 있었다.

그들은 아파트를 건설하려는 심산으로 목욕탕을 싼값에 팔라고 경태를 꼬드기기 시작했다. 특히 목욕탕을 확보하지 못하면 아파트를 짓기가 더욱 어려운 처지였다. 그의 목욕탕은 본의 아니게 소위 알 박기 건물이 되고 말았다. 심지어 그들은 경태가 근무하는 학교에까지 찾아와 건물을 매도하라고 호객행위를 했다. 갑자기 외간 남자들이 둘씩 들이닥치자, 학교 직원들은 마치 그가 복직하기 전에 채무를 깔끔하게 마무리하지 않았나 하는 의심의 눈총을 보내기도 했다.

그는 아내와 상의 끝에 그들이 요구하는 대로 계약서에 도장을 찍었다. 어쨌든 간에 8년 전 매수한 가격보다 더 많은 금액을 받고 매도했다. 그녀는 적당한 가격에 잘 팔았다고 좋아했지만, 몇몇 지인들은 왜 그렇게 싼 가격에 매도했느냐며 안타까움을 표했다.

사실 그동안 그는 부동산을 몇 차례 거래해 보았지만, 마음에 든 물건은 웃돈을 얹어서라도 발 빠르게 매수해야 자신 것이 되었다. 또 매수자가 나타났을 때는 조금 덜해서 내던져야 매도가 성사되었다. 즉 생선 한 마리를 처분하는데 영양가 있는 부분만 조금 도려내고 나머지는 그들에게도 먹게끔 배려해야 한다는 것이 경태의 부동산 거래 원칙이었다. 통째로 다 먹으려고 하면 반드시 체하게 된다는 것을 그는 진즉부터 체득했다.

그녀는 적당한 가격에 잘 팔았다면서 한마디 충고도 아끼지 않았다.

"당신은 무슨 욕심이 그렇게 많아요. 그들도 조금은 이익을 남겨야 하지 않아요?"

그런가 하면 몇몇 지인들은 이렇게 그의 마음에 불을 질러댔다.

"바보같이 으째서 그렇게 싼 가격에 매도했느냐? 아파트 지을 땅은 버티면 버틸수록 더 많은 돈을 받을 수 있는데 말이야."

경태라고 왜 웃돈을 받을 생각이 없었겠는가. 하지만 이곳에서 어렵게 시작하여 많은 것을 배우고 얻었기 때문에, 그것을 기억하고 싶어서라도 욕심을 과하게 내고 싶지 않았다. 만약 과욕으로 건물을 못 팔았다면 목욕탕이 코로나19의 직격탄을 받았을 수도 있었겠다고 생각하니, 과유불급이라는 말이 떠올랐다. 넘치는 것은 부족함만 못하다는 말이 맞는 말이었다.

계약을 마치고 목욕탕 요금을 대폭 인하했다. 오랫동안 정들었던 고객들은 마음 아파했다. 어쩌면 그들은 오랫동안 추억어린 서민 목욕탕이 사라진다는 것에 한없이 아쉬웠으리라. 한 식구처럼 지냈던 달방의 임차인들에게 어떻게 위로하고 설득할 것인지 걱정되었다. 충분하지 않지만 이사 비용을 마련해주고 그들을 설득했다. 다행히 모두 들 한 식구처럼 지내서인지 경태의 사정을 십분 이해해주었다.

그는 아내와 함께 그동안 오래 정들었던 운암동 공원 옆으로 이사했다. 마음의 고향에 온 듯 편안한 느낌이었다.

그는 비로소 목욕탕집 남자를 졸업했다는 것에 실감이 났다.

소소한 정의라도 반드시 승리한다

2019년 1월,

그렇게 안 팔려서 애먹이던 목욕탕 건물이 허망하게 매도되었다.

막상 퇴직하면 동기들보다 연금이 적은 경태로서는 노후를 위해 임대용 건물을 새로 매입했다. 문제가 있지 않은지 꼼꼼하게 검토하고 또 검토했기 때문에 무난하게 노후대책이 되겠다고 생각했다.

그런데 그해 5월,

건물 지하에서 사고가 터지고 말았다. 지하에 물이 침수한 것이다. 임차인은 자신의 인터넷 쇼핑 물품과 그에 따른 인건비, 운송비, 보관비 등으로 1억 6천여만 원의 피해를 보았다며 건물주와 청소원을 상대로 민사소송을 제기했다. 임차인의 주장에 따르면 건물 청소원이 화장실 청소하다가 수돗물을 잠그지 않아 지하에 물이 잠겨 크나큰 손해를 보았다는 것이었다. 또한 그는 우리가 건물 청소원을 고용했기 때문에 건물주에게도 연대책임이 있다고 주장했다.

물론 법원에서도 건물주와 청소원이 서로 갑을 관계가 인정되어 건물주에게도 일부분 책임이 있다는 대법원 판례를 참고하기는 했다. 하지만 임차인이 주장하는 손해에 대한 증거자료는 턱없이 부족했다. 마침내 1심 재판부는 원고 기각판결을 선고했다.

사실 경태라고 피해를 보았다는 임차인의 말에 마음이 어지간히 편했겠는가. 여러 차례 그를 만나 지하에 보관한 물품의 실제 피해액을 물어보고 일부분은 보상하겠다고 했다. 하지만 임차인은 경태의 제안을 일언지하 거절하고 끝까지 법의 판단을 받아보겠다며 떼를 썼다. 결국 그의 고집은 꺾을 수가 없었다. 하도 답답해서 그를 붙들고 마지막 합의를 제안했다.

"사장님! 소송을 제기하면 피차 변호사 비용만 들어가고 정신적인 고통만 따를 뿐입니다. 소송 대신 합의합시다."

"사양하겠습니다. 저는 법의 판단을 끝까지 받아볼 작정입니다."

그는 끝내 변호사를 선임해서 소송을 제기했다. 결국에 경태도 변호사를 선임할 수밖에 없었다. 그들이 주장한 자료를 분석하고 증거자료를 수집했다. 아무리 시간이 지났어도, 그 수많은 거짓 증거는 차고 넘쳐났다.

경태는 마치 수사관처럼 매일 자료를 수집하고 분석한 끝에 가장 결정적인 증거를 찾아냈다. 그것은 상수도 사업본부에서 발행한 1년간 수도 요금 고지서였다. 꼼꼼히 분석한 결과 상수도 요금의 변화가 전혀 없었던 증거가 지하에 물을 퍼냈다는 그의 주장이 결국 거짓이었다는 것으로 밝혀졌다. 마침내 기각판결을 받은 것이었다.

그러나 임차인은 재판 결과가 입맛에 맞지 않는 듯 입이 대여섯 자 튀어나와 있었고, 코를 씩씩거리며 결코 물러서려고 하지 않았다. 끝내 그는 불복하고 CCTV 녹화자료와 증인을 내세우며 고등법원에 항소했다. 항소심의 판단은 임차인이 제시한 자료는 확실한 증거자료가 안 된다고 판단했다. 또 거기다가 증인의 오락가락한 진술은 재판부의 마음을 돌리지 못했다.

마침내 2년 6개월간의 지긋지긋한 재판이 끝이 났다. 그동안 경태와 그의 아내는 몸과 마음이 지치다 못해 피폐해져 있었다. 그러나 그들은 여기서 멈추지 않고 대법원에 상고장을 제출했다. 또다시 변호사를 선임하니, 변호사 비용은 눈덩이처럼 커졌다. 대법원 역시 최종 모두 원고 기각판결을 내렸다.

2022년 4월, 장장 3년 동안 경태는 기가 막히고 코가 막히는 고통을 당하고서 비로소 그 종지부를 찍었다. 임차인은 건물을 매수한 이후, 임대료를 제때 입금하지 않고 연체하기 시작했다. 두세 달 입금한 것 외에는 단 한 차례도 입금하지 않았다. 그는 이사하는 마지막까지 애를 먹였다.

그는 이삿짐을 싣고 보증금을 반환하라고 요구했다. 그리고 교묘하게 천정의 시스템에어컨과 실외기만을 남겨둔 채 냉매 기술자가 다음날 와서 꼭 철거한다고 거짓 약속을 했다. 경태는 그의 말을 철석같이 믿고 밀린 월세를 제외한 보증금 전액을 돌려주었다. 그러나 그는 약속을 지키지 않았다. 전화는 받지도 않고 아예 연락을 끊어버려 경태의 애간장을 타게 했다. 그는 민법상 건물주가 임차인의 물건을 임의로 처리할 수 없다는 점을 악용한 것이었다. 결국 그는 새로운 임차인을 구하는데 훼방을 놓는 셈이 되고 말았다. 그는 한 달 하고도 보름가량 더 애를 먹이다가 결국 이사비용을 받아낸 다음 남은 물건을 처리했다.

사람이 살면서 변호사를 찾아가는 일이 얼마나 될까.

경태는 평생 법정 소송이라는 것을 경험해 볼 것이라고는 생각지도 못했기 때문에 이 일들이 스트레스이면서도 소중한 경험이었다.

　그리고 소소한 정의라도 정의는 반드시 승리한다는 당연한 명제를 다시 한 번 확인시켜 주었다.

반송리에서 핀 연꽃

경태 어머니가 태를 묻었던 곳은 해남의 반송리 농촌 마을이다. 딸부잣집 1남 5녀 중 둘째 딸로 태어난 그녀는 어려서부터 부모 말에 늘 순응하고, 형제들과는 우애가 깊었다. 또한 엄한 부모 밑에서 가사를 도우며 얌전한 처자로 자랐다.

경태 어머니는 큰이모와는 일란성 쌍둥이다. 그래서 외갓집 대사에 가족들이 모일 때면 경태는 큰이모와 어머니 얼굴이 흡사해 자주 헷갈린 경우가 많았다.

"엄마, 저 배고파요. 밥 좀 주세요."

"경태야! 느그 엄마 부엌에서 일하는데 으째 여그서 찾고 있냐?"

우물 앞에서 설거지하는 큰이모는 경태를 쳐다보고 재미있다는 듯 까르르 웃곤 했다.

마을 사람들은 그녀가 반송리에서 시집왔다고 해서 송반댁이라 불렀다. 경태는 어머니가 깡마른 허약 체질이었지만, 체력만큼은 강골이라고 생각했다. 자식들은 그녀가 일평생 몸이 아파 앓아눕는 것을 한 번도 본 적이 없었다. 그녀는 하루도 편하게 쉬지 못하고 평생 일만 하며 일생을 마쳤다. 거기다 일할 때는 항상 힘든 일만 도맡았다.

그녀는 논에서 벼를 벨 때면 깊숙이 빠진 뻘 방죽으로 먼저 들어가고, 보리를 타작할 때는 보리 한 톨이라도 나갈까 봐 온몸으로 까칠한 먼지에 맞섰다. 그래서 그녀의 얼굴은 눈만 빼놓고 항상 먼지로 새까맣게 뒤덮였다. 또 그녀는 동생이 머윗대 나물을 좋아한다며 집 뒤 위험한 언덕배기에서 채취하다가 굴러떨어져 갈비뼈가 으스러졌을 때도 내색 한 번 하지 않고 참아냈다. 사실 그녀는 강골이 아니라 자식들을 위해서는 무슨 일이든 가리지 않은 것이었다.

어느 겨울날 동네 뒷산으로 땔감을 하러 갔을 때 일이다. 경태는 어머니와 함께 할아버지가 만든 아기 지게를 지고 낫과 갈퀴 그리고 새끼줄을 준비해서 집을 나섰다. 마을 가까이 있는 산들은 사유림이라서 산 임자의 단속이 심했고, 국유림은 산감(山監)이 눈을 부라려 땔감을 구하기가 쉽지 않았다. 그래서 자연스럽게 마을 뒤편 서당골의 깊은 골짜기나 멀리 뒷산 너머까지 원정해서 땔감을 해야 했다. 그녀는 산길을 따르는 경태가 지루해할까 봐 마치 변사처럼 옛날이야기나 마을에서 일어났던 에피소드를 흥미진진하게 전했다. 특히 이야기 속에 등장하는 인물들의 말소리까지 그대로 흉내 내는 그녀의 이야기는 시간 가는 줄 몰랐다.

대개 땔감은 한나절이면 끝이 났다. 그녀가 갈퀴로 소나무 낙엽을 긁어모으는 동안 경태는 기다란 마른 갈대만 골라 베어 쌓기 시작했다. 그녀는 경태와 서로 경쟁이나 하듯이…

그러나 그녀가 긁어모은 갈퀴나무의 양을 도저히 따를 수 없었다. 일이 대충 끝날 무렵 그녀는 새끼줄 세 가닥을 땅바닥에 가지런히 놓고 갈대로 밑을 깐 다음 소나무 낙엽을 차곡차곡 쌓기 시작했다. 그리고 한참 동안 사방을 두리번거린 뒤 인기척이 없는 것을 확인하고 생솔가지를 잘게 잘라 군데군데 앙꼬를 박아 넣었다. 이 솔가지는 경태 할머니 할아버지 방에 군불을 진득하게 지피기 위함이었다. 그녀는 그 위에 낙엽을 덮고 경태와 함께 양쪽에서 서서 새끼줄로 줄다리기했다. 경태는 젖 먹던 힘까지 당겨보았지만, 아무 힘 없이 그녀 쪽으로 끌려가는 경우가 다반사였다.

그녀가 아기 지게에 조그마한 땔감 덩치를 지어주면 경태는 작대기를 짚고 혼자 일어났다. 어떤 경우에는 땔감을 지고 일어설 때 균형을 잡지 못하고 이리 비틀 저리 비틀 넘어지기 일쑤였다. 그럴 때마다 경태를 향해 그녀는 큰소리로 귀띔했다.

"경태야! 두 다리에 바짝 힘을 주고 단방에 일어나야 한다이."

경태가 땔감을 지고 저만치 언덕배기를 내려가는 것을 확인하고 나서야 그녀는 크나큰 나무 덩치를 바위 위에 올려놓고 혼자 머리에 얹었다. 경태는 가끔 나뭇짐 하나 못 이겨 이리 내 부치고 저리 내 부치는 경우가 허다했다. 그러다 보면 앙꼬 박은 앙상한 솔가지와 새끼 줄만이 동그마니 남아 있어 경태는 어머니가 볼 새라 몰래 헛간에 내려놓을 때도 많았다. 이럴 때면 경태는 어머니에게 죄송하고 또 죄송했다. 할아버지와 아버지는 도대체 어디서 무엇을 하는지, 우리 모자에게 이런 힘든 일을 시키는지 그때는 화가 머리끝까지 치밀어 불평을 늘어놓았다. 그럴 때마다 그녀는 빙그레 웃으며 이렇게 타일렀다.

"경태야, 느그 할아부지는 한학만 하신 양반이라서 아들한테는 일 한 번 시키지 않았당께. 그리고 느그 증조부님은 막내아들에게는 일을 잘 안 시켜 못한 것을 으짜겄냐."

그녀는 경태 말을 막무가내로 무시하고 넘겨버리곤 했다. 그녀는 자식을 훈육할 때 욕을 하거나 매를 들어본 적이 한 번도 없었다. 비가 오거나 날이 궂을 때면 그녀는 경태에게 한글과 숫자를 가르쳤다. 그녀는 국졸이 아닌데도 경태 외할머니 밑에서 한글을 터득했다. 그녀는 야학에 다니면서 한글을 깨우쳤다. 경태 외할머니와 어머니는 참 영리한 사람이었다.

그녀는 경태를 임신했을 때 꿈속에서 용이 승천하는 것을 보았다고 했다. 경태 외가 동네 어귀에는 큰 방죽이 하나 있었는데 해마다 연꽃들이 앞다투어 아름다운 자태를 뽐내곤 했다.

경태는 비가 올 때면 외갓집 친구들과 넓은 연잎을 따서 우비를 대신하기도 했다. 그녀는 태몽 때문에 그가 최소한 교장쯤은 거저 떼놓은 당상이라 믿었다. 그래서 그의 존재는 그녀에게 하나의 희망이었고, 마지막 보루였다. 그러나 교장은커녕 선생질 하나도 엽렵하지 못했으니, 그야말로 그는 어머니한테 크나큰 불충을 저지른 죄인이 된 것이었다.

긴병에 효자 없다

경태 어머니는 항상 음력 설날이 돌아오면 새해 운세를 점치는 토정비결을 보러 갔다. 마을 깨복쟁이 친구네 집을 찾아가서 가족들의 운세를 보았다. 마을 사람들은 친구 아버지를 독천 양반 또는 독천아재라 불렀다. 그는 책임감이 남달리 강하고 성실해서 마을 반장일도 보고, 어려운 이웃을 돌봐주는 점잖은 사람이었다. 그의 자제들도 모두 성질이 유순하고 누구에게나 배려하고 나눔을 실천하는 얌전한 사람들이다.

그녀는 항상 소주 두 홉들이와 날달걀 몇 개를 준비했다. 그러나 그는 이 조그마한 물건들이 토정비결을 봐준 삯으로 생각하지 않고 일종의 정으로 생각하고 고맙게 받았다.

"송반 아짐! 앞으로는 이런 것 가져오지 마쑈이. 이웃끼리 이런 것 주고받으면 쓴당가요?"

그리고는 그는 혼자 빙그레 미소를 지었다.

그녀는 제일 먼저 경태 생년월일부터 들이밀었다. 그는 아랫목의 때 묻은 서랍 속에서 오래된 토정비결 책을 꺼냈다. 책은 너무 오

래되어 누렇게 해이고 닳아 글자를 보기도 쉽지 않았다. 그는 오일
장에서 사 온 책력에 생년월일을 하나씩 대조하여 빈 종이에 숫자를
쭉 써 내렸다. 연필심이 닳아서 잘 안 써지면 자꾸 침을 묻혀 가면서
썼다. '꿈보다 해몽이 좋다'는 말이 있듯이 그는 토정비결의 원문을
한 번 쑥 읽어준 다음, 알기 쉬운 말로 새해에 좋은 일과 조심해야
할 일을 따로 일러주었다.

기해(己亥)년 음력 9월 19일 술시,

이날은 경태가 태를 묻은 날이요, 태어난 시간이었다. 그녀는 매
년 이맘때면 경태 생일을 잊지 않고 어김없이 광주에 올라왔다. 그
리고 손수 찰떡을 시루에 쪄내어 콩고물과 함께 가져왔다. 찹쌀이
귀할 때 그녀는 명절이나 제사가 돌아오면 항상 멥쌀로 떡을 했다.
그때 그의 집은 마을에서 아주 옹색한 살림살이를 했다. 그녀는 멥
쌀 떡은 두껍고 찰지지 않다며 자식들에게 항상 미안해 했다.

그 후 그가 발령받고 동네에서 밥술깨나 뜬 후로부터 그녀는 시
루에 노란 콩고물을 얹어 얇은 찰떡을 만들며 흐뭇한 표정을 지었
다. 하루 편하게 쉬었다 갔으면 좋으련만, 경태 아버지 끼니가 걱정
된다며 새벽부터 내려가야 한다고 고집을 부렸다. 그가 결혼한 후
에도 생일만큼은 한 번도 빠지지 않고 날짜에 맞추어 광주에 다녀갔
다.

그런 어머니에게 그는 큰 불효를 한 것이 또 한 가지가 있다. 아
버지가 돌아가신 사실을 어머니께 알리지 못했다. 그녀가 받을 충격
을 덜기 위한 결정이라고 하였지만 그의 경솔한 행동이 자식으로서
도리가 아니었다.

경태는 아버지가 세상을 떠난 후 그의 누나가 어머니를 데려갔
다. 당시 경태 누나는 식당을 하고 있어서 어머니를 모실 형편이 안

되었으나, 하루도 빠짐없이 정성껏 모셨다. 물론 어머니를 모실 요양보호사가 별도로 있었지만, 경태 누나는 매일 식사도 챙기고 직접 기저귀도 갈았다. 그리고 저녁에는 어머니와 함께 잠도 청했다. 그는 목욕탕이 쉬는 날이면 곧바로 내려가 어머니를 찾았다. 어머니를 만나는 날이 그에게는 가장 큰 행복이었다.

그녀는 매일 매일 눈이 빠지게 경태를 기다렸다. 요양병원에 있을 때는 매일 찾아뵈었지만, 이레 만에 한 번씩만 내려가니 매형과 누나에게 항상 미안했다. 그리고 매형은 이런 그의 형편을 잘 이해했다. 그는 말수는 적었지만, 항상 경태 어머니를 친부모 이상으로 대했다.

그녀는 편안한 마음으로 누나 집에서 잘 지냈다. 식사도 정상적으로 잘하고 소화도 잘 시켰다. 병원에 있을 때보다 살도 찌고 얼굴 혈색도 매우 좋아졌다. 누나가 어머니를 모신 것에 대해 경태는 평생 고마움으로 잊지 못하고 있다. 경태의 모든 것을 다 퍼줘도 부족했다. 경태는 어머니와 밤새는 줄 모르고 옛날 이야기꽃을 피우며 모자간의 회포를 마음껏 풀었다.

하지만 그녀는 건강이 점점 나빠지자, 결국 앰뷸런스를 타고 병원으로 다시 돌아왔다. 병원으로 온 그녀는 항상 몸이 가려워서 괴로워했다. 그녀는 더구나 엎친 데 덮친 격으로 병원에서 옴까지 옮았다. 경태가 병원에 갈 때마다 몸을 좌우로 뒤척이며 직접 손으로 득득 긁어 달라고 했다. 병원의 만류를 뿌리치고 그는 요양보호사 몰래 그녀의 옷을 벗겨 마구 긁어주었다. 그녀는 시원하다며 매우 흐뭇해했다. 그러나 그가 어머니께 해줄 수 있는 일이 이것밖에 없다는 것에 항상 속이 상했다. 며칠 후, 어머니를 매일 간호했던 그의 삼 형제는 모두 옴이 옮아 치료받았다. 또 어머니 머리에 부스러기가 나 가렵다고 해서 그의 동생이 바리캉으로 빡빡 밀었다. 그녀는 머리 스타일이 바뀌니 매우 심기가 불편해 했다.

또 그녀는 스스로 음식을 삼킬 수 없어 연하(嚥下)검사를 통해 콧줄을 착용했다. 그래서 거의 2년 동안은 음식 맛을 전혀 모르고 지냈다. 그 모습을 볼 때마다 그의 마음은 찢어지듯 아팠다. 그의 막냇동생은 어머니가 귤이 먹고 싶다고 해서 일부러 귤을 즙으로 짜서 혀 안으로 밀어 넣어주었다. 그럴 때마다 그녀는 빙그레 웃으며 맛있다고 고개를 끄덕이면, 그는 침대 한구석에 쪼그리고 앉아 남몰래 눈물만 훔치고 돌아왔다. 그 정성에도 불구하고 그녀의 건강은 점점 쇠약해졌고, 결국 자가호흡을 할 수 없어 목에 구멍을 내어 튜브를 통해 산소호흡기에 의지했다.

그의 아버지는 살아생전 '긴병에 효자 없다.'는 말을 자주 했다.

연꽃, 떨어지다

2018년 3월,

경태가 발령받은 이후부터 어머니한테 자주 들르지 못했다. 동생들은 매일 교대로 그녀를 찾았다. 그리고 그녀를 휠체어에 태워 따뜻한 햇볕과 시원한 바람을 쏘였다. 그녀는 밖에 나올 때면 기분이 참 좋아 보였다. 어느 한겨울에는 동생 박사학위 수여식도 갔고, 이불을 싸매고 대통령 선거에도 함께 했다. 또 여름에는 장미 축제에도, 그리고 비를 맞고 조부모 제사에도 그때그때 참석하는 일을 마다하지 않았다.

그러나 그녀는 자식들에게 제대로 된 효도 한 번 받지 못한 채 2020년 9월 24일(음력 8월 8일) 가족 곁을 훌쩍 떠났다. 그는 멀리 근무하고 있어서 어머니의 임종을 지키지 못했다. 그는 어머니를 가까운 장례식장에서 장례를 치르고 자신의 아버지가 있는 고향 선산에 나란히 모셨다. 어머니가 돌아가시기 한 달 전, 가족들은 병원으로부터 다급한 연락을 받았다.

"아드님! 여기 병원입니다. 현재 어머니가 매우 위독합니다. 빨리 병원으로 들어오세요."

가족들은 모든 일정을 취소하고 병원으로 모였다. 다행히 그녀는 괜찮았다. 그녀는 자신의 운명을 예견이나 한 듯 자식들을 미리 불러 모았던 것은 아닐까. 비록 임종을 지키지 못했지만, 그는 그래도 어머니의 편하고 미소 띤 얼굴을 본 것이 다행이었다.

그러나 그는 너무 슬펐다.

코로나 상황에서 어머니를 자주 면회하지 못한 것이 무엇보다 서러웠다. 그는 휠체어를 특수 제작해 부모님을 전국 방방곡곡 여행 시켜드리는 꿈을 이루지 못했다. 어머니가 돌아가셔서 너무 억울했다. 그리고 하늘이 무심하고 한없이 원망스러웠다.

하지만 한 번 돌아가신 그의 어머니는 아무 대답이 없었다. 그의 할아버지, 할머니가 내려다보는 양지바른 곳에 모셨다. 나중에 경태도 동생들과 함께 이곳에 묻힐 것이다.

항상 그의 머릿속에 살아생전 두 분의 흐뭇한 미소만이 자꾸 떠오르는 이유는 무엇일까.

나도 아들 하나 생겼다

누군가가 한 가지 소원을 말하라면 그는 무엇을 말할까?

그렇다. 자녀들을 빨리 혼인시키는 일이다.

어느 부모들이고 간에 눈 감기 전에 자식들의 혼인을 마무리해야만 의무를 다한다고 생각하는 사람은 그 하나뿐이 아닐 것이다. 부모님이 살아있을 때 증손자를 꼭 안겨주고 싶었는데 그 뜻을 이루지 못해 그의 마음 한구석에는 내내 찜찜함으로 자리 잡았다. 그래서 그는 한 걸음 뒤로 물러나 최소한 정년퇴직하기 전에는 세 자식 중 하나만이라도 꼭 혼인시켜야겠다고 마음먹었다. 그러나 그가 복직해서 4년이 훌쩍 지났지만, 딸들은 하나같이 결혼은 생각지도 않았다.

그러던 어느 날,

막내가 갑자기 결혼하고 싶은 사람이 생겼다고 해서 집으로 데려오라 했다. 그는 막상 딸을 내주어야 한다고 생각하니 아깝고 서운한 감정이 물밀듯이 밀려왔다. 그래서 그는 괜스레 첫인사를 할 때 꼭 큰절을 올려야 한다고 미리 딸에게 귀띔했다. 그의 아내는 이런 경태의 행동에 구닥다리라고 눈을 흘겼다. 사윗감이 가벼운 마음으로 자신 딸을 데려간다고 하는 것이 왠지 모르게 싫었기 때문이었던 것 같다.

사위의 첫인상을 보니 덩치는 소만큼 컸지만 순하고 착해 보였다. 큰절을 올리고 정자세로 앉자, 거두절미하고 먼저 물은 것은 그것이었다.

"예비 사위! 우리 막내딸 어디가 좋았냐?"

"저에 대한 믿음이 한결같고, 늘 편하게 해줍니다."

"그래? 우리 막내딸 행복하게 해줄 수 있지?"

"네, 아버님."

사실 경태에게는 사위의 집안이 좋은지, 직업이 어떤지 등등의 질문보다 그게 더 중요한 질문이었다. 그는 경태 질문에 조금 부끄러워하면서도 시원시원한 모습이 마음에 들었고, 딸을 행복하게 해줄 수 있을 것이라는 믿음이 갔다. 마치 듬직한 아들 하나 얻은 기분이었다.

가능한 가까운 시일에 상견례 일정을 잡으라고 했다. 장소는 사위가 근무하는 울산으로 정했다. 그는 가벼운 선물로 직접 채취한 10년산 더덕주와 새싹 인삼을 준비했다. 사돈댁 내외는 참 조용하고 예의 바른 사람이었다. 그리고 그의 딸에 대해 만족한 듯 내내 흡족한 미소를 머금었다. 며느리를 소중하게 아껴줄 수 있는 사람들이라는 생각이 들었다. 자신의 아이를 믿고 보내도 될 집안이라는 확신이 들었다.

경태의 마음은 편안했다.

결혼 날짜는 예식장 사정에 맞추어 잡았고, 결혼 장소는 울산에서 하기로 했다. 상견례 전날 가족들은 예비 사위가 준비한 아파트에서 하룻밤을 보내고 다음 날 울산 시내를 관광했다. 울산 태화강의 국가 정원 십리대숲과 대왕암 공원이 참 인상적이었다. 그는 아버지의 간곡한 부탁이라며 최선을 다했다. 또 조금이라도 대접이 소홀하면 안 된다는 사돈댁의 말을 전하며 최대한의 예의를 갖춰 대접했다.

결혼식은 2022년 1월 8일 울산 예식장에서 열렸다. 비록 코로나의 엄중한 시기임에도 불구하고 울산까지 차를 대여하여 친척들과 친구들을 정중하게 모셨다. 경태 자신이 결혼할 때는 주례사가 있었지만, 요즈음 추세는 주례사 없이 딸에게 보내는 짧은 편지글이 대세였다. 어딘지 모르게 좀 어색해 보였다. 둘째 딸은 자매들끼리 어렸을 때부터 성장했던 과정들을 영상으로 만들어 보냈다. 하객들은 가장 감명 깊었다며 자기 일처럼 눈시울을 붉혔다.

신혼여행을 마치고, 두 신혼부부를 데리고 제일 먼저 부모님 산소를 찾았다. 그는 어머니 아버지가 흐뭇하게 웃는 모습을 머릿속에 그려보았다. 그리고 모든 가족에게 인사시키고 고향집을 방문했다. 그의 어머니가 태어난 외갓집을 찾아 외숙과 외숙모에게도 인사했다. 그리고 외가 마을의 연꽃 방죽도 보여주고 부모가 물려준 논밭도 보여주었다.

결혼식을 치르고 난 후에는 호랑이가 집으로 들어오는 태몽까지 꾸었다. 그가 얼마나 손자를 빨리 보고 싶은 마음인지 짐작이 갔다.

최초의 등반

퇴직하면 무엇을 할까?

퇴직을 몇 개월 앞둔 경태는 그저 착잡하기만 했다. 무엇을 하면서 노후를 보낼 것인지 고민해 보았다. 그래서 퇴직 후 조금의 도움을 얻고자 은퇴자 연수에도 참여했지만, 만족할 만한 답을 얻어내지 못했다.

그의 마음을 한마디로 정리하면 욕심을 버리는 것이다. 그의 아내는 고향에 남아서 기간제 교사나 다른 소일거리를 찾아보라고 했다. 그렇지만 농사일은 극구 말렸다. 부모가 물려준 논과 밭, 엉덩이 하나 붙일 시골집은 있지만, 얼른 마음이 움직이지 않았다. 마을 이장은 그가 퇴직하면 고향에 내려와 농사를 지으면서 마을 일을 봐 달라고 권했다.

그는 퇴직하기 전 종종 시간을 내어 고향 텃밭에 더덕, 도라지, 엉겅퀴, 흰민들레를 심었다. 그리고 호두나무, 자두나무, 밤나무, 앵두나무, 비파나무, 살구나무 등 각종 과실수도 심었다. 고향을 등지지 않고 부모님의 채취를 더듬으면서 시간이 허락하는 대로 종종 내려가 글도 쓰고 옛 추억에 빠지고 싶었다.

최근 들어 대학 동기 10여 명이 배구 모임이 결성되었다.

옛 추억을 생각하며 배구 경기를 통해 화기애애하게 웃는 모습이 너무 좋았다. 4대 4나 5대 5 배구 경기가 맛깔스러웠다. 한 게임에서는 세터, 다른 게임에서는 공격수, 또 다른 게임에서는 수비수를 하면서 젊음을 되찾은 기분이었다. 그들은 실수가 나와도 웃어주고, 파이팅을 맛깔스럽게 해도 웃어주고, 그야말로 웃음바다에 빠져 허우적거리기 일쑤였다. 많은 모임 중에서 한 달에 서너 번 만나는 모임이 얼마나 또 있을까. 그리 흔치 않은 모임임에는 틀림이 없다. 그러나 이 모임은 자신의 건강을 위해 땀도 흘리며 스트레스를 확 날려버려 좋았다. 한 번씩 돌아오는 배구 만남이 항상 눈이 빠지게 기다려졌다.

어느 날,

경태는 그들 모두를 그가 복직한 학교에 초대했다. 그가 막차로 퇴임했기에 그들은 기꺼이 이 머나먼 해남을 마다하지 않고 달려왔다. 그리고 배구 경기를 한판 맛깔나게 펼쳤다. 그들은 모두 교육장, 원장, 교장으로 퇴임했지만, 경태 앞에서는 서로의 전직 직책을 호명하지 않았다. 학창 시절의 모습 그대로였다. 그들은 경태를 많이 배려하려고 애썼다. 그는 건강이 허락하는 날까지 그들과 함께 오랫동안 젊음을 붙들고 싶었다.

육십이 넘은 나이에 100대 명산에 도전하는 것은 그의 크나큰 욕심일까. 지리산의 천왕봉을 필두로 제주도 한라산의 백록담과 강원도 설악산의 대청봉을 마치고, 백두산 천지 정상을 밟고 나아가 네팔의 안나푸르나(annapurna) 트래킹을 꿈꾸고 있다. 산림청, 블랙야크, 한국의 산하, 월간 산에서 추천한 100대 명산을 모두 접수하는 것이 그의 꿈이었다.

그는 이 꿈을 실현하기 위해 친구들과 매주 가까운 산을 오르고, 그리고 매일 둘레길 걷기를 시작으로 몸을 달구고 있다. 그리고 이미 일흔세 번째 정상을 찬찬히 밟아가고 있다. 혹시 그는 노욕을 부린 것은 아닌지 되돌아보기도 했다. 특히 그가 전국에 있는 명산에 목을 매는 것은 살아생전 부모님을 모시고 전국 일주의 꿈을 실현하지 못해서였다. 부모님이 돌아가시고 없는데 이런 것들이 무슨 소용이 있겠는가마는 산 하나하나 들릴 때마다 항상 그는 부모님을 생각했다. 발바닥이 부르트고 불이 나도, 다리와 허리에 통증이 찾아와도, 어깻죽지가 내려앉아도 부모님을 마음속에 담았다. 그리고 걷고 또 걸었다.

드디어 2022년 11월 말,

그가 첫 번째로 지목한 지리산 천왕봉에 도전할 날이 밝아왔다. 이곳이 100대 명산 중 첫 번째 산행지였다. 친구들 셋이 새벽에 출발, 중산리 탐방센터 주차장에 도착했다. 경태 일행은 로타리 대피소, 법계사를 지나는 지리산 천왕봉 최단코스를 택했다. 그들이 산을 오를 때 벌써 정상을 정복하고 하산하는 등산객과 마주쳤다. 그들은 이미 이른 시간에 등반을 시작하여 하산을 서두르는 전문 산악인이었다. 아무리 눈 씻고 찾아보아도 경태 나이 또래는 한 사람도 보이지 않았다. 중학생부터 시작하여 대학생, 젊은 청년들이 대부분이었다.

그는 갑자기 정상을 이백 미터 앞두고 무릎 근육에 문제가 생겨 한 걸음도 뗄 수 없어 그 자리에 주저앉고 말았다. 지리산은 그리 쉽게 정상을 내주지 않았다. 일행은 그의 모습을 보고 걱정된 눈초리로 말을 건넸다.

"아무래도 정상 도전은 어려울 것 같네. 더 못 걸으면 하산을 준비해야겠네."

그들은 자신들의 입장보다 그를 위해서 하산까지 생각하고 있었다. 그는 친구들이 참 고마웠다. 그들은 진정한 친구들이었다. 만약 지금까지 인생을 살아오면서 진정한 친구가 한 사람이라도 있냐고 묻는다면 과연 몇 사람이나 그 답을 내놓을 수 있을까? 우리는 보통 깨복쟁이 동무부터 시작해서 학교 동창생, 군대 동기생, 그리고 사회에서 만난 지인을 포함해 막연히 지인이라는 굴레를 벗어나지 못하고 모두 친구의 범주에 가두는 우를 범하기 쉽다.

그들은 항상 자신보다 타인의 입장에 서서 역지사지 마음을 가졌고, 항상 배려하며 인간의 본성을 그대로 실천하는 사람들이었다. 오늘도 그들은 항상 그 자리에서 한결같이 최선을 다하는 성실한 친구들이었다. 이러한 것들 때문에 바로 경태가 그들을 좋아할 수밖에 없게 만드는 것이다. 갑자기 수십 마리의 까마귀 떼가 그들을 향해 울부짖으며 분위기를 다운시켰다. 하지만 그들은 악착같이 근육을 풀고 두드리고 주무른 끝에 마침내 천왕봉 정상을 밟았다. 표지석에는 '지리산 천왕봉 1915미터, 한국인의 기상 여기서 발원하다.'라고 씌어 있었다.

바람이 세차게 불어 사진 촬영도 어려웠다. 그들은 까마귀 떼가 지켜보는 가운데 서둘러 식사를 마치고 하산 방향을 장터목으로 틀었다. 그들은 또다시 큰 모험을 하고자 두 시간이나 더 걸린 새로운 코스를 선택했다. 산은 정상을 쉽게 허락하지 않았지만, 하산도 허락하지 않았다. 일행은 여러 차례 휴식을 취하며 땅거미가 내려앉은 후가 되어서야 겨우 하산에 성공했다. 장장 왕복 9시간 만에 그들은 제자리에 다시 섰다.

봄소풍 가을운동회

우리가 일생을 살아가면서 가장 중요한 것은 무엇일까?

바로 건강을 유지하는 것이다. 평소 우리 장년들에게 건강의 기준은 고혈압, 당뇨, 고지혈, 치아, 관절, 수면, 소화에 문제가 없다면 건강한 사람이라고 생각해 왔다. 경태는 아직 이 일곱 가지 건강에는 문제가 없지만, 비만이 위험 수위다. '국민체력 100' 2급 인증서에 도전하기 위해 식단 조절에 성공하여 체중을 5kg 감량했다. 그래서 그는 노욕이긴 하지만 몸을 만들어 몸짱 포토라인에 서는 꿈을 꾸고 있다.

퇴직 후, 그는 죽마고우들과 함께 꿈꾸었던 100대 명산 정복에 도전하고 있다. 그것도 육십이 넘어서 말이다. 만약 정복에 성공한다면 그는 자연스레 걸어서 전국 일주를 한 셈이 된다. 그리고 명산 주위에서 맛집을 찾고, 명승지를 찾으며 옛 추억을 더듬고 싶다. 가끔 시도 쓰고, 골프도 치고 배구를 하면서 어려운 사람을 위해 봉사를 하고 싶었다. 경태의 어렸을 때 꿈은 훌륭한 사람이 되는 것이었는데, 지금은 훌륭한 사람보다는 행복한 사람이 되고 싶었다. 자신의 목숨이 다할 때까지 말이다.

봄소풍 가을운동회!

오랫동안 교직에 머물러서인지 몰라도 그는 이 말이 너무 좋았다. 새 학기가 시작되는 봄이면 처음 만난 아이들은 서로 서먹서먹하게 지낸다. 그러나 봄 소풍을 통해서 서로 친숙해지다가 기나긴 무더운 여름 동안 치열하게 치고받으면서 다시 서열을 맺는다. 이제 가을이 되면 서로 몸을 부대끼는 운동회가 돌아온다. 그들은 이런 복잡한 과정을 거치면서 고치 속의 누에처럼 깊이 고민하다가 드디어 껍질을 뚫고 이 세상에 얼굴을 내민다.

드디어 봄소풍과 가을운동회를 함께했던 죽마고우들이 나타나기 시작했다. 오랫동안 미국에 머물다가 들어온 여자 동창생에게서 소식이 전해왔다. 아니다. 그녀는 수원에서 오래전부터 살고 있다고 전해왔다. 그녀는 얼마나 변했을까? 두렵다. 무려 50년이 훌쩍 넘었는데….

그의 나이 비록 육십 중반이 넘었지만, 아마 지금이 자신의 인생에 있어 가장 행복하고 아름다운 가을운동회가 아닌가 싶다. 곧 있으면 슬픈 졸업식이 다가올 테니까.

또 다른 인생의 시작

인생 나이 예순을 훌쩍 넘겼다.

다들 지금이 청춘이라고 일컫는 예순 살을, 예전에는 덤으로 사는 남의 나이라 했던 적이 있다. 그러나 혹자는 이 나이를 먹으면 '인생은 지금부터야.'라고 의미를 부여하기도 한다. 퇴직 후 여러 계획을 세웠다. 퇴직 연금을 정산하니, 경태는 동창들보다 턱없이 모자랐다. 이런 일이 다가올 것으로 예상은 했지만, 퇴직하자마자 피부에 와 닿을 정도 자신을 이렇게 움츠리게 할 줄 몰랐다. 그는 가만히 앉아서 손가락만 빨고 있을 순 없었다. 그렇다고 나이깨나 먹은 사람이 백수처럼 여기저기 눈치만 살피기도 참 민망하고 계면쩍었다. 그래도 아침에 일어나서 내가 할 수 있는 일을 찾아 나서기 위해 거울 한 번 쳐다보고 머리 손질하는 시간이 있었으면 좋겠다고 생각했다.

그는 하는 수 없이 기간제 교사에 응시하여 일자리를 잡았다. 그는 교육대학을 졸업하고 처음 발령받았던 지역에 근무하게 되어 감회가 새로웠다. 사람은 대부분 자신이 살아왔던 과거의 흔적들이 현재 삶으로 고스란히 투영되어 돌아오기 마련이다. 관사가 있는 이곳 불목리에서 자서전 탈고 작업 중이다. 그는 퇴근 후 바닷가 산책길을 따라 걸으며 깊은 상념에 빠져들기도 했다. 가끔 안개처럼 희미한 과거의 경험이 떠오르기도 하고, 문장 속의 문맥이 매끄럽지 못할 때 적절한 단어들이 새록새록 떠올라 산책길이 좋았다.

그리고 짜디짠 바다 내음을 맡으며 쑥도 채취하고 칡넝쿨 새싹도 채취했다. 칡넝쿨은 순식간에 그가 다니는 산책로를 야금야금 점령하기 시작했다. 경태는 할 일 없이 산책로를 오가며 칡 순을 제거했다. 마을 어촌계장은 행동이 수상하다며 급히 그의 발길을 막아섰다.

"당신 지금 뭐 하는 거유."

"내가 다니는 산책로를 정비하고 있는데요."

"고맙습니다. 내가 태어나서 선생님 같은 분은 처음 봅니다. 숭어라도 잡으면 꼭 보답하겠습니다."

지리산을 다녀온 후, 그는 전국 방방곡곡 크고 작은 산들을 등반했다. 100대 명산인 국립공원 지리산을 필두로 월출산, 무등산, 치악산, 덕유산, 내변산, 한라산, 계룡산, 가야산, 태백산, 소백산, 북한산, 설악산, 오대산, 속리산, 남산, 월악산, 주왕산, 팔공산 등 일흔세 번째이다. 모두 금강산, 백두산 그리고 네팔 안나푸르나 트래킹을 위해서이다. 의료기기 사업을 하는 고향 선배는 명산을 도전할 때마다 후원금을 보태어 큰 힘이 되고 있다.

그 후 그는 전국의 100대 명산을 야금야금 하나씩 오르면서 건강을 체크하고 있다. 물론 다리는 아껴야 한다. 다리에 문제가 생기면 우리가 갈 곳은 딱 하나 요양병원이 아닌가 생각한다. 누군가 당신의 인생에서 가장 행복한 시기가 언제냐고 묻는다면 그는 현재 이 순간이라고 가장 자신감 있게 말했다. 얼마 전 손녀가 태어났다. 엊그제 10개월이 지났다. 어느새 그는 허리가 굽고, 머리에는 하얀 서리가 내린 할아버지로 변해 있었다.

벌써 퇴직한 지가 2년이 훌쩍 넘어가고 있다. 다시 보성에서 기간제 교사로 일하게 되었다. 늘봄 업무를 맡고, 저학년 놀이 활동을 맡아 손주 같은 아이들과 신나게 하루를 보내고 있다. 광주에서 매일 출퇴근하는 거리라서 참 좋았다. 네 사람이 카풀로 뭉쳤다. 동료인 그녀들이 낯선 한 남자를 선배랍시고 초대해 주었다. 그것도 참 고마웠다.

그 누가 말했던가?

'아이들은 꿈을 먹고 살고 어른은 추억을 먹고 산다고….'

전남 해남 출생(1960년생)

해남 마산동국민학교 졸업

해남 계곡중학교 입학, 광주 동신중학교 졸업

광주 숭일고등학교(추첨1회) 졸업

광주교육대학 2년 졸업

한국방송통신대학교 행정학과 5년 졸업(행정학사)

전남대학교 교육대학원 교육행정 졸업(교육학 석사)

완도금일, 금곡, 광주상무, 광주제석, 조봉, 송정중앙, 치평, 광주 양동, 송우,
    만호, 일곡, 연제, 신창, 해남 북평, 완도초, 보성초등학교 33년 교사 근무

장애인 특수학급 5년 직접지도(특수교사자격증 소지)

1999년 전남대학교 교육대학원 원우회장 역임

광주교육대학교 총동문체육대회 주관기 회장 겸 제18회 회장 역임

광주숭일고등학교 18회 동창회장 및 총동창회 부회장 역임

한국청소년연맹 전남 광주 초·중·고 전임지도자 총연합회장 역임

전국교사협의회(전교조 前身) 전국대의원 및 광주지부 초등 연구부장 역임

학교운영위원(제석, 조봉, 송정중앙초) 역임

일본 문부성 초청 전국우수교사 선발 日本 선진학교 국비연수

전국과학전람회 우수 지도교사 자격 美國 선진학교 국비연수

광주광역시교육청 국어경시, 수학경시, 과학경진대회 출제 및 심사위원 역임

광주광역시 지정 자원봉사요원(광주교도소) 역임

광주광역시교육청 과학 탐구반 지도교사 5년 지도

광산구 장애인 협회 복지포럼 교육국장 역임

광주광역시 초·중·고 무상우유급식 서울우유 대리점 대표(백운초 외 50개교)
    (前)

광주광역시 배구협회 이사 역임

전국 소년체전 광주광역시 초등 여자배구 감독 역임

바르게살기운동협의회 백운2동 총무 역임

백운2동 주민자치 부위원장 역임

백운초등학교 운영위원회 위원장 역임

학교 사랑 백운초등학교 협의회장 역임

광주광역시 남구 생활체육 연합회 이사 역임

광주 교육 나누미 운동본부 자문위원 역임

(유)훼밀리워터스파 대표이사 역임

원주이씨 대종회 운영위원(현)

칭찬 교육 실천연대 상임대표(현).

2012 대통령선거 통합민주당후보 문재인캠프 교육특보 역임

2017 대통령선거 더불어 민주당후보 문재인캠프 광주광역시 교육복지위원장
　　역임

2017 전남교육청 초등임용고시 합격

2018 해남북평초등학교 교사 근무(2018. 3. 1.~2023. 2. 28.)

2023 정년 퇴임(2023. 2. 28.)

2023 완도초, 보성초등학교 기간제 교사(2023. 3. 1.~2025. 2. 28.)

자격

초등학교 1, 2급 정교사 자격증

특수학교 교사 자격증

한국사 2급

어린이집 지도교사 및 원장 자격증

방화관리자 2급 자격

빌딩 관리사 및 부동산 권리 분석사 자격증 소지

수상 경력

제40회 전국과학전람회 우수상 지도교사 과학기술처장관 표창(제석)

제43회 전국과학전람회 특상 지도교사 농림부장관 표창(조봉)

제15회 전국발명품경진대회 동상 지도교사 과학기술처장관 표창(제석)

전국소년체전 광주광역시예선 1위 (연식정구, 태권도, 배구) 지도교사

광주광역시 교육감 등급 표창 20회(상무, 제석, 조봉, 송정중앙)

비엔날레 미술 지도교사 교육부장관 표창(송정중앙)

현장교육 연구논문발표대회(수학과) 1등급 1988

광주광역시교육청 주최 각종 연구논문 입상(1등급) 8회

특수교육연수 성적 우수상 (국립특수교육원) 2000

초등 7차 교육과정 직무연수 성적 우수상 (광주교육연수원) 2001

무등일보 주최 배구대회 초등여자부 우승 지도교사 표창(송정중앙)

전국초등배구연맹기 여자배구 준우승 지도교사 표창(송정중앙)

제2회 칠십리기 전국배구대회 초등여자부 3위 표창(송정중앙)

MBC '무등산을 사랑하자' 캠코더 촬영대회 우수상(삼성전자)

제40회 스승의 날 우수교사 표창(해남 북평초)

논문 및 저서, 기고

이달의 시 '파도' 유모아, 1980

교사의 일기 '그 스승의 그 제자' 유모아, 1981

일선 교사의 편지 '내일을 기다리는 아이' 샘터 1983

『빛고을의 메아리 정화 수범 사례』(공저) 세기사 1984

특집 어린이 교육 '도시와 벽지 어린이들' 대담, 원광 1985

오피니언 '자신의 키를 낮춘 선생님', 〈광주일보〉 2013. 11. 20

『남다른 생각 일으키기』(공저) 서부교육청, 1999

현행 지방교육자치제도의 개선 방향(전남대교육대학원 석사논문) 2001

『지필문학』 시인 등단(2023, 봄호)

『시차는 있어도 오차는 없다』 문학들, 2024

시차는 있어도
오차는 없다 이금태 에세이

초판1쇄 찍은 날 | 2024년 10월 25일
초판1쇄 펴낸 날 | 2024년 10월 31일

지은이 | 이금태
펴낸이 | 송광룡
펴낸곳 | 문학들
등록 | 2005년 8월 24일 제 2005 1-2호
주소 | 61489 광주광역시 동구 천변우로 487(학동) 2층
전화 | 062-651-6968
팩스 | 062-651-9690
전자우편 | munhakdle@daum.net
블로그 | blog.naver.com/munhakdlesimmian
값 20,000원

ISBN 979-11-989410-4-6   03810

· 이 책은 🍃 전라남도 🍃 전라 문화재단의
  JeollaNamdo 남도 문화재단의
  지역문화예술육성지원사업으로 지원받아 발간되었습니다.